eye.

守望者

—

到灯塔去

The
Conflagration
of
Community

共同体的
焚毁

奥斯维辛
前后的小说

Fiction before and after Auschwitz

〔美〕J. 希利斯·米勒 著

陈旭 译

J. HILLIS MILLER

南京大学出版社

献给雅各布·卢特

——我的老友及绝佳的激励者

目　录

中文版序 / 1

前　言 / 1

致　谢 / 9

第一部分　共同体理论

　　第一章　南希与史蒂文斯的对立 / 3

第二部分　弗兰茨·卡夫卡：奥斯维辛预感

　　第二章　卡夫卡作品中的奥斯维辛先兆 / 51

　　第三章　《审判》：共同体崩溃，言语行为失效 / 88

　　第四章　《城堡》：共在消失，阐释不定 / 130

第三部分　大屠杀小说

　　序　后奥斯维辛小说中的共同体 / 183

　　第五章　三部大屠杀小说 / 190

　　第六章　伊姆雷·凯尔泰斯的《无命运的人生》：

　　　　　　以小说为证 / 215

第四部分　奥斯维辛之后的小说

　　第七章　莫里森的《宠儿》/ 279

结 束 语 / 327

注　　释 / 329

中文版序

　　此次南京大学出版社推出《共同体的焚毁》的中文版，我十分高兴且深感荣幸。衷心感谢译者陈旭、南京大学出版社编辑付裕，以及其他所有促成该译本出版的人。

　　《共同体的焚毁》解读了如下几部小说：基尼利的《辛德勒名单》、麦克尤恩的《黑犬》、斯皮格曼的《鼠族》和凯尔泰斯的《无命运的人生》等。这几部作品与大屠杀有关，即与纳粹在"二战"时屠杀六百万犹太人有关。我认为纳粹在欧洲实施大屠杀意在摧毁或极大削弱当地及更大范围内的犹太共同体。死于纳粹毒气室的人，几乎不可能组成存续的共同体。

　　本书及其姊妹篇《小说中的共同体》源自我对共同体问题的长期关注及兴趣。近年来，让-吕克·南希、雅克·德里达以及其他人关于共同体的卓著更增加了我的兴趣。那么，共同体是什么呢？我又如何得知自己何时成为共同体的一员？个人可以同时属于多个共同体吗？（当然可以，但问题是如何可能。）共同体的规模存在大小限制吗？又或者附近农舍的居民，乃至整个国家的公民，更不用说那些身处不同国家却玩同一款电游的游戏者，都属于某种或小或大的共同体？共同体的形成有赖于单一语言的运用，或有赖于成为教堂或其他当地机构成员的资格吗？对于我所属的共同体，我有什么责任？

上述问题及其他关于共同体和共同体归属的普遍问题，构成了《共同体的焚毁》和《小说中的共同体》中具体文学作品的解读背景。如果读者读后有任何疑问和评论，可以发送邮件至 jhmiller@ uci. edu，我很乐意与你们交流。

我们如今冬季住在缅因州的塞奇威克，自从动笔写《共同体的焚毁》之后，我更加清楚地意识到，散落在这里乡间的各家各户的确形成了某种共同体，而我似乎也渐渐融入其中。大多数邻居都上同样的学校，他们往往有血缘关系或经婚姻结合而成的亲戚关系。他们在同样的商店购物，去同样的教堂，等等。尽管他们之间也许并不具有多么直接的亲属关系，但很多人都姓"伊顿"（Eaton）。他们彼此担责、友爱互助，如果需要，即使半夜也会出手相助。他们出席邻居的婚礼、葬礼，庆祝新生命降临，去世后也安息在同样的墓地。他们让我近来在切身感受中愈发理解归属于某种共同体的意义。

至此，我留给中国读者自己去探索，看看你们能从《共同体的焚毁》中读出些什么。想到这本书现在能以中文面世，我难掩欣喜。

J. 希利斯·米勒

前　言

奥斯维辛之后，甚至写首诗，也是野蛮的。

西奥多·阿多诺

评论者们曾纷纷打趣阿多诺这句名言。阿多诺后来做出修正，"长久的痛苦当然有获得表达的权利，就如被折磨的人不得不吼叫……所以，说奥斯维辛之后不能写诗或许错了"。将诗歌比作受刑者的哀号，虽说得通，但至少有点奇怪，例如，按照这种说法，我们就很难恰如其分地欣赏保罗·策兰作为大屠杀幸存者所创作的诗歌的复杂性。阿多诺并没有说"奥斯维辛之后写诗是野蛮的"；他说的是，"甚至写首诗(noch ein Gedicht)，也是野蛮的"。或许，阿多诺的措辞可以解读为"奥斯维辛之后，甚至再多写一首诗，也是野蛮的"。野蛮之处在于，现在写诗面对的是让人惬意的白纸或电脑屏，人们或冷静或激愤地坐着写诗——说得更确切些，写些或长或短的诗性文字。阿多诺意在强调写作的具体动作，笔在纸上涂涂，手指敲敲键盘，诗歌就写出来了。奥斯维辛之后，这么做是野蛮的。

除此之外，阿多诺可能还指奥斯维辛之后，每个人都应尽力确保类似悲剧不会再次发生；倘若不然，就是野蛮。写诗无济于事。恐怖阴惨的年月里，我们无暇审美，无暇超然于政治之外。继奥斯维辛之后的这些年月里,原本不可能之事也成为可能。奥斯维辛是历史的转折点。正是在那时,欧洲的德语区以更为高效的官僚组织和技术手段对六百万犹太人实施了骇人听闻的种族灭绝,而这个地区原本孕育了西方文化的最高成就,贡献了贝多芬、康德、黑格尔、耶拿学派,更不用提马克思、里尔克、托马斯·曼、维特根斯坦、海德格尔和卡夫卡这些伟人。

阿多诺此言的语境是我们所了解并称作"审美意识形态"的东西。这种意识形态认为诗歌作为语言艺术的最高形式,主要与黑格尔的"sinnliche Scheinen der Idee",即"理念的感性显现"(sensible shining forth of the idea)相关。此处黑格尔的"理念"也是海德格尔的"存在"(Sein,Being)所表达的内容。海德格尔认为诗歌彰显超验的存在,揭示大写的"存在",他始终对希腊语中的"真理"(aletheia)一词保持的关注即说明了这一点。从该词的词源结构着手,词根 lethe 前加上否定性的前缀 a①,海德格尔认为该词唤回了被遗忘的存在。诗歌对海德格尔而言,能够"去蔽",能够揭示并追溯被遗忘的"存在"。[1]还有一种可能,阿多诺此处将诗歌看作主观情感的表达,又或许他将诗歌视为精致美丽却内部封闭的物件儿,仅由语言构筑起它的有机统一。正如文学传统中常见的两大隐喻所形容的那样,诗歌常被比拟为花或精妙的人体。

马拉美的《诗的危机》("Crise de vers")中有一名句,以马拉美惯有的风格表达了类似看法。不同于平铺直叙,该句采用了诗意的言说方式:"我说:'一朵花!'我的声音便让花的外形被遗忘,除此之外,某种异于一切花萼的东西,一种美妙的理念本身,便音乐般地响

---

① 词根 letho,即 lantano,指遮蔽、躲藏,a-lethes 表示去除遮蔽,海德格尔强调"真理"的希腊语意义,因此一般用"去蔽"或"无蔽"(*unverborgenheit*,unconcealment)翻译 aletheia 一词。(本书脚注均为译者注。)

起,那是在所有花束中都无法觅得的东西"。①[2] 然而,阿多诺暗示,上述三种美学意识形态的表述都不足以说明写诗会在奥斯维辛之后的生活中发挥积极作用。诗歌并不会带来社会政治领域内某些真实的改变,比如,确保奥斯维辛不再发生,而后者才是我们应当关注的。我们无暇旁顾。

阿多诺措辞中的"野蛮"(barbaric)也值得注意。为什么他单单选用该词,而不是其他表达,比如说,"不道德的"(immoral)或者"不负责任的"(irresponsible)?野蛮人处于文明社会界线之外。学界认为,希腊人称非希腊人为"野蛮人"是因为这些人的语言在希腊人听来就像在说"巴、巴、巴、巴",尽是些无意义的声音,不是好的语言。同样,阿多诺认为,在那些黑暗的日子里,诗歌是无意义的音节,满是喧嚣,就像没有所指的"巴、巴、巴、巴",于现实无益。"巴、巴、巴、巴"这样的声音,就像人类在建造巴别塔时,语言被耶和华搅乱后变成喋喋不休的蠢话,而野蛮的"巴、巴"声中的胡言乱语,让每个人都无法理解自己的同胞。

阿多诺这句著名的格言,出自其《文化批评与社会》("Cultural Criticism and Society")一文的倒数第四句,该文微言奥义,三言两语无法将其重置回该文语境,更不用说辑有此文的《棱镜》(Prisms)一书,乃至阿多诺著作的整个语境。我无意梳理,但有一点应当言明:有点出人意料的是,阿多诺这句名言出现的语境,并非指当时写诗是野蛮的,而是指当时坚持文化批评已无可能,因为整个社会都空洞堕落,文化批评顷刻间就与它要批判的对象形成共谋,反被其掌控对象所拉拢。阿多诺说:"传统的超越性的意识形态批判过时

---

① 此处法语原文是:Je dis: une fleur! et, hors de l'oubli où ma voix relègue aucun contour, en tant que quelque chose d'autre que les calices sus, musicalement se lève, idée même et suave, l'absente de tous bouquets. 米勒直接从法语译成英语,此处中译文从米勒的英译文译出,参考了译本《马拉美诗全集》,葛雷、梁栋译(杭州:浙江文艺出版社,1997年),第281页。

了。"[3]奥斯维辛之后的艰难岁月不可能再有那样的批判。阿多诺
此文与当下西方社会和文化的学术研究有着惊人的相关性。甚至
对与该文迥异的本书而言，也是如此，尽管本书也致力于修辞阅读
和文化批评。然而，我还得稍作停留，讨论一下阿多诺的名言在该
文中的直接语境：

> 即使是最极端的末日意识也有沦为无关痛痒的唠叨的危
> 险。文化批评发现自身处于野蛮和文化的辩证法的最后阶段。
> 奥斯维辛之后，写诗是野蛮的，而这甚至阻挠我们知晓为何现
> 在已经不可能写诗。绝对的物化，本以知性进步为其要素之
> 一，目前却正准备完全吞噬我们整个心智。如果批判性思考局
> 限于自我满足的冥思苦想，它将无法应对这样的挑战。(34)

尽管没有明说，但阿多诺有可能用"写诗"指代通常意义上的文
学创作，比如小说、戏剧等虚构性作品。我们文化语境中的文学，即
使沿用真实的地名，甚至想象性地呈现历史名人，它对文字的运用
也奇特地无涉现实。

自阿多诺宣告他严厉禁止写诗以来，许多作家，包括保罗·策
兰和伊姆雷·凯尔泰斯(Imre Kertész)在内的许多大屠杀幸存者，
都无视阿多诺的禁令。他们要么写诗，要么创作其他文类的作品。
假设那样的创作行为尚且可疑，那么花时间去"分析"那些文学作品
得有多值得怀疑——即使那些作品属于所谓的"大屠杀文学"？不
过，这却是我在本书中要做的事。

我有什么理由这么做呢？阿多诺的禁令有什么不合理之处呢？
答案就是他没有意识到文学是见证奥斯维辛的有力方式，无论那份
证言可能存在什么样的问题。文学本身成为见证，特别能够提醒我
们不要忘记那些逝去的超过六百万的生命，并由此指引我们从记忆
走向行动。以文学的方式作证，迥异于亲耳聆听受难者的哀号，而

阿多诺在回想之后亦承认奥斯维辛之后的诗歌可以表现后者。再者,尽管策兰有名句说没人能为见证者作证,[4] 但我的解读能见证我对这些特定作品的感受,从而有可能指向雅克·德里达意义上的"将到来的民主"(the democracy to come)。

正如大屠杀研究者所认为的那样,纳粹的种族灭绝行为的独特性至少体现在两个方面。例如,克里斯托弗·布朗宁(Christopher Browning)写道:"我相信大屠杀事件是人类历史上的转折点——是已有的种族灭绝事件中最极端的情况。如下两个因素把它和其他大屠杀区分开来:一是灭绝意图的深度和广度——也就是说,纳粹帝国版图所及之处,以杀光包括男人、女人和孩子在内的所有犹太人为目标;二是运用的手段——确切地说,就是调配现代民族国家的行政资源和西方科学文化的技术力量。"[5]

虽然我同意奥斯维辛在上述两个方面是独特的,而且几乎是无从想象的独特(完全的独特性抵制归化,因而拒弃理性理解或"想象"),但关于奥斯维辛的文学作品仍然可以得到某些表现类似事件的文学作品的呼应。请记住,类似事件不是相同事件,而是"具有某些相似之处的事件"的并置,这有助于理解类比的双方。本书构筑了一个本雅明式的星丛,融贯汇集了异质多样的内容:(1)让-吕克·南希(Jean-Luc Nancy)反思奥斯维辛之后的共同体情形,称之为"共同体的焚毁";(2)弗兰茨·卡夫卡的三部预示奥斯维辛的小说;(3)与大屠杀有着或多或少联系的四位作家——托马斯·基尼利(Thomas Keneally)、伊恩·麦克尤恩、阿特·斯皮格曼(Art Spiegelman)、伊姆雷·凯尔泰斯分别创作的四部关于大屠杀的小说,《辛德勒名单》(Schindler's List)、《黑犬》(Black Dogs)、《鼠族》(Maus)和《无命运的人生》(Fatelessness);(4)托妮·莫里森(Tony Morrison)的小说《宠儿》(Beloved),这部伟大的小说紧扣美国历史特点——奴隶制及身为奴隶后代的上百万非裔美国人,对奥斯维辛做出了最为强有力的回应(所以本书的副标题是"奥斯维辛前后的小说")；(5) 德国及其邻国数年间发生的导致纳粹上台的变化与美国近来行动所导致的国内外形势的变化,这两者间的相似之处让人毛骨悚然,后者包括占领伊拉克,导致六十万甚至更多(据说目前超过一百万)的伊拉克人丧命,六百万人流离失所,而国内外姑息酷刑拷问,纵容非法监听,诸如人身保护等公民自由权受到侵犯。美国监狱关押的人口比例超过世界上其他任何发达工业国家。关塔那摩(Guantánamo)监狱不是奥斯维辛,但也并非与纳粹"工作营"截然不同。"现代民族国家的行政资源和西方科学文化的技术力量"确实促成了我们的危局,它们自奥斯维辛以来就得到了极大的强化和发展。巴拉克·奥巴马总统正尽力扭转这一滑向法西斯的趋势,但对民主理想的破坏已经深入民族文化内部,难以根除。即使我们的军队正从伊拉克撤出,阿富汗战争的局势还是升级了。

没有解读完全不偏不倚、纯粹客观,它们都带有某些问题导向。如果讨论 20 世纪"共同体的焚毁"的意义构成了我的一个关注焦点,那么我的另一个关注焦点就是如何理解我所讨论的小说具有作证的意义。我也会不断回到言语行为对处于焚毁之中的共同体的作用这个问题上来。最后,我还不断地思考:大屠杀的历史记录(包括其中的虚构成分)经常会展现一个主题,即想象、理解,甚至连记住奥斯维辛都并非易事;而我所讨论的小说,从卡夫卡经凯尔泰斯至莫里森的作品,却都让人气恼地决然拒斥对这些苦难做出清晰明确的阐释,这两者间存在何种共性?

大屠杀文学,虽尚存争议,但涵盖范围极广:历史记载、心理分析研究、回忆录、录制的证词、电影、诗歌、幸存者创作的小说、非集中营亲历者创作的小说,以及评论这些诗歌、小说的书籍,它们试图从某个特定视角观照整个大屠杀文学。这个主题至关重要,却也困难异常,常引发意见争锋、观点激撞。罗伯特·伊格尔斯通(Robert Eaglestone)在其出色的《大屠杀和后现代》(*The Holocaust and the Postmodern*)一书中,广泛地评价了这一主题的文学,力图表明大屠杀对所谓的"后-现代"具有决定性影响。[6]例如,书中有几章将伊曼纽尔·列维纳斯及德里达的作品与大屠杀联系起来,让人叹服,还有一章讨论大屠杀幸存者创作的小说,不过其中凯尔泰斯只被略微提及,其作品《无命运的人生》更是浮光一现。

本书与伊格尔斯通关注的焦点不同。我试图将几部明显指涉大屠杀的小说与其他奥斯维辛前后创作的作品联系起来,在近来研究大屠杀对构建共同体的影响的理论视野中,探究上述作品的共性。我认为卡夫卡的作品预示了奥斯维辛,凯尔泰斯的《无命运的人生》回应了卡夫卡,而莫里森的后奥斯维辛小说《宠儿》具有卡夫卡小说的特征。在我所言及的作证的意义上,尽可能地细读这几部小说,这是我首要的关注点。前文中,我曾提及要探寻五个异质方面的共同之处,要使这样的类比得以成立、产生共鸣,必须对其中每一方面都做具体而微的细读,注意引用分析,并参照其他同样经过仔细推敲的文本。

本书中的不同章节间或提及我之所以选择这些作品进行讨论的社会环境,但该书不是"备忘录",虽然它确实展现了我作品中的重要转向。这个转向当然源自个人职业发展历程,正如此书在献给雅各布·卢特(Jakob Lothe)以及致谢其他人时所表明的那样。我近著中的转向包括对共同体问题产生兴趣、多年后重读卡夫卡、试图面对大屠杀及大屠杀文学,并经由莫里森的《宠儿》,面对美国的奴隶制历史。这样的"面对"实属不易,很可能完全不可能。现在每当飞过辛辛那提机场,横跨肯塔基州的俄亥俄河时,我会想到这条河在并不遥远的过去,曾构成一条自由州和蓄奴州的分界线。此种重现-记忆(借用莫里森的表述)让我再次想起《宠儿》中这条河的作用,想起我自己经由弗吉尼亚祖先也与奴隶制有了联系。另一个相关的个人联系是近来参观布痕瓦尔德(Buchenwald)集中营对我产生了重大影响,这在第六章有更为仔细的描述。本书探讨的所有内容,于我而言都亟待个人关注,而不仅仅是客观的学术分析对象。近来美国不时出现的纷乱迹象引人思虑:阿布格莱布(Abu Ghraib)监狱,关塔那摩监狱,以非常规方式将俘虏引渡到中情局在世界各地的秘密监狱,还有对美国公民实施非法监视,等等。甚至在巴拉克·奥巴马总统的任期内,这些做法仍在某种程度上延续。不以史为鉴,注定要重蹈覆辙,这仍是一如既往的真理。本书所讨论的作品即是对历史的研读。

我查阅的若干照片,最初均从网络获得。通过谷歌,鼠标点击数下,就可获得许多照片集锦:有卡夫卡及其家庭的大量照片;有关于奥斯维辛的照片,其中包括最近发现的卡尔·赫克尔(Karl Hoecker)相册样照;有记录奥斯维辛受害者的系列影像资料——他们乘火车抵达,通过"遴选"(Selektion),直至步入毒气室之前的最后几分钟,仍茫然不知死神逼近;有大量反映美国私刑的照片,许多最初以明信片的形式传播;还有阿布格莱布监狱的虐囚照片。这些照片都是作证的一种形式。我们也可以认为它们或许体现了莫里森的《宠儿》中塞丝的宣告:没有什么会死去,一旦发生了什么,就将永远持续。卡夫卡的生活、奥斯维辛、美国的私刑和阿布格莱布,通过这些存于网络空间的照片,不断重现,一次又一次,永无止境,个人电脑只要接入互联网就可回溯。受现实所限,本书无法收入所有相关照片,但书中附上了对我思考和写作最为重要的那些照片的URL 地址。能上网的人都可以找到这些照片,看它们如何见证。我敦促读者们都去见证。

塞奇威克,缅因州

2010 年 1 月 27 日

鹿岛,缅因州

2010 年 5 月 11 日

致　谢

　　本书部分章节的某些内容曾经发表过或即将发表,但均比此书中的相关内容简略。我对发表的内容做了大量修改、扩展和调整,以契合本书的总体论述框架。感谢那些曾发表这些文章并允许我再次使用它们的刊物,也感谢敦促我就这些议题进行写作的朋友和同事。

　　第一章有关华莱士·史蒂文斯(Wallace Stevens)的《秋天的极光》("The Auroras of Autumn")和共同体的部分内容,曾以稍短的形式,出现在以下三处:《土著和数码冲浪者》("The Indigene and the Cybersurfer"),曾发表于王逢振和谢少波主编的《国际英语文学评论》(Ariel)特刊《全球化和土著文化》("Globalization and Indigenous Cultures")第 34 卷第 1 期(2003 年 1 月),第 31 至 52页;另有金惠敏翻译的中文版《土著和数码冲浪者》①,收于我所选的同名论文集中译本(长春:吉林人民出版社,2004 年),第 3 至 27页;《史蒂文斯在康涅狄格(和丹麦)》["Stevens in Connecticut(and Denmark)"],曾发表于巴特·埃克豪特(Bart Eeckhout)和爱德华·拉格(Edward Ragg)编辑的《跨大西洋的华莱士·史蒂文斯》(Wallace Stevens across the Atlantic,Houndmills:Palgrave

---

① 此文的中译者实为陈永国,而非金惠敏。

Macmillan，2008)第 23 至 40 页，其中第 30 至 34 页经麦克米兰出版社同意修订后重现于此。"土著和数码冲浪者"这个题目曾于2003 年和 2004 年分别在达特茅斯学院的研讨会上和中国郑州大学讲过。

第三章的早期简略版本，曾由夏洛特·奥尔达尼（Charlotte Oldani)和比阿特丽丝·桑德伯格（Beatrice Sandberg)翻译成德语，以《卡夫卡〈审判〉中有效和无效的言语行为》（"Geglückte und mißlungene Sprechakte in Kafkas *Der Proceß*"）为题，发表于比阿特丽丝·桑德伯格和雅各布·卢特编辑的《弗兰茨·卡夫卡：为道德和美学辩护》（*Franz Kafka: Zur ethischen und ästhetischen Rechtfertigung*，Freibur im Breisgau：Rombach Verlag，2002)，第233 至 246 页。该书出版社拥有这篇文章的德译文版权。在卑尔根大学于 2000 年 5 月 12 日至 14 日召开的卡夫卡研究会议上，此文以英文讲座的形式讲过。感谢雅各布·卢特和比阿特丽丝·桑德伯格邀请我参加那次会议。

第四章相关内容也曾在一个研究卡夫卡的会议上讲过，只是更为精短。那次会议由一个研究叙事理论和分析的团队组织，受奥斯陆高级研究中心资助，在其所处的挪威科学与文学院大楼召开。感谢当时的高级研究中心主任威利·厄斯特伦（Willy Østreng)及其同事在我几次到访时都给予礼貌款待。雅各布·卢特是这个研究团队的领导者，感谢他及其研究团队中的同事苏珊·苏利曼（Susan Suleiman)和詹姆斯·费伦（James Phelan)邀我撰文并给予有益反馈。感谢这个团队中下列人员善意相待，他们让我获益匪浅：多夫纳·厄迪纳斯特-武勒坎（Daphna Erdinast-Vulcan)、安尼肯·格雷夫（Anniken Greve)、杰里米·霍桑（Jeremy Hawthorn)、比阿特丽丝·桑德伯格、阿尼特·斯托里德（Anette Storeide)以及安妮·塞尔（Anne Thelle)。这次演讲的内容以《无止境之感：论卡夫卡〈城堡〉中对叙事封闭的抵制》（"The Sense of an Un-Ending：
The Resistance to Narrative Closure in Kafka's *Das Schloss*"）为题，
发表于雅各布·卢特、比阿特丽丝·桑德伯格和罗纳德·斯皮尔斯
（Ronald Speirs）编辑的《弗兰茨·卡夫卡：叙事、修辞和阅读》
（*Franz Kafka：Narrative，Rhetoric，and Reading*，Columbus：
Ohio State University Press，2011）。

　　第六章相关内容曾于 2007 年 6 月 28 至 30 日在柏林召开的一
次会议上讲过，只是篇幅短得多，结构形式也不同。那次会议同样
由前述研究团队主办，我受雅各布·卢特、苏珊·苏利曼和詹姆
斯·费伦之邀参加。感谢他们当时对该文初稿的评价。该文将以
《伊姆雷的〈无命运的人生〉：以小说为证》（"Imre Kertész's
Fatelessness：Fiction as Testimony"）为题，发表于雅各布·卢特、苏
珊·苏利曼和詹姆斯·费伦编辑的《证言之后：大屠杀叙事的伦理
和审美》（*After Testimony：The Ethics and Aesthetics of
Holocaust Narrative*），此书将于 2012 年由俄亥俄州立大学出版社
出版。

　　第七章以较早发表的《〈宠儿〉中的边界》一文为基础，经大量扩
展、修订和调整后写成。那篇文章最初收于杰弗里·R. 迪里奥
（Jeffrey R. Di Leo）和阿莉森·纳迪亚·菲尔德（Allyson Nadia
Field）编辑的《无边的电影》（"Cinema without Borders"）特辑，发表
于《交界：文学、文化及理论学术综合研究》（*Symplokē：A Journal
for the Intermingling of Literary，Cultural and Theoretical
Scholarship*）2007 年第 15 卷第 1 至 2 期，第 24 至 39 页。我曾于
2006 年 3 月 31 日至 4 月 1 日参加新罕布什尔大学教授杰弗里·希
尔（Geoffrey Hill）组织的一次会议，在会上讲过该文，题目是《越界
和疆域定义》（"Border Crossings and Boundary Definitions"）。早在
2005 年 6 月和稍后的 2006 年 7 月 26 日，我分别在达特茅斯学院的

未来美国研究中心（The Futures of American Studies Institute）和卡迪夫大学讲过该文。感谢杰弗里·希尔、唐纳德·皮斯（Donald Pease）和伊恩·布坎南（Ian Buchanan）提供机会，让我畅所欲言、聆听反响。

还有部分最终修订成书的材料，曾于 2003 年 9 月在达特茅斯的研讨会上讲过，后又在加州大学欧文分校于 2005 年开始举办的批评理论重点小型研讨会（Critical Theory Emphasis Mini-Seminars）上讲过数次。感谢唐纳德·皮斯、劳伦斯·D. 克里茨曼（Lawrence D. Kritzman）以及其他人多次邀请我去达特茅斯做讲座，热情相待。感谢 C.南瓦利·瑟普尔（C. Namwali Serpell）当时就我对《宠儿》的解读提供了精彩的意见和挑战。她随后评论了我寄给她的论文，并相应地寄给我她博士论文中讨论《宠儿》的精彩章节。这次交流改变了我阅读这部小说的方式。我也要感谢欧文分校人文学院前院长卡伦·劳伦斯（Karen Lawrence）和现院长薇姬·鲁伊斯（Vicki Ruiz），批评理论重点中心前主任史蒂文·马尤（Steven Mailloux）和现主任赖·特拉达（Rei Terada），以及中心协调员苏珊·肖勒（Susan Showler），感谢他们数次邀请我参加欧文分校的小型研讨会，每次都安排得周到细致。我还要感谢为芝加哥大学出版社评阅此书的两位匿名读者，不仅因为他们的肯定让我宽心，还因为其中一位评阅人富有成效的建议让我做出种种简要增补，完善本书。

最后，我衷心感谢奥斯陆大学的文学、区域研究和欧洲语言系教授雅各布·卢特。此书敬献给他，以表明我们历久弥坚的友谊以及我对他研究工作的敬仰。1998 年，我们在南非的一个野生动物保护区第一次相遇，当时我们在旅途中，刚参加了位于波切夫斯特鲁姆的西北大学举办的关于康拉德的《黑暗的心》（Heart of Darkness）的会议。从此以后我们就成了好朋友。他既是杰出的学者,也是非凡的人物。从上述致谢可以看出,没有他的鼓励,我绝不可能有勇气转向大屠杀文学,也不可能重新回到卡夫卡研究,这本书也无法面世。例如,如果没有参加卢特组织的会议和卢特领导下位于奥斯陆的挪威科学院的研究团队,我就不会感到研究卡夫卡作品和大屠杀小说责无旁贷。正是这个研究团队聚焦于这些作品,我才可能写出本书中研究卡夫卡和大屠杀小说的初稿。感谢卢特和奥斯陆的其他同事,特别是詹姆斯·费伦和苏珊·苏利曼,感谢他们的鼓励和眼光独到的评论。此外,能够在柏林的团队会议上见到伊姆雷·凯尔泰斯,听他回答我们的问题,这样的经历弥足珍贵,我深感荣幸。

第一部分　共同体理论

第一章

南希与史蒂文斯的对立

> 现代世界最严峻、最痛苦的见证——或许汇集了这个时代
> 本身依凭某种未知的法令和必然性所必须承担的所有其他见证
> (因为我们同样见证了历史思维的衰竭)——就是对共同体崩解、
> 错位和焚毁的见证。
>
> 让-吕克·南希,《无用的共同体》①[1]

---

① 此书的法语版书名为 *La communauté désoeuvrée*(中文按此译为"无用的共同体"),英文版为 *The Inoperative Community*(中文按此译为"非功效的共同体")。中文版书名已有三种译法:一是《非功效的共通体》,收录于郭建玲、张建华等人翻译的《解构的共通体》(上海:上海人民出版社,2007 年),是此书第一部分;后来这部分内容经修订出版了单行本,即《无用的共通体》,郭建玲、张建华、夏可君译(郑州:河南大学出版社,2015 年);此外,还有的译为"无效社区",在国荣翻译的《萌在他乡:米勒中国演讲集》(南京:南京大学出版社,2016 年)中有所提及。在《无用的共通体》译本中,译者采用译名并置的形式,如 communauté 译为"共同体(/共通体)"或"共通体(/共同体)",以凸显传统意义上具有共同特质的共同体以及南希试图超越传统,解构同一性,打开通道的努力。本书将南希这本书的书名译为"无用的共同体",该书中相关表达也译为"共同体",之所以不用译名并置的形式,是考虑到中国读者熟知"共同体"一词,且中文语境中的"共同体"既可以指具有预设基础、封闭的同质化实体,也可以传达出无关实体指涉的抽象情感和诉求。在本书中和米勒对南希的引用中特别强调"共同体"去实体化和去主体归属性的意义层面时,译文会采用"共同体"的译法。除此之外,在不影响理解的情况下,后文均译为"共同体"。对章首引用的南希的这段话的翻译,译者参考了该书中译本《无用的共通体》和《无效社区》,以及彼得·康纳(Peter Connor)等人的英译本,最终按照米勒在康纳的英译基础上修改的英译文译出。
后文中出自南希的《无用的共同体》的引文,均参考了上述所提到的该书的中译本和英译本。

我们曾经成天像丹麦人在丹麦一样

彼此熟识,精神健旺的同胞们,

对于他们异国情调是一星期里的

另一天,比星期日更古怪。我们想法一样

那让我们成为一家里的兄弟

在家里我们以当兄弟为食,进食

并发福像是在吃一座可观的蜂巢。

我们生活的这出戏——我们与睡眠紧粘。

华莱士·史蒂文斯,《秋天的极光》①[2]

  本章以近来的共同体研究理论为前提和框架,分析创作于奥斯维辛之前和之后的小说,探究其中共同体的毁灭。本章并置或者说"传唤"(compear)了两种相当不同的共同体模式。"传唤"是"一个法律术语,用来指定某人和他人共同出现在法官面前"。[3]在本章稍后部分,这个词还会再次出现,用于表达让-吕克·南希所运用的法语词 comparution 的部分意义。我研究写于大屠杀前后的小说中所存在或缺失的共同体,而两种共同体概念比肩对峙,就像被传唤到审判席前的双方,这多少增加了我构建稳固的研究基础的困难。

  章首引语第一条出自一本哲学理论著作(近来这类著作为数众多)的第一句话,反映了"共同体"(community)一词所传达的意义和共同体在现代的遭遇。[4]南希的论述有几处显得奇怪、让人费解。首先,他全然反对像历史学家那样提供明白的证言和清晰的认识。

---

① 此处翻译参考了陈东飙的译本《秋天的极光》,收于《坛子轶事》,陈东飙译(南宁:广西人民出版社,2015 年),第 388 页。后文有关史蒂文斯的诗歌的翻译,除非特别指明,翻译时均参考或引用该译本。

见证(witnessing)是言语行为,具有以言行事的施行(performative)功能,而历史思维(la pensée de l'Histoire)则产生记述的(constative)话语。[①] 记述话语陈述事实,我们可以对其做出真假判断。我们可以见证共同体的现代遭遇——见证它的崩解、错位和焚毁,但却无法知晓或理解共同体。我们不得不肩负见证共同体毁灭的重担,而能做到如此,一定得依凭某种未知的法令和必然性。某人或某事给我们颁定了这个难尽的义务,要去见证共同体的终结,但究竟由谁来判定需要这么做,我们却无从得知。甚至对于这个法令本身,我们也不清楚,尽管它坚决责成我们去见证。我们的责任来自这个法令,而我们却不知道它的确切规定和权威根源。

细想之下,这非常奇怪。我们被迫接受某个判决或法令,却不知其文本措辞,这是什么意思?对法律的无知不是借口,但至少可以说,要屈从于一条我们一无所知的法令,这仍然让人不快。这有点像卡夫卡的《审判》中的约瑟夫·K,他什么也没做错,有一天却被逮捕了。南希认为我们要承担起(chargée d'assumer)痛苦作证的责任,如果注意到"审判"一词的歧义性,我们甚至可以将南希的这一论断解释为,这样的作证是我们必须经历的审判和磨炼,尽管我们不知道自己做错了什么。南希确信,这样的作证至关重要,也非常痛苦,可能包含了我们在现代社会要承担的其他所有见证的责任。

南希此段文字更古怪之处是自相矛盾。它证明了一种历史思维方式,而同时又表明这种思维方式衰竭了。它暗示共同体曾经存在,但目前,在现代社会,共同体已经崩解、错位或焚毁了。最初总得有什么存在着,才能经历后来的转化,但如果曾经真有过什么,那

---

① 此处"言语行为"的理论术语,采用现有译本的译法,奥斯汀(J. L. Austin),《如何以言行事》(How to Do Things with Words),杨玉成、赵京超译(北京:商务印书馆,2013年)。

就是一个历史命题，是一个我们能够做出正误判断的表述。然而，南希整本书都在反对这个历史命题。为了做到这一点，他给出了"非功效的共同体"的定义，用来描述一种普遍的人类境遇，颇具西方哲学思考的特点。南希做出论断的方式，意味着他自己的主张——无论时间、地点或文化环境如何改变——放之四海而皆准。

整体看来，《无用的共同体》解构了——如果此处我可以大胆地用上这个词——该书开篇那句不容置疑的话。实际上，一个排除了扬弃可能的正题（或反题），同样排除了悬置不定的自我抵偿的可能，这证明对共同体解体的思考有赖于我们对共同体的传统认识，尽管后者正是前者所质疑的。相应地，传统的共同体概念，比如，像史蒂文斯的诗歌所描述的那样，已经包含了与传统的共同体截然对立的反面。你没法只提共同体概念的一面而不涉及另一面，就像南希和史蒂文斯所做的那样，尽管同时涉及两面并非他们本意。

南希篇首句的最后一个古怪之处，与该书的标题有关，我们可以从以下两方面来看：（1）南希仔细斟酌后，用来描述共同体在现代世界的遭际的几个词，绝不是同义反复。每一个词都有点奇怪。（2）南希似乎刻意避免使用"解构"（deconstruction）一词，这个词在其朋友雅克·德里达的使用下风靡世界。《无用的共同体》的英译者将其译为 *The Inoperative Community*（非功效的共同体），有可能是因为英语中与法语词 désoeuvrée 在字面意思上对应的 un-worked[①] 并不常见。然而，无论是否是新造词，unworked 都更有力地表达了南希想通过书名和书本身所传递的内容。"非功效的"这个词表现了一种消极状态：现代的共同体只是不奏效了，就像丧失功能的机器，需要维修，而法语词 désoeuvrée 及其对应的 unworked

---

① 根据米勒此处对 unworked 一词的解释，在后文遇到米勒使用 unworked community 时，将根据上下文语境的侧重点不同，译为"非功效的共同体""非造就的共同体"等。

6

却强调一个过程，在这个过程中，某些力量主动地运作，拆解共同体。一切并不只是被动生成。

南希书名的另一英译 The Deconstruction of Community（共同体的解构），选词也不错，同时表达出相互对立、相互映照的两层意义，既完成又消解、既铸造又拆卸。然而，就算是这个译法，也没有抓住 désoeuvrée 这个词所表达的言外之意："工作"（work），它暗指在马克思意义上和萨特意义上，铸造共同体的集体的、共同的工作。马克思和萨特是南希这本书重要而明显的指涉对象。这些指涉标定了这本书在时间和空间上的谱系位置。

Désoeuvrée 一词意味着任何人类共同体都由人类集体努力构建而成。人类集体的工作建造了道路、大楼、房屋，发明了各种机器（包括通信设备），整合了各种制度、法律和家庭生活习俗，这一切形成了我们所说的"共同体"，而现代社会却反其道而行之，要求拆除或拆解共同体的这些物质和非物质要素。在最初"被创建"（worked）之后，这些要素现在需要"被废除"（unworked），就如乔治·W.布什及其幕僚所做的那样，他们富有成效地"消解"或"拆解"美国宪法和相关法律制度，然而，正是因为这些因素，我们才得以在超过两百年的时间里维系着民族共同体那精细脆弱的民主形式——一个民有、民治和民享的政府。

南希所用的三个词"崩解"（dissolution）、"错位"（dislocation）和"焚毁"（conflagration），在废除共同体的意义上，并不十分一致。每一个词都暗示了一种既有的不同情形。

"崩解"暗示一种曾为一体的事物的解体，这种情形就像独裁者不喜欢民选代表颁布的法律时，会"解散议会"。

"错位"暗示现代共同体发生偏移，不复如初。很难理解南希当时用这个词的本意，有可能他意在指出曾经黏合共同体并使其鲜活似完整有机体的千丝万缕的联系，如今断裂了，就好比我们说"他让自己肩膀脱臼了"的情形。共同体错位，意味着联系纽带和关节断离，无法维持原有的结合状态。

"焚毁"一词最具冲击性，它表明共同体整个不仅崩解得七零八落，而且还被焚毁，消耗殆尽。它或多或少地明显指涉大屠杀，意即"焚烧祭祀"，也指向奥斯维辛和布痕瓦尔德的焚尸炉。纳粹驱逐数百万犹太人，让他们流离失所，破坏犹太聚居区的家庭和社群纽带。纳粹并非只是简单地破除其帝国版图中犹太共同体的功效，而是在毒气室中屠杀六百多万犹太人，在可怕的爆燃大火中将他们毁尸灭迹，一举铲除。

史蒂文斯的共同体

章首第二条引语出自华莱士·史蒂文斯 1947 年所写的一首诗。当时正值大屠杀发生后，美国人开始理解大屠杀作为西方历史转折点的意义。如题所示，《秋天的极光》这首诗以北极光怪怖的显现，喻示共同体在秋日被焚毁的情景。

史蒂文斯的这些诗句动情地颂扬了隔绝的、原生的共同体生活。史蒂文斯是一位美国诗人，无论是对于他居住的康涅狄格州的哈特福德市，或他出生的宾夕法尼亚州的荷兰郡，还是他度假的佛罗里达州，甚至是在《坛子轶事》（"Anecdote of the Jar"）中提到的田纳西州："我把一个坛子置于田纳西"（CP, 76），他都像任何其他伟大作家一样，很好地表达了一种家园意识。可以想想史蒂文斯诗中的美国地名，例如，那句神奇的"木鸽们沿着珀基奥门吟唱"[《思考隐喻意象之间的关系》（"Thinking of a Relation Between the Images of Metaphors", CP, 356）]，或《西礁岛的秩序理念》（"The Idea of Order at Key West", CP, 128—130），又或者《看一只黑鸟的十三种

方式》("Thirteen Ways of Looking at a Blackbind", *CP*, 93)提到的
"哈达姆的瘦个子男人们",还有那句"达玛里斯科塔哒哒嘟"[《夏日
变奏曲》("Variations on a Summer Day", *CP*, 235)]。在上述诗句
或题目中,珀基奥门是一条小河,位于史蒂文斯土生土长的宾州;哈
达姆是康州一个小镇;达马里斯科塔是缅因州一个海边村落,此名
源自美洲土著语,意为"小鱼的河流"。史蒂文斯诗中的美国地名不
胜枚举。他的早期诗作《星期天早晨》("Sunday Morning", *CP*,
66—70)颂扬了美国景观,认为美国地貌特点塑造了这片土地上的
生活。他还有许多其他诗歌也表达了同样的立场,就如诗句"雨的
土著就是雨中人"[《作为字母 C 的喜剧演员》("The Comedian as
the Letter C", *CP*, 37)]所描述的那样。

那么对于史蒂文斯而言,土著共同体(indigenous community)
的显著特征是什么呢? 我使用"土著共同体"的表述,是因为史蒂文
斯强调,那些经历是由作为一个整体的"我们"所共享的:"我们曾经
成天像丹麦人在丹麦一样"。认为一个土生土长的人,与周围其他
土生土长的人一样,生活于一个共同体中,这是史蒂文斯关于土著
思想意识的主要特点。做一个土著,就意味着成为集体的一部分,
拥有集体经验。此外,土著共同体以特定的地域环境、系统背景为
限,与外部世界隔绝,无涉"异国情调""稀奇古怪",也可以说它排斥
一切像德语词 unheimlich 的字面意义"不像家的"(unhomelike)、
"非家的"(unhomey)所暗示的那些不同寻常的事物。土生土长的
当地人是"精神健旺的同胞们",他们属于这片土地,依恋这片土地
的山石草木、江河沃壤和花鸟鱼虫,习惯了在这片土地上休养生息。
如果搬去别处,他们就会有无根漂泊之感。土著们在自己的地方感
觉自在,就如丹麦人居于丹麦,也如蜜蜂归于蜂巢。

土著如孩子般天真无邪,似乎在半梦半醒之间懵懵懂懂。他们
纯真得像尚未堕落的亚当和夏娃。他们未辨善恶,与被逐出伊甸园

的男人和女人不同，他们不需承受"罪恶的迷梦"（enigma of the guilty dream）之苦，比如，俄狄浦斯弑父娶母这样可怕却具有隐秘吸引力的男性梦想，不会对他们构成困扰。这里的"迷"可能指俄狄浦斯解开的斯芬克斯之谜，也可能指德尔斐神谕关于俄狄浦斯注定要弑父娶母的预言。土著们没有自我意识，梦游一般。他们与"睡眠紧粘"。"粘"字在这里与土著们所食的可观的蜂巢具有联系。他们如鱼得水般地自在，周围环境也变得让人如痴如醉、引人入梦，就像蜂巢中的蜜蜂食蜜而眠。

土著们意识不到自己，没有我们通常认为西方人所特有的那种痛苦的自我意识，他们不会像西方人那样习惯性地对罪恶保持内省。不仅如此，他们也意识不到周围环境，不能与其保持分析所需的一定距离。对他们而言，周围一切都浑然天成，一直这样，永远这样，就如史蒂文斯诗中的丹麦之于丹麦人。实际上，认为我们的环境会持续再生、不可改变，这种神话般的假想，有可能部分地滋生了人们在面对全球气候变暖时的抵触心理。那么，史蒂文斯为什么选择丹麦人作为土著共同体的典范呢？我想可能是因为他们居住在小国家，拥有相对同一的文化，还有他们说的"少数"语言使他们远离其他语言使用者，这些因素符合大多数人对土著共同体的看法。

说到语言，这让我注意到语言在史蒂文斯对土著共同体的描述中具有至关重要的作用。创造一个土著共同体，并不仅仅通过在一片特定的家园土地上共享生活、建筑和耕种方式，它还从语言中孕育，通过语言，通过一种属于那片土地的特定语言而产生。西方文化资本的全球霸权造成了严重的后果，它即使还没有彻底清除我们所谓的少数语言，也已经危及了这些语言的存在。我居住在美国缅因州，当地土著在白人到来之前长达一万两千年的时间里，在这里繁衍生息。"这里"，我指的就是此地，不超过我此时写作之地的一英里范围。附近海岸有块巨大的贝丘，至少有七千年之久。几个世纪以来,我们消灭了大多数土著以及他们的文化,只有少数人还说着佩诺布斯科特语(Penobscots)和米克麦克斯语(Micmacs)这样的"土著语言",而他们的目的也往往是为了经营赌场,很少是为了维护他们的"土著文化"。海岸另一边加州的情形也类似,随着那些土著语的最后一位使用者去世,数十种土著语经常在一年之内消失。很明显,如果自出生之初就开始习得某种语言的人都从这个世界上消失,他们所讲的语言是不可能复兴的。从录音或语法书中学习一门语言,不会让这门语言死而复生。

土著语言消失,让史蒂文斯诗中的语言主题更为深沉。在史蒂文斯看来,土著共同体在语言中生成,其过程结合了母亲孕育和艺术创造,就像《创世记》中,世界从太初黑暗中创生:"仿佛天真的母亲歌唱,在屋子的/黑暗里,和着一架手风琴,依稀可闻,/便创造了我们呼吸于其中的时间和地点……/并且属于彼此的思想"。史蒂文斯在这里为什么用"和着一架手风琴"呢? 我想是因为手风琴是一种民间乐器,适合用来创造一种民族亲近感,也有可能是因为"手风琴"(accordion)的构词形式中嵌有"一致"(accord)这个词,从而含有和睦团结的弦外之音。土著共同体的成员亲密无间,如同"和音"般协调一致。史蒂文斯断言,土著共同体的开端和地域,并非先在地等着某个民族去拥有。这样的断言让人想起了海德格尔在《筑·居·思》("Bauen Wohnen Denken")及其分析荷尔德林诗歌的文章中的观点。[5]土著语言为人们创造家园,为他们提供共同的呼吸空间和交流途径。

上述分析中史蒂文斯诗句的结尾处是"并且属于彼此的思想"。创造土著共同体时空的那种语言,也是"本地人"或"原住民"理解彼此的中介。每一个土著都能洞察同胞的心思,因为他们说着同一种语言,同一种"土语",也就是说,一个特定群体特有的方言。

至于土著们说"那作品的土语"(idiom of the work),我认为这里的"土语"是上文中天真的母亲在手风琴上弹奏的作品所特有的。我还从中听出了"作品"的弦外之音，它还有集体通过语言和改造环境的行为一起建构共同体的意味，这就和马克思主义意义上的工作或海德格尔意义上的"筑"的概念有一定亲缘性。

母亲的手风琴演奏的作品，也属于"一个天真尘世的习语"。尘世是天真的，因为它还未随亚当和夏娃的堕落而堕落。土著们所说的语言，生于尘世，就像他们自己一样，扎根于此。语言在这里对史蒂文斯而言，是思想的体现。每个原住民都知道他或她的同胞心之所想，因为正如我们所言，"他们说着同一种语言"。结果就是，我们"深刻了解彼此"，以史蒂文斯充满性别歧视的语言来表述即是，因为"我们想法一样/那让我们成为一家里的兄弟/在家里我们以兄弟为食"。这里排除了女性，祈愿"兄弟之情"，一种歃血为盟的兄弟情谊，我稍后再分析这一点。最后，诗中这种家园感，赋予了共同体及其所处之地一种神圣感，幸福的原住民"像孩子般躺卧在神圣里"（*CP*，418）。

好哇！万岁！或者，依照史蒂文斯在几行诗之后情感洋溢的描述方式："一个快乐世界里一群快乐的人——/滑稽歌手！一场舞会，一出歌剧，一个酒吧"（*CP*，420）。然而，有两个问题的阴影笼罩着这场庆祝。一个问题是这种土著共同体是神话，它总是假定某种过去存在而现已荡然无存的东西。"我们曾经像丹麦人在丹麦一样"，但现在已不是了，正如史蒂文斯所写的：

> 也许永远有一个天真的时间。
>
> 从没有一个地点。或如果没有时间，
>
> 如果它是一个无时间，亦无地点的事物，
>
> 唯独存在于它的理念里，

在对抗灾祸的意义之中，它并不
少些真实。

（*CP*，418）

土著共同体足够真实，只是这种真实性只存在于关于它的理念
之中，超越了具体时空。

另一个笼罩着土著共同体理念的阴影是，即便是神话般天真的
共同体，也总是被入侵的恐惧所困扰。天真的共同体为"对抗灾祸"
而存在，但那样的灾祸却总是近在咫尺。在距我所讨论的诗歌的数
行之外，那样的灾祸以十足惊骇的方式突然出现：

我们会在明年春天被发现悬在树林里吗？
这是属于哪一场灾难的急迫：
赤裸的四肢、赤裸的树和盐一般锐利的风？

（*CP*，419）

毕竟，这首诗叫作《秋天的极光》，主要刻画了北极光在秋天的
骇人显现。北极光预示了冬季到来，也象征着共同体毁灭。命名土
著共同体的所有特征，使之自觉地公布于众，仅仅通过这一点，土著
共同体就被毁灭了，即使是史蒂文斯这首如此推崇土著共同体的抒
情诗也不例外。为其命名，就是为其召唤反射的镜像：被毁灭的恐
惧。这个对立面——作为一种灾难近在咫尺的紧迫感，是源于对共
同体的安全的考量。"一个快乐世界里一群快乐的人"，这不仅是听
起来——而且确实也是——美好得难以成真。想象拥有这样的状
态，就得为可能失去这样的状态而担惊受怕。想象处于家园（He-
imat）之中，就立刻唤起了怪怖者（the unheimlich）的恐怖幽灵，那是
让人感到陌生、怪异的东西，譬如守候在家门口或者很可能已经隐

秘地蛰居在家园某处的恐怖主义者。

珍妮弗·巴乔瑞克(Jennifer Bajorek)在其精彩的《国土安全办公室；或，荷尔德林的恐怖主义》("The Offices of Homeland Security；or，Hölderlin's Terrorism")一文中，指出布什政府的辞令让人极为不祥地想起像纳粹那样神秘化的法西斯政权的吸引力。[6]两者都诉诸一种糅合了血与土(Blut und Erd)的家园概念，追求种族纯洁，就如叶芝诗句描述的那样，强调"植根在某片永恒的沃土"。[7]美国国土安全部预先假定我们是一个同质化的家园、一个土著民族，其安全和种族纯洁性受到外部的恐怖主义分子和异族人威胁，更不用提受到国内一千两百万"非法移民"和所有非裔美国公民威胁——其中也包括时任美国总统巴拉克·奥巴马。内部可能已经有恐怖主义分子了，我们不由害怕，怪异的人或事会出现在家园中。实际上，我们很容易看出这里"家园"和"安全"的用词具有欺骗性。

我并不否认"恐怖主义威胁"。许多人仇恨美国，计划实施恐怖主义袭击。然而，美国现在没有，也从来不曾具有"家园"所暗示的那种意义。几乎没有美国公民会待在他们出生的地方。即使出生于此，我们仍游走四方。我出生在弗吉尼亚州，我的父母和祖父母也是如此，他们是宾夕法尼亚州德国移民的后代，后搬去弗吉尼亚，但在我几个月大时，我家就离开了弗吉尼亚，从此再也没有在那儿住过。一部分宾州德裔的先辈是受雇于英国的德国黑森士兵(Hessian soldiers)，他们在独立战争期间战败投降，在战后加入那些早已在宾州安顿下来的德国人群体，而那些之前安顿下来的德国人则来自德国各个地区，那时德国尚未统一，他们为了躲避宗教迫害和征兵威胁，来到美国。我母亲这边的祖上大概就属于这一群体，但我父亲这边的一位直系祖先则是黑森雇佣兵。他给生于1786年的儿子取名为乔治·华盛顿·米勒(George Washington Miller)，大概是为了表现爱国主义感情。许多宾州德国人，比如我的先辈，后来移居弗吉尼亚，在那儿务农。我的家人是浸礼会教徒（Baptist）或长老会教徒（Presbyterian），不属于门诺教派（Amish）。我本人则如许多美国公民一样，在美国境内四处旅居。况且，大量美国公民都是移民，很多还是新近移民，其中包括一千两百万非法移民。几乎我们所有人都是移民后代，他们来到陌生的土地上繁衍生息。只有极少数美洲印第安人可以真正自称土著，是"原初民"（first people），但实际上就连他们的祖先也是在最后一个冰期，经白令海陆桥从亚洲迁徙而来的外来者。

美国的族群构成极为丰富多样，不同的族群说着不同的语言。国土安全部的监视行动明显增大了许多美国公民或居民的不安感。我们必然远不能像以前那样维护家庭的隐私，保证自己邮件和所读书籍的相关信息不为他人所知。与之类似，以国土安全的名义入侵阿富汗和伊拉克，可以说让我们的"家园"变得更不安全，恐怖主义威胁大大增加，并且像朝鲜和伊朗这样的国家也会认为，对他们而言唯一可能的安全措施就是尽快发展具有威慑力的核武器。正如巴乔瑞克所述，想要"安全"，就意味着"没有忧虑"。也正如我在上文所言，土著共同体的神话，也制造出了对失去这样的共同体的恐惧。土著共同体制造出了不安感，而这种不安感，却正是土著共同体本想让我们远离的。

巴乔瑞克的文章在做了严谨细致的全面分析后指出，海德格尔以为荷尔德林承认家园安全、接受一个德国土著共同体的概念，这其实是海德格尔对荷尔德林诗歌的一种神秘化的误读。巴乔瑞克以令人敬佩的方式细读了荷尔德林就河流、山村及山峦所创作的诗歌，例如《还乡/致亲人》（"Heimkunft/An die Verwandten"）。在她看来，荷尔德林的这些诗歌反而都将家园视为无根之地，也即无基础之"深渊"（Abgrund）。这个说德语的家园是无法愈合的裂隙，是万丈深渊,而我所指出的土著共同体——上述史蒂文斯诗歌已经帮助我们理解了这种共同体——无法安然其间。巴乔瑞克写道:"对于荷尔德林而言,如果家园可以被视为一个地方,它只能是一个人的返回之地,更确切地说,是一个人总在返回的地方。这不仅是因为人类在地球上建立的家园并非仅为居住之地['Wohnen ist nicht das Innehaben eine Wohnung'(栖居并非占据栖身之地)],还因为对荷尔德林而言,'在此处'总是一种'在别处',它首先得通过出走才能成为可能。"[8]

另一种共同体

史蒂文斯生动地表达了,大多数人在谈到共同体时,出于常识,都或显或隐地认为,那意味着人类团结一致。不过,史蒂文斯同时也对这种想法提出质疑。让-吕克·南希明确地表达了另一种共同体形式,它没那么让人习以为常,但和史蒂文斯意义上的第一种共同体模式纠缠在一起,难解难分。对于南希的共同体形式,人们比较抗拒,不愿严肃看待,因为它难以理解,而且会对第一种共同体产生灾难性的后果。这第二种共同体模式"拆解"了第一种共同体模式。

正如我所言,人们一贯认为集体生活和工作铸就了共同体。它在岁月中磨砺,是人们共同努力、相互合作的结果,也是人们或隐或显地签订某种社会契约的结果。集体工作构成(constitute)了共同体,有时一个明显的"章程"(constitution)即为其构成性基础。在我任教的大学里,各个院系组成了各个共同体——如果它们可以被视为共同体的话——受本院系章程的约束和管理。美国公民共同体建立在奠基性的美国宪法上。在乔治·W. 布什任总统期间,美国宪法治理模式受到联邦政府行政和司法部门的严重损害。

通常意义上的共同体,将身处其中的个体看作预先存在的主体。这些主体和其他主体为了公共利益结合在一起。他们相互交流的模式可被称作"主体间性"(intersubjectivity),这种交流是主体交互的通道,假定了他者与我一样。在我的个人性之外,共同的语言让我有可能与邻居交流我的感受和想法,告诉他我之所是、我之所能,因而通过语言和其他符号,我也推定并理解他人的感受和想法,知道他或她之所是。正如上文中史蒂文斯所提到的,我们"彼此熟识,精神健旺的同胞们"。这些主体共居一处,除了建房筑路、开垦农场、发展工业,他们还共同创造语言、制定法律、确立规范,在生活中形成宗教信仰和风俗习惯,用神秘的或宗教的故事来解释他们的起源和命运,这些故事被共同讲述,或被写进神圣的书中,供集体记诵。例如,基督教会的仪式包括每周从《旧约》和《新约》中选读片段,这代表着对整部《圣经》的背诵。人们曾耗时数年在教堂内完成整本《圣经》的朗诵。《圣经》是团结基督教共同体的圣书。

在这样的共同体中,文学对其模仿、反映和再现,巧妙地模拟和构造出共同体的缩微式样。《荒凉山庄》(*Bleak House*)允许你将狄更斯的伦敦尽收囊中。在此情形下,文学的价值在于它真实地反映了已然存在的共同体,与其保持一致,即在于它陈述事实的确言价值,而不在于它可能具有的任何构建共同体的施行功能。例如,好的文学语言,除了用于润色修饰之外,从根本上主要也是照字面含义,而不是照比喻意义来理解,正如那些描述这种形式的共同体的概念性语汇也严格地按照字句进行理解一样。运用得最多的修辞方法是提喻,它以部分代指整体,比如《荒凉山庄》中的格瑞德利来自什罗普郡,他代表了生活被大法官法庭所摧毁的整个阶级。

尽管生活在共同体中的众人无疑知晓自己终有一死,墓地也构成了他们共同生活的场所之一,但共同体生活的本质却并不由人的必死性所定义。共同体代际传承、持续更新,这形成了一种集体意义上的永生,就好比共同体中众人的共同生活会投射出一种假想而永恒的"共同体意识"或"集体意识"。每个个体都参与到这个集体意识中，沉浸其间、任其围绕，就像鱼儿在水中游弋，也像史蒂文斯诗歌中所有丹麦人都会丹麦语一样。死亡会被遮蔽、被藏匿，甚至几乎被遗忘，就像美国目前许多众所周知的共同体一样——如果它们也可以被称为共同体的话。

　　这样的共同体概念，有可能为乔治·艾略特、查尔斯·狄更斯和安东尼·特罗洛普等作家所创作的维多利亚小说奠定直接的创作基础，他们的作品有可能被看作对当时共同体的反映和模仿（其特征我已在上文做出描述），当然，我的这种看法也不一定正确。在特罗洛普的巴塞特系列小说中，虚构的巴塞特郡代表了他笔下的共同体形式。在这些小说中，全知叙述者感知所有人物的内心，表现出我所提及的共同体的集体意识。据此看来，维多利亚时期的小说对社会的多维刻画，成就了"共同体的模型"。它们是共同体精致小巧的复制品，而人们也认为它们所反映的共同体在历史上真的存在过。这些小说的再现对象不是个人生活，而是整个共同体。这些共同体，无论是在现实中还是在想象中——如维多利亚时期小说以虚构或半真半假的方式所反映的共同体拟像——都确保了施行式话语得以适当执行。和多数维多利亚时期小说一样，在特罗洛普的小说中，年轻女性的婚姻是最重要的以言行事或以写行事的现象。除此之外，金钱、财产和地位通过赠予、遗嘱和婚姻安排代代相传。这两个主题相互结合，在维多利亚小说中最为常见。女主人公往往通过婚姻重新分配财产、金钱和地位并传承给下一代。

　　近年来出现了另一种对共同体的明确表述。许多理论家，包括注释4所提到的乔治·巴塔耶、吉奥乔·阿甘本、阿方索·林吉斯和让-吕克·南希，都以各自独特而又不无相关的方式对此进行了有力阐述。本尼迪克特·安德森（Benedict Anderson）的《想象的共同体》（*Imagined Communities*）产生了广泛的影响，但总的说来，该书只是给出了上述第一种共同体的微妙的后现代版本，我已经勾勒过那种共同体的特点了。下面我将主要基于南希的《非功效的共同体》描述第二种共同体。[9]

南希将人看作"独体"（singularities），而不是个体（individualities），也就是将每一个人视为在根本上不同于其他所有人的能动者（agents）。每一独体都拥有隐秘的他异性（alterity），无法向其他任何独体传达。这些独体以他们的有限性和必死性为本质特征。每一个独体都是瞬间即时的，从一开始即被其终将死亡这一事实所定义。对此，南希有如下表述，其中一部分曾被布朗肖（Maurice Blanchot）在《不可言明的共同体》（*La communauté inavouable*）中引用。布朗肖认为下述段落表达了南希的《无用的共同体》的基本主张：

> 与主体不同的东西，打开了共同体并同时通向共同体，而反过来，孕育这个共同体则超出了形而上学主体的能力。共同体并不在主体之间织就出更高的、永恒的或超越生死的生命经纬（至多它本身被同质血缘或基于需求而缔合的低等纽带所维系），但共同体在构成上——在此意义上，共同体也像物质一样，具有某种"构成"——由某些人的死亡而标定，尽管这些人很可能被我们错误地称为共同体的"成员"（因为共同体不同于有机体的情形）。然而，共同体并不因死亡的标定而得以铸就。共同体不由死亡铸就，它本身也不是一种产品或作品。若以死亡标定共同体，死亡并不会*运作起来*（operate），将逝者熔铸进某种共同的亲密情感之中。就共同体本身而言，它也不会产生*功效*（operate），让死者改观、变形为某种实体或主体——无论这种实体或主体是家园故土还是血缘民族，是固有的人性还是可塑的人性，是家族延续、神秘团体，还是绝对的法伦斯泰尔（phalanstery）[该词意为"追随夏尔·傅立叶①的团体"，它源自

① 夏尔·傅立叶（Charles Fourier），法国空想社会主义者，社会改革家。

phalanx（"紧密集结的一群人"）以及 monastère，即修道院］。共同体以死亡来标定，就如同恰恰以某种不可能**铸就之物**来标定（它并不依据死亡促成的某种结果来标定——一旦人们想要从死亡中铸就出什么）。为了承认这种不可能性，共同体产生了，或者更确切地说——此处不含功能和目的①——借死亡成就某种结果，是不可能达成的，而在对这种不可能性的铭记和承认中，共同体产生了。

共同体在他人的死亡中被揭示出来；由此，共同体总是对他人呈现。共同体始终是通过他人和为了他人而发生。它不是诸多**自我**（egos）的空间——这样的"自我"包括各种各样具有永恒本质的主体和实体——而是诸多**我**（I's）的空间，这些诸多的"我"始终是**他人**（others）（否则就什么也不是）。如果共同体在他人的死亡中被揭示出来，这是因为死亡本身，是诸多非自我的我的真正共同体。死亡并不是一种共契（communion），它不能将众多**自我**熔融为一个大写的**自我**或一个更高的我们（We），它是**他人**的共同体。芸芸众生，终有一死，他们真正的共同体，也即死亡作为共同体，确定了他们的共契不可能实现。共同体因而占据了一个独一的地位：它使得自身不可能内在封闭（immanence）②，使得共产主义总体（a communitarian being）不可能以主体的形式出现。在某种意义上，共同体承认并且铭

---

① 南希此处指本句开头"为了承认这种不可能性"中的"为了"（in order to）一词，该表述本身含有某种目的性和功能性，但南希强调共同体不可能从实现目的的行为中产生，因此南希在使用该表述后，特意做此补充说明。

② 英译本中此处用的 assume 一词，该词意义丰富，可表示"推断、假定、承担（责任或义务）、采用某种形式和发挥某种作用"等意义，此处虽以使动用法译出，但其意义的含混性也许是南希（或英译者）刻意为之，需要细细体会。
immanence 本义为"内在"，该词在南希的语境中，意味着排斥他者，尽可能地规定原本充满不确定性的中间地带，导致自身封闭。它体现了南希对试图掌控一切的总体（/极权）主义的批判。同样在此背景下，可以理解南希紧接着反对以主体形式出现的共产主义可能具有的总体性特征。

记——这是其特有的姿态——共同体的不可能性。(*IC*,14—15)

读者会看到,南希对共同体的阐述逐一批驳了史蒂文斯的土著共同体的所有特点,它质疑这种人们共同生活——就像丹麦人在丹麦那样——从而形成共同体的方式。在南希的共同体形式中,每一个独体,都不是第一种共同体所假定的那种自我封闭的主体。每一个独体,在其自身有限之处,都被暴露于无限而深邃的外部世界中。从一开始,每个独体都与其他独体,在必有一死的相同命运中,共同分享这个外部世界。这些独体形成的共同体由迫近的死亡而定义。我们所经历的死亡,不是我们自己的死亡——因为死亡是不可能被"经历"的——而是他人的死亡,是我们的朋友、邻人和亲人的死亡。定义这一共同体形式的语言,必然是比喻性的,会穿凿附会(cata-chrestic),因为不存在一种非比喻性的语言去精确地定义它。甚至对概念性的语词,南希的用法也显得"似是而非"(anasemically)①,与这些词在字典中的含义不符。他在这些词的语义根源中做了一番或明或暗的文本嬉戏,例如,他书中的 singularité(独异性)、

————————

① 此处 anasemically 的意义可从构词法上理解:它由前缀"ana-"和后面的"-semic"两个部分构成。前缀"ana-"同时有"向上的、依照"(upward, according to)和"相反的、颠倒的"(backward,reversed)这两种意思,而"-semic",可视为来自希腊语的"semio",意为"有关符号表意的"。该词对应的名词 anasemia,因而指"将符号意义问题化,使符号意义不确定的过程"。尼古拉斯·亚伯拉罕(Nicolas Abraham)和玛丽亚·托罗克(Maria Torok)在他们的精神分析理论中提到 anasemia。在德里达为他们的书所作的序言里,anasemia以及 anasemic 意为不同寻常的理解语义的方式。与简单的、线性的、可还原的理解方式不同,该词强调对词语本义以及人们惯常理解的改变甚至颠覆,从而具有一种反语义学色彩。详见 Jacques Derrida,"Foreword: *Fors*: The Anglish Words of Nicolas Abraham and Maria Torok," in *The Wolf Man's Magic Word*, trans. Barbara Johnson (Minneapolis: University of Minnesota Press,1986), xi—xlviii.
需要注意的是,"ana-"兼具正向和反向之意,且对语词本义的颠覆性理解也离不开语词本义,所以此处译为"似是而非",取其在中文语境中所具有的两层含义:表面看来似乎是这样,而实际上并非如此;似针对此,实针对彼。这样的译法是为了突出米勒认为南希用词不同于词的常义:南希似乎采用了人们对相关语词的惯常理解,但同时将这些语词的惯常意义问题化,表达出质疑,从而拓展语词可能的意义空间。

désoeuvrée（不-作为）、partagé（共有）、comparution（共显）、limite（界限）、exposition（揭示）、interruption（中断），甚至还有其"文学共产主义"（literary communism）的提法中的 littérature（文学）一词。① 另一个例子是布朗肖的《灾异的书写》（*L'écriture du désastre*）中 désastre（灾难）一词，它的用法也不简单。此处给出这些词的法语原文，因为它们的微妙含义不容易被翻译出来。

第一种共同体容易理解，因为"我们"大多数人都认为它理所当然，而南希提出的共同体形式，理解和思考起来则要难一些。再者，正如我所言，人们不愿认真地思考它，也不愿严肃地对待它，因为这种共同体对第一种共同体极具破坏性，对其是一种灾难。这在南希的论述中即可得到证实，他系统性地拆解了第一种共同体得以成立的前提条件。在南希的"非造就的共同体"中，不存在主体，不存在互主性交流，不存在社会"纽带"，也不存在集体意识。也许正是这一连串否定，让雅克·德里达就南希的共同体理论发问："为什么称之为共同体？仅仅是为了与我们某些朋友试图给出的共同体提法保持一致吗，比如布朗肖'否定的共同体'、南希的'非功效'的共同体？对这些共同体，我没有疑虑，但我只想问，为什么称它们为共同体？"[10]

通过排列、置换某些反复出现的关键词，南希展开了他对共同体的思考。这些词不断被吸纳进新的阐述中，试图再一次说出无法被言说之物。它们不断尝试说出那严格说来不可说之物（unsayable）。在《非功效的共同体》的法语原版中（南希的原著只有其英译版的前三章），最后一句话即做出如下断言："此时此刻，我必须打断自己：

---

① 南希的"文学共产主义"又可译为"书文共同体主义"，与该提法照应的"文学"一词，则可译为"书文"。南希使用该词超出了狭义的文学，还指文字、书写和写作，以巴塔耶、布朗肖及德里达等人的哲学思想为背景。然而此处因强调南希常有打破语词惯有含义之举，故仍用"文学"一词译出。其后依语境不同，可能译为"书文"。

由你来决定，允许说出那无人或无主体能说出的东西，允许说出那
使我们向外延展、处于共通的东西①"（*IC*，81）。

这种"言说的不可能性"至关重要，它决定了南希的风格有如下
几个特点。首先，他在书中对这些关键词的使用，都偏离了它们正
常或平常的用法。这些词悬置了日常话语。它们与其他关键词结
合，形成不同的句法结构，并在其中进行迭代。既然这些词通过这种
方式，从我们熟知的日常语境中抽离，那么它们似乎也像被羁押在旷
野，形影相吊，无依无靠。读者视它们为单独的谜样说法。南希风格
的第二个特点是当场反驳，即，随即撤回刚刚才在同一个句子中所说
的话，比如上文中，"允许说出那无人或无主体能说出的东西"。好
吧，如果没有人或主体能说出来，那我们能想象出谁或者什么来说
呢？南希的论述中隐含一种古怪的空间化的说法，这是他的第三个
特点。界限（limit）、共享（sharing）/分割（shearing）（共有）、接合
（articulation）、悬置（suspension）、延展（exposition）等，这些词都喻
示着潜在的空间意义。它们向读者发出邀约，请他们再次思考南希
借助略显古怪的空间措辞来思考的内容。在南希对那种空间的表
述中，这些地形词汇一提出就旋即被撤销。例如，界限一词，它不是
边缘、边界或边境，因为在其之外，什么也遇不到，这就好像宇宙学
家说的有限却无边的宇宙。你面对一个界限，一个范围，但你无法
超越到自己的围蔽之外，因为没有那个"之外"，没有那个超越的外
部。还有一个例子是"共有"（partagé），它含有两个既对立又相辅
相成的意义，表示既共享又分割。它是一个表示空间地形的词，但
你却不能轻易构想出那种既共享又分割、被称之为"共有"的情形。
南希就此写了整整一本书——《共有的声音》（*Le partage des*

---

① 南希这句话语义密匝。"外展"（expose）是南希思想的关键词，可以从 ex-前缀看出它在
pose 的基础上强调向外延展的意义。个人具有独一性，思考共同体对作为独一存在的人
的可能和意义，是南希共同体思想的重要问题。

voix），[11]来发掘法语中 partage 一词相反相成的妙处。

南希风格（当然也包括其"思想"）的最后一个特点是，他提出的共同体模式明确地否定了（尽管这个词显得不太合适）大多数人在被问到"什么是共同体？"时，心中所想到的答案。然而，这两种共同体并不在黑格尔意义上相互对立、相互否定，它们并不是肯定、否定与扬弃的辩证关系。一旦你试图就其中一种进行单独表述，比如在小说或理论中——就像南希的论述或你此刻正在读的这些段落，以及之前史蒂文斯的诗行——你就会发现两种共同体互为前提，相互缠绕，相互生成。人们通常所想的那种共同体模式，类似一种意识形态，假定了预先存在且自我封闭的"个体""主体""自身"（selves）或"个人"（persons）。这些自我毫无疑问是有限的，他们必有一死，但他们却是累积的，朝向总体性，因而在此意义上，他们也是不朽的。于是，这些个体遭遇其他个体，他们后来在互主性的交流中订立契约、组成社会。通过这种方式，他们缔造出一个共同体，一个由共同的故事（关于起源和结果的神话）、语言、制度、法律、风俗、在婚姻和继承上具有规范性的家庭结构，以及获得人们认同的性别角色等要素所组成的共同体。在这个有机构成的共同体中，一切都是一起生活的众人共同造就的结果。一群人共同生活和劳作，建立了一个内在紧密结合的共同体，它土生土长，有着对应的地域，自成一体。语言作为一种工具，用于"铸就"（work）、制造或生产这种共同体的内部交流通道。

尽管《非功效的共同体》开篇重申了这个熟悉的历史神话，但南希说目前我们知道那样的共同体从来不曾存在过。这个神话含有的意识形态要素假定这种共同体曾经存在，而现代性正是以这种共同体的解体为其特征。在本章开头部分的引文中，南希写道："现代世界最严峻、最痛苦的见证——或许汇集了这个时代本身依凭某种未知的法令和必然性所必须承担的所有其他见证（因为我们同样见证了历史思维的衰竭）——就是对共同体崩解、错位和焚毁的见证"（*IC*,1）。那种人们普遍认定的共同体,总是已经被另一种共同体所拆解。这另一种共同体是一种否定,即使这种否定并不带来辩证意义上具有综合作用的扬弃（*aufhebung*,sublation）,至少它意味着对前一种共同体的拒绝。它对自身的定义,均与前一种共同体相悖。南希以独体代替个体,后者为自我封闭的主体性所限,而前者从一开始就是"共有的",既共同分享又彼此分割,敞向一个被称为死亡的外部深渊,独体不由分说地在此分担。独体是外向的,在自身极限处,万物寂灭,他向外延展至其他独体。语言在独体的共同体中成为书文（literature）,即布朗肖和德里达意义上的"书写"（writing）,而不是成为神圣的神话。书文因而以述行的方式,对常识意义上的共同体执行拆解。

下面这个关键例子,说明了南希的表达方式,也说明了什么是"非造就的"或"非功效的"共同体以及这种共同体在哪些方面不同于传统观念中的社会契约和互主性交流。此处有必要大量引用原文,这些段落理解起来绝非易事。在需要法语才能表达出细微含义的地方,我保留了相关语汇的法语原文。

> 沟通首先在于这种共享和这种有限性的共显（*comparution*,compearance）,即是说,在于错位和质询（interpellation）[1],这种错位和质询揭示出它们自身是存在–于–共同（being-in-common）的构成要素——这恰恰是因为存在–于–共同不是一个共同的存在（a common being）。有限的存在首先依据地域界

---

[1] 在哲学层面上,interpellation 一词出自阿尔都塞,常译为"征召"或"质询",指通过呼唤、询问"你是谁?"从而使得某人在回答中承认自我、确立主体意识,而这种主体意识实为意识形态所提供的一系列认同。通过这种方式,个人完成自己的社会化。参见赵一凡,《阿尔都塞与话语理论》,收于《哈佛读书札记》(北京:生活·读书·新知三联书店出版社,2006年)第 249—260 页。

限而存在，依据延展（extension）——partes extra partes——而存在，这样每一独体都是延展的（在弗洛伊德说"精神是延展的"那样的意义上）。它并非封闭于某种形式——尽管它的整个存在，触及自身独一的界限——而是它就是它之所是，即，独一存在（存在的独一性），其方式仅仅是通过延展自身、通过非实在空间（areality）①首先在自身的形式中外显（extroverts it in its very being）——无论其"自我主义"（egoism）的程度和欲望如何——通过非实在空间让它仅以**向外部延展**而得以存在。反过来，这个外部别无他，仅仅是另一个非实在空间的外展，是另一个独体——其他独体也是这样。如此的外展，或者说共享外展，从一开始就引起独体相互质询，它先于任何语言形式的交流（尽管它为语言交流提供了可能的最初条件）。有限性共显，即有限性外展，这是共同体的本质。

在这些情形下，沟通不成其为纽带。"社会纽带"（social bond）这个比喻让人不快，它在"主体"（也即客体）上叠加了一种假想的现实（假想为"纽带"的现实）。人们企图赋予这种假想的现实一种可疑的主体间性的性质，以为它有让这些个体相互黏合之功。基于经济或认可而产生的联系有可能黏合个体，但与那些纽带相比，共显是更为本源的层序（originary order）。它并不自我创立或自我设置，也不在已经给定的主体（对象）中出现。它由如下的之间（between）组成：你和（and）我（between us）——此结构中的**和**并没有并列之义，而是外展。我们必须学着在各种可能的组合中解读这个结构，共显所表达的也就

---

① areality 的法语原文是 aréalité，南希认为该词有两种理解方式：一是来自拉丁语 area，指空间，此处有空间间隔之意；另一种是看作 a-réalité（非-实在性），这里的否定"无"（nothing，法语是 rien），并非一无所有的物，而是与拉丁语中的"物"（res）相关，指极小极少的物，而不是"什么都没有的虚无"。详见《无用的共通体》中"关键词释义"，第330页。

是:"你是/和我(完全不同)"[toi(e[s]t)(tout autre que)moi],①或者简而言之,"你分享我"(toi partage moi)。

只有在这种沟通之中,独一的存在才被给予——既无纽带也无共契,且同样远离任何从外部生成或连接的观念,远离任何形成共同凝聚内核的观念。这种沟通是向外延展的构成性事实,而向外延展则定义了独一性。独一性其本身的形式就是向外延展的。借助于外展这种姿态、这种原初的结构,独一性既是分离的(detached)、显著的(distinguished),也是共同的(communitarian)。共同体呈现了特性差异的超然或削减,且这种差异特性不是个体化的,而是有限性共显。(IC, 29)

正如我在本章开头所说的,"传唤/共显"(compearing)意味着"共同显现"(appearing together),是"显现"的一种变体。此处的法语原文是comparution,其对应的动词是comparaître,指与这个动词意义相关的行动。动词comparaître指依照命令出席,比如依照法庭的命令出席,法官因而能够在相互冲突的供述中做出裁定。共处(being with)或者"有限性共显"是人类存在的根本特征,这一点也是南希的另一力作《独体的复数存在》(Being Singular Plural)[12]一书的前提。南希在此书中孜孜不倦地论证,"共处"中的"共"(with)直入根髓,具体说来,对每个个体自我和普遍意义上的存在都是如此。我们不得不与他人共同分享我们的存在。对南希而言,"存在"(being)总是在已经被分离的同时,被一个复数的共处形式所联合。我们每个人既是单数的,也是复数的,就如南希的《独体的

---

① 法语中être相当于英语中的be动词,前者在第二人称主语后变位形式是es,第三人称单数变位形式是est,分别对应英语中的are和is。除此之外,法语的et表示"和"(and)。因此,南希此处用"e[s]t",是一语三指,即es,est和et。

复数存在》这个题目中的双关用法所示，其中"存在"既可作名词，也可作动词。[①] 南希此处的论述前提非常复杂，下面这个例子说明了他的表述方式：

> 存在是完全的共处，这是我们必须想到的。"共"是存在最基本的特征，标示出存在既独一又多元的原初……于是，共同体本身的特点以如下方式向我们传达：共同体除了以"共"构成自身外，没有其他资源可以占用。它只有表示连同（cum）的"共同体"，有内在性却没有内在核心，尽管它也有可能在一定程度上有自身的内核（interior intimo suo；its own intimate interior）。因此，这里的"连同"，意味着共同显现（co-appearance），在这种情形下，我们只是相互共同显现，我们除了以"共"本身的形式共同显现之外，并不诉诸任何其他权威（l'instance）。权威的意义在我们看来则立即消融在微小之中，消融在外部性之中，消融在纯粹简单的"共"之中，而"共"亦不似有机体那样自治，它完全根据经验调整，弃置了一致性和连贯性，不依目的计划而行，却应时应势而动（aléatoire；contingent）。（BSP，61—62，63，翻译有改动；ESP，83—84，85）

对南希而言，如果"神话"是第一种共同体中共同生活的人的语言表述，那么"文学"则设法命名了第二种共同体中人们的争论——无论这种命名显得有多么隐晦。文学（在南希的意义上，包括哲学、理论、评论以及狭义文学中的小说、诗歌和戏剧）由此具有一种明确的政治功能，就如南希在《无用的共同体》的第三部分，即最后一部

---

① 英文中 be 动词意为"是"，可表示判断和处于某种状态，动名词 being 常被译为"存在"。中文的"存在"也可以同时用作名词和动词，所以此处用"存在"译出，但此种译法仍然表失了 be 动词表示判断的意蕴。

分"文学共产主义"("Le communisme Littéraire")①的结尾处断言：

> 正是因为有共同体——这种共同体总是无法打造的，它在集体中心抵抗，在个体心中抵御，并且由于神话被打断了，这种共同体也总是被悬置，为其宣示自身的明言所分裂——"文学、共产主义"才迫在眉睫。这意味着：思考，实践声音共有，以及实施一种关联（articulation）②，据此，没有独体不外展于共同之中，没有共同体不为独体提供界限。

> 这不会决定任何一种社会模式，也不会创立一种政治——如果政治是可以"被创立"的，但它至少确定了一个界限，所有的政治学既在此处结束，也在此处开始。沟通发生在这个界限之上，事实上，这个界限由沟通构成，它对我们注定要共同存在的方式——我们称之为政治——提出要求，它决定了共同体向其自身开放，而不是向一个命运或将来敞开。"文学共产主义"至少表明了如下这一点：共同体不断抵抗让它趋向完成（在achever一词的所有意义层面上——该词也表示"结束"）的一切，这个抵抗过程有一种无法抑制的政治紧迫性，而这种政治紧迫性又反过来要求某种"文学"来标示我们的无限抵抗。

> 它既不会定义**某种**政治，也不会定义**某种**写作，因为它恰恰反对一切定义和编排，无论这些定义和编排是政治上的、美学上的，还是哲学上的。它也不能被纳入任何一种"政治"或"写作"之中。它表明了一种偏向"文学共产主义"的抵抗态度，

---

① 南希"文学共产主义"这一提法中的"共产主义"，明显指涉马克思提出的"共产主义"思想，但又与其不同。

② articulation 既可指声音，意为"清晰的发音、明确有力的表达"，也可指"用关节连接；使相互连贯"。在词源上，articulate 兼具语言的各个部分和使各个部分相互关联之意，该词照应了南希在前一句言及共享声音的说法。

且这种抵抗先于我们，非我们所创造——它先于我们，源自共
同体深处。政治如果不去探究这一点，就会沦为神话或经济，
而文学如果不去言说这一点，则会陷入消遣或谎言。（*IC*，
80—81；*CD*，197—198）

读者会看到，南希对"非功效的共同体"的阐述，其基础是一种
奇怪的空间矛盾。在这个空间形式中，独体既被隔离在无法突破的
"界限"中，又通过这些界限，以原初的"共"或"共处"的形式，外展向
所有其他的独体。如此的共处总是已经在那里，是每个独体的根
本特征，但它也是无限深渊，是每个独体与其他所有独体的结合
之处。

还有一个问题必须回答。如果第一种共同体确保了诸如承诺、
婚誓、合同、遗嘱等施行性语言得以恰当起效，那么第二种共同体中
的言语行为又当如何呢？"一组或一群'外展'的、彼此完全是他者
的独体"所构成的共同体，并不能奠定以言行事所需的坚实基础。
此种共同体的形成，正是经由共同体的不可能性而产生。对于 J. L.
奥斯汀（J. L. Austin）在《如何以言行事》（*How to Do Things with
Words*）中提出的让言语行为有效的条件，此种"非造就的共同体"
一个都不具备。在这样的共同体中，其成员并非独立或自立，他们
无法为一己之言担责，也不能坚持，昨天做出的承诺也许持续不到
今天。此种共同体也没有社会契约和章程，因而缺乏行之有效的法
律和体制的构建基础。它也不能指望"主体间"的透明交流或社会
纽带，以此对个人保证其他人的言语行为是真诚的。

布朗肖在《不可言明的共同体》中使用"不可言明"（inavouable）一
词，来描述此种共同体，它有双重意义。一个非人为造就的共同体
是隐秘的，不能公开言明。布朗肖举例说，乔治·巴塔耶及其同道
建立秘密共同体，这个共同体致力于以砍掉某个成员的头的方式，秘

密地进行牺牲献祭,因而得名"无头"(Acéphale)。① 这种共同体当然不能公之于众,尽管人们也许会想到早期基督徒的秘密共同体在举行圣餐礼②时,也有献祭仪式,以纪念耶稣受难。古代近东神秘的膜拜仪式也会模仿献祭,有时真的很血腥。或许可以说,如今美国社会的凝聚力,也得益于不断有人被执行"死刑",被牺牲献祭。

然而,非功效的共同体"不可言明"的特点还表现在另一方面:它无法为任何声明或言语行为提供坚实的基础。这并不是说非功效的共同体中没有言语行为或者说其中的言语行为无效,而是说这些言语行为缺乏任何法律制度的支撑。它们依靠忠于自身的决心而起效,此决心也不断自我生成、自我推动。这样的言语行为,有点像一个人拎着自己的鞋带就把自己从南希和布朗肖称为"死亡"的深渊中拉起。

马修·阿诺德(Matthew Arnold)的诗歌《多佛海滩》("Dover Beach")最后一节充满矛盾,表达了类似的不可言明的誓言。阿诺德的措辞,带有布朗肖的风格,它假定了独体之间有一种爱,但这种爱不是大写的爱,没有普遍性,也不植根于其他任何比如信任、和平、愉悦和光明等具有普遍意义的概念,虽然这些普遍性概念是恋人坦露心迹、互表忠贞的誓言得以成立的必要的先决条件。阿诺德诗中的叙述者劝请他的爱人与他携手,共同经历"没有爱情的爱情"(amour sans amour)(布朗肖可能会如此称呼),这可能是非功效的共同体中唯一可能的爱:

---

① 经译者向米勒求证,巴塔耶及其同道的秘密共同体并未真的砍掉某个成员的头,他们这个共同体的活动主要指涉智性层面。

② 圣餐礼是信徒为纪念耶稣受难而举行的一种仪式。不同教派对圣餐有不同的规定,可用面包、饼和葡萄酒、葡萄汁作为耶稣的肉和血,信徒领圣餐可纪念基督的牺牲,领受上帝恩典。参见何炳松,《中古欧洲史》(长沙:岳麓书社,2013 年),第五节,"忏悔礼与圣餐礼",第 150—151 页;林荣洪,《基督教神学发展史(二):中世纪教会》(南京:译林出版社,2013 年),第六章,"圣餐礼",第 74—84 页。

啊，爱人，愿我们

彼此真诚！因为世界虽然

展开在我们面前如梦幻的国度，

那么多彩、美丽而新鲜，

实际上却没有欢乐、没有爱和光明，

没有肯定，没有和平，没有对痛苦的救助。①[13]

"共同体"有一个同源词"共契"②，它让南希转而思考基督教圣餐和弗洛伊德的原始部落理论。雅克·德里达对南希的质疑有助于我进一步澄清上述两种并置的共同体观念。不过，后文中德里达批评的不是《无用的共同体》，而是他的另一本著作《自由的体验》（L'experience de la liberté）。第一种共同体中的成员通过共享与其他成员处于共契之中，此种情形在弗洛伊德看来，成员所共享的就是弑父并一起分食（shared/sheared）他的血肉，这让他们成为"兄弟"和同胞（semblables）。波德莱尔也称《恶之花》的"虚伪的读者"为"我的同胞，——我的兄弟"。[14]原始部落的所有成员也是如此，他们有着共同的罪，即弑父。他们彼此相似，透明般一清二楚，就如史蒂文斯诗中的兄弟。回想史蒂文斯诗中的兄弟，他们的文化源自母亲的手风琴音乐，同声共气。法国大革命的口号"自由、平等、博爱"，将自由与博爱联系起来，而伸张那种自由却需要以暴力对抗君主制下的君主。这些法国革命者一起犯下了弑君之罪。现代英国民主制则一直背负着斩首查理一世的良心债。西班牙格拉纳达的阿尔罕布拉宫也上演了弑父的反转，苏丹③将三十六位王子，即他

---

① 此处译文源自飞白翻译的《多佛海滩》，收于《月光多么恬静地睡在这山坡上：英国名师诗详注》，胡家峦编注（北京：外语教学与研究出版社，2015年），第491页。

② 即communion，该词也意为圣餐礼。

③ 阿拉伯人在西班牙建立王朝、成为统治者的时期，国王被称为苏丹（sultan）。

的儿子，全部斩首，鲜血染红了阿尔罕布拉宫狮子庭院的喷泉。[1]

一个友爱(fraternal)的共同体——如果它真的存在的话，其形成乃是在于排斥异己，反对那些不是同胞的人，反对那些不参加圣餐仪式的人，因为他们不会复述耶稣嘱咐其门徒的话："你们应当如此行，为的是记念我"。[2] 这样的共同体实际上并不宽容，其成员对待共同体之外的人往往极为残酷，就如基督徒共同体把阿拉伯人和犹太人从西班牙赶出去那样。此类共同体的团结建立在驱逐和排挤上。你要么支持我们，要么反对我们。如果你反对我们，你就是"作恶者"(evildoers)，就如乔治·W. 布什对伊拉克、朝鲜、索马里等国家的称呼，直至后来，除了美国，所有国家都会被如此称呼，然后又在美国之中，除了一小部分人，剩下的人都成了同情者、共谋者，是"焦点小组"[3]、反战分子、共产主义分子、颠覆分子、恐怖主义同伙——简言之，都是作恶者。这种情形依据一种毫不通融的可怕的自杀逻辑，这种逻辑以同胞友爱的面目潜入民主肌理。最终，美国只剩下了布什和他的亲信，而他们之间又会开始你争我斗。情况确实如此，他们中时不时有人"自弃前程"，辞职隐退，从公众视野中消失，而布什仍然在任。唐纳德·拉姆斯菲尔德[4]如今身在何处？约翰·阿什克罗夫特[5]又在哪里？ 在当今 2011 年，时下的茶党成

---

[1] 阿尔罕布拉宫中的狮子庭院被誉为宫中最出彩的景致，得名于院落中间的狮子喷泉。附近山上清泉引入其中，再经过水压装置从 12 只狮子口中喷出。

[2] 书中涉及《圣经》的引用，均采用中文和合本《圣经》的翻译，由中国基督教三自爱国运动委员会和中国基督教协会 2007 年印发。此处引用出自《哥林多前书》11 章 24 节，关于"主的晚餐"。

[3] "焦点小组"(focus group)，原指小组座谈，源于精神病医生所用的群体疗法，后在广告、产品设计、用户体验等方面广泛采用，这种方法依赖群体动力，强调群体内人与人之间的交互活动和相互影响。2003 年 2 月世界范围内爆发了大规模的反战示威游行，布什总统将此事件类比为"焦点小组"，认为示威者们如同非正式座谈会上的受访者，缺乏严肃思考和理据，感情用事。

[4] 唐纳德·拉姆斯菲尔德(Donald Rumsfeld)，小布什政府的国防部部长，力主发动伊拉克战争，后在任满前辞职。

[5] 约翰·阿什克罗夫特(John Ashcroft)，小布什政府的司法部部长，后离职。

员(Teapartyers)——如果可以这么称呼的话,他们团结一致的基础仍然是这个乖张的错误逻辑。①

那么这种范式下的女性呢? 姐妹、母亲、妻子和情人呢? 她们是同胞吗? 和玛格丽特·杜拉斯一样,莫里斯·布朗肖认为她们属于一种不同的共同体。布朗肖基于自己对杜拉斯的《死亡的疾病》(*The Malady of Death*)②的解读,将其与伊曼纽尔·列维纳斯的思考以及特里斯坦和伊索尔德的故事相结合。他在《不可言明的共同体》中的"情人的共同体"这部分,提出了该书在第一部分所描述的那种不可言明的共同体的另一种形式。这另一种形式的"不可言明的共同体"由恋人组成,是不可能的"两人共同体":

> 让我们同样记住,即使如特里斯坦和伊索尔德所代表的恋爱的相互性这样一种共享之爱的范式,也排除了简单的依存关系,排除了那种让他者融入共同之中的统一性。这让我们回到一种预感:激情无法带来可能性,对那些身陷其中的人,激情让他们逃避自己的力量、决断,甚至"欲望",因为激情是陌异性(strangeness)本身,它既不考虑他们能做什么,也不考虑他们想要什么,而是引诱他们进入一种陌异性之中,在那里,他们变得与自己疏离,进入一种亲密之中,而这种亲密却也同样让他们彼此疏离。因此,他们彼此永远分开,就像死亡降临,伫立在他们之间?他们既无区隔,也未分开,却也难以接近对方,在这种不可接近的状态中,形成一种无限的联系。[15]

---

① 茶党与其说是一个政党,不如说是一场右翼保守主义的社会运动,其政治诉求有很强的本土主义和种族主义色彩,详见倪峰,《美国"茶党"现象辨析》,《人民论坛》2015年11月,第58—61页。

② 《死亡的疾病》中译本参见《坐在走廊里的男人》,马振骋译,(上海:上海译文出版社,2002年),第37—69页。

与南希的自由人的友爱观相比,雅克·德里达在《流氓》(*Voyous*)中的表达更接近布朗肖的观点。德里达与南希不同,他在对列维纳斯的暗指中,提出了一种异质的、不同的(非)共同体[a (non)community of dissimilars, of non-*semblables*]。这种(非)共同体由具有绝对差异的邻人组成:"如果有纯粹伦理的话,它始于他者那种因绝对不同而产生的可敬的尊严,这样的他者被认为是无法辨认的,确实是不可辨认的,因其在一切知识、认知和认可之外;相似或相同的邻人,则远远不是纯粹伦理的开创者,而是这种伦理的结束者或破坏者,如果有这种伦理的话。"[16]

德里达后期讲座中有一篇文章力透纸背,他在其中更为明确地表示自己不同意南希的观点。他的《对秘密的喜好》(*A Taste for the Secret*)中也收录了一篇访谈,其中直接提到南希的共同体理论,他提出质疑:"为什么称之为共同体?"这在上文中已有引述。他在讲座中坚持自己的看法,毫不妥协,他认为每一个我都是隔绝的,就像鲁滨逊·克鲁索在遇到星期五之前被孤立在荒岛上的情景:

> 在我的世界——这个"我的世界",即我所谓的"我的世界",对我而言没有其他的世界,每一个其他的世界都组成了我的世界的一部分——在我的世界与每一个其他世界之间,最初存在着大为不同的空间和时间,存在着中断,而且这个中断无法由任何试图建立通道的努力所弥合,桥梁、地峡、交流、翻译、转义或迁移都行不通。然而,以下这种情形,即渴望一个世界,却又厌恶已有世界,处于对这个世界的厌恶之中,这种情形将会使人们一再重复上述试图建立通道的努力,对此提出建议、施加影响并将这些努力常规化。然而,没有世界,只有众多岛屿。[17]

假如我们认真对待南希提出的由独体组成的共同体——或者

用林吉斯的话来说——毫无共同之处的人构成的共同体，那么我们在思考全球化后果时，如何能与王逢振和谢少波近期论文的思考方式有所不同呢？他们认为全球化破坏了世界各地的本土文化，将当地土著转变成网络冲浪者。[18]也许有人会回应说，王逢振和谢少波使用的本土共同体是西方概念。南希的共同体思想及其所属传统，以及华莱士·史蒂文斯的诗歌所表现的相反的共同体模式，它们同任何其他西方文化资本主义的产品一样，都是西方的发明，甚至连德里达否认共处（togetherness）是原初给予的这一观点也不例外。南希的独体共同体思想，像西方其他类似思想一样，虽完全源自西方，但在其断言中具有无可置疑的普遍性。在南希看来，不仅西方的男人和女人是独体，在界限处外展向他人，全世界所有男人和女人都是独体。然而，南希的观点毕竟只是西方产物，甚至有可能只是法语资源的一种产物。我认为没有办法走出这种特定的困境。任何一种关于共同体的想法都会是语言的惯有表达，是某种特定语言的产物，但其本身倾向于表达一种普遍性。然而，可以这样说，每个共同体都应该有独特的关于共同体的看法，只对该共同体适用。不过，整辑《国际英语文学评论》在思考全球化以及本土文化受到的破坏时，所使用的语言都是英语，而这一方式恰恰表现了它本要抵制的东西。

如果我们认真看待南希提出的共同体形式，第二点就是南希的看法至少在某种程度上消解了王逢振和谢少波在土著和网民之间树起的二元对立，即前者是幸福快乐的，而后者却一再被全球资本主义渗透，为其腐化，千人一面，丧失了个人特质。他们是这样表述的："跨国资本充满霸权的意识形态和技术似乎正在全球范围内抹除差异，强行使意识、情感、想象、动机、欲望以及品味趋于一致，使其标准化。"[19]根据南希的共同体形式，土著的独一性无法被本土文化的质询所触及，而网上冲浪者的独一性，也不会被美国夷平性的大众文化所触及。尽管土著和网上冲浪者都分别向其他人展现自身，但他们在肤浅的文化装扮下，仍互为完全的他者。无论他们是如土著一样比邻而居，或者相反，像网上冲浪者那样用电邮、短信或"推特"在线交流，情况都是这样。用海德格尔的语汇来表述，此在（Dasein）的孤独，以"向死而生"（Sein zum Tode）为根本特征，这一特征在"常人"（das Man）异化而肤浅的表象之下，仍完好无损，甚至连最为彻底的技术、政治和社会变化也无法触及。每一个男人和女人仍然独自赶赴那死亡之约，这一事实仍然一如既往地真实。

尽管如此，我们似乎可以说，在一种独特的土著文化中栖身，遵循一种全球化无法染指的当地生活方式——如果这种生活方式目前仍然存在的话——能够更好地使独体在彼此的外展中，经历他性，这胜过了全球日趋同质的文化，因为后者正迅速成为现今最为广泛地体验人性的方式。可以说，文化、语言和习语丰富多彩，这一多样性本身不错，就如动植物的多样性生态一样。再者，某些本土的宗教文化更易体认死亡迫近，而西方电影和电视流行文化则将死亡陈腐地展现为奇观，实为对死亡的冷漠逃避。本土文化不得不竭尽全力，抵制全球资本主义。正如南希所指出的那样，途径之一是通过他所谓的"共同体主义的书文"（communist literature）①，这包括哲学和批评理论，还有诗歌、小说、电影和电视节目，它们不回避直面独体，即使独体实际上并不能被谁面对。布朗肖意义上的记述（récits）是这种书文的典范。这种书文可能极少能够流传于世，尽管卡夫卡、凯尔泰斯和莫里森的作品表明这种书文能够长存，后文对他们作品的解读就力图证明这一点。

全球文化资本主义的夷平力量极为强大，但小规模的本土文化

---

① 此处为避免马克思主义语境中"共产主义"一词所含意蕴的影响，不译为"共产主义文学"，而采用"共同体主义的书文"的译法。相关说明可参见第 22 页脚注①。

形式仍然存在，它们凭借本身的特异性或独特性抵制那些力量。尽管西方批评理论和文献与全球文化资本主义相伴相生，但它们也可用来抵制全球同质化的趋势，就如资本主义生产的通信产品也可用来反对资本主义的某些方面。巴拉克·奥巴马在 2008 年夏秋之际竞选总统时，就充分利用了互联网通信手段。战略部署是关键，面对一种巨大的无可避免的主宰力量，我们并不一定只会被动地服从。准确地说，抵制全球资本主义，事关土著共同体中施行的某些特殊的言语行为，这些土著共同体如今也被视为由独体团结而成。它们的言语行为使全球形势产生本土化改变，这可能恰好有助于维持由独体组成的本土共同体。然而，略显悖论的是，世俗的文学作品作为另一西方产物，例如华莱士·史蒂文斯的诗、维多利亚时期的小说或本书所讨论的小说，都坚持小说或诗歌中的角色在诸如做出抉择的那种时刻，往往具有不为人知的独一性。弗兰茨·卡夫卡、伊姆雷·凯尔泰斯以及托妮·莫里森等人创作于奥斯维辛前后的作品，正表现了这一点。要做如此论证，并使人信服，即是本书的目的之一。

认为新的电信技术导致共同体毁灭并加以贬损，我认为这种做法并无多大益处。尽管电影、电视、手机、电脑和互联网作为传媒中介，会极大地改变任何一种开始使用这些媒介的"土著"文化，但它们在某种意义上是中立的。网络电视和有线电视确有不同，但公共广播电视（PBS）[1]的"新闻时间"（*News Hour*）和福克斯新闻频道那些所谓的新闻[2]的播放都基于同一种远程观看技术。互联网的存储和传播方式冷漠而平静，其中既充斥着否认大屠杀的人的叫嚣，

---

① 美国公共广播电视是非营利性的公共电视机构，由多个加盟电视台组成。

② 福克斯新闻频道（Fox News）是福克斯广播公司的频道，它被普遍认为政治立场偏向保守，它承诺观众每小时都提供最新消息，吸引了大量观众，但其报道风格被认为偏离客观公正的标准，带有强烈的感情色彩。

也不乏展现奥斯维辛"遴选"场景的恐怖照片。"遴选"一词指奥斯维辛的纳粹党卫军把刚下火车的犹太人归类。他们被排成两列：女人、孩子和老弱病残站一列，这些人会被立即送入毒气室，尸体被焚毁；剩下的人站另一列，这些人被送去集中营。即便如此，播送这些"内容"的媒介，在播放编排的过程中，还是改变了内容本身。博客技术也并不在意博客上写了些什么。即使这些技术手段作为媒介，本身极具力量，能够改变我们思考和感知的方式，改变我们与他人的联系，但它们所产生的文化力量，仍由使用它们的方式所决定，关于这一点，我在《媒体即塑造》（*The Medium Is the Maker*）中已经有所论述。[20]

　　无论有多么困难，诸如苹果手机 iPhone 之类的新的电信技术都能够用来强化并保存本土语言和生活方式。几年前，《科学美国人》（*Scientific American*）上刊登了《澄清数字鸿沟》（"Demystifying the Digital Divide"）一文[21]，该文明晰地区分了两种扶助项目：一种是为"欠发达国家"装上电脑，而这些电脑却很可能主要被用来玩游戏，造成了对当地文化的破坏；另外一种安装电脑的项目，是为了支持并维系当地的土著文化，印度南部贫困地区的电脑扶助计划即是一例。然而，有一点需要补充，新媒体改变了任何一种使用它的文化，就如当初书籍印刷文化改变了西方中世纪的手稿文化。自《科学美国人》发表那篇文章以来，短短几年，电脑、手机、iPhone、iPod 和黑莓手机在世界范围内的分布已经更为广泛，而"发达"国家和"欠发达"国家之间的区分正在淡化。纽约或法兰克福街头用手机的人和北京街头用手机的人相差无几。继凯瑟琳·海尔斯（Katherine Hayles）、唐娜·哈拉维（Donna Haraway）和德里达的开拓性研究之后，最近涌现了一大批学术文献，分析新电子媒体与印刷媒体"交互调介"（intermediation）的本质和效果。[22]它们达成了一个共识，即新媒体促成了一种极为迅猛的"重要的思潮变化"，它甚至影响了人之为人或人之为"后人类"的意义。这些研究也关注网络"共同体"、电脑游戏玩家共同体、脸书（Facebook）或推特共同体可能存在的意义，问及那些由新技术催生的共同体究竟意味着什么。不过，要回答这个问题，得再写一本书了。

　　然而，重要的是要记住，当今我们与大屠杀之间的联系有一个基本特征，那就是这种联系在很大程度上以新的电子交流技术为媒介，例如，网上有集中营"遴选"照片，或者维基百科编写了"奥斯维辛"和"布痕瓦尔德"词条。大屠杀发生之时包括通信技术在内的社会技术，为大屠杀提供了条件。我们对大屠杀的了解和情感生成都以当今的电信技术为途径：诸如克洛德·朗兹曼（Claude Lanzmann）拍摄了《浩劫》（Shoah），留存下照片以及幸存者证词的电子录音。阿特·斯皮格曼的《鼠族》有 DVD 版，凯尔泰斯的《无命运的人生》也被拍成了电影。尽管任何媒介对大屠杀的再现，都是极成问题的，但这些制品也许在幸存者中促成了幸存者共同体。本书在分析凯尔泰斯的作品时，借用让-吕克·南希在《被禁止的再现》（"Forbidden Representation"）一文中的观点，论述了这种问题性。即使亲自去参观纳粹集中营，你也不会知道太多。我在 2009 年 11 月参观布痕瓦尔德集中营时，尽管导游的知识极为渊博，但我还是有这样的感受。布痕瓦尔德现在如此干净整洁，芬芳扑鼻，甚至至今留存的焚尸炉也是如此。即使那里曾经发生过大规模的恐怖事件，它现在基本上也成了旅游景点。游客只要愿意，他们可以自由地来回穿梭，但对那些曾被囚禁在此的成千上万的人来说，情况截然不同，大约有五万六千人死去，他们或葬身集中营，或死于撤离途中。[23]

第三种共同体

在本章结束之前,我再简要地讨论一下第三种共同体,更准确地说,讨论一下共同体的复数形式。这种共同体有几种表现,后文分析的小说以各自不同的方式展现了这一点。到目前为止,根据史蒂文斯和南希的观点,我似乎谈到了一个共同体要么是由与外界隔离而彼此相互关联的人群构成,要么可能由彼此无甚关联的人构成。这第三种共同体模式,则将一个既有社会视为诸多共同体的集合,这些共同体之间彼此交叉、相互联系,没有任何一个共同体完全隔绝在其他共同体之外。按照这种思维模式,我们谈论的共同体就总是复数,而不是单数。循此而论,任何一种现代社会集群,比如国家,都由大量的机制、机构、组织,即由米歇尔·福柯所说的机制或机器(*dispositifs*;apparatuses)交织而成。福柯用装置(dispositif)[①]一词,来命名某个具体社会在特定历史阶段,对社会、法律、政府、金融和行政进行整合,使得这些方面如机器般整体协作。愿意为这样的机器效力的人,用苏联的语言来说,就是"党政官僚"(apparatchik)[②]。福柯指出,这样的机器是"一种彻底异质的集合,由话语、机制、建筑形式、规范性决策、法律、行政措施、科学表述、哲学见解、道德主张

[①] 国内学界一般将法语词 dispositif 译为"机制、装置",将其英译 apparatuses 译为"机器"。关于福柯本人对"机器"的使用,详见包亚明主编,《权力的眼睛——福柯访谈录》,严锋译(上海:上海人民出版社,1997 年)第 181—183 页。对该词的进一步理解,详见张锦,《实证性:阿甘本论福柯的"机器"》,收于周启超主编《跨文化的文学理论研究(第七辑)》(北京:知识产权出版社,2015 年)第 129—143 页。

[②] 董乐山先生曾对该词的翻译有一番清晰的思考。他指出,"此词是把 apparatus(国家机器、政府机关)为字首加上俄语后缀 chik(人)连起来创造的一个新词,专指苏联的党政官僚。如译'机器人',字面固然相对,意义全非。如译'机关干部',一来没有原词的贬义,二来也把范围过于扩大化了。如译'党政官僚',总觉得是解释,不是翻译。但是在没有找到更好的答案之前,恐怕也只好暂时凑合了。"董乐山,《翻译的甘苦》(北京:外语教学与研究出版社,2014 年)第 134 页。

和慈善计划所组成——简言之,所说的和未曾说的。这些都是机器的要素。"[24]卡夫卡曾在捷克(时属奥匈帝国)布拉格工伤事故保险公司任高级律师,他在此期间所撰写的公文,是表现福柯意义上的"话语"的极佳范例。[25]异质性、纵横繁衍以及机器这些概念,都与有机体相对,它们对勾勒第三种共同体至关重要。

福柯若今天依然健在,他列出的一连串掌权者名单可能会添上包括互联网在内的媒体。异质要素的整合形式被福柯称为"机器",其中每种要素都由其对当时既有信息技术的运用所决定。社会学家研究了老式官僚制对办公室的依赖,这些办公室塞满了文件,文件由秘书撰写或打印,从一个办公室流通到另一个办公室,在不断增殖的等级结构中上下左右、纵横交错地传播。卡夫卡的小说特别刻画了这样的官僚体制,本书讨论的其他小说也有相关呈现。"二战"期间,借助精准高效、支系蔓生的德国行政官僚体系,辅以被占领国(如匈牙利)包括警察系统在内的官僚制合作,大屠杀才得以发生。各个部门机构之间的内在联系非常复杂,这是为了加大相互了解的难度,甚至连左手都不知道右手在做些什么。本书第四章会谈到美国奴隶制也包含了一系列复杂的机器,它在内在关联的机制、商业公司、法律和风俗中生成并受其控制。奴隶制的运作是一个长期而复杂的过程:奴隶商人在非洲买卖抓到的非洲人,通过臭名昭著的"中间航道"(Middle Passage)①,这些非洲人被运往美国,成为奴隶,在被转卖之后,又被频繁地拍卖。规章制度和风俗习惯得以形成,时而左右种植园主对待奴隶的方式。然后,奴隶们在种植园内建立起脆弱的家庭、教堂和社群。南北战争前,《逃奴法案》(Fugitive Slave Law)之类的法律制度颁布。待到解放后,他们又遭受了一个世纪的歧视,比如南方的《吉姆·克劳法》(Jim Crow laws)②、

---

① 在历史上,Middle Passage指自非洲西海岸至西印度群岛或美洲贩卖黑奴的大西洋中央航线,也常被译为"中央航道""中间通道"等。

② 吉姆·克劳是对黑人带有贬义的称谓,以示对黑人的种族歧视。

种族隔离、泛滥的私刑等。如果没有这些法律、社会和商业交织成的错综复杂的机器，奴隶制不可能存在。它们都利用了当时的传媒系统，比如张贴海报，宣传奴隶拍卖，或在南方广泛传播印有私刑照片的明信片。

　　放眼当今，电脑和互联网的运用极其复杂，最近全球金融系统崩溃也受其影响。路易·阿尔都塞有一篇著名的文章，论意识形态的质询作用。[26]在这篇文章中，他将媒介囊括进 ISAs，即国家意识形态机器（ideological state apparatuses）之中。正如我所言，社会机器涵盖范围如此宽广，但它的具体表现形式都有一个显著特征，那就是像机器人一样，自动运作。这种特点所带来的结果，借用狄更斯的表达，就是"无人犯错"（Nobody's Fault）。狄更斯有先见之明，原本想将这个表述作为《小杜丽》（*Little Dorrit*）这部小说的题目，用它概括英国"兜圈子机构"（Circumlocution Office）的特点，就像卡夫卡的小说所表现的那样。"兜圈子机构"表现了一种有效的官僚制，层级纷繁却退隐不见，它像"劲量兔"（Energizer bunny）①一样永不停歇地运作，有意拖延、应付工作。这与卡夫卡《审判》中的法律系统形成类比，还有《城堡》中的官僚体系，尽管具体形式有所不同，但也与之相似，既连接村庄和城堡，也在它们中形成阻隔。

　　第三种共同体还有另外三种表现形式，各有其显著差异。在结束本章讨论前，现将三种形式概述如下。每一种都值得进一步阐述。

　　斯坦利·费希（Stanley Fish）提出了"阐释的共同体"（interpretive community）②，他在论文集《这门课有没有文本？》（*Is There a Text in This Class？*）中，特意对此做了阐发。他通过这个概念预设了一种情况，即，各个独特的群体组成了大学和大学运行于其中的社会，

---

① "劲量兔"是北美一种电池品牌广告中的标志形象，在流行文化中，这个词意指永远不会停止下来的事物，或者形容拥有极强精力的人。

② 常见译法还有"阐释群体"和"阐释团体"，这里为了保持译前后一致，仍译为"阐释的共同体"。

不同群体中的人都把某些阐释性的假设看作理所当然，认为它们是客观的、普遍的，但这些群体之间却各不相让、无法调和，实际上这些阐释假设也并无实质基础。[27] 以解读弥尔顿的诗歌为例，一个阐释群体以某种方式解读，另一个阐释群体有其他大为不同的方式，这两个群体都错误地假设，他们所理解的弥尔顿是客观的，他就在那里。与此类似，茶党和进步的民主党对目前美国情况的理解截然对立，但对双方而言，他们似乎都认为自己的理解方式和意识想象就是客观事实。

前面我已经提到，德里达质疑南希提出的"非功效的共同体"概念，这里再稍加阐述。德里达更倾向于认为，个人有可能参与大量彼此不同而相互交叉的共同体或机构，就如他在《无条件的大学》（*L'université sans condition*；*The University without Condition*）[28] 中提到个人同时身处大学各个人文学科团体的情形。德里达的《对秘密的喜好》中有一段引人入胜的话，我曾在《致德里达》（*For Derrida*）[29] 中用了"孤独的德里达"（"Derrida Enisled"）一章来细论这段话。德里达在那段话中表示，他不愿意属于这些相互交错的共同体中的任何一个。德里达说，"我不是家里的一员"，以此回应安德烈·纪德①。他又接着列举了他拒绝归属的各种共同体。德里达将社会看作一个复杂的结构，由很多共同体组成，这些共同体不断增殖，相互并列、交错或涵盖：

> 再回到我说的那句"我不是家里的一员"。此处很明显利用了惯用语，产生多种语域的共鸣。一般说来，"我不是家里的一员"这个表述意味着"我定义自己的方式，其基础并不在于成为家庭成员"，也不在于从属于公民社会或国家；我定义自己的方式，不以初级的亲属关系为基础，这也象征着我不属于任何

---

① 安德烈·纪德（André Gide, 1869—1951），法国作家，于1947年获得诺贝尔文学奖。

团体,不会认同任何基于语言和民族的共同体,不归属于任何政党、圈子或派系,不从属于任何哲学或文学流派。"我不是家里的一员",这意味着别把我看作"你们自己人","别把我算在内",我想要保持自由,一直保持下去:对我而言,这不仅是我保持独异性(being singular and other)的条件,也是我与其他人的独一性和他异性建立联系的条件。一个人一旦成为团体的一员,他不仅会在群体(herd)(意大利语是 gregge,对应的英语是 gregarious,"群居的")中丧失自我,而且也会失去其他人;其他人纯粹变成了地方、家庭功能,而他们作为地方和功能则构成有机整体,这样的有机整体又形成了集体、学派、民族或共同体,囊括了众多说着同一语言的个体。[30]

德里达感到自己到处被围困,各种告诫、质询、呼吁、要求、致辞、恳请、祈祷、评议和高呼逼迫他,要他承认和接受自己在身边形形色色、层层叠叠、大大小小的共同体中的从属地位。如果他想要保持自我的完整性,维护与他者建立真正伦理关系的可能性,就必须对上述认同的请求坚决说不。这是我所知的对共同体最极端、最决绝的拒绝。然而,无论就拒绝归属说过些什么,德里达本人仍然是一系列复杂的、在全球范围内环环相扣的共同体的中心。他同时归属于世界上许多机构和团体,并与他讲学的大学、作品的译者、出版社、各种档案卷宗、作品专题会的主办者、电影制作人以及朋友都有着多种多样的密切联系。

对于复数的、相互交错的异质共同体,我的最后一个例子是吉尔·德勒兹和菲利克斯·加塔利提出的社会和语言根茎(rhizome)的概念。他们的著作《千高原》(*A Thousand Plateaus*)①[31] 在《导

---

① 后文关于该书的中译文参照了已有的中译本,德勒兹、加塔利,《资本主义与精神分裂(卷2):千高原》,姜宇辉译(上海:上海书店出版社,2010年)。

论:根茎》("Introduction:Rhizome")中对此做了最为细致的阐发。尽管德勒兹和加塔利的理论复杂精妙,且一贯极富创造性,但有一点是基本的,那就是拒绝任何主客体二分的范式。他们既抵制史蒂文斯和南希提出的那种单一的理论模型,也反对那种树形的等级概念——后者以树形的根、干和分支为基础,就如家族树或者遗传树结构那样,正是借助遗传树,人类学家将我们的祖先回溯到了猩猩。为了取代这些模式,德勒兹、加塔利以侧向繁殖的根茎植物为图示,描绘它们远离原有植株,从地底下或表面生发出新植株的能力:

> 世界生成为混沌,但书仍然是世界的形象,即,须根-混沌
> (radicle-chaosmos),而不是根-宇宙(root-cosmos)……这样的
> 体系可以被称为根茎(rhizome)。根茎作为地下茎,绝对不同
> 于根和须根。球茎和块茎都是地下茎。具有根或须根的植物
> 从所有其他方面来看,也可能是根茎式的,但问题在于,植物生
> 命形态本身是否完全是根茎式的。甚至一些结群而居的动物,
> 它们也是根茎式的。鼠群是根茎。巢穴也是根茎,具有遮风挡
> 雨、储食供需、迁徙移居、躲藏休憩的功能。根茎自身形态多
> 样,从表面的支系旁生、四处延展到球茎和块茎的凝聚形态,不
> 一而足。当老鼠成群窜动之时。根茎中,好坏兼有,有土豆,有
> 茅草,或莠草。[1] 动物和植物,茅草是马唐[2]。(TP,6—7)

---

[1] 德勒兹后文指出,"在西方,树深植于我们的肉体之中,它甚至使性征也变得僵化和层化。我们已经失却了根茎与草。"他借用亨利·米勒的话,批评西方思想对莠草的轻视,"草生长于广大未耕耘的空间之中。它填补空隙。它在其他的事物之中、之间生长。花是美的,甘蓝是粮食,而罂粟则让人发狂。然而,草是满溢,这是一种道德上的教训。"参见德勒兹、加塔利,《资本主义与精神分裂(卷2):千高原》,姜宇辉译(上海:上海书店出版社,2010年)第24页。

[2] 马唐是园地栽培过程中,人们尽力想要清除的一种杂草,俗称抓地草、秧子草、须草、叉子草、鸡爪草等。

所有这些植物学细节建构起德勒兹和加塔利的研究范式,他们想要借此绘制社会结构,特别是将多种语言确定为这些社会结构的基本特征:

> 一个根茎不断地在符号链、权力组织,以及与艺术、科学和社会斗争有关的情形中,建立连接。一个语意链,就像一个块茎,凝集了相当多样的行为,不单是语言行为,还包括感知、模仿、姿势和认知。不存在语言自身,也不存在任何语言共相,只有各种方言、土话、俚语和专业术语。没有理想的说者-听者,就好比没有同质化的语言共同体一样。借用魏因赖希(Weinreich)的话来说,语言是"一种在本质上是异质的实在"。[32] 母语并不存在,只有一种支配性的语言在多极化政治格局中的权力掌控。语言在教区、主教辖区和行政中心趋于稳定,形成球茎。它通过地下茎生发,顺着河谷或铁轨衍生,像一块油迹那样扩散开来。(TP,7)

德勒兹和加塔利谈论根茎结构的异质性及其机器般的增殖过程,试图以此回避他们论述模型中根茎的有机意涵。他们谈论"抽象机器(the abstract machine),它结合了语言与语义及语用内容,结合了语言与吐词咬字的整合,结合了语言与社会领域的微观政治整体"(TP,7)。然而,我认为他们用了"根茎"一词,很难完全回避根茎为其母体植物的有机副本这一事实,即使以背离通常意义上的,或者"颠覆式"(anasemic)的理解方式来看也是这样。尽管如此,德勒兹和加塔利对根茎模型的运用精彩纷呈,在很多方面启人深思。其中之一是他们在《卡夫卡:捍卫一种渺小的文学》(*Kafka: Toward a Minor Literature*)中,对卡夫卡的阅读从一开始就以根茎的方式为主导。[33] 该书第一句话就是,卡夫卡的作品是"根茎,是洞穴"(3)。随后,他们立即举出了《城堡》中的城堡、《美国》①中的饭店,还有《地洞》("The Burrow";"Der Bau")中的洞穴这三个例子来阐明这一点:

> 我们如何进入卡夫卡的作品?他的作品是根茎,是洞穴。城堡入口虽多,其使用规则和具体位置却不太清楚。《美国》中的饭店大门和侧门无数,却有无数保安把守;还有的出入口甚至没有门。不过,《地洞》中的地洞入口只有一个;这只动物至多也就是梦想再多个入口,供监视之用,但这实际上是卡夫卡及《地洞》中的动物所设置的陷阱。对这个地洞的所有描述都起到了迷惑敌人的作用……只有入口众多这一原则阻止来犯者、拒绝表征(the Signifier),以及反对那些阐释作品的企图,因为作品实际上只向实验性开放。(K,3)

本章末尾指明了德勒兹和加塔利的理论模式所具有的空间性。在这种理论模式下,卡夫卡的每一部作品都为读者创造出一种极为特殊的想象的空间景象,就像《地洞》中那只动物作为地洞的建造者和居住者,细致地描述了地洞的情形。我会秉持这种根茎空间的思维模式,结合本章探讨的其他共同体形式,解读卡夫卡的三部小说以及后面篇章中其他作家的小说。不过,你会发现我的解读所发展出来的空间范式有些不同。

---

① 它是一部未完成的作品,卡夫卡生前称之为 *The Man Who Disappeared*(《下落不明的人》),布洛德整理出版时将其命名为 *Amerika*(《美国》),新出版的德文校勘本又恢复了卡夫卡的命名。

第二部分　弗兰茨·卡夫卡：奥斯维辛预感

第二章

卡夫卡作品中的奥斯维辛先兆

每个时代都梦想着下一个时代。

儒勒·米什莱,《未来! 未来!》[1]

卡夫卡和大屠杀

幸而有米什莱的格言在前,我才得以在本章中从以下角度解读卡夫卡的《审判》和《城堡》,即卡夫卡的作品以某种方式预示着奥斯维辛。认为卡夫卡的作品与大屠杀有关,这似乎有点反常。毕竟,他在 1924 年就去世,早在策划"最终解决"(the Final Solution)①方案之前。他也没有写过反映种族灭绝的作品。尽管如此,卡夫卡的作品在很多方面都可以从反省大屠杀的角度进行解读。越是以此类推,就越会觉得奥斯维辛之前的小说预示着奥斯维辛之后的小说,至少卡夫卡的作品是这样的。在本章中,我想研究卡夫卡的作品如何预先设定了奥斯维辛题材小说的创作形式,以及他的作品又如何不可思议地预见了大屠杀的情形。

---

① "最终解决"指德国纳粹解决犹太人问题的方法,这是一种有组织有计划地屠杀犹太人的运行机制。参见戴维·M. 克罗,《大屠杀:根源、历史与余波》,张旭译(上海:上海人民出版社,2015 年),"'最终解决'方案的策划",第 340—343 页。

正如拉塞尔·塞默尔斯基（Russell Samolsky）在他即将出版的关于"烙印的身体和文本的暴力"[2]一书中所展现的那样，把卡夫卡的创作与大屠杀联系起来，这种做法由来已久，可以追溯到瓦尔特·本雅明、西奥多·阿多诺、贝尔托·布莱希特以及更晚近的乔治·斯坦纳（George Steiner）。据说卡夫卡在与朋友古斯塔夫·雅诺施（Gustav Janouch）的谈话中，曾表示他无法完成作品，想要销毁它们，因为他害怕这些作品可能是预言性的，害怕那些只在小说中展现出来的众人的痛苦和灾难，可能真有力量在大范围内成为现实。在塞默尔斯基引用的一段对话中，雅诺施对卡夫卡说，"可能你的创作正好是……未来的一面镜子"，卡夫卡闭上眼，来回晃了晃，回答道，"你说对了，你当然说对了。很可能就是因为这样，我什么也写不完。我害怕真相。但还能怎样呢？……如果无能为力，就得保持沉默……所以，我的所有手稿都得销毁。"[3]至于你是否相信卡夫卡闭着眼、身体前后晃动着说了这番话，这得取决于你是否相信雅诺施的说法。我们目前只有他这份记述。

有其他资料证明，卡夫卡不仅想要销毁自己的作品，而且似乎确实烧毁了一些。这是一个防止这些作品产生奇特的施为效果的方法。塞默尔斯基借助德里达对"自免疫"（autoimmunity）的运用，精彩地解读了卡夫卡的这种害怕。德里达用"自免疫"来形容文本的生成方式，即，一个文本有可能超出作者的创作意图，以一种机器的、假体的和生态技术式的方式自行运作。作者无法阻止文本创作自己的未来。销毁作品，恰恰就陷入了"自免疫"那自我毁灭的逻辑之中。卡夫卡预见到整个犹太民族的浩劫，印证了黑暗的预言，阿摩司那样的旧约先知曾做出这样的预言，卡巴拉（Kabbalah）①中也有所描绘。

---

① 卡巴拉是一种"希伯来神秘哲学"，它始于基督教产生以前，是在犹太教内部发展起来的一整套神秘主义学说。在希伯来文中，此词本义是"接受到的"或"传统的"。卡巴拉的学说强调精神和感觉，与正统的犹太教教义对立。参见词条"卡巴拉"，《哲学大词典（上）》（修订本），冯契主编（上海：上海辞书出版社，2007年）第702页。

卡夫卡甚至敢于认为他的作品"可能发展出新的秘密学说,发展出一种卡巴拉"。[4]

早在 1938 年,本雅明就将卡夫卡的作品解读为对大屠杀的预想,尽管那时大屠杀还未开始,但本雅明对此已有预感,他最终在西班牙边境自杀。本雅明在寄给哥舒姆·舒勒姆(Gershom Scholem)的信中写下《论卡夫卡》("Some Reflections on Kafka"),塞默尔斯基对此也有所引用。本雅明写道:"卡夫卡的世界……正与他的时代互补,那个时代正要以相当大的规模清除掉这个星球上的居民。卡夫卡不愿吐露心思,而至于与他感受相似的那种体验,很可能等到大众被清除之时,他们才能体会。"①[5]本雅明此处意在表明,卡夫卡赋予他小说和故事中独特人物的个人经验,会成为众多被迫害的人的集体体验,我在本章中也将就这一点进行论述。像 K、约瑟夫·K 和卡尔·罗斯曼这样不幸的人——或者用凯尔泰斯的描述——"无命运的"人,他们的遭遇隐约地预示了大屠杀浩劫。他们个体独一的遭际几乎变成数百万犹太人的普遍遭遇,他们要么被消灭,要么在集中营里苟全性命。这一点将在本章分析卡夫卡的《美国》时得以展现。塞默尔斯基还引用了卡夫卡对雅诺施说的一段话,他们当时正看着位于布拉格的古老的犹太会堂,卡夫卡当时的预言一如既往地黑暗:"这个会堂已经在地面以下,但不止如此,人们会尽力铲除犹太人,把这个会堂碾成灰烬。"[6]至少雅诺施说卡夫卡曾说过那样的话。

瓦尔特·本雅明和维尔纳·哈马赫(Werner Hamacher),以及德勒兹和加塔利,都以各自的方式承认,卡夫卡的作品有意阻止阐释,推迟结论或判断。卡夫卡眼里的读者,无论男女,都置身于一个

---

① 此处翻译参考了该书的中译本:瓦尔特·本雅明,《启迪:本雅明文选》,汉娜·阿伦特编,张旭东、王斑译(北京:生活·读书·新知三联书店,2008 年),第 153 页。

审判体系当中。"卡夫卡的文本如此安排",哈马赫说,"是为了避免阐释。"[7]他引用本雅明的话继续说:"卡夫卡有一种罕见的才能,能够自己创造寓言,而且他寓言的意义从来不会被清晰的阐释所穷尽;相反,他会想尽办法防止阐释。"[8]哈马赫借用本雅明的《弗兰茨·卡夫卡》("Franz Kafka")一文的看法,指出卡夫卡作品"防止阐释"(precautions against interpretation)的具体表现就是其中心——特别是其寓言的中心——"疑窦丛生"(本雅明,802)。传统的寓言,比如新约中耶稣的那些寓言,都有着明确的教义,如播种者的寓言明确地与天国以及如何抵达天国有关。然而,卡夫卡的作品,就像天方夜谭中谢赫拉莎德讲故事的情形,在不确定的意义中推延,用以延缓类似约瑟夫·K所面对的确定判决,他在《审判》的最后一章中被判处死刑(哈马赫,298—300;本雅明,807)。

哈马赫认为卡夫卡的创作"指向一种几乎无限推延的文学形式,这种文学形式不再具有引导教诲、养德倡法之用(卡夫卡寓言的核心因而'疑窦丛生'),而以延迟即将发生之事为其要务"(哈马赫,299)。本雅明是这样表述的:"在卡夫卡留给我们的故事里,叙事艺术重新获得了它曾经在《天方夜谭》中所占据的重要地位:推迟未来的能力。在《审判》中,只要整个进程不会抵至审判阶段,延迟反而是被告的希望所在"(本雅明,807)。这"即将发生"之事,正如本章所言,就是大屠杀,卡夫卡隐隐约约——或者很可能并非那么隐约——已有所预见。只要他的小说未写完,只要他的故事和寓言中还"疑窦丛生",还在抵抗明白无误的阐释,那么这场浩劫就仍停留在"即将到来"(to come)之中。最好的做法是销毁这些作品,以免它们加速即将到来之事。

众所周知,卡夫卡的生平与大屠杀有联系。他的三个妹妹都在大屠杀中丧生,包括他最喜爱的妹妹奥特拉。她在卡夫卡身患重病时悉心照料。卡夫卡在书信日记中提到她时总是充满慈爱。[9]

　　卡夫卡家庭的其他成员也死于大屠杀，还有他挚爱的密伦娜也是，卡夫卡写给她的信动人心弦。如果卡夫卡的生命再长久一些，他无疑会面临同样的命运。纳粹可能会收缴并销毁他那二十本笔记本和书信，卡夫卡在他最后一任女友多拉·迪曼特（Dora Diamont）的陪伴下，回到捷克斯洛伐克之后去世，把它们留在了她柏林的公寓里。也有说法是卡夫卡亲自烧掉了这些笔记本。卡夫卡的许多作品都是在他去世后，由朋友马克斯·布洛德（Max Brod）促成出版，但这些作品在1935年都被纳粹列入了臭名昭著的"不良文学名单"。

　　卡夫卡生活在布拉格，彼时奥匈帝国正处于衰退时期。作为一个犹太人和受过法律训练的保险公司从业者，卡夫卡相当直接地感受到了捷克的反犹主义，也感受到了官僚体制在私立机构和公共政府中通过新兴技术机器不断扩展的不祥之兆。大规模的官僚化，在克里斯托弗·布朗宁这样的学者看来，为纳粹的种族灭绝政策提供了必要条件。卡夫卡所在的保险机构名为"波希米亚王国工伤事故保险机构"，依托政府支持。布拉格在那时是"波希米亚王国"的一部分。提到远程通信技术，读者会想起电话在《城堡》《审判》和《下落不明的人》（即《美国》）中发挥的作用。前两部小说的主人公的困境取决于他们与小说中法律行政官僚体系的联系，这个体系庞大而难以理解，其各个部分与书面文件和电话信息的传播组合在一起。官僚制、政府、技术和科学后来构成了大规模驱逐和屠杀等事件发生的必要条件，这些事件发生时离卡夫卡去世不到二十年，而这些条件已然在卡夫卡生活的布拉格，在他噩梦般的小说中就绪。

卡夫卡和大屠杀文学

卡夫卡的写作在两个根本方面预示了伊姆雷·凯尔泰斯的创作。凯尔泰斯关于奥斯维辛的小说《无命运的人生》是本书第三部分的中心议题。

卡夫卡与凯尔泰斯类似，他以一种黑色幽默般的反讽笔调描写最恐怖的事情。我将指出，凯尔泰斯的《无命运的人生》是一种彻底的反讽。在他和卡夫卡的作品中，反讽部分地源于这样一种差异，即，叙述者的所知与无辜迷茫的主人公的所知并不一致。在《无命运的人生》中，上述两种视角都体现在作为主人公的第一人称叙述者身上，也就是说，他彼时所知和此时所知并不相符。提到黑色幽默，据说卡夫卡在给朋友大声朗读他第一篇获得成功的短篇小说《判决》（"The Judgment"）时，他的朋友们笑得直流泪。读者会想起《判决》中，那位父亲谴责儿子，让他去淹死，儿子就顺从地出去溺亡了。

《无命运的人生》有一幕带有奥威尔或卓别林式的喜剧色彩，震撼人心。主人公叙述者想象着臭名昭著的万湖会议制定"最终解决"方案的情形。[①] 主人公久尔考带着一种深刻的反讽，说浴室、毒气室和焚尸炉这些步骤计划周详，"所有这一切都使我产生一种玩笑般的、学生式的恶作剧的感觉"。[②][10] 他接着想象那些德国军官一个接一个，提出毒气室、浴室、香皂、户外花床、足球场、舒缓的音乐

---

① 万湖（Wannsee），也称万塞，位于德国柏林西端，当地有同名湖泊。1942 年 1 月，德国纳粹在此召开了万湖会议，落实了对犹太人实施种族灭绝的"最终解决"方案。

② 此处及以下出自该著作的翻译，参照了目前已有的中译本：伊姆雷·凯尔泰斯，《无命运的人生》，许衍艺译（南京：译林出版社，2010 年）。

等不同的点子,然后为他们自己的创造交口称赞:"说到底,人们得碰面才能讨论这事,比如说把头凑到一起,即使他们并不是学生,而是成熟的成年人,而且很有可能——确实,极有可能——他们是一些长官,穿着气派的套装,戴着勋章,抽着雪茄,估计都位高权重,此时此刻不能被打扰——我就是这么想的"(凯尔泰斯,111)。这与万湖会议上实际发生的事可怕地相似,它诞生了详细的"最后解决"方案:"有些主意可能激起了更长时间的讨论和修改,而有的主意却立刻受到他们的欢呼,这些人跳起来(我不知道为什么,但我坚持这一点:他们跳了起来),互相击掌——这一切都很好想象,至少对我来说是如此。通过许多狂热而勤勉的手,这些长官们的狂想在来来回回的忙碌中变成了现实。并且,就我所见,这场特异表演毫无疑问获得了成功"(凯尔泰斯,111—112)。

我在第六章还会回到凯尔泰斯上述这段话,以此为例分析他的反讽。这段话让人不由怀疑——至少我有如此感觉——布什、切尼、拉姆斯菲尔德以及他们在军中和情报机构的幕僚一定也这样碰面,才想出阿布格莱布监狱、关塔那摩监狱的主意,还把俘虏"巧妙地引渡"到中情局在埃及、波兰——谁知道还有其他什么地方——的监狱,在那儿拷打、审讯他们。奥斯维辛和阿布格莱布或关塔那摩基地都代表了技术和官僚制创造出来的胜利,像学生搞的某种可怕的恶作剧。当然,不同之处在于,我们只是"意外地"杀害了犯人或者让他们自杀,而纳粹在奥斯维辛和其他集中营中则处心积虑地屠杀了几百万犹太人。然而,我们的问讯除了搜集情报之外,还有一个目的,那就是在受害者经酷刑而"供认"后,最终对其处以极刑。[11]

之所以认为卡夫卡的作品预示了《无命运的人生》这样的大屠杀小说,是因为他的作品有另一个特点,即这些作品都注意到所谓的无关紧要的细节。这些细节得到了梦境般的或噩梦般的生动特写。这些细节的叙述符号打断了叙述本身,阻碍叙述往前推进到某个尚未言明的目标。说这些细节无关紧要,是因为它们确实琐碎,脱离了前后内容。这些细节意象在我们关注的时间和空间场域中非常突出。它们阻止叙述发展,而且这种阻止很可能是永久性的。居间过渡性的细节变成了封堵剂。这些精确描述的细节似乎得有某种意义或重要性,但那种意义或重要性从来没有得到说明,也没法从语境中推论出来。这些细节仅仅是凑巧在那儿,是被看到、听到和感受到的微观琐事。它们让故事迂回发展,或者直接打断故事进程,阻止故事朝某个目标推进,而且这种阻止很可能是无限的。

在卡夫卡的《下落不明的人》[12]中,卡尔·罗斯曼在邻居阳台上偶遇一个学生的情景就是显著的例子。罗斯曼在他被德拉马契关押的公寓里摸索,走到阳台上的亮处,想弄清自己在扭打时的受伤情况,但他很快就忘记了自己要干什么,他开始好奇地观察这个正在学习的学生:"他静静地注视着,这个人看书、翻页,偶尔在另一本书上查阅着什么,又飞快地记录下来,不时在笔记本上草草写下几笔,他同时伏着身子,头埋得出奇地低。"①[13]卡尔最终回到公寓,躺下睡觉,但被布兰娜达惊醒,"她明显被噩梦搅扰,在床上辗转反侧"(183e;273g)。这一章就此结束。尽管卡尔·罗斯曼与这个学生谈了他的搜寻,谈了他被德拉马契控制,这与情节有些关系,但书里却没什么地方能把这个学生的阅读习惯和整部小说的行动或情节联系起来。这个学生的阅读行为对整部小说而言没什么意义,它就像一个伸向半空的桥台,悬置在空气里。这个细节显得微不足道,看起来绕道离题了。如此冗长地兜圈子,可能是卡夫卡有意为之,为了推延"即将到来"之事。

---

① 此处及以下出现的卡夫卡该作品的中译,参照了现有中译本:弗兰茨·卡夫卡,《诉讼·美国》,孙坤荣、黄明嘉译(北京:作家出版社,2011年)。

《下落不明的人》的最后一章是"俄克拉荷马自然剧院"（"The Nature Theater of Oklahoma"），这个标题是布洛德添的，卡夫卡的手稿里没有。这一章的开始，卡尔从被关押的地方跑了出来，来到大街上，看到一则海报，上面写着："从清晨六点至午夜，在克莱顿跑马场，俄克拉荷马剧院今日招聘！俄克拉荷马大剧院在召唤你！只在今天！机不可失，时不再来！为自己的前途，就该来我们这儿！欢迎所有人！想成为艺术家的人，来吧！我们剧院为每个人提供机会，人人各得其所！……不信我们的人会受到诅咒！快来克莱顿！"（202e；295g）之前的一章讲卡尔带着布兰娜走街串巷，换地方落脚，那章也是碎片式的，从那章末尾没有经过任何过渡，就转到了这里看海报的情景。卡夫卡的手稿里，那章的结尾处有一个字"她"（Sie），卡夫卡似乎要开始写一个新句子，而下一章，也是这最后一章，却在不相连贯的细节中另起炉灶，有些突兀，好像卡夫卡完全忘记了前文所有内容。《下落不明的人》的最后一章是此处分析的重点，我将指出，这一章最为明显地预见了大屠杀的来临。或许此处值得指出，上述引文最后一句话诅咒那些不相信的人，照应了《圣经》中《启示录》①的最后几句，这是不祥之兆。除此之外，诸如为每个人提供位置、人人各得其所这样的陈词滥调，虽没有预见那个写在奥斯维辛集中营门口上的名句"劳动带来自由"（Arbeit macht frei），却让人不寒而栗地想到了布痕瓦尔德集中营门口写的"各守其分"（*Jedem das Seine*；to each his own），或者用更具象征性的说法来表达，"自取其咎"。布痕瓦尔德门上这几个铁铸大字，具有典雅的新艺术派风格，它们没奥斯维辛门上的字句有名，却一样让人感到毛骨悚然且异常反讽。[14]

---

① 《圣经·启示录》包含了书信、预言和启示，告诫信徒即使在患难和受压迫时，也要照着上帝所说的去做，坚守信仰。《启示录》预言上帝在末日刑罚恶人，主要传达了上帝终将得胜的信息。

卡夫卡作品中还有另一个类似的情形，在《法的门前》（"Before the Law"）中，一个从乡下来的人仔仔细细地观察守门人的胡子、鼻子、皮大衣和衣领上的跳蚤。主人公的命运取决于走过那扇门，但他却停下来看这些似乎和事情进展没有任何关系的东西。这些东西似乎妨碍了他上路："法的大门应该是每个人随时都可以通过的，他想，但是他现在更仔细地看了一眼穿着皮大衣的守门人，看着他那又大又尖的鼻子和又长又稀又黑的鞑靼式胡子，他便决定，还是等一等，得到允许后再进去……最初几年，他还大声诅咒自己的不幸遭遇，后来，他渐渐老了，只能独自嘟嘟囔囔几句。他变得稚气起来，因为对守门人的长年观察，甚至对守门人皮领子上的跳蚤都熟识了，他也请求跳蚤帮忙改变守门人的主意。"[15]

仔细观察介于个人和个人目的之间的事物或状态，其细致程度达到了"现实主义小说"的要求，卡夫卡通过这种方式无限推延或在恰当的地方有限推进。卡夫卡在《反思罪、痛苦、希望和真正道路》（"Reflections on Sin, Pain, Hope and the True Way"）中有两处表述可以并置，对上述情形有着极为出色的说明：

> 道路是无尽的，不存在丝毫增减，而每个人却坚持用自己那幼稚可笑的尺度去衡量。"没错，你也将不得不依照那个尺度；你采用自己尺度的做法，不会获得原谅。"①[16]

> 目的虽有，却无路可循；我们称之为路的无非是踌躇。②[17]

---

① 此处翻译参照了现有的两种中译本：弗兰茨·卡夫卡，《卡夫卡全集（第5卷）：随笔·谈话录》，叶廷芳主编，黎奇、赵登荣译（石家庄：河北教育出版社，1996年），第45页；弗兰茨·卡夫卡，《卡夫卡全集（第四卷）：书简》，高年生主编，祝彦、张荣昌等译（北京：作家出版社，2011年），第285页。
② 此处翻译采用现有译法：弗兰茨·卡夫卡，《卡夫卡全集（第5卷）：随笔·谈话录》，叶廷芳主编，黎奇、赵登荣译（石家庄：河北教育出版社，1996年），第41页。

在后面讨论卡夫卡的《审判》和《城堡》时,我会接着分析卡夫卡作品中这种无限推延的叙事结构。与卡夫卡注意到无关紧要的细节类似,凯尔泰斯的《无命运的人生》以及其他大屠杀叙事中的主人公,在不知情的情况下,被带往像奥斯维辛这样的地方,被推向毒气室中确凿无疑的死亡,他们在整个过程中也敏锐地洞察着周围能看到的一切。凯尔泰斯笔下的久尔考观察集中营守卫外貌的眼光极为犀利,他的描述就三言两语,却极为精确,还常常用些精彩绝伦的比喻。以下是久尔考对一位犯人和一个军人的描述,他们指引久尔考这些刚进工作营的人去浴室,当时这些新进人员还以为自己是自由的。久尔考之前谎报年纪,在接受医生筛选检查后被认为适合工作,不知不觉地逃过了毒气室:

　　这里也有一个犯人帮助我们,一个外表极为考究的犯人,我没法不注意到他。他穿的也是囚犯的条纹衫,只是肩部垫高了,腰身收窄了,甚至可以说是按照最惹眼、最时髦的方式进行剪裁和熨烫的。此外,他像我们这些自由人一样,头发乌黑发亮,经过了仔细打理。他站在大厅的另一头迎接我们,在他的右边,摆放着一张小桌子,桌子后面坐了一个军人。那个军人是个小个子,看上去兴致很好,很胖,肚子从脖子那儿就开始了,下巴上的赘肉围着衣领子荡漾开来,眼睛在他剃得光溜溜却皱巴巴还泛黄的脸上,不过是引人发笑的两条狭缝儿;他倒有点儿让我想起了他们在车站要找的那种侏儒(如果他们站出来,就会被送入毒气室,跟大多数双胞胎、残疾人和吉卜赛人的遭遇一样)。然而,他头上却戴着庄严的帽子,桌上放着一只崭新锃亮的公文包,包旁放着一根白色皮鞭,我不得不承认编制这皮鞭的手艺十分精良,这鞭子明显是他的私人物品。(凯尔泰斯,90—91)

　　久尔考"没法不注意到"的这一行为，推延了他的死亡，帮助他活下来。卡夫卡和凯尔泰斯的作品都注意到不起眼的细节，两者在这一点上十分相似，而且这些细节都营造了生动而可怕的梦魇景象。在两部作品中，读者都推测，这些细节可能是某种征兆，可能具有某种重要性。它们的确预示着什么，但其意义究竟是什么，主人公和读者都没法弄明白。这些细节引发关注，却又让人无法理解，或者因为这些细节无法理解而引发关注（为什么守门人衣领上有跳蚤？为什么这个军人有手编的鞭子？）。这种情形拖延了晚些时候会到来的骇人结果，那时正值主人公死亡或濒临死亡。

　　之所以说卡夫卡的作品预示了大屠杀小说和莫里森的《宠儿》（本书第四部分的研究主题），第三个原因是这些作品都抵制明晰的阐释。比如，约瑟夫·K与神父探究《法的门前》这则寓言的意义，没有得出确定结论；久尔考不明白自己怎么能活下来，而其他那么多人却被无情杀害；莫里森《宠儿》中的塞丝锯断了她爱女的喉咙，我们很难判断她的做法是否合适。奥斯维辛的一个显著问题是，它在相当大的程度上是无法解释的。这么可怕的事情是如何发生的？无法理解，难以说清。即使想到汉娜·阿伦特借用卡尔·雅斯贝尔斯（Karl Jaspers）的"平庸"一词，提出平庸之恶，即官僚化和现代技术促成了恶的产生，人类——特别是"文明"国家的公民——肯定也不会以如此庞大的规模被带向作恶的路径。[18]

　　大屠杀发生的情形，在骇人听闻的细节中一一得以证实：先把受害者隔离在犹太区，而后假装允诺他们工作和良好待遇，用火车把全然不知自己命运的他们送到死亡集中营。设计遴选过程，建造浴室、毒气室，配制齐克隆 B（Zyklon B）并找人大规模生产这种毒药，[19]修建焚尸炉，考虑如何处置那些没有被立刻毒死的人等，他们甚至还想到了久尔考所提及的花床。从受害者乘火车抵达奥斯维辛，经过遴选，直至被杀，女人、孩子和那些被判定为不够健康的男人毫不知情地在毒气室门口排队等候，这一进程的所有事件都有详细的照片记录。[20]

这些照片最可怕的地方在于，这些受害者仍然不知道几分钟后将要发生什么。就像《下落不明的人》中卡尔·罗斯曼在俄克拉荷马剧院这一节的状态，集中营中的受害者们仍然相信他们来到了安全的天堂，来到了"家庭营"，以为他们在这里能够吃饱穿暖，居有定所，学有所成，获得跟他们的训练和能力相当的工作。

我们现在知晓这一切，但仍然很难相信这一切都已发生，规模如此巨大：六百万男女老少惨遭杀害！在高效的官僚和技术机制的支持下，这一切是如何日复一日、月复一月、年复一年地进行下去的？凯尔泰斯的《无命运的人生》和本书分析的其他大屠杀小说绝不可能解释奥斯维辛，它们都只是提供一种见证，指认奥斯维辛的确发生过。

众所周知，卡夫卡的作品同样抵制确定性的阐释，而入迷的读者，尤其是教师和评论者，却感到自己有责任提供某种阐释。我们接受的训练就是如此。然而，我们遭受了总体性的失败，即使对于那些读卡夫卡读得最为精细的读者，他们所提供的各种阐释也迥然有别、各不相符。有评论提出以卡夫卡生活经历理解其作品，比如他与父亲关系恶劣，还有更重要的，他经历了几段失败的感情。有评论借弗洛伊德或拉康的理论，从更为严格的心理分析角度展开解读。还有很多评论者，比如托马斯·曼或马克斯·布洛德，从宗教的角度阐释，他们宣称卡夫卡的作品实际上是在寻求世界的救赎，在这个世界里，上帝已经远离或者无法接近，就像城堡象征着无法抵至的荣耀。有些评论者更为具体地把卡夫卡的作品与犹太教、《塔木德》和卡巴拉联系起来。另外一些评论者从社会学和政治学层面进行解读，指出卡夫卡的作品反映了他生活的布拉格的情形，以及当时他既作为官僚机构一员又作为犹太人的处境。例如，在本书上一章涉及卡夫卡的《公文写作》（*The Office Writing*）时，我就采用了这种视角。有一些评论者，其中最为璀璨的是莫里斯·布朗肖，他们认为卡夫卡的作品探寻了创作之所为，他极致地追寻文学的本质。这种评论以卡夫卡为例，说明文学的命运注定会失败，无法完成它所想达成的事情，即文学无法抵至某种超验的目的。许多评论者试图调和这些不同角度的阐释模式，尽管严格说来，它们相互之间各不相融、互不妥协。必须做出选择。甚至，我所说的卡夫卡作品的意义"无法决定"（undecidable），这种说法本身也有其语境和前提，尽管我当然会让自己的解读尽可能合理可信。然而，任何批评解读，包括我自己的解读在内，都通过提供某种阐释方式，终止了阅读过程中的思索和推敲。解读即给出定论，而这却恰恰是卡夫卡在他的创作中力图排除的做法。

我认为读者面对卡夫卡作品的情形，就如同人们面对奥斯维辛的情形。它们让人无法理解，就如美国奴隶制确凿无疑地存在过，但就是让人无法理解。我们怎么能够奴役那么多非裔美国人，那么残忍地对待他们及其子孙，还有"超过六千万"已经死去的奴隶——其中许多死在了来美国的路上？莫里森将《宠儿》献给了他们。莫里森特意强调这个数字，也许是因为它十倍于被纳粹屠杀的犹太人的数量。如此巨大的规模，让人无法理解。这种不可理解性在诸如《无命运的人生》这样最好的奥斯维辛小说中也有所反映，稍后我将阐明这一点。

在认知的层面进行理解和以施行的方式提供见证，这两者之间存在区别，认识到这一点对于谈论理解的失败至关重要。这种失败不会被吸纳进某种否定神学中。它属于人间，属于此世，是个历史事件。既然共同体的团结可以说是理性理解和交流的必要条件，我们不妨用"共同体的焚毁"来描述这一理解失败的困境。让-吕克·南希指出不存在共同体，也不存在集体地阐释和理解历史的方式，正如本书第一章已讨论过的他的那段话所示，共同体毁灭的一个特征是"我们同样见证了历史思维的衰竭"（car nous témoignons aussi de l'épuisement de la pensée de l'Histoire）。[21]

卡夫卡作品：奥斯维辛的预兆

卡夫卡这些小说还有一个显著特征——它们都未完待续，与他的很多其他作品都不同，这一点也可以说进一步表明了这些小说预示了奥斯维辛。无论是《美国》《审判》，还是《城堡》，都没有写完。多亏马克斯·布洛德没有遵照卡夫卡的要求，没有在未经阅读的情况下就烧毁手稿，我们才能拥有这三部小说中已有的篇章和片段。《美国》和《城堡》没有结尾，而《审判》虽有结尾，但伴随着这个结尾的，还有许多文本暗示，表明故事结束前还要插入许多尚未写出的章节，这些章节很有可能会推延结局的到来。

为什么会这样？卡夫卡对上述还未完成的小说心生厌倦，注意力转向其他创作了吗？他觉得写得不好？致命的疾病让他无法写下去？他失去了创作灵感？这些解释看起来都不可信，因为在他没能写完这三部伟大小说期间，他却写出了许多精湛的短篇小说、寓言、悖论和箴言，即使这些短小的作品或许会因为未能明确揭示某种意义而被看成失败的创作。它们的意义就在于它们没法指明意义。[22]卡夫卡的写作几乎持续到他生命的最后一刻，正如他所说，他的生命是写作，且只有写作："我的一切都是文学，我不能也不愿成为任何别的东西。"[23]

我认为卡夫卡这些尚未完成的小说，印证了米什莱的箴言，每个时代都梦想着下一个时代。卡夫卡的小说离奇地预告了奥斯维辛。他的小说以梦魇般的不祥恶兆，预言了犹太人在纳粹政权下生活的处境,他们在隔离区生活,坐火车去接受遴选,然后不幸地排在通向毒气室的队伍中,径直走向死亡。

我的观点是卡夫卡刻意抵制,不愿写完,因为这些小说中的主人公都被极为不公地迫害致死。让人无法理解的官僚制冷酷无情地运转,技术机器娴熟配合,死亡得以发生。无辜的伊拉克人,只不过在某次"扫荡"中出现在错误的时间和地点,或者被某人诬陷告发,就会发现自己置身于布什治下的阿布格莱布、关塔那摩或某个海外秘密监狱,在那里经历无止境的关押、刑讯和折磨。他们被剥夺了人身保护权(habeas corpus),被剥夺了在由他们同胞组成的陪审团前接受公正快捷的审判的权利,也被剥夺了和控方对峙的权利。这种权利侵害直到巴拉克·奥巴马总统任下的 2011 年也绝没有得到整顿。这些不幸的感受也许和我们能够想象出的《审判》开头处约瑟夫·K 的心理感受并无二致:"一定是有人中伤约瑟夫·K,因为这天早上,他没做错任何事,就被逮捕了"(Jemand mußte Josef K. verleumdet haben, denn ohne daß er etwas Böses getan hätte, wurde er eines Morgens verhaftet)。[24]

全面细读卡夫卡的作品,将每部作品中预示奥斯维辛的地方一一列出,这么做虽不无可能,但却是一个大工程。我已经指出了这种研究的开展方向,下面再补充几点。

为什么卡夫卡这么多作品都以动物生活来展现人类生活呢? 比如,《地洞》《致某科学院的报告》("A Report to an Academy")、《新律师》("The New Lawyer")、《变形记》("The Metamorphosis")、《家长的担忧》("The Worry of the Father of the Family")、《豺狗与阿拉伯人》("Jackals and Arabs")、《杂种》("A Crossbreed")、《女歌手约瑟菲妮或耗子民族》("Josefine, the Singer or The Mouse People")和《一条狗的研究》("Researches of a Dog"),[25] 这些小说都不是现代版的伊索寓言。它们以文本的方式表明,人的生命——

或者以更好的措辞"赤裸生命"（bare life）——在某些情况下仅仅只能被表述为某种动物生命的形式。① 这些小说并不是放大的象征或比喻，比如，不会是"格雷戈尔·萨姆沙的生活如同一只蟑螂"这样的象征或比喻。如果存在这种意义，读者就能够从喻体中还原出本体来。然而，情况不是这样。这些故事延伸性地表达了修辞学家所谓的"词语误用"（catachreses）②。它们所要表达的东西，尚无文字称谓，因此除了用卡夫卡的表达方式外，别无他法。以"山脸"（face of a mountain）这一表述为例，没有其他的表达方式来命名山的这一特征，尽管它也并非指真正的脸。这一短语以一种介于可能和不可能之间的措辞形式，兼具字面意义和比喻意义。格雷戈尔是一只蟑螂，读者成了那只挖地洞的动物，而纳粹将犹太人唤作"害虫"（vermin），这是一种直接指称，而不是一种残酷的修辞方法。在这种指称之下，作为害虫，犹太人必须被消灭。阿特·斯皮格曼的《鼠族》精彩地揭示了这种变形，我将在第五章讨论这部作品。

　　这些奇怪的变形，还以更细微的方式出现在卡夫卡作品中时时隐现的多语言双关中。例如，他在许多作品中用自己的名字作模糊的双关，既指卡夫卡（Kafka）这个家庭姓氏，也指捷克语中的kavka，意为"寒鸦"。[26]卡夫卡的父亲经营着一家零售商店，卖些男男女女的花哨商品和配饰，他用寒鸦作店徽。另一个例子是奥德拉代克（Odradek）这个名字，含有强烈的斯拉夫语和其他语言的意味，在《家长的担忧》中指那个极为怪诞的动物-机器的混合体，它让这

---

①　米勒这里可能引用了阿甘本的"赤裸生命"。阿甘本指出，在生命政治化的过程中，赤裸生命，既可以在民主制下，因出生的自然生命事实，构成人的权利来源；也可以在法西斯主义和纳粹主义背景下，被重新界定为没有任何政治价值的生命，"不配活下去的生命"。在后者情形下，对犹太人以及其他被边缘化的人群而言，他们的公民权利被撤销，被还原为身体-动物的赤裸生命，被驱逐和屠杀。详见吉奥乔·阿甘本，《神圣人：至高权力与赤裸生命》，吴冠军译（北京：中央编译出版社，2016 年），第 164—180 页

②　在修辞学中，catachreses 译为"词语误用"或"引申错误"，指不常见的或牵强的隐喻转义修辞，米勒此处用该词，指有意扩大比喻的基本外延，形成一种意义上的越位和增殖。

个家庭的家长焦虑万分。[27]奥德拉代克为从人到动物再到机器的渐变谱系中又增添了一项。这个链式结构构成了一个独特的聚合体，混合了人、动物和机器，这正是我们今天越来越明显的存在方式。借用让-吕克·南希的表述，这就是包罗万象的"生态科技"（ecotechnical）领域。[28]

卡夫卡精通德语、捷克语和意第绪语，对于知晓这三门语言的人来说，卡夫卡作品表现出巴别语（Babelian）①的特征，这一点尤其明显。熟知几门语言就得成为一个杂交品种——就像卡夫卡笔下的那只猫-羊（kitten-lamb），它使那则小故事既搅人心神又让人无限感动——然而成为一个杂交品种，实际上无法精通任何语言。卡夫卡和他笔下那些无论是人、动物，还是人-动物混合体的主人公，都总是带有局外人般感受的杂交品种。他们甚至无法融入自身。《美国》中的卡尔·罗斯曼就是这样，他应聘时说自己名叫内格罗（Negro）②，而在美国，对待一个"内格罗"的方式往往表现得他或她好像是而实际上又不是美国人，在卡夫卡的意义上，"内格罗"就是杂交品种猫-羊，是一种奇怪的动物。

卡尔为自己挑的这个名字可能也预示着他到达俄克拉荷马剧院后的命运。根据《下落不明的人》的译者迈克尔·霍夫曼（Michael Hofmann）为该书所作的导言，卡夫卡的资料本中"有一张照片，标为'俄克拉荷马田园生活'，拍摄的是白人围着一个被私刑处死的黑人，白人脸上都挂着笑"。[29]

在《下落不明的人》的结尾处，卡夫卡选择俄克拉荷马作为剧院所在地，让卡尔·罗斯曼乘火车赶去，卡夫卡的这一安排让人将这

---

① 《圣经》记载人类曾经聚集在一起，试图修建巴别塔（Babel Tower）重返天堂，上帝于是将人类统一的语言打乱，人们从此语言不通，无法交流，再也不能一起建造通天的巴别塔。人类被惩罚后，巴别语诞生了，这标志着语言多样性产生了交流上的原始混乱。
② 在美国用 Negro 一词指黑人时，意为"黑鬼"，带有种族歧视的意味。

部小说与他那张俄克拉荷马的私刑照片联系起来，可能有着不祥的意义。像我一样，霍夫曼也注意到了罗斯曼的火车旅程预示了火车拖犹太人去奥斯维辛的过程。我会再回到这一联系，并且不免浅薄地认为我或许是最先论述这种联系的人。霍夫曼只是附带着提了一下两者间的类比，并没有像我即将要做的这样去彻底探究细节。

一个人成为杂交品种，受困于不同语言的混乱（babble）状态，这不仅预示着纳粹会像铲除害虫一样灭绝犹太人，还象征着被关在集中营的人的额外痛楚。他们周围的犹太人来自欧洲各地，犯人们语言不同，常常不能在谈话时让对方理解自己。布痕瓦尔德集中营的一份材料上有一长串国名，记录了这些犯人的国家，有的犯人还不是犹太人，而是政治犯、吉卜赛人、同性恋以及其他被纳粹迫害的人。凯尔泰斯笔下的主人公久尔考见证了这种作为局外人的痛苦。反讽的是，当他说意第绪语的狱友拒绝视他为犹太人时，他反而悖论式地重新感受到了做犹太人的感觉："'Di bisht nisht kai yid, d'bisht a shaygets'（你不是犹太人，你是个外族小子）①……那天，我感觉到，对于那种时不时横亘在我们中间的窘迫，那种让人浑身发怵的尴尬，我在国内的时候就已熟悉。那种感受就好像我有什么不大对劲，就好像我不大够得上理想的标准，简而言之，就好像我是那么个犹太人——我得承认，身处集中营，在一群犹太人中间，有这种感觉的确相当古怪"（凯尔泰斯，139—140）。卡夫卡在1914年1月8日的日记中写道："我和犹太人有什么共同的地方呢？我和自己都没什么共同的地方，我该安静地待在角落里，能呼吸就满足了。"[30]

---

① 此处英译为"You're not a Jew, you're a Gentile kid"，Gentiles 在《圣经》中译为"外邦人"，指非犹太人或异教徒，该词带有犹太人轻视外族人的意味。

卡夫卡的创作方式：内层空间

以一种全景化眼光看待卡夫卡的作品，注意到卡夫卡的短篇及其与死亡主题的联系，我们可以发现他的作品分为三类。

在某些作品中，卡夫卡所预见并惧怕的不公正的死亡，在故事的高潮部分的确发生了。这类文本包括《审判》里的约瑟夫·K 在最后一章被处死，当然，在抵至这个结局之前我们还不知道卡夫卡有多少待写的章节或片段要插进来，还包括《判决》《绝食表演者》（"The Starvation Artist"）、《变形记》和《在流放地》（"In the Penal Colony"）之类的作品。这些作品中的主人公最后都死了。

在另一些同样典型却可能更揪心的作品中，卡夫卡创造了一种情境，用他自己的话来说，一种不是死亡却无止境地走向死亡的情境，这在某些作品中表现为某种极具威胁性的远景滋生出一种祸患逼近的不安情境。《地洞》即为一例，还有《猎人格拉胡斯》（"The Hunter Gracchus"）、《修建中国长城》（"Building the Great Wall of China"）、《长城和巴别塔》（"The Great Wall and the Tower of Babel"）和《上谕》（"An Imperial Message"）也属于这类作品。《地洞》的最后一句没写完，写到一半就突然终止了，那只挖地洞的动物仍然不确定其他动物有没有听到它的声音。

> 后来，当我试探性地做些挖掘工作时，它恐怕已经听到我的动静了，尽管我的挖掘方式几乎不会弄出声响；但假如它已经听到了，那我也一定会对它有所察觉；至少它得经常中断工作来听我这边动静，但一切都照旧，这……（《故事选》，189）

《修建中国长城》里的上谕永远不会抵达其目的地。那座新巴别塔也永远不会建起来,因为地基永远不够牢固。《猎人格拉胡斯》的结尾,在我看来,可以跻身卡夫卡作品中最让人后脊发凉的言辞之列,它让人毛骨悚然。格拉胡斯本来已经死了,但他通向阴间的路上出了一点问题。下面的引文同时给出英译文和德语原文,[①]因为德语读上去更摄人心魄,特别是最后一句以及描述他在无限宽阔的台阶上四处徘徊的那句:

> 来接我的死亡驳船偏离了航向,可能是扳错了舵,或者船夫一时疏忽,为我美丽的家乡分了心,我也不知道怎么回事……我总是在那宏伟的台阶上……直通向它[这里的"它"指卡夫卡所谓的来世(das Jenseits; hereafter)]。我在这无限宽广开放的天梯上游移,时上时下,时左时右,总是停不下来……现在我在这儿,只知道这么多,也只能做这么多。我的驳船没有舵,只能随风而去,那风刮至死亡深渊的最底层。(《故事选》,111,112)

> Mein Todeskahn Verfehlte die Fahrt, eine falsche Drehung des Steuers, ein Augenblick der Unaufmerksamkeit des Führers, eine Ablenkung durch meine wunderschöne Heimat, ich weiß nicht was es war ... Ich bin ... immer auf der großen Treppe die hinaufführt. Auf dieser unendlich weiten Freitreppe treibe ich mich herum, bald oben bald unten, bald rechts bald links, immer in Bewegung ... Ich bin hier, mehr weiß ich nicht, mehr kann ich nicht tun. Mein Kahn ist

---

① 下面的英译文翻译成中文,德语原文保留。后文出现同类情况,处理方法与此处相同。

ohne Steuer, er fährt mit dem Wind der in den untersten Re-
gionen des Todes bläst.[31]

卡夫卡的第三类作品是那些寓言、箴言、审思和诘屈的谚语，它
们萦绕在人的脑海里，挥之不去，前面我已经引用了两则。这类作
品的首要特征是用语词打造出一部小巧的机器，它的结构像蜷缩的
刺猬，首尾相接、回溯自身，处于一种外界无法穿透的自我封闭之
中。卡夫卡每一个这样的表述都创造出一个无尽的反馈环、一种缩
微的无限性或一种无限回旋的进退维谷。此种表述效果，既有欢愉
（jouissance），也有苦恼，既让人因读懂而感到欢乐的细微迸发，也
以辩证理性阻挠人彻底理解。这些小小的语言炸弹，经常并置互不
相容的谚语或业已接受的观念，从而产生一种内爆（implosion），反
对纯粹的肯定或否定。例如，"不许欺骗任何人，甚至也不许从世界
那儿骗去它的胜利。"[32] 好吧，你当然会说，骗人不对，世界拥有胜
利的最后决定权这种说法听起来也算合理，但当你把这两个想法放
到一起时，一种不乏有趣却有些可耻的感觉却浮现出来，它萦绕在
脑际，阻碍你进一步思索。卡夫卡作品中此类表述非常多，这里再
举一例："不要绝望，甚至对于你不绝望这个事实也不要绝望"（《日
记》，224）。

卡夫卡作品的这三种形式，以各自不同的方式，进行着一种不
可能的尝试，它们尝试着书写死亡，并同时以写作拖延死亡、阻挠死
亡发生，避免正面遭际卡夫卡所隐约预见的那种灾难。

卡夫卡那三部尚未完成的杰作，在更大规模上对语词进行整
合，不同程度地综合了上述三种具有卡夫卡特色的对待死亡的方
式。我在解读《审判》和《城堡》的过程中将展现那样的综合，《下落
不明的人》的最后两个片段也同样展现了这种综合，下面我将对其
展开分析，而在这一节结尾，我会关注卡夫卡的作品让读者在想象

中产生一种细致的内层空间感或多层空间感,铺开事件的发生环境。这些小说故事的发展常常层层推进,直到主人公意外遇到谁而达至高潮——当然也不一定总是这样。然后,主人公与那个人交谈,这样的谈话有时几乎冗长不堪。这些意外的碰面,往往发生在主人公独行的过程中,在主人公穿过卡夫卡勾勒的典型的街道、走廊、台阶、门径、地下室和阁楼之后发生。在卡夫卡的《家长的担忧》中,奥德拉代克这个集机器、动物和人于一身的怪物,就常常出没在家里的楼梯、走廊、平台、阁楼和地下室这些地方。他告诉豪斯瓦特自己"居无定所"(unbestimmter Wohnsitz)。[33]

卡夫卡描绘的内层空间对他的主人公来说足够真实,但它们有一种不祥的致幻特质,这种特质和小说中略显古怪、有些跑题而不祥的对话一道,为读者营造出一种明显带有卡夫卡特色的氛围。这种氛围可以被定义为一种读者的感觉,读者感觉到有非常不好的事情总在逼近,或已经发生,但主人公可能还不知道,虽然他(主人公总是一个"他")已经有所怀疑。约瑟夫·K被定罪和行刑是预知的结论,尽管他什么也没做错。这种预感很明显与卡夫卡作品对奥斯维辛的预言联系在一起。我的观点是,在卡夫卡的小说中,曾经所谓的"环境"(setting)其实是重要的发生机制,它客观地对应着小说中那种迫近的恶兆。卡夫卡笔下主人公迷路的经历,可以被视为现象学意义上卡夫卡式的我思(cogito),就像乔治·普莱①在《人类时间研究》(*Studies in Human Time*)及其他作品中对笛卡尔那句名言的改写,[34]不是"我思故我在",而是"我迷失故我在,我生命中的一切都肇始于那个开始的事件"。

我在解读卡夫卡三部长篇小说的过程中,会指明以不同表象不

---

① 乔治·普莱(George Poulet, 1902—1991),比利时日内瓦学派批评家,其著作从意识批评的角度,触及人类的时空感。

断重现的重要场景:主人公孤独焦灼地穿行在一个迷宫般的室内空间内,这个空间最终通向一扇门,打开这扇门,主人公就意外地遇见一位陌生人。我在第一章简要地谈到,德勒兹和加塔利说过卡夫卡的作品是根茎式的。《地洞》即为此类典型。德勒兹和加塔利说卡夫卡的作品是根茎式的,这的确不假,但他们的说法却潜在地宣示一种绘制全景的至高权力,而卡夫卡的作品却几乎不会明确提供这种权力,尽管读者自己可能会认为小说空间的具体布局源于小说的内层空间。另外,"内层空间"(inner space)这个概念本身疑窦丛生。纸上文字在读者的想象中转化成一个内在空间,而且有可能每一个读者生成的内在空间都有所不同。那么作品的内层空间在哪里?它怎么构成?怎么证实,怎么可以从一个人传达给另一个人?然而,大多数情况下,对于卡夫卡作品中反复出现的内层空间的主题,我并不会给出一种至高无上的全景化绘制。相反,主人公和读者都迷失在迷宫般弯弯绕绕的回廊中,似乎原地打转、走不出去,直到突然开了一扇门,正面撞着一个人。《下落不明的人》中就有这样两个例子。

《下落不明的人》的第一部分"司炉"写了卡尔·罗斯曼乘船抵达纽约,箱子拎起搁在肩上,正要上岸,蓦地想起伞落在了船上(如果弗洛伊德来阐释这一细节,想必颇为容易)。他请朋友照看箱子,自己回到船上,想找回那把伞。麻烦于是接踵而至:

> [卡尔]扫了周围一眼,看清方向,然后急匆匆地回去了。在甲板下,他懊恼地发现,本来有一条捷径,可以大大缩短他回去的路程,此刻却堵上了,以前从来没有过,大抵是和乘客下船有关。于是,他只得转而再找路,经过无数小房间,沿着七拐八绕的通道,顺着细小的台阶往下走,然后穿过一间空屋,里面有个废弃的桌子。直到此时,他终于发现自己完全迷路了。此

前,这条路他只走过一两次,而且还是跟别人一起。他一筹莫展,又见不到人,只听见头顶上许多双脚在地板上磨来磨去的刮擦声,还有轮船发动机关了后那最后一阵恍恍惚惚的喘鸣。彷徨之中,他到了一扇小门前,不假思索地敲响了门。"门开着",从里面传出一个声音,卡尔松了口气,打开了门。(3—4e; 9—10g)

这一开门,就开启了卡尔与司炉工的谈话,这一谈话,又让他们与船长照面,而这一照面,又让卡尔在船长的船舱里遇到他的参议员舅舅雅各布,神奇般地找回了他的行李箱和伞,然后开始了他在美国的冒险。我认为卡尔后来在美国的遭遇肇始于他在船上迷路的最初经历。这种迷路方式具有开创性,它构成了卡夫卡小说中不断重现的原初场景。

《下落不明的人》中类似迷路的经历随处可见,卡夫卡的另两部未完成的小说也是如此。细心的读者发现这些场景是卡夫卡小说的主旋律。读者读到这些地方时会想,"又来了",就像听瓦格纳歌剧的人在听到主导旋律部分时会想的那样。后面分析《审判》《城堡》,以及其他大屠杀小说时,我还会列举这类文本例子,不过它们的形式功能各自不同。这里我再举一个《下落不明的人》中的例子。卡尔去拜访波伦德先生在纽约郊外的庄园。它尚未完工,却巨大宏伟,犹如迷宫一般,还有阵阵穿堂风通过走廊从建筑工地吹过来。正式而冗长的晚宴结束后,波伦德的女儿克拉拉邀请卡尔去她的房间未遂,于是带他回了自己的房间。值得注意的是,把卡尔(Karl)名字的字母顺序颠倒,就产生了克拉拉(Klara)这个女性名字。他俩在卧室奇怪地扭打在一起,克拉拉赢了,而卡尔似乎有些惊恐地发现,他俩的扭打也成了激烈的性前奏。"'她为什么喘成那样?'卡尔想,'不可能弄疼她的,我都没有使劲压着她。'他还是不放开她"

(46e)。克拉拉随后用格斗术把他摔在了沙发上,差点把他掐死。最后趁克拉拉回她自己的屋,卡尔逃到走廊里,想要离开,结果就迷路了。最终他遇到了一位打着灯笼的老仆。幸运的偶遇又引出关于天气的对话,重现了这种迷路情境的特征。卡尔迷路徘徊的情景持续了几页,现摘取选段如下:

在走廊里,卡尔发现自己不得不与穿堂风抗衡——当然他向左转,离克拉拉的房门远远的——那股风很微弱,但仍足以吹灭蜡烛,所以卡尔不得不用手护着火苗,还不时停下来,等忽明忽暗的火苗燃旺。他走得很慢,回去的路似乎加倍地长。卡尔经过大段大段的墙面,一扇门也没有。没人能想象出那些墙后面有什么。然后又是门挨着门,他试了试,门都上锁了,房间明显是空的。真是极大地浪费空间……突然有一边走廊的墙到了尽头,取而代之的是一个冰冷的大理石栏杆。卡尔把蜡烛放在上面,小心翼翼地探身向前。空旷的黑暗向他袭来。借着烛光,他似乎看到一处拱顶,如果这是这座房子的入口大厅的话,他们来的时候怎么没有经过呢?这么宽敞高挑的房间做什么用?站在这里,就像站在一座教堂的门廊里……大理石栏杆延伸得并不长,卡尔不久又一下陷进了封闭的走廊里。这走廊突然拐弯,卡尔猛地撞到墙上……走廊好像没有尽头,也没个窗户,走高走低全然没有感觉,卡尔一度以为自己在绕圈,他希望快点再遇到他房间那扇敞开的门,但无论是那扇门还是那个栏杆,他都再也没遇到……他正准备朝走廊两头吼一嗓子的时候,就看见有一点亮光从来时的方向移过来,越来越近。(48e,50e;77—78g,79g)

下落不明的人失踪了

在本章最后，我将关注卡夫卡作品对奥斯维辛的预言中最为明显的部分，尽管这么说略显矛盾。这部分内容在他整部小说中写得最晚，却最为突出地想象了历经"一战"的欧洲面临第二次世界大战和大屠杀即将到来的时代。奥斯维辛已经在近旁徘徊，步步逼近，依稀可辨。卡夫卡的天才之处就在于预见了这场浩劫，他不断写作，隐约地预先告诫人们可能出现的情况，竭尽全力地抵制自己的预感，尽管这种抵制并未成功。

我所指的这部分内容就是《美国》的最后两个片段。这两个片段在埃德温·缪尔（Edwin Muir）的老版译本里被合在一起，称为"俄克拉荷马自然剧院"，"自然"一词为布洛德所加，卡夫卡并没有给这两个片段加上任何题目。

我认为自己选取这些片段，似乎是个悖论，因为自马克斯·布洛德以来，评论家们就将《美国》视为卡夫卡的喜剧小说，如卡夫卡本人所言，一部模仿狄更斯的小说。然而，哈特姆特·宾德（Hartmut Binder）在《卡夫卡-评论》（*Kafka-Commentar*）中的看法与上述观点大相径庭，而我的解读也与他更为接近。[35]美国新方向出版社（New Directions）以前所出的平装本采用缪尔业已过时的旧译，其封底上写着，《美国》的独特之处在于它是卡夫卡唯一一部喜剧风格的小说"[36]，写这句评语的人理解"喜剧风格"的方式一定有些古怪。例如，我发现书中描写布兰娜达的那些片段像噩梦一般，一点也不喜剧，或者仅有一种怪异的喜剧色彩，因为那些内容表现出厌女症情绪，一个让人厌恶的女性身体却让男性受其摆布。你可以自己读读看,布兰娜达是年老色衰、身材臃肿的"无情女"(la belle dame sans merci)。《审判》《城堡》,甚至《判决》也都有喜剧之处,这自不必说,但在我印象中这些作品的主要特点并不是喜剧,除非喜剧可能是指卓别林的《摩登时代》(*Modern Times*)的那种冷峻。马克斯·布洛德,这位卡夫卡的好友,却不是卡夫卡作品的可靠读者,他在原版后记中所说的话鼓励了这种错误的理解方式。"他写这部作品,拥有无尽的欢乐,"布洛德说,"他晚上写作,常常迟至深夜;纸面上几乎没有修改和删除的痕迹,这让人惊讶。卡夫卡对此了然于心,他说这部小说比他任何其他作品都更乐观,在情绪上更让人'轻松'"(《美国》,缪尔译,298)。

评论家们无疑还受到了布洛德的一点误导,后者宣称卡夫卡告诉他《美国》的结局设计是"大团圆",就像他宣称卡夫卡告诉他《城堡》的结尾是 K 在他临终时获得许可,得以留在城堡山脚下的村子里工作,尽管只是作为——用我们现在的叫法——"外来工"(guest worker)而已。这是目前美国一千两百万非法移民的荣称,尽管还没有得到官方承认。"他并没有放松斗争,但因疲惫不堪而死去。在他弥留之际,村民们围在他床前,城堡里也传出了消息说,K 宣称自己可以合法地居住在村子里,尽管这种要求是无效的,但考虑到某些相关情况,准许他在那里生活和工作。"[1][37] 这并不是一个多么大团圆式的结局。就主人公的死亡和他达成的目标而言,这个结尾照应了卡夫卡的《法的门前》这个故事。下面是据布洛德所说,卡夫卡为《美国》安排的结尾:

　　卡夫卡出乎意料地突然中断了这部小说的写作。它一直

---

[1] 此处及下文中的引文,参照了高年生的中译本:弗兰茨·卡夫卡,《卡夫卡文集(第一卷):城堡》,高年生译(北京:作家出版社,2011 年)。

没有写完。从他告知我的一些信息,我了解到"俄克拉荷马自然剧院"(这一章的开头特别让卡夫卡开心,所以他曾卖力地大声朗读)虽没写完,但原本是作为这本小说的最后一章的,其结尾稍显缓和。卡夫卡曾经以谜样的语言含笑示意,在这家"几乎无边无际"的剧院里,年轻的主人公还会找到一个职位、一个候缺,他的自由,甚至他的老家和父母,就好像用某种天国魔法变出来似的。(《美国》,缪尔译,299)

的确是"天国魔法"!我相信关于这两部小说,卡夫卡的确对布洛德说了这些话,但我认为他对布洛德说这些,是为了保护他这位朋友不受这两部小说的影响,因为这两部小说所奔向的目标揭示了更为黑暗的事实。卡夫卡也许认为——他这么想是正确的——布洛德无法面对自己的作品所展现的事实。他要求布洛德销毁自己的所有手稿,这一嘱咐本可以向布洛德透露这一点。布洛德总是以一种多愁善感的眼光看待卡夫卡的作品,给予这些作品一种它们本身所没有的更快乐、更积极的色彩,就如他在谈到卡夫卡告诉他《城堡》的结局时,用"道"(the way)来加以评论一样。布洛德的这一提法,将《城堡》比作歌德的《浮士德》,与前文引用过的那句卡夫卡箴言断然相悖,那句话的大意是我们被判永恒"踌躇"而没有出路:

> K当然是一个新浮士德,他衣着沉敛,甚至寒酸,并且有一个本质性的不同:驱使他的不是对人类最高目标的渴望,而是对最原初的生活条件的需求,对安居乐业的需求,对归属集体的需求。这一点不同乍看之下非常之大,但如果注意到对卡夫卡而言,这些原初目标具有宗教意义,是全然正确的生活方式和道路,即"道"(the right way;Tao),那么这点不同就变得小得多了。(《城堡》,缪尔,330)

谁又能责怪布洛德软化了卡夫卡的作品呢？卡尔·罗斯曼和K所奔赴的终点几乎让人无法面对。如果我的看法是对的，那就解释了卡夫卡为何"出乎意料地突然"中断了《美国》的写作，也解释了为何《城堡》的手稿在一个关于格斯泰克尔的母亲这个次要人物的句子中间结束："很难理解她，但她所说的"。[38]《城堡》结尾从主题中游离出来，在一种彷徨中结束。有一个重要的片段出现在小说前面，当时一位城堡官员的秘书比格尔正告诉K如何进入城堡，K却睡着了。卡夫卡忧心忡忡而不愿写完《城堡》，笔从他手中掉落，"出乎意料地突然"。

那么关于俄克拉荷马剧院的最后片段又如何不可思议地预言了奥斯维辛？前一节"布兰娜达出门"（"Brunelda's Departure"）描述了卡尔用手推车推着布兰娜达走街串巷，找一栋新公寓，在这一节和关于俄克拉荷马剧院的片段之间，卡尔·罗斯曼不知怎么的已经摆脱了为布兰娜达、德拉马契和鲁滨逊做仆役的命运。[39]到了大街上，他看见了那块广告牌，我在前文已经提到过，上面通知了俄克拉荷马剧院正在招聘，仅限当天，欢迎每个人（202e）。卡尔注意到"欢迎所有人！"这句话，他不断地念叨，像念咒语一样。卡尔像如今许多在美国的人一样，从来到美国之初就努力找一份稳定的工作，想在美国社会站稳脚跟，却并不成功。他乘火车去克莱顿赛马场应聘，就像广告里邀请人们做的那样，当他到了那里后，遇到一个奇怪的场景，堪称卡夫卡作品里最梦幻的景象之一。我认为这是一个先知般的梦，预示了即将到来的事件。在这个梦境般的景象中，卡尔与那人的对话极其古怪。年轻的女子身穿白色长袍，背着道具翅膀，站在高高的基座上，吹着长号。（我绝无戏言！）其中有一个是卡尔的朋友范妮，从她那里卡尔知道了剧院的一些情况，例如剧院管理者东奔西跑，在全国各地招人。一个年轻的男子和他推着婴儿车的妻子看起来是主要的应聘者，还有一群小伙子也在那儿。后来又来了很多应聘者。在赛马场区域,管理者让应聘者在代表不同工作的桌子前排起队,接受拣选和面试,但没有一份工作是表演,如果这是一家剧院的话,也真够奇怪的。那个最后问卡尔话的负责人,身上戴着"一块款款的白色丝质饰带,上面写着'俄克拉荷马剧院第十宣传组领导'"(211e;308g)。

在回答另一个高级负责人的问题时,卡尔分了神,看那位"第十宣传组领导"轻轻敲击着的纤细手指看得入了迷:"这些手指细腻修长却强劲有力,它们快速地敲打着,时时分散卡尔的注意力,尽管那另一位先生的问题已经使卡尔有得受了"(211e;308g)。这又是一个好例子,把注意力分散到了看起来毫无意义的细节上。这些手指莫名地让人感到阴狠凶险,就像前面我提到过的一张让人难以面对的集中营遴选照片里,纳粹党卫军监视死亡集中营时那攥着鞭子的手指。卡尔说自己名叫内格罗,这是"他在最后的工作经历中给自己的别称"(210e;306g)。卡尔给自己命名的方式不是采用特别的个人名字,而是用了一个类别的总称,这不是一个恰当的名字。听到这名字的管理者感到反感,说"他不叫内格罗"(210e;307g),但卡尔还是以这个名字被录用了。

卡尔给自己取的名字,代表了美国社会的最低社会等级,这在我的解读中意义重大,因为这个具有群体意涵的名字,最为接近欧洲使用"犹太人"时的意义,大屠杀在数年之间随之到来。我说卡尔给自己取名为内格罗意义重大,还因为这个词预告了从卡夫卡的作品到莫里森的《宠儿》的过渡,后者是本书第四部分解读的内容。黑人在美国的地位,就如同犹太人在欧洲。我之前曾提到卡夫卡有一张照片,上面记录了一群笑盈盈的白人观众围观一个被私刑处死的黑人,这张照片标题是"俄克拉荷马田园生活",与小说中"俄克拉荷马自然剧院"的提法很接近。

招聘点负责人的桌上放了一部电话,可以让招聘不同工作的桌子间互通信息。成功应聘的人，名字和应聘职位会被某种呼呼作响的机器挂上公告板。这些细节体现了我前面提到的官僚和技术机制为大屠杀提供的先决条件。卡尔被雇用了，尽管他毫无准备，也缺乏证明身份的文件。很明显，他被雇用的原因仅仅是他说自己想做工程师，或者很可能只是他看起来身强力壮，能干活，就像凯尔泰斯笔下的久尔考或许因为类似原因，才活过了奥斯维辛的遴选。在卡夫卡的这个场景里，"内格罗，技术工人"（Negro，technischer Arbeiter）的字样最终出现在播报信息的公告板上（213e；311g）。

卡尔不久发现自己和很多人一起，上了一列开往俄克拉荷马剧院的火车。在这之前，所有应聘成功的人都受到款待，长桌上铺上白色的桌布，他们享用丰盛的宴席。然后，众人成群结队从赛马场奔向火车站，包括那个男人及其推着婴儿车的妻子，还有他们的孩子，就像犹太人被催促着穿过街道，赶往开向奥斯维辛的火车的情景。最后一个片段写火车跑了两天，到达俄克拉荷马剧院，火车途径之处的风光似乎是卡夫卡想象出来的美国景色，但在我看来，它更让我想起翻越欧洲阿尔卑斯山的铁路。

马克斯·布洛德给这一节加的标题里用了"自然剧院"，这多少让读者有些不解。"自然剧院"提法荒诞，它自相矛盾，说不通。剧院总是巧谋、假装和作秀的地方，和自然完全没有关系。"自然剧院"的说法若得以成立，它只能是一个掩饰作戏的地方，把演戏表现得贴近自然。布洛德加的这个标题歪曲了这节内容，因为这节内容与俄克拉荷马的"自然"无关。那么为什么是"剧院"呢？我认为这又是一个预见大屠杀的不祥之兆。在去俄克拉荷马剧院的应聘者之中，没有一个人会当演员，他们都被录用为"技术工人""电梯工"或"商人"等，但他们都不知不觉地在一出致命闹剧的诓骗中充当了演员。卡尔本应当有所察觉，在火车出发前的盛宴上，众人传阅俄克拉荷马剧院的照片，有一张传到了坐在长桌这头的他的手里，上面细致地展现了亚伯拉罕·林肯遇刺的剧院。研究奥斯维辛大规模屠杀行动的学者强调纳粹分子的"剧作法"(dramaturgy)，认为他们精心编排整个运作过程，部分原因是为了催眠受害者，让他们以为自己在一出预编的仁慈事件中扮演角色，从而得到承诺中的那些东西：在那个重新安置他们的地方，人人都有一个家，各得其所，都有一份适合自己的工作。对于纳粹暴行的戏剧性，让-吕克·南希在《被禁止的再现》一文中这样评论："集中营的整个组织过程，都围绕着这种在自己和他人面前对自我的再现过程展开(在南希的分析中，这里的自我指纳粹的自我，第六章会再讨论)：从抵达、遴选、点名、制服、演讲，到门上'劳动带来自由'或者'各守其分'的标语等一整套戏剧编排"("FR"，42)。[40]

最后一个片段，只有两段，其结尾是卡尔透过火车看到瀑布，这个细节如幻觉般生动，可能不起眼，却堪称卡夫卡创造的最为难忘的意象之一。这个细节勾勒出绵延不断、永无止境的运动，体现了卡夫卡作品一个重要的结构性特征，就如之前提到过的《猎人格拉胡斯》的结尾和未完之作《地洞》的"结尾"。下文是最后一段，我同时给出英译文和德语原文，因为德语原文的精确细致不容忽视，却难以译出：

> 旅行第一天，他们穿过高山峻岭，深蓝色的锋利石壁，直扑车身而来，他们(卡尔和他的朋友吉阿可摩)把身体探出窗外也没法看到峰顶，狭长幽暗的山谷劈裂开来，他们的手指跟随这些山谷消失的方向比划着，宽阔的山涧溪流一齐冲过来，像陡坡上的巨浪，在他们前面激起无数泡沫飞溅的小水花，又俯冲到火车驶过的一座座桥底下。它们离得如此之近，其清冽的气息让人不寒而栗。(218e，翻译有改动)

Am ersten Tag fuhren sie durch ein hohes Gebirge. Bläulichschwarze Steinmassen giengen in spitzen Keilen bis an den Zug heran，man beugte sich aus dem Fenster und suchte vergebens ihre Gipfel，dunkle schmale zerrissene Täler öffneten sich，man beschrieb mit dem Finger die Richtung，in der sie sich verloren，breite Bergströme kamen eilend als große Wellen auf dem hügeligen Untergrund und in sich tausend kleine Schaumwellen treibend，sie stürzten sich unter die Brücken über die der Zug fuhr und sie waren so nah daß der Hauch ihrer Kühle das Gesicht erschauern machte.（318g）[41]

卡夫卡这部神奇的小说最后写道："它们离得如此之近，其清冽的气息让人不寒而栗"。我认为在《下落不明的人》中，这些尚未完成的最后片段恐怖而准确地预见了犹太人的遭遇：男女老少被赶进隔离区，为好工作、好待遇、安全天堂的承诺所蛊惑，被驱赶着穿过街道去火车站，再被火车带往奥斯维辛，在那里，许多人被立即毒死，剩下的大多被饥饿和苦力一点点折磨致死。只有少数人，比如凯尔泰斯的主人公和凯尔泰斯自己、埃利·威塞尔（Elie Wiesel）或普里莫·莱维（Primo Levi），才奇迹般幸存下来，通过回忆录或小说的形式讲述他们的故事。举例来说，卡夫卡的描述与凯尔泰斯在《无命运的人生》中描述久尔考发现自己身处奥斯维辛的过程高度重合，并且正如上文所言，"俄克拉荷马剧院"这个反讽又恶兆重重的名字，甚至与整个屠杀过程的戏剧性表现有着某种共鸣，从去往集中营的路上到就地展开的灭绝行动，包括通往奥斯维辛门上那句臭名昭著的"劳动带来自由"的标语，都带有这种戏剧成分。

当卡夫卡写《下落不明的人》的最后一章以及其他相似作品时，他似乎的确预见到了即将到来的事件，践行了米什莱那句格言，"每个时代都梦想着下一个时代"。当然,对于心灵感应的预兆,尽管我所相信的程度并不比弗洛伊德或德里达宣称他们自己相信的程度更深,但卡夫卡看起来定然拥有某种超乎寻常的心灵感应,他预见了这场种族灭绝的情形,只是偶尔在细节上有些走展,比如,遴选过程设置在登上火车之前,而不是像实际发生的那样,安排在抵达集中营之后,大批不符合要求的人随即被毒死。[42]

《下落不明的人》的最后片段以及我所指出的卡夫卡作品中预言奥斯维辛的其他作品,是否只是一种偶然的比附?毕竟,马克斯·布洛德安慰读者说卡夫卡告诉他《下落不明的人》会有一个完满的结局,卡尔·罗斯曼会重新获得他所失去的一切。对此我相当怀疑,原因已在前面讲过。我注意到迈克尔·霍夫曼在他为重新翻译该小说所作的导言里,谨慎地赞同我对这部小说更为晦暗的解读(ix—xi),他还用哈特姆特·宾德的《卡夫卡-评论》来支持这一看法,并且又提供了一种晦暗的解读手法。

"司炉"作为《下落不明的人》的第一章,是该小说中唯一在卡夫卡的有生之年就得以发表的部分。在一开始,卡尔·罗斯曼看到自由女神像高举着的不是火炬,而是利剑。这一奇怪的错误可能会让读者略微一顿。这把利剑可能预示着卡尔·罗斯曼在这片自由之地上的遭遇。卡尔站在开往美国的船上,看着那尊塑像,"他突然看见了自由女神像,似乎是阳光倏然亮了起来,其实它出现在视野里已经有一会儿。她手里的剑似乎只是被举到空中,风在她四周肆意吹拂"(3e)。"一束倏然而至的阳光似乎点亮了自由女神像,他以新的眼光看着它,尽管他早就瞧见它了,持剑的手臂举起的样子似乎才伸入空中,在塑像的四周吹拂着天堂的自由之风"(《美国》,缪尔译,3)。[43]

自在的风有自由,然而,自由女神像的剑对美国移民的许诺,和自由有着天壤之别。卡夫卡的措辞基础,似乎是自然界自由吹拂的

风与暴力维持的社会秩序之间的区别。美国持剑而生。与布洛德
承诺小说的圆满结局相反，卡夫卡在 1915 年 9 月 29 日的日记中有
一条结论性的记载："罗斯曼和 K，一个无辜，一个有罪，最后两个都
被处死了，无甚区别，对待有罪的这一个的方式温柔些，他被推向一
边而不是被击倒在地"（《日记》，343—344）。[44] 布洛德所谓的幸福
结局，就到此为止吧！我认为卡夫卡"出乎意料地突然"中断《下落
不明的人》的写作很可能是一种抵制，他不愿写出当卡尔·罗斯曼
到达俄克拉荷马剧院时，等待他的是"行刑"，就像数百万犹太人乘
火车抵达奥斯维辛，满心以为自己踏上通往家庭幸福、人人各得其
所的新天地之路，却不知道等待他们的是毒气室。卡夫卡可能担心
他一旦下笔，写出的文字会产生施行力量，以某种形式自动引发它
们所表明的事情。然而，结果证明，这种抑制无法阻止奥斯维辛
发生。

在《审判》的结尾处，约瑟夫·K 被行刑人刺死，他在最后关头
的想法和语言表明他希望这个"判决"（verdict，宣判的同时即处决）
能在他死后长存：

> 他从没见到的法官在哪里？他从未进去过的高级法院又
> 在哪里？他举起双手，摊开手指。
>
> 但是，其中一个人的手扼上了 K 的喉咙正中，另一个人用
> 力把刀戳进他的心脏，还在里面转了两下。K 渐渐失神的眼睛
> 仍能看到这两人如何靠近他的脸庞，一起猫着腰，脸贴脸，观察
> 着这判决结果。"像条狗！"K 说；看起来好像他人死了，这种耻
> 辱还存在于人间。（T，231；P，312）

K 死后的耻辱只能通过纸上文字长存于世。布洛德没有销毁
这些文字，违背了卡夫卡的意愿。与之类似，六百万在集中营被杀

害的犹太人也只能通过证词或其他方式被牢记。在奥斯维辛到来之前,对其进行预言和感知,用施行性的语言助其成为现实,以及对其做出预叙式(proleptically)的见证,在这几者之间,我们能做出区分吗?我希望自己可以区分,但不确定这么做是否可能。本书后面的章节会进一步研究。

第三章

《审判》：共同体崩溃，言语行为失效

纪念廷卡，一只猫

Man muß das Geständnis machen. Machen Sie doch bei nächster Gelegenheit das Geständnis. Erst dann ist die Möglichkeit zu entschlüpfen gegeben，erst dann.

莱妮给约瑟夫·K 的建议，出自弗兰茨·卡夫卡的《审判》[1]

你能做的就是认罪。一有机会就认罪，这是你能够逃脱的唯一机会，唯一的机会。

弗兰茨·卡夫卡，《审判》[2]

目的虽有，却无路可循；我们称为路的无非是踌躇。

弗兰茨·卡夫卡，《反思罪、痛苦、希望和真正道路》[3]

《审判》的当代性

这一章在本书总论点中地位如何？[4]本书的中心探讨以下问

题,即文学创作能否为大屠杀作证。我的如下主张同样很关键,即,文学作品在我们回顾性的阅读中有一种预言能力,能够预示将来。鉴于"每个时代都梦想着下一个时代",我们阅读旧作,或者说我们应该阅读旧作,至少应该读某些经典的旧作。正如我在第二章中论述的那样,卡夫卡的作品可以被视为奥斯维辛的征兆。不仅如此,他的作品还大致预见了如今那些被羁押在关塔那摩基地或其他什么地方的人的现状。那么,在何种意义上,《审判》可以被视为"启示录"(apocalyptic)——仅就该词词源意义而言——在彼时揭示一个藏匿着的未来?下文将指出,《审判》有两个特点在此意义上尤为显著。

抵制连贯统一的阐释模式是《审判》的特点之一。肖珊娜·费尔曼(Shosana Felman)有一篇文章,分析克劳德·朗兹曼拍摄的《浩劫》,该文如今已成经典。她认为这部伟大的电影用影像转喻性地记录了一系列证词,这些证词来自大屠杀的受害者、作恶者以及旁观者,抵制统一性的理解。这部电影并非自洽融合的整体,费尔曼认为,这表明了大屠杀的基本特征,即禁止充分理解。她说:"这些碎片化的证词准确表述事件(指大屠杀)的发生,但这也使作证相应地变得碎片化。这部电影聚集了作证的碎片,然而搜集这些碎片并无可能形成任何一种总体性或整体化的结果:汇集证词中不相连贯、互不统一的地方,这么做既不会发展出可概括的理论,也不会生成独白式的总结。"[5]

《审判》的读者与《浩劫》的观众境遇相似。卡夫卡的这部小说没有写完,并且也可以说,他基本上不可能写完。小说没有写完,这不是偶然。《审判》由一系列篇章组成,其中一些简直就是片段。这些篇章被印制成文本,其编排顺序看起来也有些随意。最后一章之前本应有章节要插入,其数量也可达至无限,尽管卡夫卡尚未写出那些章节。我们目前读到的内容,在那些需要插入章节的地方突然中断,然后跳至最后一章,描述处决约瑟夫·K 的情形。已有章节标题往往是人物名字或职业——如果挥鞭子打人也算一种职业的话（"格鲁巴赫太太""比尔斯纳小姐""大学生""鞭笞手""K 的叔叔""莱妮""律师""工厂主""画家""布洛克"等）。这些人物都是约瑟夫·K 所面对的中介，K 试图通过他们进入法院，弄清自己被捕的罪名，通过法律程序为自己开脱。

《审判》的叙述者泰然自若、无动于衷地见证了一切，其平稳的语调中还带一点讽刺。这部小说中的第三人称叙述者就像朗兹曼在他自己电影中的情形，后者不仅是影片的制作者、叙述者，还在电影的采访中充当提问者，他无所不在，却了无踪迹。约瑟夫·K 遇到的林林总总的人物，在小说中充当的角色相当于朗兹曼影片采访的证人。《审判》的章节逐步展开，不确定性不断累积，但我们的理解却没有增加，事情也未趋于明了。《审判》讲述了一个过程（Proceß 在德语里指法律审判），而这个过程却没有推进，只是原地打转，直到略过中间可能无比巨大的鸿沟，跳到最后行刑的结局。小说叙述的这场"审判"读来痛苦异常，对约瑟夫·K 的审判并未按照公认的法律秩序和机制逐步展开，这场审判并不公正，它使 K 未经判决就被处决，这个结果荒谬绝伦。直到小说结束，读者所了解的丝毫不比约瑟夫·K 本人所知道的更多，他们也几乎无法将 K 所受的折磨整合进自己的认知体系。

除了预示大屠杀（以及我们当今对"在押者"的囚禁）之外，《审判》还有另一个显著特点，即，它展现了约瑟夫·K 所生活的社会结构极其不公。这样的社会缺乏可行的法律体系，缺乏使法律及其他言语行为有效的共同体的团结。与任何可以想象的公正的法律体系相比，发生在约瑟夫·K 身上的事情完全不合法，也极度不公平。这就像美国南北战争之前的奴隶和奴隶制废除后非裔美国人的遭遇。即使作为自由人，他们仍被处以私刑，被剥夺公民选举权，遭受各种歧视。即使到今天，他们所受的歧视也未完全消失——实际上离消失仍为时尚早。约瑟夫·K的遭遇与希特勒统治下的犹太人也很相像。后者被赶进隔离区，被运到集中营，然后被屠杀——用约瑟夫·K临死前的话来说——"像条狗！"。K的遭遇还像我们在伊拉克和阿富汗战争中扣押的那些人的经历。他们被抓，往往只是因为在错误的时间出现在了错误的地点。他们被无限羁押，没有人身保护权，丧失了接受快速而公正的审判的权利，更没有与控方对峙的权利。他们被屈打成招，不得释放，自杀的绝望时刻笼罩在心间。

美国的情况并不会好很多，甚至在奥巴马总统治下也是如此。如今美国在阿富汗的巴格拉姆空军基地和伊拉克的巴拉德空军基地还存在着执行所谓特别行动的"黑狱"（Black Jail），前不久（2009年11月）还被报道出来，获得释放的阿富汗人说他们有时被单独囚禁数周，牢房四周水泥墙上不见窗户，一盏灯不分昼夜地亮着。除了每天两次审讯的人，他们谁也见不着。家人不知他们的下落和死活。没有任何公民能获准接近他们，连国际红十字会的官员也不行。他们中大多数人最后未经起诉就被释放了。关闭这些监狱的计划还不见踪影，但奥巴马政府的确在2009年8月将关押这些人员的时间限制在两个星期之内，而之前有的人被关了数月之久。[6]不知道那些地方现在（2011年）的情形如何。

《纽约时报》2009年6月30日刊载了鲍勃·赫伯特（Bob Herbert）的专栏文章《多久才算久？》（"How Long Is Long Enough?"），该文详细地报道了穆罕默德·贾瓦德（Mohammed Jawad）在阿富汗战争中被关押的细节。贾瓦德于2002年在喀布尔被阿富汗武装力量抓去，当时他只有12、14或16岁——无论如何，只是个青少年。后来他被交给美军，被控的罪行是向美军扔了一个手榴弹，造成两个士兵和另一个人重伤。他在阿富汗巴格拉姆监狱以及后来被转移到的关塔那摩基地，都受到刑讯逼供，最终屈打成招。重刑之下，几乎任何人都会承认任何事情。针对贾瓦德的证据后来证实不可信。他曾以头撞墙，试图自杀。美国军方委派的检控官自行离开了，后来接任的公诉人发现了他遭受酷刑的细节。然而，他被拘留的时间至少持续到 2009 年 6 月，直到 2009 年 8 月他才被释放，回到阿富汗。[7]

法律秩序在纳粹统治下被搁置，特别是对犹太人而言，许多幸存者的证词都细致地描述了这一点。这些证词包括许多记录，诸如盖世太保敲门、家庭成员或全家被逮捕或"失踪"、其财产或房产被没收充公。例如，柏林一处犹太区内那些精美的公寓的主人被驱逐到集中营后遇害，而这些考究的建筑则成为纳粹高级军官的住所。每一起非法逮捕和惨遭杀害的经验都是独一的，凯尔泰斯的《无命运的人生》——本书第六章会详细分析这部小说——开篇不久即以小说虚拟的形式提供了这样的例子。小说的第一人称叙述者久尔考，是个十多岁的少年。他父亲被送去位于奥地利的毛特豪森劳役集中营，最后死在那里。在他父亲被带走后不久，他自己也被捕了。带着他那惯有的轻描淡写的讽刺感，久尔考将自己的被捕描述为"一次有点奇怪的经历"。[8]他当时正在那辆每天载他去上班的巴士上，车被匈牙利警察拦下来，他们要求所有的犹太乘客下车，随后拘留了他们，最后把他们移交给了占领匈牙利的德国人。久尔考通向奥斯维辛、布痕瓦尔德以及蔡茨集中营的历程由此揭开序幕。大约有五十五万匈牙利犹太人都经历了某种"卡夫卡式"的遭遇。只有少数几千人，能像凯尔泰斯这样从驱逐中幸存下来。[9]他们每一个人的经历都像约瑟夫·K，但有一个极为关键的不同，那就是约瑟夫·K遭受的逮捕、延期审讯以及处决在某种程度上都表现为独一，而大屠杀中死去的六百万犹太人则全体遭受了约瑟夫·K那样的审判。

上文用了"卡夫卡式"一词，有些老套。凯尔泰斯对久尔考被捕的描述，有可能受到卡夫卡的影响，但这并不会有损久尔考经历的特殊性。久尔考的经历可能与凯尔泰斯的经历有关。凯尔泰斯是犹太人,也在少年时期被捕,从布达佩斯被转运到集中营。不管怎样,约瑟夫·K和久尔考经历的细节都得到了细腻的刻画,客观的描述中还带有一丝反讽。他们与约瑟夫·康拉德都相信一点,正如康拉德描述吉姆老爷身处审判之中的感受,那就是"表述唯有细致精确才能引发骇人表象下的真正恐惧"。[10]

对于如下这些人——美国奴隶、被捕后的约瑟夫·K、纳粹统治下的犹太人(无论是在德国还是在其他被占国)、阿布格莱布和关塔那摩监狱中的在押者以及被审判的吉姆老爷——他们每个人的情形都不会一模一样。这里每个人的经验都是独一的,无法与其他任何人比较,就像被纳粹屠杀的六百万犹太人中,每个犹太人的经验都有所不同。做类比并不是将它们视为同一。卡夫卡笔下约瑟夫·K的审判和行刑,有助于我们了解不同年代的人在各自不公正的政治体制下曾有过的经历,甚至就在我写下这些字的同时,仍有人深陷这种境遇。凯尔泰斯的《无命运的人生》同样以文学做此类见证,后面的章节我会就此展开论述。

《审判》中的重影和重复:怪怖的架构①

在更为细致地探讨《审判》之前,我首先得供认自己没有理解卡

① 此处英文是"Doubling and Repetition in *The Trial*: The Architecture of the Uncanny",米勒在弗洛伊德的意义上运用"重影"(doubling)和"怪怖"(the uncanny)。弗洛伊德追溯德语 unheimlich(uncanny)的词源和意义演变,指出该词表达了熟悉和陌生体验相结合,造成骇人的恐怖的情形。该词常见的译法还有"诡异"。doubling 在英语中有双重、折返之意,在弗洛伊德的语境中,它造成的恐怖与怪怖感有很大关联,它同时造成熟悉与不熟悉的感受,这意味着压制物重性折返。该词还常译为"分身""替身""双重",此处采用"重影"的译法,和标题中的"重复"相照应。正文则视具体情形,可能采用"分身""替身""双重化"或折返的译法。

夫卡的这部小说，当然我给出这份供词并不是因为受到严刑拷打或者受形势所迫，只能以坦白与不公指控做交易，就如莱妮建议约瑟夫·K所做的那样。我甚至都不确定这部小说是否能够被理解。所谓"理解"，我指的是依照某些统一的阐释学原则，以一种全面、总体、理性和逻辑的方式，解释《审判》的所有特点和细节。本书第一章讨论过卡夫卡写作为何要抵制那种可供验证的阐释。

面对《审判》，我觉得自己很像站在"法的门前"的乡下人，在《审判》的"在大教堂里"这一章，神父给约瑟夫·K讲了这个"法的门前"的寓言。我站在文本门前，它敞开着，邀我进入文本，去理解它，这扇门只为我而开。《审判》向我提出确切的要求，让我去读懂它，但不知怎的，我却不得其路而入。我可能到死都不能参透主导这部奇作的法则。为了写这一章，继多年前读过这部小说之后，我又开始一遍又一遍地阅读，但我还是明显感到它抵制解读。

《审判》的确是部奇作，它反常、怪怖。说它怪怖，是严格依照了弗洛伊德对该词的使用意义。在弗洛伊德的语境中，"怪怖"（das Unheimliche）用来定义遭遇某种陌生事物而这种陌生事物又有些似曾相识的情形。[11]具体来说，《审判》中场景的布置和装饰，都像二十世纪早期的欧洲城市布拉格，但又有些不同。再比如，问讯和法庭审判的地方不设在政府部门，却深藏在公寓住宅的一些房间里，这让人感到既熟悉又陌生。卡夫卡笔下城市里的楼梯、走廊、门口、房间和窗户都陌生而熟悉，让人惶恐，他以创造此类意象而著称。这些地方看起来普普通通，实则不然。《审判》中这类意象反复出现，我后面再回到这一论述。卡夫卡的作品结合熟悉与陌生、促生怪怖感，继而抵制理性的解读，正如上一章所言，他作品的这个特点使其得以预示奥斯维辛。本章会仔细探究该小说在预示奥斯维辛上的一个显著特点，即，它戏剧化地呈现了共同体的崩溃。我将指出，共同体的崩溃导致言语行为失效，而任何一个有法可依的共同体，都依靠言语行为，维持其包括法律系统在内的日常运作。

作为弗洛伊德意义上怪怖感的基本特征，重影和重复的现象在《审判》中像主旋律般地反复出现。在小说开头，约瑟夫的两个看守弗兰茨和维纶成对出现，即为一例。这对最初出现的分身，照应了小说结尾出现的 K 的两个行刑人。除此之外，小说中间也有各种各样的分身成对出现。那么，这些怪怖的重影现象有何意义？意义必然是有的，只是文中没有任何提示和解释。这就像《爱丽丝漫游奇境》里的叮当兄和叮当弟。在卡夫卡的另一部小说《城堡》里，主人公 K 也有两个助手，也是一对分身，他们给 K 带来了很大的麻烦。就小说整体而言，《城堡》和《审判》两部小说本身也像弗兰茨和维纶一样，构成分身，相互呼应。

《审判》的谜样特点，让读者明显感到不安，至少我在阅读时有如此感受。小说有分身现象，我们却无法解释，因而心绪不宁。这种不安就如同《审判》开篇第一句话所引发的焦虑："一定有人诬陷约瑟夫·K，因为他没做错过什么，却在一天早晨被捕了"（3e，翻译有改动）。《变形记》中著名的第一句话，也是要求读者接受既定结果而引发不安感："一天清晨，格雷戈尔·萨姆沙从一串不安的梦中醒来时，发现自己在床上变成了一只硕大无比、超凡怪异的虫子（zu einem ungeheures Ungeziefer verwandelt）。"①[12] 值得注意的是，这句德语原文的最后一个词与德语标题（Verwandlung，verwandelt）呼应。这样的开头给读者造成的感觉是，不会吧，你该不会指望我接受这样的变形吧！

这种抵触部分源于其叙述风格，如此让人震惊、不可思议的事却以传统的现实主义小说语言来表述，客观而略含讽刺，就像简·

---

① 这句话的翻译参照了现有中译本，卡夫卡，《变形记》，收于《卡夫卡文集（第三卷）：中短篇小说》，谢莹莹译（北京：作家出版社，2011 年），第 96—128 页。

奥斯汀的《傲慢与偏见》中那个著名的开头："有钱的单身汉总要娶位太太，这是一条举世公认的真理。"①[13] 我们不愿轻易相信《审判》和《变形记》开头的设定，就好比我们不愿接受对大屠杀的简单陈述，例如，下面这个已被波兰档案材料证实的句子，出自维基百科上关于卡夫卡的词条："奥特拉（卡夫卡最喜爱的妹妹）被送往特莱西恩施塔特集中营，后于 1943 年 10 月 7 日被送往奥斯维辛死亡集中营。包括奥特拉在内的 51 名监护人和 1267 名儿童一到达奥斯维辛，即被送进毒气室。"[14] 读者难以相信这是真的。怎么可能有如此丧心病狂、骇人听闻（ungeheurlich）的事？讲述的语调怎么可以如此冷淡？维基百科解释"奥斯维辛"的长词条甚至更让人毛骨悚然，该词条冷静而克制地提到，对于奥斯维辛屠杀犹太人的数量是250 万、110 万还是 160 万，各种证据莫衷一是。这则词条还列出了毒气室所用的毒药"齐克隆 B"的成分及其生产商等客观信息。这一切真的发生过吗？读者不由问自己，然而证据确凿，不容否认。

更让人心情不能平静的可能是那些记录纳粹党卫军军官在屠杀间歇嬉戏放松的照片。所谓的卡尔·赫克尔相册收集了这些照片，即将出版。[15] 赫克尔在 1944 年 5 月至 1945 年 1 月任奥斯维辛指挥官的助手。在此期间，包括伊姆雷·凯尔泰斯及其笔下的久尔考在内的 43 万匈牙利犹太人，被火车送到了奥斯维辛。据说奥斯维辛的焚尸炉，因超负荷运转，出了问题。美国一位军人在奥斯维辛解放后把赫克尔的相册带回了美国，直到最近他才把这本相册交给美国当局。这些照片让人寝食难安，因为照片上的这些坏人，包括他们的秘书和情人这些"帮手"在内，看起来都那么普通，那么开朗。他们尽管罪恶滔天，但看起来就像普通的德国军官及其漂亮的

---

① 此处采用了现有的中文译法，参见简·奥斯汀，《傲慢与偏见》，孙致礼译（南京：译林出版社，2001 年），第 3 页。

女朋友。相册中还有两个尤其可怕的人，纳粹军医约瑟夫·门格尔（Josef Mengele）和奥斯维辛早期指挥官鲁道夫·霍斯（Gudolf Höß），而他们看起来亦如常人。我强烈建议本书的读者去网上搜这些照片。关于美国奴隶制和黑人解放后仍遭受私刑的事实同样震慑人心，同样让人难以接受，本书第七章讨论莫里森的《宠儿》时会展现这一点。第二章已经给出了私刑照片的网络链接以及进一步阅读的参考书，南北战争后的数十年间，这些照片在南方广为流传。

难以接受的还有不断累积的证据，它们表明：布什政府制造谎言以达到合理侵占伊拉克的目的；许多伊拉克人丧生（据可靠估计，超过 100 万），或流离失所（超过 600 万）；在阿布格莱布、关塔那摩基地以及设在世界其他地方的绝佳的引渡地点，犯人备受折磨，人身保护权缺失；美国公民遭到非法窃听，通信公司巨头对此视而不见，如此等等，不一而足。互联网上可轻易找到阿布格莱布监狱的图像资料。[16] 不久前（2008 年 6 月）曝出关塔那摩监狱的守卫曾接受训练，学习如何折磨犯人。2008 年 7 月 10 日，怯懦的国会通过了修改《监视法案》（the Surveillance Act）的决议，布什总统随即高兴地签署生效，修改后的法案允许政府对美国公民实施秘密的电子监视。奥巴马总统没有撤销这一秘密监视的法律，尽管我们可能希望他的政府更少这么做，并且这么做时至少要依照法律程序，但这种做法本身有正当性吗？

在布什执政的日子里，每个美国人都有可能像约瑟夫·K 那样，听到敲门声后，无辜被捕，经历一系列噩梦般的找寻，却找不到那条据称被自己违反了的法律，不知道指控者是谁，没法依法与其对质。审判或曰"过程"就有可能在公认的官方判决下达之前，被推向秘密处决的高潮。《审判》中约瑟夫·K 的经历预示了布什任期内我们的处境。为何在如此骇人的事情发生之前，公共舆论没有强烈抗议，大街上没有游行，作恶者没有遭弹劾，以拯救我们宝贵的民主制度及其宪法根基？取而代之的是散见于报纸和电视新闻的零星消息，除了集体表示耸耸肩之外，修改《监视法案》几乎没激起任何反应。本书所讨论的五个时期具有共性（这五个时期分别是：美国奴隶制时期、两次世界大战之间使卡夫卡有奥斯维辛预感的时期、三部大屠杀小说描绘的战后时期、莫里森的《宠儿》所表现的"重新记忆"奴隶制的后民权后现代时期、我们当下所处的时期），正因如此，卡夫卡的作品不仅预示了大屠杀，也预示了上述其他稍晚时期。

对于那种建立帝国、媲美天堂的企图——就像目前美国的情形——卡夫卡已经做出了评判。卡夫卡的看法出现在他一短篇小说的末尾，该作将"中国长城和巴别塔"糅合在一起，笔锋一如既往地冷静反讽、奇崛回转。小说写道，据一权威人士所言，建造巴别塔"失败，也必然失败，原因是地基不牢"。[17] 在这则寓言式的悖论或悖论式的寓言中，叙述者说他不明白，长城建成弧状，还尚未完工，怎么能成为建登天塔的坚实地基。"这恐怕明显只能是在精神意义上。可如果那样的话，又为什么要建这真正的墙？它真实有形，毕竟耗费了众多民众毕生精力。"（PP，27，26）。

也许可以说，卡夫卡所有作品都显现了物质层面和精神层面的意义不可调和，因此，从宗教或寓意的角度解读卡夫卡的作品都显得不可信。上述卡夫卡短篇小说引文的结尾处描述了人性的自毁倾向，它根深蒂固，堪比雅克·德里达所阐述的任何一种人类共同体都具有的自体免疫倾向。[18] 卡夫卡写道："人本性善变（leichtfertig in seinem Grund），像尘土飞扬，受不得一点束缚；如果自我束缚，本性很快就会疯狂地冲砸镣铐，直到把一切捣成碎片，不论是镣铐、墙或是人性本身。"（PP，27，26）Grund（基础，根本）一词当然照应了上文说巴别塔缺乏稳固基础的论点，而 leichtfertig 一词则意为"粗心轻率、三心二意、考虑不周、不负责任、琐碎无聊、轻浮顽劣、软弱无能、浮躁易变"。目前的译本译出了"把一切捣成碎片",但省略了德文表述中的部分内容。这部分德语原文如下:"Mauer,Kette und sich selbst in alle Himmelsrichtungen zerreißen"(PP,26),这可以译为,"把一切捣成碎片,往四面八方抛洒,扔向周围每一个角落:城墙、镣铐和人性本身"。Himmelsrichtungen 中的 Himmel 指"天空",也指"天堂",比如指巴别塔的建造者想要抵达的天堂。有人如果想到了耶和华为了惩罚巴别塔鲁莽的建造者而变乱了他们的语言,那么这个结果则延续至今,其表现之一就是卡夫卡作品的英译本难以传达德文原版的精妙。

重复由重影转化而来,尽管前者带有时间意涵,而后者带有空间意涵。重复是《审判》的又一个特点,它既让人费解也让人不安。K 听到律师胡尔德和他客户商人布洛克的对话即为小说中众多重复的例子之一。K 看到布洛克跪在律师床边卑躬屈膝的样子,似乎觉得"他仿佛是在听精心排练过的对话,这对话以前一再出现,今后也会一再出现,只有布洛克才会一直感到新鲜"(194e;264g)。这里的"排练"(einstudiertes)、"精心习得"都含有戏剧指涉,这样的指涉贯穿全文。戏剧表演有一个怪怖之处,至少对我而言是如此,观众意识到演员表演都表现得像第一次且仅有一次,但实际上它是重复行为,他们(也许还和很多其他人一起)已经表演过多次且还会再表演。观众的这种意识掏空了表演,使表演显得虚假、肤浅。《审判》中那场对话就是这样的情形,胡尔德和布洛克看起来像为了舞台表演排练过多次。他们之前表演过多次,甚至现在也可能在某个地方一再表演,直到永远。至于"某个地方",当然指的是卡夫卡的任何一本《审判》。

《审判》中另一个重复的例子既有喜剧色彩又略含忧虑,就像噩梦中明显没有意义的事情却反复发生。体现这种场景的例子就是画家蒂托雷利成功地让约瑟夫·K 购买了他那些一模一样的"荒野风景"。每一幅画从他床底下拖出来时，都落满了灰尘："上面画的是两棵纤弱的树（zwei schwache Bäume；注意这里'毫无意义的'分身又出现了），立在漆黑的草地上，彼此离得远远的，背景是绚烂的夕阳"（163e；220g）。K买下了这幅画，蒂托雷利又拿来一幅"姊妹篇"，和第一幅完全一样："和第一幅比，一点细微的差别都没有：树，草地，夕阳"（163e；220g）。接着又递来第三幅，"完全是同样的景色"，不知道蒂托雷利后来还有多少画要给K。K照单全收。蒂托雷利说："我画了很多荒野风景"（163e；221g）。为什么？他为什么那么做？这略显古怪的片段有什么意义？蒂托雷利的阁楼画室挨着更多的法院办公室，K从这位画家嘴里了解了很多关于法律系统的信息。画室紧靠法院办公室虽让人不安，但这段买卖同样的画的情节仍让我开怀大笑。难道这就是这个片段的目的？为什么卡夫卡把它设置在这里？没有显而易见的答案。它就这么发生了，讲述它的语气也显得庄重，冷静沉着的叙述者只在暗中带有反讽意味。叙述者只忠实地道出事情及其重要性，以便留下一切关于约瑟夫·K的遭遇的证据。

前文已经谈到《审判》中出现了卡夫卡作品常有的踌躇游逛的情景。街道、走廊、楼梯及平台间的漫游常常通向一扇门，主人公一开门就开启一场奇遇。在《下落不明的人》中，这一主题情景表现为卡尔·罗斯曼在出发之初就迷路。小说开始时，他为了找伞，回到船舱，结果迷了路。从抵达美国伊始，罗斯曼就步向"失踪"的旅程。《审判》中类似主题也不止一次出现，它象征着约瑟夫·K与法院系统的古怪联系，后者既无从接近又无所不在。读者意识在这一反复出现的主题中增强，他们感觉到K的境遇诡异。他无论做什么，总是会回到同样的情境，就像弗洛伊德在《论怪怖》（"The Uncanny"）中所举的例子，弗洛伊德记得有一次在意大利小镇上，他想走出红灯区，但总是回到同一个地方，无论怎么努力，他都没法离开。

　　《审判》中第一次重现这个主题的地方，是 K 接到从法院打来、说得不甚明了的电话，让他星期天去"远郊一条街上"的某个地点（36e；50g），接受到庭"审讯"（inquiry；*Untersuchung*）（35e；49g）。K 到晚了，尽管没人告诉他应在什么时候到。他的赴约之旅就像一场噩梦。那个地址所在的大街似乎坐落在贫民区，男人、女人和孩子都斜靠在窗边，男的抽着烟，女的晾晒被褥，孩子趴在窗台前。人们隔着街在窗边品头论足，时不时爆发一阵大笑。这些外在表现揭示了生活在这里的人的内在生活。K 找的那栋楼是带大院子的商业建筑，"上面挂了一些牌子写着公司名，其中有些名字 K 在银行业务往来中也曾见过。和往常不同，他仔细地观察着一切表面的细节（Äußerlichkeiten），在院子门口停留了一会儿。附近的板条箱上坐了个光脚男人在看报。两个男孩在一辆手推车上来回摇动。一个纤弱的女孩穿着睡衣，站在抽水泵前，盯着 K，等水流进她的罐子里。在院子的一角，两个窗户中间拉起一根绳子，上面挂着晾晒衣物，晃来晃去。一个男人站在下面，偶尔吼几声，指挥着工作"（39e；54g）。从院子上去有三个楼梯，K 不知道该走哪一个，就随便选了一个。他感到气恼，没人给他更确切的方位，但他想起看守维伦说过，法院被罪过吸引。他怎么可能走错呢？他在这栋贫民住宅里看到单间公寓里尽住着些衣冠不整的人，房门大开着，他编了个问题，一层层、挨家挨户地敲门问，"一个叫兰茨（Lanz）的木匠住这儿吗？"（"兰茨"是他房东太太的侄儿。在德语中，这个词指"长矛"，Lenz 和它的发音几乎一样，意思却是"春天""全盛时期"和"生命绽放"，在奥地利语中指"懒散""闲暇"，但 lenz 在方言中作形容词时，也指"干燥的""空洞的"。这些词义内涵和小说有关系吗？无从得知。）最后，K 在万般懊恼中敲开了五楼的第一间房的门，在里面碰到"一个年轻女人，眼睛乌黑闪亮，正在桶里洗布块什么的"（41e；57g）。他又问了一遍他那荒谬的问题，但那女人说，"这边请"，手随即指向旁边一个房间。门开着,瞧! 法庭已经开庭了。接下来是噩梦般的场景,K 没有顺从地接受问讯,反而公然抨击预审法官和整个审讯过程。我后面还会回到这一点。无论如何,他到得太迟了。

怪怖的主题在后文中全然再现(我们再一次开始吧!),K 在他工作的银行里遇到一位工厂主,后者建议他去拜访画家蒂托雷利。K 采纳了工厂主的建议。虽然蒂托雷利的住所与上文提到的法院方向相反,远在城市的另一头,但通向他住所的路与法院的路却出奇地相似,甚至更为破败阴森:"这附近一带甚至更穷,房屋更暗,狭窄的街道上污秽遍布,混着融雪,正慢慢四处乱流。画家住的房子里,两扇对开的大门只开了一扇"(140e;188g)。K 费力地爬上了三楼,"完全喘不过气来;这些台阶都特别高,每一段都特别长,据说这位画家正好住在楼顶的阁楼里(in einer Dachkammer)。这里的空气也令人窒息;这里没有楼梯井,狭窄的楼梯挤在两堵墙中间,只零零落落地开了几个小窗户,还高得靠近天花板"(140e;189g)。K 被一群年轻女孩拦住了,她们"兼具天真和堕落(Kindlichkeit und Ver-worfenheit)"(141e;190g),指给他另一条极长极窄的楼梯,通向蒂托雷利的阁楼小房间。他们随后开始了漫长的谈话。蒂托雷利告诉 K 他可能有三种处境["无罪开释"(不可能)、"诡称无罪开释"(肯定会导致最后再次被捕)和"延期审判"(只推延最后的定罪)]。我稍后再讨论这些不同的选择。在这场会面结束之际,K 买下了蒂托雷利所有一模一样的画,作为他答应提供帮助的报酬。更确切地说,这次会面以蒂托雷利打开他床后的一扇小门结束,这扇小门通向(瞧! 又是门)一条走廊,连着法院办公室,里面坐着一些正在等待的当事人。法院也在贫民区最为破败的阁楼里,它无所不在,并且看起来总是在开庭。如下这些情景——贫民区街道、院子、通向一扇门的狭窄楼梯和门后的奇遇——组成了怪怖感的架构,约瑟夫·K 的多舛命运由此展开。

阐释学原则失败

如果读者假定可能存在某种方法能合理解释小说的所有细节和特点，那么《审判》在这种情形下，或者说尤其是这种情形下，会显得奇怪。许多整体性的外部解释原则都提供给读者此种视角：卡夫卡的心理；卡夫卡对犹太教、对《塔木德》和《米德拉什》释经传统或对卡巴拉的兴趣所引发的宗教视域；[①]"一战"前后布拉格的生活情形；当时布拉格的法律体系（它与英国普通法相对，是一种由罗马法转化而来的民法变体，有其单独的起源）；卡夫卡周围具有鲜明犹太特色的日常谈话和讲故事的习惯；当时当地以意第绪语、德语和捷克语写作的报刊和出版物的叙事习惯；影响卡夫卡的歌德、海因利希·冯·克莱斯特（Heinrich von Kleist）和罗伯特·瓦尔泽（Robert Walser）所创作的作品；[19] 布拉格的意第绪语戏剧传统等。所有这些语境化的解释原则在某种程度上看起来都有其道理，但没有一种解释能完全让人满意。如果根据这些解释方法去解读卡夫卡的作品，那么构成这些解释方法的所有要素都会被夸大和扭曲，甚而变得陌生，我们于是感到既熟悉又不解。对于此类评论，我们几乎可以用"在大教堂里"的神父对《法的门前》这则寓言文本的看法来说明："文本是永远不变的（unveränderlich），而各种观点往往只是表

① 《塔木德》和《米德拉什》是犹太教的宗教经典，它们是各个时代的犹太人应时应地对犹太教圣经《妥拉》所做的释注和发展，属于犹太教的口传律法文集。口传律法文集结合《妥拉》中的戒律，在不断变化的时代背景下，面对实际情况，坚持犹太圣经的精神和规则。口传律法集《塔木德》在拉比犹太教时期结集完成，汇集了数个世纪犹太拉比的智慧。《米德拉什》也是用于解释的布道经卷，在公元 6—10 世纪成书。卡巴拉是犹太教神秘主义教派，自 12 世纪发展起来，它有许多来源，如古代犹太传统，亚历山大神秘主义，中世纪哲学，甚至基督教思想，其基本内容是追求一种深刻的内心体验，寻找直接与上帝相通的感觉。

达了我们对文本的绝望（Verzweiflung）"（220e；298g）。

　　阐释原则的功能是阐释。一方面，上述解释方法会以这样或那样的方式为读者提供一种象征性的解读，读者会说："这代表那一点"，"这个物质层面的细节有那种精神层面的意义"。例如，约瑟夫·K 的行为或语言及其特点，正如我们从其他资料中所获知的，符合卡夫卡自己的心理结构特征，或者符合上文列出的其他某些决定文本解读方式的因素。另一方面，《审判》支持严格的字面（literal）阅读，即一种"这代表它本身"的阅读方式。每一个细节都仅仅只是它自己，而不能或者不应该被解读为代表了其他东西。每一个细节只是其本身，不会有分毫超越自身之处。然而，这就让解读或像本书所做的这样的批评变得极度困难，甚至不再可能。我怎么能够不说"这有那种意味"而仍提供某种解读呢？

　　《审判》暗示了其文本应该怎么被解读，这出现在大教堂那一章，那位神父责备约瑟夫·K 没有严格按照字面意思解读《法的门前》这则寓言。神父告诉 K，"你不够尊重文本，篡改了故事"（217e；295g）。准确地说，什么是逐字逐句地按字面阅读，尊重文本，既不增加也不减少内容？[20] 这有可能做到吗？我们怎么知道自己正在进行的是真正的逐字解读？况且，那位神父在建议 K 尊重文本之后也承认，甚至按照公认规则对《法的门前》最忠实的阅读也不能避免无穷无尽的无法确证的阐释可能。《审判》本身就遇到了这样的情形。对这部小说的解读多种多样、异彩纷呈，每一种解读方式都基于上文所提到的某种文本外部阐释方法或基于上述方法的组合。每一种观点都有其相反观点，正如神父告诉 K 在《法的门前》的解读传统中相反的观点可以同时存在。

　　更让人感到不安的是神父的论断，他说"评论家们告诉我们：对某事或某物的正确理解（richtiges Auffassen）与错误理解（Mißverstehn）并不相互排斥"（219e；297g）。如果这是真的，或者更确切地说这虽不是真的却是必要的，那这是条可怕的法则。

"不，"神父对 K 说，"你不必把一切当成真的(wahr)，你只需要把一切想成是必要的(notwendig)。"K 对此回应道："这想法让人沮丧……谎言被当作普遍规则（Die Lüge wird zur Weltordung gemacht)"(223e;302—303g)。K 的这一评论显得古怪、不甚明了。为什么必要的东西就必然是谎言呢？仅仅因为它既不是真的也不是假的吗？我们又怎么知道自己的哪些解读是正确的，哪些解读是错误的呢？另外，谎言是言语行为，因为它没有陈述事实的价值，但一旦被人采信，则可以用语言展开行动，产生十分强大的力量。如果约瑟夫·K 所说的是"真的"，那么这就意味着，他深陷"必要的"谎言之网，这是一个多元且巨大的言语行为，最终导致他被定罪处死。

K 与神父讨论寓言《法的门前》，引出了乡下人、守门人或作为阐释者的 K 是否"受骗"的问题。正如神父对 K 所说的那样，误解就是受骗。K 告诉神父自己对他的信任超过了他所遇到的任何"属于法院的人"(215e;292g)，神父告诉他，"有关法院的情况，你一直在欺骗自己(täuscht Du Dich)"。神父于是给 K 讲了《法的门前》这则关于欺骗的寓言："在法的序言中，关于这种欺骗是这样写的：法的门前站着一个守门人"，如此等等(215e;292g)。

唯一避免被骗的方法可能是忠实于字面含义，正如那位神父所建议的那样。然而，如神父和 K 对寓言的讨论所示，即使最为严格的字面解读也会产生无穷的争论。我们怎么能够肯定地知道，正如我所问的，自己在按照字面意思阅读呢？再者，我们得像法的门前那位守门人一样头脑简单(神父说大多数"观点"，当然不是全部，似乎都认为守门人头脑简单，但这种观点也许是误解)，才不会想到《审判》的很多内容都鼓励读者将其视为某种寓言(parabolic)。我用"寓言的"而不用"寓意的"(allegorical)或"象征的"(symbolic)，是因为《审判》尽管与一座城市的日常生活有关——这个城市有点像卡夫卡生活的布拉格(有银行、电话系统、出租车、公寓、贫民区、商人和法院等）——似乎是一部"现实主义"小说，但它也更深入地指涉某种终极真理或纯粹的必然性。与之相似，耶稣的寓言不仅讲述古代朱迪亚地区①播种、捕鱼和经济交换的故事，也论及天国以及如何抵达天国。然而，如果把《审判》视为寓言，只会增加解读这部小说的难度。对于寓言，卡夫卡的《论寓言》（"On Parables"；"Von den Gleichnissen"）——该文本身也是一则寓言——这样描述：

> 当智者说："过去"（Gehe hinüber），他并不是指我们应去某个现实中的地方，当然如果值得，我们也能花力气那么做；他指的是寓言式的极好的远处，我们尚不知晓，他也无法指示得更加明确，因而无法给予此处的我们哪怕一点点帮助。所有这些寓言真的只是想说不可理解的（Unfassbäre）东西就是不可理解，而我们已知道这一点。（PP, 11, 10）

"寓言"在德语中通常译作 Gleichinis，马丁·卢瑟（Martin Luther）用这个德语词翻译耶稣的寓言。这个德语词在字面上意为"比方"（likeness），它远远没有英语中 parable 一词所暗含的希腊意义。②"比方"是巧妙而缩微的模仿，它模仿存在于模仿媒介之外的东西。现实世界与寓言所指示的世界之间存在着绝对的鸿沟，就好比相同语词指这言那的指称功能存在着巨大的断裂，上述那个智者说"过去"时就表明了这一点。这两个领域完全互为对方的他者。尽管如此，人类生活的最终目标是要从一方跨越到另外一方，从可

---

① 朱迪亚（Judea），也译作"犹地亚"，指古代巴勒斯坦南部地区，包括今以色列南部及约旦西南部。

② 亚里士多德在《论修辞》中以伊索寓言为例，说明寓言适用于深思熟虑的演说，从历史中找到相似例子难，而在寓言中找到相似的例子却容易。寓言应做出对比（comparisons），让人们看出相似性。详见 Aristotle, *On Rhetoric: A Theory of Civic Discourse*, trans. George A. Kennedy (Oxford: Oxford University Press, 2007), 1394a, 此处提到寓言所含的希腊意涵，应该是指在故事中对比，得出明白晓畅的道理。

理解的内容揣摩出不可理解的意义。然而,没有办法可以做到这一点。目标存在,却没有路径。我们称为路的无非是踌躇,摇摆不定的晃荡并不会让人离目标有些微的靠近,反而有可能总是离目标更远。然而,正如《论寓言》末尾的简短对话所告诉读者的那样,如果我们决心紧跟寓言的字面意义,我们就能够"过去":

> 对此有一个人说:有什么好犹豫的?只要你们按寓言行事,你们自己就成为寓言(ihr selbst Gleichnisse geworden),因此也不必操心日常生活。
>
> 另一个人说:我打赌,这也是一个寓言。
>
> 第一个人说:你赢了。
>
> 第二个人说:可惜只是在寓言的层面上(赢了)。
>
> 第一个人说:不,在现实中:在寓言的层面上你输了。
>
> (PP,11,10)

来弄懂上面这段对话吧,如果你可以的话!这些文字形成一种来回振动或反馈回路,让人难以理解。现实和寓言之间存在着绝对的不可比性。现实是理性王国,我们在其中区分寓言的语言和日常生活所用的指涉性或施行性的语言,现实中言语行为,无法在寓言的王国里产生效力。如果你能说,"我打赌,这也是一个寓言"(这是一个施行性的言语行为),你就还没有在寓言的王国里,你没有跨越,而如果仅仅依照这些寓言的话,你本来可以跨越,也就是说如果你只按照寓言的字面意思,将其理解为指示你应该去现实中的某个地方,照此做,你就可以"过去"。打赌只有在现实中才会赢,因为言语行为只在日常世界里才有效。言语行为在寓言中会失效,因为在寓言中,不可理解的东西仍然不可理解,这里的不可理解是就其词源意义上的无法领会(unfaßbar)而言。我们已经知晓,但一旦知晓,我们就受到阻碍，无法进入寓言或成为寓言。无论我们多么努力地尝试从字面意义上理解《审判》，我们也不由自主地屈从于以寓言的方式解读该小说的诱惑，这也就意味着我们总是受其欺骗。

抵制阐释

那么《审判》的文体结构和叙述结构在什么方面会如此抵制逻辑理解呢？可以罗列出一长串：例如，手稿尚未写完；篇章之间没有顺序；还有一系列断断续续的完整篇章，它们几乎适合插入任何地方；在现有内容和 K 被处决的最后一章之间卡夫卡可能计划插入许多其他篇章。《审判》的叙述结构和语法都是错格的（anacoluthic）[①]，不能结合在一起，没有凝聚成统一的叙述体系。或者也可能有人会说，每一章不管看起来是否断断续续，都向外延展，朝着一个极其遥远的目标做无用的进发——无论这个目标是 K 的死亡还是寻求与法的直接抗辩，看起来这个法最终判处了 K 死刑，但从未指明其罪名，K 也从未想起自己犯了什么罪。

之所以说"看起来"，是因为 K 和读者都没有直面法庭或法官，没有看到他们下发判决，更不用说了解大写的"法"。我将指出，判决实际上来自另一方向。小说似乎有一个目标，要么处决 K，要么他与法直接抗辩，但没有途径通向这个目标，只有一系列篇章在中间踌躇摇摆，其数量可能极为庞大，却似乎没能朝着目标进发。然后，小说省略了遥远的中间距离，从倒数第二章直接跳到最后一章，

[①] 错格即表达结构不一致，在修辞学上指单个句子中句法不一致，例如：你为什么不——这只是个建议——但你可以步行。更多例子详见《牛津英汉双解英语语法词典》，西尔维亚·乔克·埃德蒙·韦纳编，赵美娟编译（上海：上海外语教育出版社，2007 年），第 25 页。语言学也引申了这个现象。米勒这里引申到文学中，指作品结构不统一。

在文本断裂中跨到了 K 死亡的"结局"（Ende）。

小说这种在较大层面上缺乏连贯性的特点，也出现在较小层面的对话中，并且叙述者对 K 的想法的间接叙述中也有这种特点。这样的例子有很多，小说开始不久就出现了一个。K 被告知自己被捕了，他自然要问是否可以打电话给他的检察官朋友哈斯泰勒（我们从一章尚未写完的内容里了解到他们的友谊）。那个"监督者"告诉 K 这样做没什么意义，除非 K 是有什么私事要和这个朋友谈谈。K 嚷起来，"那有什么意义（Welchne Sinn）？如果你说我已经被捕，那我打电话给一个律师又有什么意义？好吧（Gut），我不打了。""还是打吧。"这个监督者说，他指了指走廊，那里有电话。"不，"K 说，"我不想打了。"（15e；23—24g）那一句"好吧，我不打了"以及后面的对话中的变更典型地不合逻辑。他为什么不打了？打电话看起来是显而易见的事。为什么监督者说这么做没意义？为什么 K 突然也不想给哈斯泰勒打电话了呢？

整个事情进展的逻辑很奇怪，或者更确切地说，它展现了一种可被称为"铜壶逻辑"（kettle logic）的过程，卡夫卡是精通这种逻辑的大师。"铜壶逻辑"涉及弗洛伊德在其《诙谐及其与潜意识的关系》（*Jokes and Their Relation to the Unconscious*）中所举的一个例子："A 从 B 那里借了一把铜壶，但当 A 还回去之后却被 B 起诉，因为现在铜壶上有一个大洞，已经没法再用了。A 辩称：'第一，我从没有向 B 借过那个壶；第二，当我从他那里拿到壶时，壶上就已经有了一个洞；第三，我把壶还给他时，壶是好好的。'"①[21] 正如弗洛伊德所评论的，这里不合逻辑或存在诡辩（同时也有趣）的地方是"这些辩护理由每一条单独看都有理，但放到一起来看，就相互排斥。

---

① 此处及后文对弗洛伊德引文的翻译参照了现有译本：弗洛伊德，《诙谐及其与潜意识的关系》，彭禹、杨韶刚译（北京：九州出版社，2014 年）。

A 把需要整体看待的相互联系的东西孤立起来"(62)。A 的错误是
在他本应该说"或者……或者"的地方，用了"和……和"。

正如卡夫卡许多关于铜壶逻辑的例子所表现的那样，这种逻辑
的另一种表述方式是，相互矛盾的选项无法辩证地组合，它们无法
整合因而不能使行动向前推进。思想深陷选择的困境，这些选择不
可能为真，但似乎还是没有办法做出选择。实际上，细心的读者会
发现，弗洛伊德本人对诙谐的论述就体现了一种铜壶逻辑。他有时
候会疑惑——或者至少表现得像是疑惑——自己的例子是否真是
诙谐，原因是"在我们的研究能提供一个标准之前，我们没有标准可
用……因为事实是我们还不知道能成其为诙谐的内容，其特点到底
在哪里"(61)。弗洛伊德以自己给出的例子为基础，以此决定或者
探寻使诙谐成其为诙谐的潜在规则。另一方面，他没有办法预先确
定，他演绎出诙谐规则的那些例子就真的是诙谐。没有逻辑方法可
以从特定事例推导出普遍法则。你只能经由事例，而后抵至法则，
但要有信心地挑出那些代表了真正诙谐的事例，你得预先知道这样
的法则。不过，这个铜壶逻辑的僵局并没有妨碍弗洛伊德确信他随
后给出的例子"是毋庸置疑的诙谐"(6)，也没有阻碍他想到这个铜
壶故事尽管"引起很多笑谈"，但它"能否被称为诙谐，还值得怀疑"
(62)。然而，如果它引起了很多笑谈，那怎么可能不是诙谐呢？

弗洛伊德试图绕开这个僵局的办法显得非常乐观。他说对于
定义诙谐的规则，甚至在我们尚未形成明确表述之时，就具有一种
直觉："在我们(就某个故事是不是诙谐)做出决定之时，我们只能基
于某种'感受'，我们可以将这种感受理解为，它意味着我们做决定
时的判断依据了某种标准，而这种标准是我们的知识所无法把握
的"(61)。真是巧妙的障眼法。我们了解这样的标准而并不知晓它
们。我们有一种关于诙谐规则的前-知识(foreknowledge)，进而给
予我们某种"感受"。很容易看出，这仍然是一种铜壶逻辑，只是有

所变形。我们要么知道或不知道，就如那个壶要么有洞要么没洞。我可能会有"某种'感受'"，觉得我是路德维希·凡·贝多芬，但这个说法、论点，或称之为感受的合理性并不比那只有洞的壶能装的水更多。[22]

值得一提的是，弗洛伊德铜壶逻辑的故事夹在犹太婚姻介绍人的故事中间，后者描述了一个婚姻介绍人试图说服一个正在犹豫的男子娶一个身体有缺陷的女子，铜壶逻辑的故事出现在此处并不是偶然。一个有洞的壶有点像驼背或者瘸腿的女子。这显示铜壶逻辑、诙谐以及性关系之间有某种隐晦的联系，或者可能也并不是那么隐晦。《审判》中K与多个女人之间的关系就明显地证实了这一点。他与弗洛德琳·比尔斯纳、莱妮以及情人埃尔莎之间的关系奇特地与他的官司缠绕在一起，分散了他对官司的注意力，在戏剧行动的更大层面上体现了铜壶逻辑。K在其中的一个片段中，为了跟埃尔莎约会，忽视了法院传唤他的紧急电话。在另一处，他被律师的护理人莱妮引诱，而他本应该和律师在一起，与一位重要的法官共同讨论他的案子，当然这位法官也许没那么重要，而莱妮则有可能是通向法的更好途径。谁知道呢？这些女人以及K对她们的欲望，既给了K通向法的途径（她们中许多人都被证明与法庭有联系），也造成迂回和延迟，干扰K找到通向法的途径。K欲求的每一个女人都干扰他，用一个我稍后将会谈到的比喻来说，她们都是K衡量道路的量尺，尽管他这种幼稚的做法不会获得原谅，但他和法之间的漫漫长路上，他却必须依据自己的个人尺度。

无论是在较大还是较小层面上，《审判》都展现了铜壶逻辑，小说读起来有趣，但也让人不安。布什政府对付那些被无限期关押在关塔那摩基地的"恐怖嫌疑人"的方法，也表现出铜壶逻辑。如果他们是恐怖分子，为什么不举证并让他们接受常规的法庭审讯呢？我们被告知不行，这么做是不可能的，因为这意味着泄露机密。这些囚犯因此湮没无闻，一直遭到拘禁，也许直至生命终点也无法经历审判。铜壶逻辑让人不安，就像我们对"恐怖分子"的羁押让人担忧，因为它会产生一种封冻效果，将事态凝固在梦幻般的停滞之中，让 K 在各种相互矛盾的目的、动机、感受或选择中徘徊不前，禁止 K 把事态往前推进。

《审判》中一个未写完的片段"法院大楼"（"The Building"）也有一例，很好地体现了这种贯穿小说的风格特征。K 躺在银行办公室沙发上休息的时候，做了一个梦，有一段是他看到法院大厅里有个人穿得像斗牛士。和往常一样，他被眼前的细节吸引，尽管这些细节看起来无关紧要，因为它们从来没有获得什么重要性："他看清了饰带上的所有图案、所有磨旧了的毛边和小夹克每一处线条轮廓，但他还是没看够（sattgesehn），或者确切地说，他早已看了个够，或者说得更确切些，他一开始并没想看，是那件衣服紧紧抓住他（es ließ ihn nicht）"（262e；350g）。那么，到底是哪种情况呢，没看够，或看了个够，或根本不想看？他在梦里看到什么了，无论如何"紧紧抓住他"，不放他走。这也是一个铜壶逻辑，产生的矛盾让人犹豫不决，阻止事态往前推进，将 K 搁置在一种瘫痪无力的状态中。

卡夫卡在《反思罪、痛苦、希望和真正道路》中简洁地表达了支配这种延滞的定律："道路是无尽的，不存在丝毫的增减，而每个人却坚持用自己那幼稚可笑的尺度去衡量它。'没错，你也将不得不依照那个尺度；你采用自己尺度的做法，不会获得原谅'"（GW，287）。K 常常沉迷于周围一些无关紧要的细节，这种习惯既让这些细节成为通向目标的中介，也让它们成为阻碍，阻挠目标的实现，就像《法的门前》中的乡下人，后来甚至熟识了守门人毛领子上的跳蚤，此处细节因而变得古怪，不足以构成衡量的尺度。

试问，为什么我们发明和使用自己的尺码去衡量"无尽的"道路需要"被原谅"，就好像是这种做法有罪，或犯了罪，需要被赦免，尽管在卡夫卡的这句话里,这种做法不会被原谅? 无法被谁原谅,是某个人,某种权力或权威? 试图衡量道路,这有什么不对? 这种想法有可能是某种"不祥"(etwas Böses),某种坏事,K 已经做过了或尚未做过,又或者他做过了但自己不知道? 个人试图用自己幼稚的尺度去量度不可量度的东西,这可能犯下一种重罪,卡夫卡的另一处"反思"明确指出:"然而,或许只有一种罪恶:急躁,因为急躁,我们被逐出[天堂],因为急躁,我们无法重返"(GW,278)。

《审判》中的言语行为

《审判》的上述特征还可以接着说下去,但出于急躁(也是时间缺乏的别称),我最后还是选用以下标准来欣赏这部小说的奇特之处,即,小说对言语行为的运用。[23] 我最开始计划写这一章时,想研究《审判》中的施行性语言——但这种提法或多或少是一种盲目的假设。卡夫卡第一个伟大的故事《判决》的结尾有一个例子,突出地说明"恰当的"(felicitous)施行性话语(这里的"恰当"至少是在 J. L. 奥斯汀的意义上,指有效地做成了某事),我于是认为《审判》既然可能与一起案件有关,那么它就包括一系列复杂的法律言语行为。读者会记得《判决》中格奥尔格的父亲宣布:"我宣判你立即(Ich verurteile dich jetzt)投河自尽(des Ertrinkens)!"[24] 格奥尔格于是马上出门投河自尽去了。我想我们可以想象为何卡夫卡在朋友面前大声朗读这则故事时,他们一起笑得眼泪都流出来了。我们稍微想想就可以认定《审判》里一定还有很多类似的例子。

J. L. 奥斯汀的《如何以言行事》奠定了言语行为理论的基础,他在该书中举例分析,展开讨论,这些例子主要源自法的领域,如律师、法律、案件、逮捕、审讯、诉讼以及相关的复杂约定,包括宣誓作证、举证、誓词和做出裁决等。《如何以言行事》中不时指涉法律、律师、法官和法庭的场景，这些场景相互对照，[25]明确提醒我们注意那些利害攸关的方面，它们促使施行性话语起效。奥斯汀有一篇重要的文章《为谅解一辩》（"A Plea for Excuses"），不仅标题使用法律语汇（辩护），而且内容也细致地追溯了十九世纪真实发生的一件罪案。[26]

奥斯汀对法律和律师的态度有点模糊。一方面，他不止一次责怪律师胆小，不愿明确承认他们的语言具有施行性："在所有人之中，律师应该最能意识到事情的实质，也许有些律师现在意识到了。然而他们还是屈从于自己胆怯的谎言，认为'法律'宣称的就是'事实'"（HT, 4）。律师想要"使用而不是创造法律"（HT, 32）。说律师胆怯，是因为他们不愿承认奥斯汀从法官和陪审团那里——即使不是从律师那里——看得一清二楚的事情，即，一个有些可怕的事实，"作为官方正式的行为，法官的一个裁定就形成法律；陪审团的一次裁决就宣判重罪"（HT, 154）。法官决定一条既定的普通法适用于现有的特定案件之时，他就定义了这种适用性并在此意义上创造了法律，而这意味着决定法律之所示以及法律之所是，因此法律中的先例才如此重要。

另一方面，奥斯汀欣赏法的领域，因为它有明晰的惯例、规则和约定，可以确保言语行为起效："这样一种过程（一种预先规定的、仪式化的集会，汇集了言语行为和约定，并随之以绝对可靠的方式确定有权运用这些言语行为和约定的人）的全部重要性，恰恰在于使某个继起的行为合乎规范，使其他的行为不合乎规范；当然，对很多目的而言，比如对法规而言，这个目标就快要实现了"（HT, 44）。奥斯汀的整个理论前提是，若要施行语起效，"必须有公认的约定俗成的程序，能产生某种约定俗成的效果，囊括某些人在某些情境下所说的某些话"（HT, 14）。

可以不无夸张地说，《如何以言行事》这本书的根本目的和存在意义是为了使处于适当情境下的法官有可能说出，"我判你有罪"（*HT*，58），并让这个言语行为起效，惩罚作奸犯科之人。正如奥斯汀所承认的，情境十分重要："话语的施行性本质仍然部分取决于说话的语境，比如该法官得的确是法官，穿着法袍，坐在法官席上，等等"（*HT*，89）。

奥斯汀著作的最终目的是巩固法律秩序的存在条件，因此他积极而坚定地力争构建一种关于施行性话语的合理学说。它决定了公民社会的稳定和民族国家的安全。我们必须得有正当的方式让人们信守诺言，如果有人作伪证、背信弃义、犯重婚罪或赖赌账等，我们得有正当的方式把他们送进监狱。我们需要一些方法来确保人们遵守游戏规则，比如，船被恰当地命名，人不会和猴子结婚（奥斯汀举的例子）。奥斯汀在《施行话语》（"Performative Utterances"）中写道："但是当然律师处理了大量此类事务，他们发明了各种专业术语，针对不同案件设立众多规则，这使他们能够相当迅速地界定某一案件中的特定问题"（*PP*，第三版，240）。丹尼斯·库尔佐（Dennis Kurzon）则写了一本书来探讨法律言语行为，尽管他的《兹执行……：探讨法律言语行为》（*It Is Hereby Performed…：Explorations in Legal Speech Acts*）并不十分像奥斯汀那样讨论包括法律言语行为在内的普通言语行为的问题。[27]朱迪斯·巴特勒的《动人的言语：施行言语的政治学》（*Excitable Speech：A Politics of the Performative*）一书，以奥斯汀以及其他人的理论为基础，极为精妙、有力地研究了反对仇恨言论和色情制品的法律，分析这些法律中成败难料的地方。[28]

当然，即使约瑟夫·K 的定罪并不公正，但我认为《审判》还是典型地体现了法律体系的运行取决于法律的施行话语是否能合理起效。人们常常将卡夫卡的《审判》与狄更斯的《荒凉山庄》对比。[29]两者都描述了严重出错的法律体系。《荒凉山庄》中大法官法庭推延,毁掉了许多人的生活——包括汤姆·贾迪斯、来自什罗普郡的格瑞德利、弗莱特小姐和理查德·卡斯顿,但无论大法官法庭的推延造成了多么巨大的不公,这一切仍通过书面或口头的言语行为才得以发生。一切井然有序。在此意义上,它们是"适当"的,只不过狄更斯认为这种适当性摧残人性。约翰·贾迪斯就贾迪斯诉贾迪斯一案,告诉埃斯特:"那些律师已经把这件官司弄得一塌糊涂,原来的是非曲直早已被抛到九霄云外去了。这件官司涉及某个遗嘱以及遗嘱中的财产——或者说,这件官司曾经涉及这样的内容。现在这件官司却只涉及诉讼费罢了。为了诉讼费,我们总是出庭,退庭,宣誓,质问,提交文书,提交反驳文书,进行辩论,加盖图章,提出动议,援引证明,做出报告,绕着大法官和他那一帮随从团团乱转,根据那衡平法,一直转到自己鸣呼哀哉为止。最大的问题就是诉讼费。其他一切问题,由于某些特殊的方法,都不存在了……噢,是的,这件官司开头的时候本来是涉及某个遗嘱的。"①[30]严格说来,所有这些词(宣誓、质问以及提交文书等)都涉及法庭审案所用到的不同种类的施行话语。遗嘱是典型的施行式。奥斯汀在《如何以言行事》中最先举出的施行话语的例子就包括遗嘱,"'我把我的表赠给我兄弟'——遗嘱中如是说"(*HT*,5)。约翰·贾迪斯提及的宣誓、质问、提交文书等行为,都是特定的法律言语行为,有严格的规则,遵循这些规则是使言语行为显得"适当"的必要条件。人们付费给律师,就是为了确保宣誓、质问以及提交文书以正确的方式进行。我认为《审判》中的情形必然也类似。

最后,我想到,众所周知,卡夫卡在捷克接受了关于民法和教会法的高级训练。他一面学习法律,一面在他叔叔的法律事务所里做

① 此处翻译采用了现有译本:查尔斯·狄更斯,《荒凉山庄》,黄邦杰等译(上海:上海译文出版社,1978年)。

文员,并于 1906 年 6 月获得法学博士学位。1906 年至 1907 年,他在州法院和刑事法庭见习。他后来供职于一家位于布拉格的工伤事故保险公司,并升任至较高职位,该公司是波希米亚王国的半国营机构。他在公司担任过众多职位,其中之一是"法律职员"(concipist),即初级法律顾问。在这个职位上,他一定有很多机会近距离接触法律言语行为。他也写了很多法律文件,其中很多现已被翻译成英文,收录在他的《公文写作》之中,本书第一章已有所提及。[31] 《审判》中未完成的"检察官"("Public Prosecutor")一章有可能脱胎于卡夫卡和法务同事们在酒馆中的夜谈。如果卡夫卡有意以布拉格时期法律工作中的法律运作为基础创作《审判》,他无疑做到了。李达·科尔奇伯格(Lida Kirchberger)的整本著作《卡夫卡小说对法律的运用》(*Franz Kafka's Use of Law in Fiction*)都在探讨卡夫卡的作品如何反映了他受到的法律训练。[32] 由于上述这些原因,我认为我们可以预见《审判》包含了许多适当的法律言语行为的例子。

然而,对于任何一个试图从言语行为理论的角度系统性地解读《审判》的人(如果在我之前还有人这样做过的话)而言,至少可以说,卡夫卡小说中的言语行为结构极为怪异。《审判》中的言语行为稀少,而在《荒凉山庄》里却遍布各处,甚至连人物的日常对话都有。不仅如此,《审判》中的施行式还极反常,它们要么不完整,要么没有正确施行,因而都表现为奥斯汀所称的某种"不适当"或"未成"(misfires)①。《审判》是一个更大层面上的例子,表现了如何不以言行事,或者如何以言不行任何事,或者如何以言行不了事,即,如何

---

① 奥斯汀意义上的 misfire 也译为"无效",指"尽管所涉及的话语公式已经制定,但为实施该公式所做的行为以及在实施该公式时所做的行为却并未完成",意思是言语行为因缺乏适当的条件而无效或落空,例如船员即使说出命名一艘船的话,也无法起效,因为他不是有权命名的人,这个言语行为的条件不适当。详见奥斯汀,《如何以言行事》,杨玉成、赵京超译(北京:商务印书馆,2013 年),第 18—20 页。还可参见陈启伟,《西方哲学研究:陈启伟三十年哲学文存》(北京:商务印书馆,2015),第 650—652 页。

用语言阻止事态发展，使其永远摇摆不定。

以约瑟夫·K 被捕为例，叙述者在这个著名的开头句中告诉读者，一定有人诬陷了约瑟夫·K(Jemand mußte Josef K. verleumdet haben)，因为他没做任何坏事(etwas Böses)，却在一天早晨被捕了(verhaftet)。卡夫卡先用的 gefangen，这个词意为"被抓""被监禁"，后来又划掉，换上 verhaftet，这一章的标题就是"被捕"("Ver-haftung")。诬陷(slander；*verleumdung*)是一个言语行为。如果我公开造你的谣，人们都信了，那么我就用语言做成了事，特别是如果人们对谣言信以为真之后又导致了某种行为的话。萨达姆·侯赛因并没有大规模杀伤性武器，但人们相信了这个谣言，伊拉克战争因此爆发。我们不妨说布什及其亲信诬陷了侯赛因。

逮捕是典型的言语行为："我以法律的名义逮捕你"。然而，《审判》中却从来没人这么说过。再者，正如 K 自己所注意到的那样，小说中所谓的逮捕行动，极为反常，甚至可说是"非法的"。他还没起床，两个男人就闯进他的卧室，正如现今常常发生的情形，例如，纳粹逮捕犹太人，或者美国在伊拉克或其他什么地方的秘密武装开展抓捕。后来 K 被这两个人叫到旁边的房间，又来了四个男人[三个证人和一个被描述为"监督者"的人(inspector；*Aufseher*)]。他被告知自己"被扣押了"(gefangen)，K 对此回应道，"看起来是这样……但为什么？"维纶和弗兰茨这对守卫，拒绝告诉他原因："我们不是被派来告诉你原因的。"(5e；9g)只在这一节晚些时候，K 才被告知自己"被捕了"(8e；13g)。K 问的所有问题都完全没有满意的答复，尽管他自己暗自思忖，自己"生活在一个依法管理的国家(in einem Rechtsstaat)，一直以来风平浪静，一切法规仍有效实施；谁敢在他的住处侵犯他呢？"(6e；11g)没有陈述控罪，也没有出示拘捕令。这两个守卫也没有兴趣查看 K 的身份证件，尽管一开始，K 只找到他的自行车执照，后来又找到了出生证。他们只告诉他，逮捕一定是符合规定的，因为他们所代表的法庭，或者更确切地说，他们所代表的法庭的某个"当局"，"正如法律所声明的那样，关注罪行（von der Schuld angezogen），这才派出我们这些守卫。这就是法律"（9e；14g）。K 说自己不懂法，弗兰茨以此为论据驳斥 K 认为自己无辜的声明："你看，维纶，他承认自己不懂法，但又宣称自己是无辜的"（9e；15g）。如果 K 不懂给他定罪的法的话，他又怎么知道自己是无辜的呢？

《审判》的第一章滑稽地模仿了常规的逮捕程序，但这幽默阴郁得如噩梦一般，正如许多评论者所指出的那样，这当然是在极权主义国家发生的那种事，人们在家中遭到逮捕、扣留、被折磨致死，然后被弃尸阴沟或者干脆"消失"。大屠杀中的犹太人就经受了这样的遭遇。然而，认为《审判》的背景与警察国家别无二致，这种解释并不会真的说得通，因为《审判》的背景设置在一个法治国家，至少在 K 看来是这样的。不过所有的极权主义政体都会这么说，或者它们试图说服公民这么想。无论如何，对 K 行使审判权的明显不是秘密警察而是法庭。尽管 K 可能被逮捕了，他基本上仍可以过正常生活，继续在银行工作，租住在公寓，去看女友埃尔莎等。《审判》也许充满了预见性，与后来共产主义东德的情形最为相像，人们的生活表面正常，而密探暗中监视的报告则汇集成秘密档案，这些密探无处不在，常常诬陷他人，而这些秘密档案最终可能给人带来牢狱之灾，或让人被判死刑。甚至是卡夫卡，他也没能预见后来的刑讯室，它们广泛地出现在各种场合：盖世太保、克格勃（KGB）、庇隆（Perón）执掌的阿根廷政权、位于乌拉圭首都蒙得维的亚的政治监狱（如今成了百货商店）、近来波斯尼亚发生的战争、洛杉矶警察近来的区域管辖、非洲的许多国家（特别是在南非种族隔离时期）、关塔那摩以及阿布格莱布监狱。K 从没怀疑过最高法（a sovereign Law）的存在，它统领次级法律和法庭各个层级。对 K 和他的律师，以及法院较低层级的人而言，问题当然是这个最高法完全在他们可以接触的范围之外。法作为目标，无限遥远，尽管它十分强大，似乎也没有路通向它。

　　K被捕之后，他在各章的质证使上述情形变得更为明显，所有的法庭质证都涉及"不适当"的言语行为，也即奥斯汀所称的"未成"。在"初审"这一章，K接到法院电话（很反常的通知方式），第一次传唤他在星期天出庭（从法律诉讼程序上来说，这日子选得肯定不对），说随后还有一长串审讯（这些审讯后来也从未进行）。他出庭时晚到了一小时零五分（因为没人告诉他法院具体在哪儿，只有其所在大楼的门牌号，在远郊一条街上，据说去那里可以找到法院），没有按常规接受预审法官的审讯，而是对在场的众人高谈阔论了一番。他抨击法院及其司法程序，然后离开法院，他走到门边时，预审法官对他说："您今天——尽管您现在还没意识到——自己拱手让出了每一个案子的庭审调查都为被捕者提供的有利时机"（52—52e；72g）。在这个极为反常的法庭场景之前，我已经讨论过踌躇的主题。K在下一个星期天又回到这里（尽管他并未受到传唤），法庭里空荡荡的，他发现之前他看到初审法官拿在手里研读的法律书籍其实是嗜虐的色情读物，全是猥亵的画面，其中一本名为《格蕾特在丈夫汉斯手中遭受的折磨》（*Grete Suffered at the Hands of Her Husband Hans*）（57e；77g）。像书中许多其他地方一样，这里性与法院又一次稀奇古怪地纠缠不清。

　　K的舅舅督促他找律师胡尔德一起准备辩词，他却离开了房间，被莱妮引诱，而当时恰好胡尔德、他的舅舅以及法院的首席书记开始交谈，他们的交谈可能会在很大程度上对他的案子有所帮助。在后面一章中，律师对K所说的关于法院的话让人完全没法放松。这些细节奇异而可怕地预见到了布什任期内军事法庭对付关塔那摩监狱和刑讯室的"在押者"的步骤。这些被拘留的人据称是"敌方战斗人员"，因此不能享有人身保护权，不能接受宪法所保障的公平公开的审判，比如严刑逼供之下的证据严禁采用。对某人施以水刑或者挨个扯掉他或她的指甲，基本上在扯到第三个指甲或者用水刑半小时之后，这个人就会对任何事情供认不讳。我在 2008 年 6 月修改本章时，美国最高法院以五对四的决议，刚刚宣布关塔那摩基地军事法庭违宪。稍后在 2009 年 11 月，最高法院不顾来自诸如前副总统迪克·切尼等保守派人士的激烈反对，宣布关塔那摩基地的囚犯会在纽约民事法庭接受常规审判。但时至 2010 年 9 月，只出现了一例这样的民事审判，该问题仍充满争议。这些情形与卡夫卡作品的相似性实在让人毛骨悚然。这一切有可能发生在自由之地和勇敢者的家园中吗？《审判》中法庭的诉讼程序是官方机密，就像我们那些非法的"军事法庭"的议程一样，所以被告及其律师都不可能得到起诉书。这意味着这个法庭没有官方批准的律师存在："这儿没有官方承认的律师；所有以律师身份到庭的人基本上都是讼棍"（114e；152g）。

因此，提交给法院的诉状（当然是言语行为）一般来说是没用的："法院各种记录，尤其是起诉状，对被告和其辩护律师而言，都接触不到，所以通常来说没人知道第一份抗辩书该怎么有的放矢，或者即使知道也并不十分清楚，正因如此，要在抗辩中写入对案子有针对性的重要信息，这只能是碰运气。真正相关且合理的抗辩只能晚点再设计，等到审讯被告的过程开始，起诉书的各项内容及其根据就会慢慢变得清晰起来，或者变得可以揣测"（113e；152g）。这样的揣测有可能准，也有可能不准，没有办法确定。无论如何，尽管 K 的律师称自己在为他写抗辩书，但律师从来没有写完或提交："他总是在写第一份抗辩书，但从来没写完"（122e；164g）。况且，如胡尔德所言，即使抗辩书写完呈上，很可能也从不会有人过目，它在某个时间被退回来，没有任何用处，就像没有施行功能的施行式，空洞的语言丧失了任何一种以言行事的力量："然后你有一天回到家，"胡尔德说，"发现桌子上放着本案的许多抗辩书，你之前费尽心力地提交上去，对这个案子满怀希望；它们全被退回来了；既然不能转入新的诉讼阶段，它们就成了毫无价值的废纸"（121e；163g）。

像几乎所有其他为 K 提供关于法院信息的人一样，胡尔德律师似乎认为间接的方式最好：求助各层法庭的朋友，提供各种贿赂，比如让自己的妻子或女仆做法庭工作人员的情妇，用我们的话来说，就是"找关系"，动用一切非正式途径去讨好巴结。然而，正如胡尔德告诉 K 的那样，这也绝对不能保证这些功夫会见效："他们可能会发表一通自己的新看法，显得对被告辩护有利，但他们无论说得多么坚决，都很可能直奔办公室，为第二天开庭发布一项决议，表达与前一天截然相反的想法和意向，对于被告来说，新的决议甚至比之前他们宣称已完全放弃的决议更加严苛"（116—17e；156g）。即使这些间接方法通过诸如吁求、恳请和承诺回报的言语行为发挥了作用，这些施行式似乎也注定无效。它们可能——甚至很有可能——与法务人员的原有意图乃至承诺产生完全相反的效果。那种承诺是另一种失效的言语行为。

K 最终从他的律师那里撤回委托，就像关塔那摩基地的关押者所做的那样。K 解聘胡尔德是有效的言语行为或者似乎是有效的言语行为（因为胡尔德从不接受解聘），但这个言语行为当然让 K 回到起点，停留在被逮捕的阶段。K 也没有决心（或者至少考虑一下这么做）自己"拟就一份抗辩书，然后呈给法庭"（111e；149g）。他怎么能就一项他没法知道的指控为自己辩护呢？他需要讲述自己一生的经历，哪怕最微小的细节也不放过，为每一个行为提供合理的解释，以此期望自己或许可以偶然发现申辩脱罪（这又是一个言语行为）的办法。这份材料几乎得无限长，不可能写得出来。不管怎样，K 甚至从没找时间写这份抗辩书，这再次体现了铜壶逻辑。

在下一章，K 谋取到法院画家蒂托雷利的帮助。蒂托雷利看起来和法院有些关系，但法院肯定没有授予他官方管辖权。就与法院关系的实质而言，蒂托雷利和法院的联系并不比那群在门口张望、偷听他和 K 谈话的女孩更多，尽管他告诉 K 这些大大小小的女孩儿（可能是幼妓）都和法院有关系。蒂托雷利甚至为低级别法官画他们坐在宝座上的样子，就好像他们是首席法官，宝座后面还有一个形象，将"正义女神和胜利女神合二为一"（145e；196g），不过在 K 看来，它"更像狩猎女神"（146e；197g）。这个形象有力地象征了某类非正义，在那类正义下，法庭在推断被告获罪时"不受证据影响"（153e；206g），也不告诉被告指控的罪名，更不会给予被告任何自辩的机会和方法。

细心的读者会记得蒂托雷利说了三个结果，即三种避免被定罪的方法。前面我已有所提及。每一种都类似无罪开释却显得奇怪。无罪开释当然又是一种言语行为。陪审团在审判后投票赞成无罪开释，法官宣布判决："你无罪开释"，或者"本庭宣判你无罪"。然而，对于逮捕约瑟夫·K 的这个奇怪的法庭而言，这三种可能的开释形式都不尽如人意也不符合常规。尽管 K 向蒂托雷利声明自己无辜，但这三种情形再次形成铜壶逻辑，K 深陷其中，前进的行动不再可能。声明无辜也是一个言语行为，但正如我所说，K 无从得知自己是否无辜，因为他并不知道自己被控的罪名，因此，他无辜的声明是不适当的。

第一种可能性"无罪开释（actual acquittal, *die wirkliche Fre-isprechung*）"（152e；205g）并不真的可能，因为蒂托雷利在长期与法院打交道的过程中，从未见过一例无罪开释："我知道没有真正的无罪开释"（207g）。注意，Freisprechen 这个表示无罪释放的德语词，强调法律事件的施行方面，通过言语行为给予自由。无罪开释的情况可能有过，但无法核实，因为"法院的最终判决（Entscheidungen）

从不发布"(154e;208g)。第二种可能性"诡称无罪开释"(apparent acquittal)也好不了多少。对于真正的无罪开释，记录都被销毁，而"诡称无罪开释"中，各种文件则原封不动地保存下来："文件从未丢失，法院也从不忘记"(158e;214g)，结果是"有朝一日——非常出人意料地——有那么个法官仔细审阅这份卷宗，他意识到这个案件的起诉仍然有效，便立即下令逮捕"(158—159e;214g)。第三种可能性"延期审理"(protraction, *Verschleppung*——这是个很精彩的词)也一样糟糕。这种可能性指用各种方法拖延案子审理，因此"诉讼就永久停留在最初阶段"(160e;216g)。

诡称无罪开释和延期审理这两种方法"有一个相同点：它们都防止被告被判罪"，但"它们同时也排除了无罪开释的可能"(161e;218g)，被告因此长期进退两难，或确切地说，在三个选择中犯难，被纠缠不清的铜壶逻辑困住，这种逻辑似乎总是成三出现。无罪开释从未听说过，它也许不无可能，但很明显，这种可能性极小，因为逮捕就假定了被告有罪。剩下的可能要么是诡称无罪释放，要么是延期审判，前者完全不是无罪开释，迟早会再次被捕，而后者顾名思义则指尽量拖延不测之日的到来。延期审判迟早会走到头，而选择延期审判的人定会长期生活在惶惶不可终日的状态中，不知道最后那刻什么时候会来。他必须在每一清醒的时刻盘算如何推迟延期审判，片刻不得歇息。

这三种可能性最后交汇于一点，即必然的定罪和死刑，就像每个人的生命都以死亡告终，只是时间不同，也许是今天、明天，或者往后。这三种可能性都预设了有罪推定而且清白无法证明。从逻辑上来说，你不能同时追求这三种策略，但其实这三种方法最终结果都一样，尽管它们看起来泾渭分明。三种方法中的每一种都含有其他两种，而其他两种都投射出另一种的影子。K离开蒂托雷利的时候没有在三种方法中做出选择，当然他也没法选，因为每一种选择都会造成同样的灾难。因此,他无能为力,静止怠惰,没有行动,这当然也是铜壶逻辑的普遍后果。如此不合逻辑的逻辑,可以被定义为对辩证推理可怕而拙劣的模仿,它是正题和反题,没有合题,不具有扬弃可能。

《审判》中最后的言语行为当然是确认约瑟夫·K 的罪行并对他执行死刑的判决。这个施行式的条件不适当,简直骇人听闻。在任何一个清晰明智的法庭里,法官做出裁决,比如判处死刑,这个宣判会被执行。然而荒谬的是,对约瑟夫·K 而言,他的判决却是在行刑之后。这两个行刑人在 K 生日之际找上门,刚好距他最初被捕一年。K 穿着黑色礼服,在家等待,就好像预料到他们那天会去。K 觉得这两个人像蹩脚的演员或歌剧男高音,被廉价雇来,表演行刑。像《下落不明的人》中存在表演一样,这里也出现了对戏剧的指涉。这里的戏剧成分意味着正在发生的事情具有戏剧场景般的不真实感。这两人随后带着 K 到了废弃的采石场,他被按在一块石头上,细长锋利的屠刀在他面前递来递去。他认为自己应该把刀拿过来,往自己身上捅,但他没法那么做,这是他"最后的失败"(230e;312g)。然后,其中一位行刑人把刀戳进了 K 的心脏,还转了两下,这是最后一个前面提到过的重影的例子。K 最后评论自己的死法("像条狗!"他说),"这两人靠近他的脸庞,一起猫着腰,脸贴脸,观察着这判决结果"(231e;312g)。这个判决出现在行刑之后,尽管这不无荒谬,但被执行死刑的人那逐渐暗淡的眼神仍有可能见证这个判决。这个判决把《审判》中不适当的言语行为推向了高潮。

《审判》自 K 被捕后,各种不符合条件的言语行为接踵而至,几乎在每一章中都反复出现,最终在 K 被执行死刑的判决中抵至高潮,我们对此能说些什么呢?首先,我想简要谈及小说中的法律,它遭到废除,这决定了小说中的每一个言语行为都不具备适当的条件。言语行为理论,包括奥斯汀或其他人对这种理论在法律中的阐

发和运用在内,取决于法律的持存状态。在这种状态中,法律秩序
各就各位,成文法律可以理解,并对每个人保持开放,例如,遗产法
能决定某个案件中口头或书面表述"我把我的表赠给我兄弟"是否
合理有效。法律言语行为若要有效,必须有共同体公认和确定的常
规和约定,用以衡量某个法律言语行为是否适当。这个体系确保了
言语行为的适当性,共同体成员对这个体系坚信不疑。简言之,言
语行为理论预设了一个理性的、讲信用和有条件限制的社会系统。
对于这些前提条件,雅克·德里达这样表述:"没有这种最初的信仰
行为中的施行经验,就没有'社会纽带',没有对他人的呼语,也没有
通常意义上的任何施行性:没有传统,没有机制,没有宪法,没有主
权国家,也没有法律。"[33]

这些条件在《审判》中都不具备,《审判》的社会系统缺乏理性,
缺乏限制条件,正如商人对 K 所言,"人们采用共同行动反对法院,
是完全无效的……不存在共同体的感觉(keine Gemeinsamkeit)"
(176e;238g)。正如专家学者常提到的那样,言语行为理论依靠连
续而稳定的自我,这个自我能够承诺、申诉、判决和定刑等,不仅如
此,该理论还依赖稳定的、有所限制的、可理解的社会系统为人们的
言语行为提供有效语境。用德里达在《签名、事件和语境》
("Signature Event Context")中的表述来说,这种语境必须具有吸
纳性,是"可渗透的",也就是说,这种语境完全能够确定,有条件限
制,并且可以累积。[34]然而,在《审判》中,其语境在根本上不可渗
透,缺乏条件限制,不可估量,也不可理解。因此,小说中的言语行
为都是乏力的。它们注定会有某种不适当。《审判》提供的言语行
为的语境,就像这部小说本身的结构和语法一样,存在着错格现象。
小说中的(非)共同体不仅以无限遥远的法为目标,而且它本身是断
裂的、中断的,缺乏连贯性,内部遍布隔阂裂隙。小说语境错格,意
即语境在"错格"一词的词源意义上"连贯失败"。它没有时序、不合

逻辑,就像一个句子的尾部句法突变(错格在语言学上的标准定义),或者像《审判》中那些尚未写完的零落章节,后者构成了这部小说的现在面目。总之,《审判》中的共同体让人想起本书开篇提到的南希对共同体的阐述,即使它尚未被大屠杀"焚毁",也定然"崩解""错位""消解",被废除拆解,不再起效。

正如卡夫卡的寓言《法的门前》所断言的,最高法是存在的,但它并不为人知,或者无法为人所知。人们不可能使用它,仅凭言语行为无法把握它。正如卡夫卡在《我们法律的问题》("The Problem of Our Laws")中声称,我们法律的问题是"通常不为人所知";"这些法律至多只是假定存在"(*GW*,254—255)。如这则短文所言,"被不为人知的法律所统治,这让人痛彻心扉"(*GW*,254)。真是言之凿凿!目的虽有,却无路可循;我们称为路的无非是踟蹰。这样的踟蹰在《审判》中得到了最好体现:曾经在常规叙述中起效的言语行为一再失败。根据任何一种我们可以想到的正义概念,K怎么可能在法的名义下被逮捕、密审、定罪和行刑,而这种法却明显并不为人所知、无法为人所知?

我在一开始就说《审判》是一部真正奇怪的著作。该小说最为奇怪的方面是不时出现的那种古怪的施行言语,它们偏离常规形式却决定了小说中那些最为关键的时刻。然而,这些关键时刻并不会发展,并不会把行动往前推进,这种无能反而证实了往前推进是不可能的。这些重要节点只表现了无尽长路上的原地跑步,除此之外别无其他。

叙述者适当的施行式

我曾经提到《审判》中的叙述者奇怪地遁于无形。叙述者他、她，或也许最好用"它"，从未自己发声，从未说过"我"，它只是冷静地跟随 K 和其他人，以第三人称过去式重述他们的行动、语言、思想和经历。随着共同体崩解，那种老式的"全知全能"的传统叙述者消失了，那种叙述者为共同存有的"共在"发声，维系着共同体运作中所有成员的普遍团结。《审判》中 K 几乎无法获知他人的想法和感受，而与 K 相比，小说叙述者能直接触及他人的思想和内心的途径并不会更多。

借用德里达妙论亨利·托马斯（Henri Thomas）的《背信》（*Le Parjure*）时所用的表述，《审判》的叙述者是"随从"（acolyte）。[35]这个词和"错格"（anacolution）紧密相关，尽管前者指积极跟随而不是跟随失败。"随从"紧跟具有更高权威的人。《审判》的叙述者作为随从，紧跟约瑟夫·K 的想法、感受和观点，从不公开肯定他、她或它自己的权威，而只暗中宣称如实记述。或许更确切地说，《审判》的叙述者既是跟随者，也是旁观者（anacolyte）。这个叙述的声音可能是人，也可能非人，"它"紧跟 K 的每一个步伐和想法，但又没真正跟上，一部分原因是因为他、她或它始终保持一定距离，平静地微笑，泰然自若甚至带着些微反讽，还有一部分原因是因为他、她或它没有被逮捕，明显不像 K 那样无意间犯下了什么罪。

不仅如此，叙述者在 K 被执行死刑后，还站在未来的某个时间用过去式讲述 K 的故事。叙述者所揭示的内容无法以其他方式暴露出来，它也许本应成为永远的秘密。然而，仅就其揭示的内容而言，像所有其他叙述者一样，《审判》的叙述者在某种程度上是同谋的旁观者。《审判》的结尾部分我已经提到过两次："'像条狗！'K说；看起来好像他人死了，这种耻辱还存在于人间"（312g；231e）。卡夫卡在他《致父亲的信》（*Letter to His Father*）中再次用到这个表述，只不过是用来指他自己。[36]叙述者通过讲述，通过他负责的言语行为，使 K 的耻辱长留人间。小说叙述这一行为本身，是一个至为适当的施行式，尽管它见证的是一个虚构人物的生和死。《审判》是叙述者做出的见证，尽管这个叙述者作为证人，谨小慎微、深藏不露、谦逊自持，从不自称"我"，但他、她或它却是相关语言的生发处，这些语言使得K所经受的耻辱在他死后得以留存于世。

《审判》的叙述本身作为一个整体，符合奥斯汀对言语行为的定义，即以言行事。《审判》会在读者心中引发某种变化，正如我在本章所流露出的反应那样。叙述者背后当然是卡夫卡本人，他写出了这一切，尽管并不完整，然后又给出另一个言语行为，即吩咐朋友马克斯·布洛德在自己死后销毁全部手稿（而不是自己亲自销毁）。然而，布洛德在卡夫卡去世后出版了他的作品，让卡夫卡的耻辱长存，他以一个否定的施行式拒绝执行卡夫卡的命令，"我拒绝按嘱行事"。

尽管小说的叙述者、卡夫卡、布洛德、读者以及任何读者都不承认犯下可耻的罪行，但难道他们就不会重蹈K的覆辙，不会像K那样因无法与可能的罪行对证而失去了解法的机会？我借用K的临终之问来结束本章讨论，叙述者以间接引语这样表述："他从来没有见到过的法官在哪里？他从来没有进去过的高级法院又在哪里？"（231e；312g）本章开始时，我曾坦言自己没有理解这部小说，做出这样的坦言，我也许坦白了自己所不知道的东西。我亲爱的读者，通过向你们坦白我像K一样，也不知法，我希望能把责任转交给作为证人的你们。如果你不懂《审判》，又或者如果你对文本做些增删后声称自己懂了，这都是你作为读者的一己之事。

第四章

《城堡》：共在消失，阐释不定

《城堡》和叙事学①

我在第二章和第三章已经指出，卡夫卡的作品可以被视为"预示"了奥斯维辛和美国奥威尔式的现状。② 本章将继续循此路径解读卡夫卡的《城堡》。此研究的基本前提是，通常意义上的"共同体"取决于下述设想，即共同体成员能够以某种方式了解他或她的邻人之所想和所感。另外，我还假定如果你从一开始就不相信海德格尔所说的共同存有的共在或者英语中所说的"主体间性"，那么你就不能产生上述设想，也不能说服自己相信有这种设想存在。[1]

《城堡》中假定的叙事前提是：（1）小说中的人物都无法直接或确定地获知他人想法；（2）叙述者只知主人公部分想法，根本无法直接获知他人想法。[2]《城堡》的叙事受这些前提条件影响，即使小

---

① narratology 也常译为"叙述学"。本书中统一用"叙述者"指述说或记载故事的人，在翻译相关术语时，"叙事"指在故事和话语两个层面展开的研究，它既涉及叙述表达层，又涉及故事内容层；而"叙述"则侧重话语表达层面上的意义。详见申丹，《也谈"叙事"还是"叙述"》，载《外国文学评论》2009 年第 3 期，第 219—229 页。

② 指英国作家乔治·奥威尔的小说《一九八四》所描述的受严酷统治而失去人性的社会。

说中那些尚未完成的残章断篇，也不例外。本章将从上述意涵丰富的叙事前提出发，分析这部小说。

我曾经说过，我们与奥斯维辛的关系有一个特点，那就是我们极难想象它是如何发生的，极难想象赫克尔相册上那些与普通人一般、脸上还洋溢着开朗笑容的纳粹党卫军军官在想些什么。这些照片可以在互联网上找到，前面第三章提供了相关信息。卡夫卡的作品，比如《城堡》，预告了奥斯维辛，其做出预言的方式即是展现小说中共同体的崩溃，这包括关于共在信念的瓦解。如果我们今天存有这种信念，则可以洞察纳粹党卫军和他们那些"助手"的想法。我会在后面第五章和第六章接着讨论奥斯维辛中的共同体问题。在卡夫卡的《城堡》中，K明显不能理解自己所面对的人的想法，这标志着共同体的崩解。

《城堡》预设他人的心思无法看穿，这与安东尼·特罗洛普这样的维多利亚时期作家在创作时所设定的前提条件截然不同。特罗洛普对人物的塑造在很大程度上明显基于如下情形：他们了解自己的邻居或家人在某个时候——比如当两个人直接碰面时——心里在想些什么。在我看来，这种了解更多地是一种意识形态文化的推定，倒不一定如实反映了维多利亚社会的事实。卡夫卡塑造人物的方式与此不同。《城堡》的主人公K只能猜测他人可能的想法和感受。本章将指出，《城堡》缺乏那种直觉式的理解，其后果是人物无法确切地阐释周围的信息。无能为力的感觉让人沮丧懊恼，小说的主人公K和其他人物、小说读者和评论者都有这样的无力感。

本章的目标是看《城堡》是否预言了奥斯维辛，不过，具体讨论需首先转向与叙事学价值相关的问题。[3] 对于阅读和理解卡夫卡的《城堡》，或者把眼光放得再开些，对于阅读和理解那些创作于大屠杀发生前后、与大屠杀有某种联系或受其影响的二十世纪西方小说，叙事学的分析模式有什么作用呢？这个问题可能关系到我对

"奥斯维辛前后的小说"的关注。我注意到叙事学的现有模式在第二次世界大战和奥斯维辛之后发展起来，它试图基于经验，客观地处理叙述。可以说，同样的说法也适用于描述结构主义与其各种研究对象之间的关系。叙事学可以被视为结构主义的分支。对于人文学科及其他学科领域的教授而言，他们的社会职责是解释，即针对各种事情给出自己的解释，去研究和传授他们学科框架内的内容，使人们理解。叙事学即为这样一种在"二战"后兴起的解释模式。叙事学和结构主义策略甚至可以被定义为一种对抗非理性进逼的形式，这种非理性在现代主义和后现代主义小说中均有体现，近来人类学家的研究也发现人类文化含有非理性成分，现代历史也说明了这一点，例如大屠杀（但这远不止作为一个例子而存在）。因此，以下这个事实的出现或许就不是偶然：位于以色列的特拉维夫大学有研究诗学和符号学的波特研究院，它作为期刊《当代诗学》（*Poetics Today*）的主办者，同时也是叙事学研究中心之一。叙事学要抚平创伤，它允诺明晰的理解。这当然是生活于奥斯维辛之后的我们所需要的，也是我们尽可能想要得到的。然而，正如我要论证卡夫卡的小说抵制这种理解，现代主义和后现代主义小说可能也抵制这种清晰明了的理解。

称为"叙事学"的学科理论及其实践的著作有很多，包括杰拉德·普林斯（Gerald Prince）、韦恩·布斯（Wayne Booth）、西摩·查特曼（Seymour Chatman）、杰拉德·热奈特（Gérard Genette）、什洛米斯·里蒙-凯南（Shlomith Rimmon-Kenan）、申丹、多里特·科恩（Dorrit Cohn）、米克·巴尔（Mieke Bal）、罗伯特·斯科尔斯（Robert Scholes）、罗伯特·凯洛格（Robert Kellogg）、华莱士·马丁（Wallace Martin）、詹姆斯·费伦、雅各布·卢特以及许多其他人的著作。尽管这些理论家观点各异，但他们的大致目标都是要建立一套术语及区分，客观而确定地分析某个作品的叙事手法。他们有一个推论是正确的,即叙事手法参与意义生成。有的叙事学家对"意义"一词相当谨慎,他们更愿意使用"效应生成"(production of effect)的说法。

卡夫卡的叙事手法激发出来的施行效果几乎难以预测、复杂多变。这里的"施行效果"我指的是阅读卡夫卡小说后决定(有时是心照不宣地)采取某种行动,比如决定讲授这本小说,写评论,做出解释,也许还包括改变日常生活行为。卡夫卡小说产生多变的施为效果,数年来解读卡夫卡的方式花样繁多,它们往往相互矛盾,让人沮丧。多种宗教视角的解读,还有自传式的、精神分析的、政治的、社会学的、文本内在的和寓言式的解读,蓬勃发展、不一而足,每种解读都宣称"恰当地理解了卡夫卡"(have Kafka right)。我认为这种情形"让人沮丧",因为所有这些解读虽然论证总的来说都中肯有力,但在我看来却并不总是恰当的。

本章对卡夫卡作品的解读,虑及当前美国及世界范围内的政治态势,这是我所称的卡夫卡作品产生"施行"作用的例子,或者按照人们可能的说法,这是一种"情境"阅读。我计划以下述方式阅读卡夫卡,即认为他的作品饱含洞见,有助于理解我们目前所处困境,这些作品同时也预示了让他三个妹妹和恋人密伦娜都丧生的大屠杀。

叙事分析的关键术语和概念有"视角"(point of view);"聚焦"(focalization,在杰拉德·热奈特著名的归类和细分中,还有"内聚焦""外聚焦""固定式聚焦""不定式聚焦"和"多重聚焦");可靠的叙述者和不可靠的叙述者的区分;"异故事叙述者"(extradiegetic)和"同故事叙述者"(homodiegetic)之间的对立,即叙述者要么在小说叙述的"事实"之外,要么在其之内;叙述者与隐含作者或真实作者之间的对立;全知叙述者与限知叙述者或误知叙述者的区分;各种不同的间接引语的区别,叙述者在这些间接引语中代表人物说话等。这些都是强有力的概念及区分,它们启发我们阐释文本,使阐释者提出以下问题：叙述者是谁？叙述者与人物和行动有什么关系？叙述者有什么途径获知人物想法和感受？人物之间如何了解对方的想法？如果某个特定叙事用了自由间接引语，那么自由间接引语又怎么发挥作用？

然而，正如大多数叙事学家都会同意的那样，当一个叙事学家能够回答这些问题的时候，他或她的工作才刚刚开始。论者有必要深入作品，去展现作品对故事的讲述运用了什么叙事手法，也有必要对运用的叙事手法展开分析，以支撑论者对作品的"解读"。就卡夫卡的《城堡》而言，叙述者不动声色、超然冷静、暗含反讽，这不仅是小说中可以确定的事实，而且对叙事的意义以及对读者产生的施行效果都至关重要。我前面曾提到，"施行效果"是指读者的阅读改变了他或她原有的想法和行为。

然而，正如部分其他学者所注意到的那样，叙事学术语及相关区分带有些许臆测，甚至存在很大问题。例如，韦恩·布斯是叙事学奠基人，众所周知他不喜欢不可靠的叙述者。他倾向于认为叙述者应该是可靠的信息来源，使读者得以了解故事中的人物及其行为。或许叙述者甚至应该对故事人物的做法做出评判，读者因而不会有所怀疑。[4] 韦恩的这一主张排除了许多有力的叙事作品，这些作品明显需要读者自己做出评判，因为小说中的某些行为和我们现实生活中的许多行为一样模棱两可，难以达成明晰的理解。亨利·詹姆斯的《一位女士的画像》(*The Portrait of a Lady*) 和托妮·莫里森的《宠儿》即为此类佳作——后者是本书第七章要讨论的作品。在《一位女士的画像》中，伊莎贝尔回到她那恶棍丈夫吉尔伯特·奥斯蒙德的身边，她这么做对吗？在莫里森的小说中，塞丝为了女儿不再做奴隶，用一把手锯割断她的喉咙，她这么做对吗？两部小说中的叙述者都没有公然评价主人公做法的好坏，但这就一定意味着它们写得不好吗？就卡夫卡的《城堡》而言，读者可能会问：K 既然说他的目标是去城堡面见西西伯爵，但他几乎没取得什么进展，这有没有 K 自己的责任？读者还可能会问：卡夫卡在《城堡》中设定的叙事前提是否有哪方面让他很难，甚至无法写完这部小说？

叙事学还有一点成问题的地方，正如什洛米斯·里蒙-凯南所指出的，当然其他人也同样注意到了，"聚焦"与以前的术语"视角"类似，含有视觉意象。它意味着叙事中的人物和事件是空间陈列着的某种东西，处于焦点之中，而实际上它们只是有待阅读的文字序列。这些印好的文字前后相接，被读者一行行一页页相继阅读。小说不是一个可用视觉观测的开放的空间场景，不可能借助光学设备进行集中观测，产生特写或全景效果。"聚焦"这种提法，即使是充分意识到它"只是个比喻"（婉转地说），也难免引人发问。

再如叙事学提的"全知叙述者"（omniscient narrator），正如尼古拉斯·罗伊尔（Nicholas Royle）有力论证的那样，这个术语也有误导性。尽管我们都知道这是个比喻，但它还是难以摆脱其神学渊源。[5]这个表述暗示，对于所有人物在所有时刻的想法和感受，叙述者均在场，因而完全知晓一切，在此意义上，叙述者像上帝。这个假设可能会因混淆了叙述者和作者而站不住脚，作者才像上帝一样创造叙事作品。他或她可以按自己的意愿进行创造，像上帝创世时一样拥有至高的自由。罗伊尔提出，"感应的叙述者"（telepathic narrator）是更为准确的表述，他的这一提法争议尚存，但也貌似合理。许多小说叙事都基本假定叙述者至少能时断时续地感应到人物的想法。许多小说都赋予人物感应能力，比如乔治·艾略特的《掀起的面纱》（*The Lifted Veil*）、夏洛特·勃朗特的《简·爱》、弗吉尼亚·伍尔夫的《达洛维夫人》（*Mrs. Dalloway*）以及萨尔曼·拉什迪（Salman Rushdie）的《午夜之子》（*Midnight's Children*）。

叙事学术语和方法最终会引出这样的问题，即作品中的叙述者和人物逐渐融合。叙述者也像角色一样，被认为是从始至终不会改变的一个人或者类似一个人，就像一个"真实生活的主体"。

《城堡》显然不符合这些预期，包括主人公 K 在内的人物，在篇章之间发生的改变令人费解，甚至在同一篇章的不同时刻他们也会变化。它的叙事声音缺乏一致性，不够个体化，不能被当作一个"人"。

通常来说，叙事术语和概念会暗示，好的小说是，或者应当是有机统一的，因而人们的解读可以毫不含糊、清晰可证，然而这是叙事学另一个可疑的假设。尽管如此，这些明晰确定的解读方法都是叙事学家提供的奇妙工具，有助于我们阐释。在分析《城堡》的过程中，我会时时注意这些叙事学解读方法，尽量妥善地运用它们，同时警惕其中尚存争议的假设。

乍看之下，《城堡》有两个明显特点构成了叙事学上确定性阅读的障碍：(1) 小说没有写完；(2) 小说篇章不连贯，叙事主线没有从头到尾贯穿其中。《城堡》篇章或片段之间的联系并不紧密，其叙事顺序也并非线性，不会在结尾处归拢所有线索。卡夫卡的创作过程是即兴式的，他写小说常常是兴之所至，相关情节每有会意便写出来。然后，只在回顾时，他才安排章节顺序，建立明确的叙事顺序，但对于后面写出的部分，他没做安排，所以我们不知道它们的顺序，也不知道还有哪些未写的部分可能会插进来。《城堡》最为权威的德文版和英文版的结尾都消散在一堆零零碎碎的"断片"中，我们不知道卡夫卡计划怎么将它们嵌入小说可能的完整形态中。尽管卡夫卡曾对他的朋友马克斯·布洛德暗示小说结尾让人安心，但我们实际上并不真正知道小说的结尾。

布洛德说卡夫卡告诉他："所谓的土地测量员至少得到部分满足。他并没有放松斗争，但因疲惫不堪而死去。在他弥留之际，村民们围在他床前，城堡里也传出了消息说，K 宣称自己可以合法地居住在村子里，尽管这种要求是无效的，但考虑到某些相关情况，准许他在那里生活和工作。"[6]这个结尾异常模糊，K 在临死前获得了可说是生的允许。卡夫卡没有生之年写出这个结尾，任何其他结尾也没有写，尽管他并不是没有时间。他只是在某个时刻停笔，把这部小说搁在一边。更进一步说，卡夫卡向好友布洛德允诺看似欢喜的结尾，这可能是善意的欺骗。布洛德一向难以接受卡夫卡作品中的阴郁苍凉。

和他另两部小说《下落不明的人》和《审判》一样，我们不知卡夫卡出于什么原因停止了《城堡》的创作，他写到某一节点就停笔了。读者和评论家们只好自行推断。卡夫卡曾在给布洛德的一封信中说，最近写的《城堡》的两部分让他高兴，但恰好在这封信里他又说自己无法"继续下去"(325e)，停止了这部小说的写作。这有可能是因为那一年(1922 年)，他经历了两次精神崩溃，但毕竟他在 1924年才去世，仍有可能写完该小说。卡夫卡告诉布洛德的结尾，也许只是为了安慰这个朋友，就像他对其说的《下落不明的人》的结局一样。我在第二章中已经讨论论过，布洛德转述的结局与卡夫卡日记的相关记述，存在着矛盾。卡夫卡在日记中写道，约瑟夫·K 和卡尔·罗斯曼都被无情地杀害了。在《审判》中，约瑟夫·K 的"罪行"似乎是拖延，他认为自己无端被捕却没有立即应对，忽视了案子的紧迫性，而《城堡》中的 K 则可能"罪"在急躁，他想不经任何中介直达目标。[7]卡夫卡在 1914 年的日记中曾用第一人称，写出了《城堡》开始部分的雏形，和后来的"终"稿大相径庭，题目也神秘，叫《村子里的诱惑》("Temptation in the Village")。之所以说这个题目神秘，是因为这个未完的片段完全没有点明所谓的"诱惑"到底是什么。叙述者也没有说自己就是 K。[8]

最基本的一点是，我们并不确定如果卡夫卡奋力写下去，《城堡》会如何结束。从我们目前已有的章节和片段来看，读者可以肯定的是，卡夫卡发明了数十种不同方法——小至遣词造句，大至叙事分段——来避免继续写下去。他不知疲倦地编造通向城堡的新方法，但结果都是走进死胡同或陷入僵局，阻止叙事发展推进。困难局面难以打破，这时叙事又另起炉灶，重新开始描述 K 希望找到另一条路，通向城堡，与西西伯爵见面。卡夫卡似乎出于某些不为人知的原因，不愿去写那个从未写出的结局，K 也并不真的愿意与西西伯爵见面。

总之，《城堡》竖起种种藩篱，不利于我们做恰当的叙事学分析。

为什么现在读《城堡》？

在解释这部未竟之作留给我们的收获之前，我必须要问：为什么此时此地尽可能透彻地理解《城堡》对我而言意义重大？为什么阐释《城堡》似乎是施加于我的迫切要求，是我必须肩负的责任？我第一次发表关于卡夫卡的论文几乎在五十年前，那时以及在更早的研究生阶段读卡夫卡时，我有一种冷静而愉悦的自在。然而，我在那种无忧无虑的自在中却感到"不安的刺痛"（a twinge of uneasiness），这里借用了缪尔旧译本中卡夫卡的表述，卡夫卡用它来描述 K"想到若是在这儿被克拉姆发现"时心里的害怕。[9] 此处德语原文是 eine peinliche Unzukömmlichkeit（46g），哈曼的译法则是"让人尴尬的不快"（awkward unpleasantness）（34—35e），更好地表达了德语原文。然而，这两种不同的译法让我产生另一种不安的刺痛。它们的差异为何如此之大？"不安的刺痛"这个表述让人想起，在康拉德的《黑暗之心》中，马洛用"不安"来形容贸易站经理给他的感受："他激起一种不安。对！就是不安。并非一种确切的不信任——仅仅是不安——仅此而已。"[10]

我当时感到冷静而愉悦的自在，因为我假定卡夫卡对世界的描述"仅仅是文学"。卡夫卡自己显然是个怪人，尽管他十分有趣。况且，他住在另一个国家，属于另一种不同的文化，用不同的语言写作。他的作品毕竟和我以及我所生活的世界不会真有什么联系。我那篇论文题为《弗兰茨·卡夫卡和异化的形而上学》（"Franz Kafka and the Metaphysics of Alienation"）。[11] 那个时候的我热衷于这样的大词："形而上学"！"异化"！这些抽象表述起到的作用是把卡夫卡推得远远的，然后暗示自己在阅读卡夫卡时，一切尽在掌控之中。

然而，那种不安的刺痛感是一种暗自萦绕的自我怀疑，也就是说，我的假设有可能是错的。如今那种感受更是难以言喻地大大增加。例如，我现在读卡夫卡时，内心深处难以平静，不仅仅是因为我感到自己遇到了无法控制的怪怖因素——这些因素甚至也可能超出了叙事学的阐释范围，还因为我有一种不安感，我感到现在生活的世界，与卡夫卡《城堡》的世界更为相似，其相似度远超其他任何我所知的虚构作品的作家所创作的世界。我想到了乔治·W. 布什任下的美国治理。在那些被选出或任命的官员中，许多人几乎罔顾现实，常常满口谎言，背信弃义，甚至是彻彻底底的罪犯。例如，他们在泄密瓦莱丽·普莱姆（Valerie Plame）身份的案子中，有碍司法公正，①他们还发布命令非法入侵和占领了两个国家。巴拉克·奥巴马治下的美国略有起色，但仍未大幅改善。关塔那摩监狱还未关闭。奥巴马总统将阿富汗地区的无望战争升级（至少在我看来是如此），花费高达一万亿，更不用说伤亡的人数了。奥巴马政府官员已经声称，撤出战争的时间并不确定。前任政府官员造成的经济危

① 为了寻找入侵伊拉克的理由，布什政府提供的说法是伊拉克在寻求铀物质，但这一说法被外交官推翻，不久这位外交官的妻子瓦莱丽·普莱姆供职于中情局的身份被曝光，她被迫中断在中情局的职业生涯。泄密事件涉及布什政府高层，据称是为了惩罚这位外交官公开批评布什政府的对伊政策。副总统切尼的前办公室主任刘易斯·利比被起诉判刑，罪名是在泄密事件的调查过程中妨碍司法公正、发表虚假声明和作伪证等。

机，奥巴马从任期伊始就着手处理。所谓的金融工业（尽管它们除了钱生钱之外，并不制造任何东西），开展住房抵押贷款，引发银行危机，与伊拉克和阿富汗战争带来的庞大的财政赤字一道，让这个国家陷入了自经济大萧条时期以来最为严重的经济衰退。我们还被以下这些事情或组织所削弱：战争、全球气候变暖所导致的诸如卡特里娜飓风这样的灾难、安全服务承包商、石油公司巨头、健康保险公司、制药公司，它们包括了诸如黑水（Blackwater）、哈里伯顿（Halliburton）、埃克森美孚（Exxon Mobil）、雪佛龙（Chevron）、蓝十字和蓝盾（Blue Cross and Blue Shield）、联合健康（United Health）、礼来制药（Eli Lily）、默克（Merck）之流的公司以及这些公司雇佣的游说集团。这些说客和工业代表让立法朝着有利于他们的方向改变。我们的立法者接受这些公司说客的礼物，被这些公司收买，他们也接受数百万竞选资金的捐助，尽管这是合法的，但在我看来却像是收受贿赂。以为这些竞选捐助者不会期望某种回报，这种想法荒谬可笑。我们几乎没有采取行动，停止给那些公司 CEO 和他们的助手、各种金融"专家"们发高得离谱的奖金，而正是这些人让金融体制崩溃，把经济弄得一塌糊涂，让美国人及世界其他地区的人们苦不堪言。美国顶层 1% 的人所拥有的财富，比下面 90% 的人的财富总和的两倍还多。中产阶级正在消失。我们正变得越来越像曾经的"第三世界国家"。官方公布的失业率基本接近 10%，但如果算上那些放弃找工作的人，这个数字实际上接近 20%。距离此书出版还有一年多的时间，到那时，我现在的说法会过时。我衷心希望自己在阿富汗和其他事情上的预感是错的。我们拭目以待，但目前我们所处的情形确实是"卡夫卡式的"。

我所说的这些家伙及其运作系统，经典地体现了德里达所说的"自-共同-免疫性"（auto-co-immunity）。这个新词描述了试图维护自身的共同体将免疫武器转而对准自身，做出自毁性的自免疫反应。[12]我们整个矗立着的公民社会结构坍塌了，坍塌的表现层出不穷；银行倒闭；庞大的预算赤字足以让国家破产；本土不安全性飙升；消费支出削减，因为许多人失业或者失去住所；即使经历近期复苏，股票市场水平仍远低于从前；医疗保健费用骤增；人为的全球气候变暖仍未得到严肃对待；教育系统功能深度失调等。这一坍塌是崩溃性的，许多美国公民失去工作，穷困潦倒。不仅如此，我们还成为违宪的电子监视设备的受害者。关塔那摩基地监狱中囚犯的人身保护权被搁置，而与之相伴的是，这意味着全体美国公民若有一天被怀疑涉嫌恐怖活动、遭到逮捕，都有可能会遭受如此待遇。许多犯人的拘押纯属意外或错误，也许仅因为有人撒谎举报，就像《审判》中的约瑟夫·K 一样，"他没做任何坏事，却在一天早晨被捕了"。[13]

　　说某人身陷不公正的官僚体系或被迫接受独裁政府统治，无法摆脱，就像生活在"梦魇般的卡夫卡式的"世界里——这种描述已经显得老套。我们美国人今天就生活在这样的世界里。我们的生活世界如此依赖媒体的塑造力量，但如果我们生活的世界可以被称为真实的（real），而不是一种"媒体塑造的现实"（virtual reality）①，正如你所见，无论对于卡夫卡还是我所生活的"真实世界"，我都已经丧失了那种冷静而愉悦的自在。媒体塑造的现实可能会伤害你，比如乔治·W.布什宣称他被上帝选中去做他在做的事，他有至高的权威，凌驾于法律之上，授权实施全面的电子监控，准许刑讯逼供，并且他签订的法案也附带明显的限制性条款，这表明他并不愿执行。就在我着手修改本章的 2009 年 12 月，莎拉·佩林（Sarah Palin）②

---

① virtual reality 本译作"虚拟现实"，但考虑到虚拟现实在当今科技背景下有特定的含义，包括用头戴设备等，这里根据米勒强调媒体施行性力量的语境，将其译作"媒体塑造的现实"。虽然两者都针对我们生活的现实世界，但前者的使用语境多在科技领域。
② 在奥巴马竞选总统时期，莎拉·佩林是与共和党的麦凯恩搭档的副总统候选人，她反对民主党的医改方案。

和脱口秀主持人格林·贝克①之辈还在就医疗改革提案撒谎，许多受人信任的参议员和众议员却可能让这次医改付诸东流。这些谎言在电台、电视和博客上大行其道。许多人现在因而相信这次民主党的医疗改革方案会"拔掉维持奶奶生命设备的插头"，掏空原有的医疗照顾方案（Medicare）②，但这全都是谎言。如果没有强硬的公众选票支持通过正式的医改方案，医疗开支将至少占据我们总经济的 20％，而目前的花费已经达到其他任何一个发达国家的两倍。我们的支出也收不回来。我们目前医疗体系的品质和效能几乎在发达国家中垫底。（2010 年 5 月 19 日附记：让人欣慰的是，在共和党参议员和众议员一致反对的情况下，一项尚可接受的医改法案仍获得了通过。许多共和党人誓言待到重新掌握参议院和众议院时必定废除该法案。实际上，意味着医疗支出骤然升级的公共医保选择③，并没有被纳入其中。二十个州对医改法案提起诉讼，要求宣布医改法案撤销各州权利的做法实属违宪。）（2011 年 3 月 17 日附记：共和党如今控制了众议院，正尽力废除医疗法案，撤销政府资助。）

打电话的 K

《城堡》的基本思想（donnée，亨利·詹姆斯可能会如此称呼）非常简单。被叙述者称作 K 的年轻人在一个雪夜抵达一座城堡山下

---

① 格林·贝克（Glenn Beck）是福克斯电视台被热议的政论节目主持人，他批评奥巴马的医疗改革方案。
② 美国的医疗照顾方案，即老年保健医疗计划（政府的健康保险计划，尤指为 65 岁以上老人设置的医疗费减免计划），由约翰逊总统在 1965 年建立。
③ 民主党的医改提案倡导，对于那些最贫困的人口，他们无力负担为低收入人群设计的保险产品，政府直接提供保险计划，又称"公共选择"（Public Option）。主张"小政府"的共和党反对这种由政府控制和买单的保险计划。

的村庄。他宣称自己是土地测量员,说城堡主人西西伯爵郑重任命他来测量村子,小说详述了 K 努力想让城堡和村庄接受自己。他想有份工作,以便在这个自足的共同体中能占有一席之地,就如目前这些糟糕日子里的大多数美国公民和非法移民心里所想的那样。最初打去城堡询问的电话没得到确切信息,城堡方先说没请土地测量员,随后又说有。叙述者此处的叙述体现了《城堡》的叙事不确定,相当恼人,此处还表明卡夫卡善于营造古怪气氛,这种氛围如梦似幻,带有闹剧式的非理性。K 在客栈里被一个叫施瓦采的年轻人叫醒并受到盘问,后者"穿得像城里人","长着一张演员般的脸"(mit schauspielerhaftem Gesicht),自称(后被证伪)是城堡总管的儿子。K 说自己是伯爵请来的土地测量员,施瓦采打电话去城堡求证。电话就恰好(但也不方便地)装在 K 头顶上方的位置(1—4e;9—12g)。

这里的电话表明卡夫卡在这部小说以及其他作品中依赖当时最新的高科技远程通信设备。村务委员会主管后来对 K 解释说"这些[用电话进行的]接触只是表面上的(nur scheinbar)"(71e;90g),因为你根本不确定跟你讲话的人的真实身份。这个主管说,电话并不比"自动留声机"有更大用处(71e;91g)。这似乎预见了公司和银行后来的答录机、自动电话推销和自动语音回答系统。我们如今花很多时间和非人类"交谈",尽力在键盘上按下正确按钮,以便机器能听懂我们肯定或否定地回答诸如"您今天想报名参加去拉斯维加斯的免费之旅吗"这类问题。在《城堡》中,村子里的人在电话里大多数时候只听到"低喃声和哼鸣声":"好吧,这种潺潺声和哼鸣声(dieses Rauschen und dieser Gesang)是这儿的电话机传送给我们的唯一真实可靠的东西,此外什么都虚假"(72e,翻译有改动;91g)。[14]这个描述符合早期电话使用者的想法,他们当时觉得从电话背景音中听到的就是这样的声音。人们有时候还觉得会从"低喃声和哼鸣声"中听到死去的人的声音。[15]小说较早部分有一个时刻，K 想假以助手的名义，打电话给城堡：

> 听筒里传来一阵哼哼声（ein Summen），这种声音 K 以前打电话时从来没有听到过，就像无数的孩子似的哼哼声（Stimmen）——但又不是哼哼声，倒像是一种鸣唱声（Gesang），从最远的地方，从最远地方的深处传来的声音在鸣唱——仿佛以某种不可思议的方式汇聚成一个高亢而洪亮的声音，敲击着耳膜，似乎要刺入什么东西的深处而不是叫人可怜兮兮地倾听。K 把左臂搁在放电话的架子上，他不打电话了，就这么听着。（20e，翻译有改动；30g）

我们今天"知道"K 听到的是普通的背景噪音，电流流过电话线和纯机械装置的其他部件造成了这种声音，但卡夫卡让 K 以不同的方式理解这种嗡嗡声，对这种平凡的声音做出了卓越非凡的转换。正如我稍后将指出的那样，K 在这种"解读"中产生的意义转换，体现了《城堡》的艺术风格。在 K 的解读中，电流的嗡嗡声汇成了无数孩子似的鸣唱声。这些鸣唱声听起来又像一个既具有女性特征（"高亢"）又显得有力的声音，就像过世的母亲在发号施令。正如劳伦斯·里克尔斯（Laurence Rickels）所提到的那样，很多在早期使用电话的人都认为他们从静态的电话中听到了母亲的这种声音。出现这种声音据说是"不可思议的"（unmöglich），尽管它确实产生了。这种高调而强劲的声音对 K 提出要求，似乎除了要刺穿他可怜的听觉（armselige Gehör），还要穿透到更深的地方，可能是要深入到他的自我深处。这一段体现了我所说的人们早期听电话的感觉，就如普鲁斯特描写马塞尔听电话的那一段精彩描写，马塞尔接到他的祖母打来的电话，他从打电话的感觉中预见到她的死亡。[16]马塞尔与他的祖母在电话里交谈,空闻其声、不见其人,这让他感觉她似乎已经死了。如今已经很少有人会为电话这一确显诡异的特性烦心,更不用说会进一步想到手机、电邮、电视、短信、推特以及我们日常生活中的其他通信设施和方法。这些越来越方便的"手持"装置看起来几乎是我们身体的一部分,随时可以拆装。《城堡》中的 K 从电话中体验到城堡距离自己无限遥远,它远远超越了村庄,即使像克拉姆这样的人似乎可以在村庄和城堡之间轻而易举地来来回回。卡夫卡这些描写电话的段落意在表现,在村庄或城堡构成的(非)共同体中,电话如同书信一样,构成了"这下面"和"那上面"之间完全不可靠的交流或"联系"方式。电话在《审判》和《美国》中也发挥了同样的作用。

《城堡》开篇不久,城堡副主管弗利茨先生查询后在电话里回复说他们没有请土地测量员。"我就说吧!"施瓦采随即嚷道,"什么土地测量员,没影的事儿,完全是扯谎的流浪汉一个,说不定还更糟"(4e;12g)。然后电话又响了,施瓦采拿起听筒,听了一大通以后说,"这么说是弄错了? 真是难过。主任亲自打电话了? 奇怪,真奇怪!现在我该怎么向土地测量员交代呢?"(5e;13g)

然而,最奇怪的是 K 对于施瓦采在电话里说的话的反应。他的反应表明 K 解释自己经历的方式,古怪而矛盾,毫无逻辑。这些阐释受一种"'一方面'但与此同时'另一方面'"的阐释模式支配,这两方面相互对立,缺乏辩证关系,不能产生扬弃。稍后我将提到,卡夫卡在日记中给予这种解释形式一个正式的修辞学名称"对语"(antithesis)。读者可能会认为,既然施瓦采已经称他为"土地测量员"了,K 听到后会松一口气。我们可能会认为 K 今后以土地测量员的身份自居,从此成为这个村子和城堡共同体中不可或缺的一部分。然而,事实并非如此,K 将听到的话看成不祥之兆,他认为这表明城堡开始针对他,"欣然开始这场斗争"(5e;13g)。斗争? 什么斗争？K 的这种反应带有自毁倾向，有违常理，完全说不通。K 的推理不合逻辑，他的反应像偏执狂，将一切朝最坏的方向想。这样的人以恶意揣度自己周围的所有信息、所有人说的所有话，即使这一切其实可能带有最友好的意愿。这种猜疑的态度容易在特务和秘密警察遍布的极权主义政权下蔓延开来。K 的两个助手明显是城堡派来的密探，K 似乎没看出来，至少在一开始没看出来。费丽达说他们可能是克拉姆派来的"特使"（emissaries；Abgesandte）（138e；170g）。她说："他们的眼睛，那天真而炯炯有神的眼睛，不知怎的让我想起克拉姆的眼睛，是的，没错，他们眼里掠过克拉姆的眼神，直勾勾地看着我，像要把我看穿（durchfährt）"（139e；171g）。尽管这两个助手不乏荒唐的闹剧似的行为，但他们显然不仅替克拉姆送信，也替他全景监视。当然，K 也有可能一直在撒谎，他不是任命的土地测量员。如果是那样的话，他会成天担惊受怕，担心自己被揭穿，害怕助手敏锐的眼光。没有确凿的证据表明 K 是否是土地测量员，甚至小说的叙述者也没有提供证据，尽管叙述者有些时候大概能至少部分地感应到 K 的内心想法。在遭美国特工处逮捕的人中，有些被认为有恐怖分子嫌疑，他们也许真的是恐怖分子，但你永远无法确定，如证据所示，严刑拷打也不是找到确切答案的方法。酷刑最终会让任何人承认任何事。

对于 K 是否在撒谎，叙述的声音保持了沉默，这表明叙述者并非全知全能或至少在重要之处，叙述者持保留态度，让人费解。K 是否对自己被任命为土地测量员一事讲了真话，读者可能认为卡夫卡刻意对此讳莫如深，叫人无法看透。读者因此感到的不确定性，可被视为整个碎片化叙述的生成内核。总之，包括施瓦采在内的所有人从此称 K 为土地测量员，就像他们称盖斯泰克为"车夫盖斯泰克"。这里你可以看到，以下这段自由间接引语极为奇特，甚至有些古怪，代表了小说中这种段落的特点：

　　K听得聚精会神。这么说城堡已经任命他为土地测量员了。一方面，这对他不利，因为这表明城堡的人已经掌握了他的一切必要情况，权衡了力量对比，欣然开始这场斗争。另一方面（andererseits），情况对他也有利，因为这表明他们低估了他，他会有更多自由，比他一开始所能希望的还多，而这正合他意。如果他们以为仅仅承认他测量员的身份就可以一直让他惶恐不安，他们就错了，虽然在他们看来这种做法确实棋高一着。他只是感到稍微有点震动，仅此而已。（5e；13g）

　　一方面，这段话把读者搁在矛盾的阐释面前，他们不断摇摆。读者可能用上一生的时间来思考这段话以及它可能的意涵也不能继续推进解读。这实现了卡夫卡的目标，他宣称写出的作品要能够成功抵制阐释。另一方面，这段话将K与城堡之间的关系定义为一种不可缓和的斗争、势均力敌的较量，这奠定了整部作品的叙事基调，决定了《城堡》这部小说在一场永远没有决战的战斗中，由一系列没有尽头的"行动"组成。

　　我们读到《城堡》余下的部分包含了K碰到某个村民或某个城堡官员的情节，他一再试图让别人承认自己土地测量员的身份，却从来没有成功过，因而他想去城堡，面见西西伯爵。K的这番追寻构成了外来者或者移民追求的原型，他们作为陌生人初来乍到，努力找工作、成家立业，想在这个共同体中站稳脚跟。

　　然而，"土地测量员"不是普通的职业，与小说中拉泽曼和盖斯泰克所从事的职业不同，后两人分别是制革匠和马车夫，K在小说开始部分遇到他们。做个制革匠或马车夫都标示了一个人在业已形成的共同体中明确的位置。相反，土地测量员则有权力建立明晰的地产界限，这些界限可能数个世纪以来要么一直处于悬而未决的争议中，要么只是被人们心照不宣地接受而没有获得法律认定。正式确立这些界限，再由官员登记在簿，这有一种潜在的权力，可以彻底瓦解或者改变村民之间的社会联系。难怪村委会得出结论，这个村子不需要土地测量员，并在几年前就送信去城堡特意表明这一点。村长告诉 K，"如你所说，你被录用为土地测量员，但我们不需要测量员。这儿根本就用不着土地测量员。此地小块地产的界线都已划定，并全部正式登记在案。这些地产很少转手，且无论什么小的地界争端（Grenzstreitigkeiten），我们都可以自己解决。那我们还要土地测量员来干什么呢？"（59e；75g）当然，他们很久以前送出的反对聘请土地测量员的信中途丢失了，这是故事线索断裂以及村庄和城堡联系中断的又一例证，电话也基本无法修复村庄和城堡的联系。

主题复现

我在第二章和第三章中指出，卡夫卡的作品有一个反复出现的主题，那就是主人公独自徘徊后意外遇到某人。主人公往往闲逛着走到一扇紧闭的门前，打开这扇门就出现陌生人。我在第二、三章提到文学作品让读者想象行动发生的地貌情势（topography）。[17] 狄更斯的《荒凉山庄》和康拉德的《诺斯特罗莫》（Nostromo）在这方面是突出的例子，它们在开头就设置了行动开展的背景。这两部小说中，背景都在叙述者明显的全景描述中构造完成，叙述者从一个内隐的固定位置居高临下纵览一切。卡夫卡笔下这个主题的特别之处在于，它几乎总是涉及主人公独自漫游，经过一个空间场景，采用内部的有限视角而非外部的支配性视角进行描述。

不出所料，这一主题以新的面貌再次出现在《城堡》的关键情节中。小说开篇设定了整部小说的情境，K 从大路上拐进来，经过一座木桥，来到一座积雪覆盖的村庄，在一家客栈过夜。《城堡》的想象空间较为复杂，由村里各种各样的地方构成：两间客栈、小学校舍和 K 遇到的各色人等的住所，大街小巷纵横其间，各种房间、门道、窗户、走廊和台阶遍布其中。除此之外，村里复杂的环境，全笼罩在山上城堡所产生的阴郁和压抑中。城堡耸立在村庄之上，监视、执掌着村庄的一切。白天若遇上好天气，城堡可见且迷人，但 K 却没法接近城堡，尽管似乎只要走上山，谁都可以抵达城堡。小说开始不久就精妙地刻画出城堡难以接近，K 在度过了上文讨论过的客栈首夜后，看到了城堡，决定径直步行前往，他打算面见西西伯爵，然后出任村里的土地测量员。这似乎是合理的做法。

然而，K 离城堡越近，城堡看起来越破。例如，主宅的塔楼是"一座单调的圆形建筑，有一部分幸好掩藏在常青藤下面，上面的小窗户在阳光下看起来闪闪发光——这看起来有些疯狂——上面的塔顶是个平台样儿，周围的雉堞参差不齐、断断续续、支离破碎，仿佛是一个孩子心神不宁或粗心大意画出来的，曲曲折折地伸向蔚蓝的天空"（8e；17g）。在去城堡的路上——K 认为这条路通向城堡，K 遇到一个学校老师，他们的对话多少有些不祥之兆，K 问："那么你不认识伯爵了？"他回答："我怎么会认识他？"然后又大声地用法语补充道，"注意这儿有天真（unschuldiger）的孩子"（9e；18g），他用法语是不想让旁边的孩子们听懂。这个推论真是古怪，不合逻辑。为什么无辜的孩子们不适合听到这个问题？K 随后再次朝城堡进发，但仍是徒劳。他漫无目的的闲逛让我想起刘易斯·卡罗尔的《镜中世界》（*Through the Looking Glass*）中的第二章，爱丽丝越是努力直接奔向目标（一座小山），她离目标的距离反而越远。[18]

读者会注意到，《城堡》里的街道被拟人化了。村里的主路"像故意似的"，改变方向，据说还"黏人"，旁边的小巷——不管是欢迎还是欺骗——"把他领了进去"，此处的英译文两者含义皆有。① 门似乎自愿地"自己打开"了。这些街道似乎让他愈来愈迷失：

> 于是他又向前走，可是这条路很长。他走的这条路是村里的主路，并不通向城堡山，只是通到城堡附近，然后像故意似的（wie absichtlich），改变了方向，尽管没有离城堡越来越远，但也没有越来越近。K始终期望这条路会最后转向城堡，正是抱着这个期望，他才继续走下去；显然也由于疲倦，他不愿离开这条路。这个村子的路如此之长，也让他感到惊奇，它似乎没有尽头，老是一座座那样的小房子，布满霜的窗玻璃，白雪，空无一人——最终他甩掉了这条黏人的大路，旁边一条狭窄的小巷把他领了进去，那儿的积雪更深，脚从深陷的雪地里拔出来十分费劲，他汗水直冒，突然停下来，再也走不动了。
>
> 不过，他当然没被遗弃，左右两边都是农舍，他捏了一个雪球朝一扇窗户扔去。门立刻开了——（10e；19—20g）

门打开之后，是一个奇怪的场景，K到了一间农舍里，遇到许多人。原来这是制革匠拉泽曼的房子，他遇到一个洗衣服的女人，玩耍的孩子，两个在热气腾腾的桶里洗澡的男人，还有一个怀抱婴儿的女人，似乎穿着丝质衣服，坐在扶椅上。K坐在给他开门的老人身边睡着了。他醒来后，被强行推出门外，遇到他的两个助手阿图尔和杰里米亚——这两个人在他随后的遭遇中扮演了十分重要的角色——然后他就莫名其妙地跟他们回到了客栈，没有继续朝城堡走。K与以下这些人一一交谈：那两个男人、抱着熟睡婴儿的女人——她自称"来自城堡"（13e；22g）、他的两个助手以及盖斯泰克。

---

① 此处英译"takes him in"，短语"take in"同时具有吸收、接纳和欺骗之意。

他们之间说的话或可称为对话，但其实断断续续，奇奇怪怪。盖斯泰克从另一间房子出来，用雪橇把 K 送回了客栈。那两个助手说自己是 K 叫来帮忙测量的老搭档，但没带仪器，对测量也一窍不通。他们既相同又不同，像是《审判》中那两对守卫和行刑人，再次构成不祥的分身，阿图尔看起来像杰里米亚，而杰里米亚看起来也像阿图尔。在这一章中，那扇门开启后引发的对话让人困惑，K 的经历也十足神秘，这一切搅得读者无法心安。这些事情符合《城堡》那不合逻辑的逻辑，有些疯狂、如梦似幻。读者感到每个细节可能都重要，不断揣摩这个片段，逐字逐句小心细读，但仍然不解其意。整部小说都展现城堡如何抵制直接进入，奇怪的想象空间遍布各处，铺就主题的叙事背景。

除了开篇的例子之外，《城堡》中上述范例的第二种形式还出现在小说快结束时 K 逛贵宾饭店走廊的过程中。当时他赴约去见克拉姆的秘书埃朗格，但在他最终敲开的那扇门后，出现的却是比格尔。我稍后会指出，如果 K 没有在错误的时间睡着，比格尔也许会说出他一直以来孜孜以求的进入城堡的方法。K 自己从不知道，他离抵达城堡的目标如此之近。不过，此处我只想指出 K 见到比格尔的段落描写，再次以不同的方式体现了我所说的主题。之所以说这些内容与之前的形式不同，一方面是因为 K 此次闲逛是在内部而非外部，另一方面是因为 K 的一些初遇发生在开门之前，而在开门之后，小说则进入 K 与比格尔的对话高潮。

随着 K 在饭店里闲逛，我们也像在梦境中漫游，读者脑海中产生的想象空间是一栋奇怪而陌生的建筑内部。K 先是和其他人一起，黑灯瞎火地站在贵宾饭店外面等。他和盖斯泰克最先被叫去见埃朗格。跟班领着他们穿过院子，走进一个 K 之前从未进入的城堡人员的专属区域。此处的空间描写没有出现开篇的拟人化，但 K

强调其内部布置小巧精致。它几乎像处在地下的另一个世界，迷你而封闭。卡夫卡在他的脑海里明显想象出了这个世界的内部，他想通过细节描绘，在读者的头脑和感受中再现这样的情景，而此时则轮到我迫切地想为本书的读者描绘一番：

> 在前厅，一个跟班迎接他们，领着他们走过 K 已知的那条路，穿过院子（这个院子在我稍后讨论的情景里也会出现），然后走进大门，进入一条有点向下倾斜的低矮过道。楼上几层显然只有高级官员才能住，秘书们都住在这条过道的两旁，埃朗格尽管是高级别秘书，也住这儿。跟班把灯吹熄，因为这儿有电灯照明。这儿什么东西都很小，但布置得小巧玲珑，充分利用了空间。过道仅一人高，刚够人直立行走。过道两旁几乎门挨门，两边的墙壁没有砌到天花板，很可能是为了通风，因为这条深深的过道像地窖似的，两旁的小房间肯定也没有窗户。墙壁没有完全封死，过道里乱哄哄的，房间里必然也是如此。许多房间似乎都住有人，有几间房里的人都还没睡，能听到说话声、锤击声和碰杯声，不过给人的印象并不像是特别开心的样子。那些说话的人压低了声音，有时可以勉强听懂一两个词，那也不像是在谈话，很可能只是有人在指示或朗读什么。（243e；294g）

那个跟班从墙壁上方的通风口偷看埃朗格的房间，肯定他在睡觉，现在不能打扰。然后，K 发现此时已经和他疏远的未婚妻费丽达"正在过道远处的拐角"（245e；296g）。费丽达当初离开 K，表面上是因为嫉妒他和其他女人的关系，现在她又回到贵宾饭店工作，与 K 的助手杰里米亚交往。K 试图说服费丽达回到自己身边，但没有成功。他后来在楼下走道旁一间敞着门的屋里发现杰里米亚正躺在她的床上。K 想找埃朗格的房间,但未能如愿,他最后随机走到一扇门前。他担心如果面前的这间房没人,他"可能几乎无法抵制想要躺在床上、无休无止地睡上一觉的想法。他在走廊里左右看了看,看是否有人来,可以提供点信息,让他最好别冒这个险,但长长的走廊安静而空旷。K 在门口听了听,里面一点声响也没有。他轻轻敲门,但这敲门声实在太小,即使有人在里面睡觉也不会醒。听到里面没有反应,他小心翼翼地推开门,但恰在此时有人低沉地应了一声"(257e;310g)。应声的人是比格尔,他正躺床上,毯子盖得严严实实。比尔格接下来在冗长的说辞中,告诉 K 城堡官员对村里的人心有戚戚,甚至有时他们会不由自主地想要帮助村民,即使违反规定也会提供帮助。然而,在这最后一个地形主题①的例子里,K 却在关键时刻睡着了,错过了经比格尔进入城堡的机会。如果说《城堡》开篇不久的例子,宣告了 K 试图直接进入城堡当局的做法行不通,那么这最后一个例子则揭示了,试图通过某个与城堡有关的中间人抵达城堡的做法也终告失败。

摇摆的主体性和主体间性

《城堡》假定了主人公 K 怎样的存在状态? 他如何与村里人以及与他所遇到的来自城堡的人产生联系? 卡夫卡写《城堡》时,最初采用第一人称,后来才决定用第三人称,将前面的第一人称"我"都改成了"K"。莫里斯·布朗肖可能是卡夫卡作品的最好读者,他在

———————————

① 卡夫卡小说中经常出现主人公在某个地方迷路,独自晃荡,来到一扇门前,打开门与陌生人相遇。

《卡夫卡与文学》("Kafka and Literature"；"Kafka et la littérature")
中指出，卡夫卡说自己在叙述上将"我"改成"他"之后，成了作家。[19]叙述人称改动之后形成双线叙事，使其在不确定性中激荡。读者因而得以同时获知 K 在假定的主体性之下所做出的陈述和叙述者的陈述，这两者相互叠加。这种双重效果形成小说中第一人称自由间接引语，让读者不仅了解 K 看待事情的方式，也能够知晓隐匿的叙述者不动声色地发表的对 K 的看法。叙述者对 K 的想法和感受的客观陈述，带着谜一般的反讽。之所以说是"谜一般"的，是因为此叙述者从不公然评判 K 的想法。K 可能对，也可能错，但叙述声音从来不说。它的确从未独自发声。这个叙述声音仅仅将第一人称现在时叙述变换成第三人称过去时叙述，即将德语 Ich bin 变为 Er war。[1]

不仅如此，《城堡》的叙述者不能按叙事学的任何分类或概念对号入座。这个叙述者几乎完全无个人色彩，它既不能被想成任何个人，有着某种"聚焦"，也无所谓可靠或不可靠。再者，这个叙述声音几乎完全局限于自身表述，只能有限地触及 K 的看法和感受。它几乎经不起检验，因为它的叙述并非从始至终保持不变。这个叙述声音在很大程度上取决于 K，而 K 在叙述的不同部分又会发生变化。其他人物在这一点上同样如此。奥尔加对 K 描述克拉姆的样子，就显著地体现了这种多变性。克拉姆是 K 试图进入城堡的首选中介："据说他来村里时一副样子，离开时另一副样子，喝啤酒之后和喝啤酒之前又不一样，醒着和睡着的时候也不一样，独自一人的时候和与人交谈的时候又不一样，因而可以想到，他在上面城堡里几乎是完全不同的一个人"（176e；216g）。

---

① 德语 Ich bin 意为"我是"，Er war 中 Er 意为第三人称"他"，war 和 bin 分别是动词 sein 的现在直陈式和过去直陈式，意为"存在""是"。

众所周知，反讽话语的意义不确定，尽管很遗憾韦恩·布斯不同意这一点。[20]叙述声音让主人公表现出双重性，《城堡》因此也表现出彻底的反讽性。《城堡》的叙述者仅仅是一种无实体的、幽灵般的叙述力量。这个叙述者是一种语言能量，致力于连贯地表达 K 的经验、想法和感受；又或者相反，将 K 的经验、想法和感受弄得支离破碎。这股语言能量在小说章节之间不断调整，而这种叙事也很难被称作"有机的统一体"，不符合部分叙事学家以此为依据提出的评判好的文学作品的标准。当然，有人可能会不同意我质疑整全统一的阅读方式，他们认为我这种说法本身就是一种整全统一的阅读方式。我同意这种反对意见，但这种回答方式带有鲜明的卡夫卡式的疑难（aporetic）表述特征，就像我在第二章中已引用过的卡夫卡对绝望的描述："不要绝望，甚至对于你不绝望这个事实也不要绝望。"[21]

《城堡》的叙事结构主要有三个语域。（1）K 和其他人物的对话，通过匿名叙述者叙述，很少有（与阐释相对的）客观的或描述性的评论。（2）其他人物向 K 解释 K 本人目前的处境，这种解释有时持续数页，而 K 几乎总是持反对意见，并就此提出自己的理解和评论。老板娘、费丽达、村长、奥尔加、比格尔和佩皮都曾对 K 解释过他的处境。第五章中村长对功能不良的官僚制的描述极为精彩，他告诉 K 在由各类办公室、机构、机关部门组成的庞大网络中，信息常常会送错地方或半路遗失。这一点很像狄更斯的《荒凉山庄》中的拖拉衙门（the Circumlocution Office），①也很像美国人与政府或公司部门打交道时曾感受的那样。我稍后还会就此展开论述。（3）非人格的叙述者以自由间接话语陈述 K 内心的感受、知觉、阐

① 狄更斯的小说《小杜丽》（*Little Dorrit*）用该表述形容办事拖拉的官僚机关里，办事人员相互推诿，办事程序层层叠叠、冗繁拖拉，使人心烦。米勒此处笔误，写成了《荒凉山庄》。

释和想法，不过叙述者触及 K 内心的程度有限。对于读者想要知道的关于 K 的事情，他似乎常常不知道，例如我曾说过，当 K 说自己被任命为土地测量员时，叙述者并不知道他是否在撒谎。

进一步说，小说遵循一条严格的叙事规则，那就是 K 和叙述者都从未直接触及其他人物的看法或感觉。客栈的老板娘夸夸其谈，宣称她能够理解 K 内心的想法，从文本的证据来看，她当然是在骗人。老板娘说："如果我努把力，我甚至能进入你的思绪，但在这儿这种做法却没什么意义，只有在你来自的陌生土地上才可能有意义"（83e；104g）。即使她能进入 K 的思维，K 的想法对她也没有意义。那些想法听起来就像外国人说话那样不清不楚，使用陌生的语言谈论着陌生的习俗和想法。更明显的文本证据是 K 总结性的论断，即"阿玛利亚把她的动机藏在心里，谁也不能使她讲出来"（198e；242g）。

《城堡》中大量的局部叙事肌理在很大程度上由 K 和其他人物的对话构成，这些对话间或夹杂着大段自由间接话语，记录下 K 在面对某人、观其色听其言之时的想法和感受。K 与这些人物的碰面存在不能相互理解的情况，这样的例子在小说里随处可见。在第十四章"费丽达的责备"中（151—61e；186—98g），K 面对费丽达窘困的指责，大谈其心境。在下一章中，K 又想象，如果自己没有在抵达客栈之初就遇到施瓦采，情形又会怎样不同。这些文本事例很好地展现了小说以自由间接话语引出 K 的古怪想法，也很好地表现了 K 不时变化的想法。无论 K 此处想出的情形有多么符合常理，也与他在一开始就宣称西西伯爵任命自己为土地测量员的说法完全矛盾。他想象"自己在第二天村长办公时去见他，申报自己是外来工匠，已经找到一处当地村民的家安身，很可能明天会离开，除非他能在这儿找到工作，当然这不太可能，但倘若可能，他也只干几天，因为他并不想待更久。如果没有施瓦采的话，本应该出现这种情况或类似的情况"(165e；203g)。

德语词 verschlossen(密封的)用来描述阿玛利亚守护秘密的态度，这个词让读者想起与"城堡"对应的德语词 Schloß 的隐义，即一个密闭的空间。小说中的人物都处于相互隔绝的封闭状态，每个人固守自己的堡垒。他人的想法和感受只能据其语言和脸色推断，因而总是让人无法捉摸、疑点重重。小说中其他人物的长篇大论为读者和 K 提供了理解这些人物特异的内心世界的途径，但这种途径间接而不确定，无从验证。[22] 他们完全有可能伪装、掩饰或撒谎。无论是 K 还是读者，都无法核查这些话的真实性。证据的指向往往相互矛盾。作者卡夫卡当然可以按他的意愿来安排，而他选择截掉获知他人想法的直接途径。这些人物的心理内在因而成为琢磨不透的谜题。

在此意义上，卡夫卡与德里达的立场高度一致，与胡塞尔那近乎唯我论的最为冷峻的倾向也相当接近。[23] 对卡夫卡而言，并不存在海德格尔意义上的共在(Mitsein)，或共同此在(Mitdasein)，或共处同在(Miteinandersein)，①此种情形的结果是，K 所揣测出的他人的想法和感受无法证实。胡塞尔所称的"类比的统觉"(analogical apperception)指他人和我一定拥有类似的想法和感受，但这种观点本身无法证实，其延伸出的阐释也不确定，K 对村民的解读以及对那些可能的城堡关联者和代表者的解(误)读，正属于这种情形(详见本章注释 22)。K 的所见、所闻和所读可能有某种含义，但无法准确标定。然而，K 在整部小说中都迫切需要做出正确阐释，他命系于此。

---

① 此处为海德格尔哲学的术语，形容人生而在世，反思和追问自身存在状态，总是与他人发生关联，与他人共同在世，不存在纯粹主体。

无法确证的阐释行为

《城堡》中很难理解他人，其至不可能理解他人，因而小说在很大程度上由 K 或他人的阐释行为组成，这些阐释往往在句子内部就相互矛盾。我称之为阐释行为（acts），是为了提醒读者注意，阐释既是一种表意的论断，也是一种言语行为。一种阐释不仅是在说"这有那种意味"，也是在说"我宣称这有那种意味"。如果 K 的见闻随感易于理解，我们也不需要漫长的解读过程了。

矛盾的准则贯穿了小说中的阐释，这样的例子多得几乎难以计数。其"解释"（exegesis）不可证实、前后矛盾，构成了整部小说的基本架构和文本肌理。与其说这部小说的叙事是在叙事学阐释框架下直接讲故事，不如说它展现了阅读行为永远没有定论，阅读总是流溢到需要解读的信息之外。这样的解读可能寓意性地表现了读者自身的阐释行为，前文提及的评论家们对《城堡》迥然相异的解读就说明了这一点。几乎所有不可解读的信息都表现为 K 不可能明确知道城堡上面诸多办公室中发生的事，尤其是与他本人的处境相关的事。他们决定怎么对待 K？他们有何种意图？

小说中阐释行为分许多层次和等级。它可能表现为 K 或者其他人物就某人的外貌、行为或语言等细枝末节的描述相互矛盾。例如，费丽达的手可能小而精致，也可能瘦弱而微不足道（37e；50g）。这个问题值得注意，因为费丽达曾是克拉姆情人（在她和 K 在酒吧里克拉姆房门前的地上亲热之前），现在、曾经或可能曾经与城堡有某种"关系"。矛盾的阐释还可能体现在 K 和其他人物——包括费丽达、村长、老板娘、汉斯·布隆斯维克、莫穆斯、巴纳巴斯、奥尔加、佩皮以及其他一些人——之间的大段对话中，他们仔细而毫无结果地讨论 K 的处境或者某人跟城堡的"关系"。篇章之间的不一致也表现了小说中阐释行为的矛盾。K 似乎不能守一持成,总是变换,他先想方设法接近克拉姆,后又想绕开克拉姆直抵城堡。德语词Weg 是该小说的关键词,意为"路径""道路"或"方法"。该词可说是反讽性地指明了《城堡》的叙事,因为小说实际上在这条和那条路之间徘徊不前,K 总是会从头开始,他从未找到路径,也从未走近城堡。

K 的做法总是奇怪地相互矛盾,还带有自毁性。他向费丽达承诺忠贞不渝,却随后背叛,与奥尔加、巴纳巴斯和阿玛利亚纠缠不清。他曾说家有妻子和孩子,但与费丽达亲热后却向其允诺婚姻。他先不接受客栈老板娘的意见,后来却依赖她获取信息。K 离城堡没有越来越近,反而拖拖拉拉、犹犹豫豫,离城堡越来越远。这部小说最终悬停在一个尚未完成的句子中间。这个句子本要表达盖斯泰克的母亲所说的话,她在小说中地位边缘,并不重要。在这个句子之前,叙事结构发生偏离(digression),开始描述佩皮和盖斯泰克,不过"偏离"也许用得并不恰当,因为我们无法确定径直或迂回地抵达目标的方法,甚至连目标的性质和位置都不清楚。

然而,谁知道呢?"偏离"也许会突然达成目标,正如"欲速不达"这个准则所体现的那样,漫游仙境的爱丽丝也类似地坚决往相反方向走,才抵达小山顶。若按叙事顺序是否清楚、阐释是否明晰的标准来看,《城堡》让人失望,甚至痛心。某条路径(Weg)乍看之下通向目标,但随即证实不过蹉跎而已。K 与费丽达在克拉姆房门前啤酒洼中的亲热即属此例。当时克拉姆住在费丽达工作的贵宾饭店。K 设想费丽达可能是克拉姆的情人,亲近她就可以间接接触克拉姆,从而通过克拉姆进入城堡,见到西西伯爵。然而,他后来却发现费丽达背叛了克拉姆,他二人的关系也随之结束。小说将两人的亲热过程有力地类比为陌生土地上的放逐和徘徊。K 接近费丽达，仍无法进入城堡，但也许(谁知道呢?)他在与费丽达的鱼水之欢中所体验到的徘徊、深度迷失和窒息则极为贴近他到城堡里可能会有的感受：

> 她开始像个孩子一样来拽他："来吧，这下面憋死人。"他们相互拥抱，她娇小的身子在 K 手里燃烧起来;他们忘情地滚过几个地方，K 不断地想使自己清醒一些，但做不到，他们把克拉姆的房门撞得闷响，又滚到地上的啤酒洼和其他脏物中躺着。时间一小时一小时过去，他们像一个人似的呼吸，两颗心像一颗心一样跳动。在这段时间里，K 始终有一种感觉，他好像迷了路(er verirre sich)，或者来到一个陌生的地方，在他之前还没有人到过这里，这个地方如此陌生，连空气成分都和他家乡的空气不一样。这个地方陌生得让人难免感到窒息，可它又具有难以言明的诱惑，这种诱惑力如此强大，让人毫无选择地继续前行，然后变得更加迷茫。(41e;55g)

《城堡》中还有一段关于放逐的"离题"故事，内容连贯，篇幅有几章之长，穿插在整个故事之中。这是一个关于放逐的故事，奥尔加所谓的"社群"(die Gemeinde)驱逐了巴纳巴斯一家，因为阿玛利亚拒绝了城堡官员索提尼明目张胆的性要求。无论是局部还是整体，这部小说的叙事节奏都像梦境，无限推延、时间延缓，仿佛一个人像 K 在小说开头那样，想要在深雪中迈步前行。不仅如此，读者感到离目标越来越远，而这个目标还在不断后退。K 最后终于见到了来自城堡的比尔格。比尔格告诉 K，自己会不由自主地想要帮助他，并跟他解释怎样去城堡，但 K 却在关键时刻睡着了，因为比尔格的话连篇累牍，冗长啰唆。这可能是间接提醒读者，即使这部小说看起来没什么目的，也要保持清醒。有一个基督门徒睡着的有名场景，人们应该记得："怎么样，你们不能同我警醒片时吗?"（《马太福音》26 章 40 节）阅读《城堡》最易让人气恼，甚至犯困。

矛盾形式

小说对 K 的总体处境的描述，体现了我曾提及的小说的主要文体特征——语言矛盾。亨利·苏斯曼（Henry Sussman）的《漫游者的牧歌：在文学和理论之外》（*Idylls of the Wanderer：Outside in Literature and Theory*）精彩地评论了小说揭示 K 的总体处境的一段话。[24] K 在贵宾饭店前漆黑的雪地里等克拉姆，后者要出来坐雪橇回城堡，但他没有见到克拉姆：

> 所有电灯都熄灭了——它们要为谁开着呢? ——只有上面木回廊上的那个小口子还透出光来，短暂地吸引了人们游移的目光。K 似乎觉得他们和他断绝了一切接触，但似乎也觉得自己比以前更为自由，可以在这个地方爱等多久就等多久，而平常他若没有获准都不许来这儿，仿佛他前所未有地为自己赢得了这种自由，仿佛没有人可以碰他或撵他，甚至跟他说句话也不行，可是——同时与此相比，还有这样一个想法至少同样强烈——仿佛没有任何其他事情比这种自由、这种等待和这种不可侵犯性更无意义、更无希望了。(106e；132—33g)

此处 K 的自由有相互矛盾且无法选择的两种意义，每种都适合 K 理解自己的处境。一方面，K 的自由是一种局外人的自由，也就是说，他脱离了与所有人的联系（Verbindung），超然于一切相关责任，这让 K 产生一种愉快的权力感，他感到自己坚不可摧。

他在这种自由中独一无二，因为其他任何人都没有像他这样为之努力。他坚不可摧，因为他不会受到共同体成员间常产生的权力支配。没人能碰他或撵他，甚至没人能跟他说话。另一方面，这种从对其他人的责任中得到完全豁免的愉悦感受，也最凄惨，K于是认为自己同时处于难以复加的绝望和没有意义的境遇中。这种处境的特点是无尽地"等待"某事或某人。此处K要等的是克拉姆，而后者却从未出现，就像贝克特戏剧中对戈多的等待，或者像卡夫卡下述格言中对救世主的等待。卡夫卡以下这句格言让人过目不忘："救世主要等到不再需要他的时候才出现；他将只在他到来的时间之后才会到来；他会到来，但不是在最后一天，而是在最末一刻。"[25]

上文引述的段落不仅表现了《城堡》的文体结构特点，还表现了小说中颇具质感的具体性和高度的概括性之间的矛盾，这种概括性即使没明确显现，至少也隐含在小说中，使读者几乎不由自主地想采用某种寓言的解读方式。在阅读上述引文时，我们会认为这里不可能只有字面含义，不可能仅仅意味着K失去了直面克拉姆的机会，并随之感到自由，感到自己超然于一切人和物，而这种感觉既让人愉悦，也让人绝望，缺乏意义。这一段引文展现了K极度孤立的情境。然而，此段没有文本线索可以支持寓言性的解读，也许坚持"字面"解读会更好，正如《审判》中的神父建议约瑟夫·K从本义上解读《法的门前》这个故事一样："你不够尊重（Achtung）文本，篡改了故事……文本是永远不变的（unveränderlich），而各种观点往往只是表达了我们对文本的绝望（Verzweiflung）。"[26]

小说中许多惯用的表达方式是"X且非X"，或者"X且同时Y"，或者"可能这样同时也可能那样"，这些表达以多种形式，在多个层次上贯穿《城堡》始终。以下引文均是这类遍布整部小说的句法模式以不同形式在各个层级上的体现，其翻译也很好地传达了德

语原文的复杂句式和语义:

"我就说吧!"施瓦采随即嚷道,"什么土地测量员,没影(Spur)的事儿,完全是扯谎的流浪汉一个,说不定还更糟。"……"这么说是弄错了(ein Irrtum)? 真是难过。主任亲自打电话了? 奇怪,真奇怪! 现在我该怎么向土地测量员交代呢?"(4e,5e;12g ,13g)。

一方面(einerseits),这对他不利(ungünstig)……另一方面(andererseits),这对他有利(günstig)。(5e;13g)

那儿响起了一阵轻快(fröhlich)的钟声,这钟声至少有一刹那使他的心悸动不安,就像他的心感到一种胁迫——因为这种声音也让人痛苦——受他那些不太确定而又想实现的渴望所胁迫。(15e;26g)

他不得不重复刚刚他怀着恶意(Bosheit)说的话,只不过这次是出于怜悯(Mitleid)。(16e;26g)

正盯着(zusahen)他,但随后又不看他。(22e;32g)

也许他们真想从他那儿得到什么,只是说不出来到底要什么,如果不是那样,就他们而言,那就也许只是天真的做法。(25e;37g)

"我不知道就你的情况有没有达成这样一个决定——证据既支持又不支持(manches spricht dafür, manches dagegen)。"

(68e；87g)

"我想汉斯的亲戚们的愿望既不完全合乎情理(Recht)，也不完全不合乎情理(Unrecht)。"(84e；105g)

看来唯一使他安慰(Tröstliche)的是，来者并不是克拉姆，或者正是这一点实际上令人遗憾(zu bedauern)？（104e；129g）

"也许(Vielleicht)你不了解巴纳巴斯的事情，要是这样，那就好了(gut)……但是也许你了解他的事情……那就不好了(schlimm)。"(170e；208g；此处清楚地表明不同可能性的价值。不确定性就在于"也许"。)

这还不完全清楚，相反的情形最后有可能被证明为真。（177e；217g）

"例如，克拉姆在这儿有个村秘书，叫莫穆斯(Momus)……一个身强力壮的年轻人，不是吗？所以，他大概一点儿也不像(gar nicht ähnlich)克拉姆。可是你能发现村里还是有人硬说莫穆斯并非别人，就是克拉姆(Momus Klamm ist)。"(181e；222g)

"所以正如你所说，她们当然是完全不同的情形(grund-verschiedene Fälle；即费丽达和奥尔加的情形)，但是她们又是相似的(auch ähnlich)。"(195e；238g)

"人们不知道她说的是认真的，还是讽刺的(ironisch oder ernst)，很可能是认真的，但听起来像讽刺。""别解释了(Lass die Deutungen)！"K 说。(205e；251g)

"如果我们强调它们的重要性(Wichtigkeit；指从克拉姆处带给 K 的信息)，人家就会怀疑我们过高估计显然并不重要(Unwichtiges)的事情，怀疑我们这些传递消息的人仅仅是在向你吹嘘……可是如果我们不太看重这些信，我们同样会受到怀疑……在这两种极端之间采取折中态度，也就是不可能正确地评价这些信件，它们的价值在不断改变，它们所引起的思考也无穷无尽(die Überlegungen，zu denen sie Anlaß geben sind endlos)。"(231e；279—80g)

"你是对的，它根本就不可能发生。但是一天夜里——谁能对什么事都打包票呢——它居然发生了。"(268e；323g)

"这个世界就是这样纠正偏差、保持平衡的(Gleichgewicht)。这当然是个绝妙的安排，总是好(vorzügliche)得都想象不出来，即使在某些其他方面这也让人绝望(trostlos)。"(271e；326g)

这些表述肯定会让读者恼火，K 或者叙述者怎么就不能告诉我们哪种解读正确？这些表述要么是小说中某个人物的话，要么是自由间接话语表现的 K 心里的想法，表述中的矛盾无法调和，其中的否定也缺乏辩证性，无法扬弃。对于所有居住在城堡山下村里的人，他们的主体状态都处于一种永远无法确定的窘境中，即要么/要么、也许这样/也许那样，或者既这样又那样的状态，尽管那些至关重要的事——至少对于小说人物来说至为重要——在这些相互矛盾、摇摆不定的阐释中危如累卵。《城堡》中的人物，往往仅在单个句子中，就踌躇不定，因为他们找不到可作外部坚实基础的确定知识来支持他们做出某种决定。

众所周知，《城堡》有很多粘连句，大量词组或整句通过逗号或分号连接，麦克斯·布洛德在第一版中"订正"了这个文体特征，缪尔译本也刻意遏制这一特征，《城堡》的这一特征，将各种矛盾的判断或阐释并置，形成一种非等级、非辩证的分散形式，我此刻这个句子就模仿了那种分散性。

人类获取知识的可能性有限，我们不可能获得确凿无疑的阐释。然而，悖论的是，这种不可能性却支撑起《城堡》的叙事。说也奇怪，对卡夫卡而言，阐释上的不确定性维持着世界的运行，使其保持平衡。上述引文最后一段以《城堡》特有的矛盾方式断言，这种安排既妙不可言又叫人绝望。那么，哪一点妙不可言（vorzügliche），哪一点叫人绝望（trostlos）呢？我们想知道，怎么可能两者同时具备呢？

卡夫卡在1911年11月20日的日记里下了一则重要想法，典型地奇怪而夸张。他反思自己对"对语"难以抗拒的嗜好和厌恶。他说，"我肯定反感对语"。随后可以预见的是，他举例表达这种厌恶，说自己的思考在（或者更准确地说，沉迷在）对语形式中团团转。尽管这种回旋似乎导向无穷无尽的延续，但卡夫卡的对语，总是重新回到自身，在自我封闭中结束，不提供关于任何方向、任何发展的任何线索。辩证的综合方法不可能整合卡夫卡的对语。它们只会增殖，衍生出更多的对语。下述引文提到"生命之轮"——卡夫卡在另一则日记中写到——"是一种玩具，人们通过它感知物体固定在一个旋转轮子上的连续位置，创造出运动的假象"。[27]"生命之轮"是一种简单的动画机器，它不断旋转，重复虚幻的运动：

> 我肯定反感（Widerwillen）对语。它们出人意料，却并不令人惊异（überraschen nicht），因为它们总是就在那儿；如果它们是无意识的，那它们也是刚好处于意识的边缘。它们虽走向透彻、

丰富、完整，但只是像"生命之轮"（wheel of life；*Lebensrad*）上的某个形象，我们绕着圈儿去追逐我们的小心思。这些想法无甚区别，就好比它们也各不相同。这些想法在我们手中膨胀起来，就像被水泡过一样，一开始预期都是无限的（Aussicht ins Grenzenlose），但最后总是同一尺寸，不大不小。它们卷起来（rollen sich ein），不能伸展，没有可供指导的原则（geben keinen Anhaltspunkt），它们是木头里的洞，是静止的袭击，把自身的反面带向自身，正如我所指出的那样。但愿它们只是把一切都带回自身，而且永远这样。[28]

为什么有这些无法解决的矛盾？

的确，如果我们能搜集所有对语就好了，把它们打包、隔离，让它们永久安静地循环下去，那么一切也许都还不错。然而，不幸的是，卡夫卡作品不断有新的对语出现，流溢到循环之外。《城堡》读起来当然让人气恼！它惹人恼是因为它从一个对语发展出（如果可以这么说的话；"跳跃到"倒是更好的词）另一个对语，而叙事却仍然卡在开始的同一个地方——城堡山脚下的村庄。为什么这么含糊其词？为什么叙事推进得如此缓慢？

让我来仔细分析一个这样的例子，虽然这个例子看起来并不显眼。K刚遇到费丽达时，他寻思着"她的手真是又小又精致，但同时又可谓是瘦弱而微不足道"（37e）。[Ihre Hände allerdings waren klein und zart，aber man hätte sie auch schwach und nichtssagend nennen können（50g）.]这种句子给人的印象非常奇怪，至少我有这种印象。那么，到底是小而精致，还是瘦弱而微不足道？为什么K或叙述声音——这里叙述声音以自由间接引语替K说话——就不能说得明确一些呢？明确这一点也许是重要的,因为 K 即将和费丽达建立起长期关系,并试图通过这层关系间接接触克拉姆,然后通过他进入城堡。这个句子给人的奇怪感觉,在相当程度上是由"可谓是"这样的表述造成的。被谁称谓？被谁命名？叙述者吗？卡夫卡吗？世界上任何人吗？

　　读者可能会突然想起,卡夫卡创造了这一切,是最终责任方。他可以随心所欲地描述费丽达的手,小而精致,弱而微不足道,或者采用任何其他描述。《城堡》的语言是施行性、构成性的,而不是记述性、指涉性的,因为没有可供衡量的语言之外的所指对象。这个例子中的"命名"(nennen)一词,让我们注意到文学语言的施行性所具有的建构力量,也间接地让我们注意到整部小说中不断出现的"要么/要么""并且/和"这类表述方式,注意到小说如何呈现这些具有施行性和创造性的语句以及相应的阐释或误解。既然没有任何可能触及外部所指对象的方法,那么你、K、叙述者,或者全体意义上的人,都可以按照自己的意愿为费丽达那双想象中的手命名。小说中的众多人物,特别是 K,注定永久深陷无法决断的阐释困境,这种情形再现了读者本人的处境。《城堡》的读者也投入到一种艰难的,甚至也许是不可能的阐释行为中。小说的故事主线发展四处漫射,支离破碎,为透彻地理解这部小说设下重重障碍。

他者语言之阐释:卡夫卡和《米德拉什》

　　我曾将 K 对其他人物的脸色神情的"阅读"称作阐释行为。实际上,小说中有很多内容甚至就是在严格意义上对书面语或口头语的阐释。《城堡》大部分内容是对话。对于费丽达、巴纳巴斯、村长、老板娘、教师、奥尔加,或者从城堡打来电话的神秘声音,K 试图理解他们的话，而他们说得最多的也往往是神秘而矛盾地解释 K 的处境。这些话需要 K 不断地重新分析，重新"解读"，也就是说，需要经受释经般的重新阐释。在《城堡》各章中，K 慢慢地相继与各个人物正面遭遇，轮番交谈，交换意见。

《城堡》中人物之间的普通交谈似乎运用了《塔木德》或《米德拉什》有名的释经方式，像咬文嚼字的拉比对谈。不同的是，《塔木德》或《米德拉什》的阐释甚至更为复杂奇巧，它们常常用于阐释犹太圣经中的段落，不会用来解释世俗的具体细节，因此人们认为耶和华肯定有明确的用意，即使那种意义可能难以理解。此外，《塔木德》和《米德拉什》至少看起来达成的目标是阐明突出的矛盾，寻求妥协、讲和以及解决之道。

从类似《塔木德》或《米德拉什》的释经过程，理解 K 的失败——K 理解身边的人的努力总是白费，他找不到办法见克拉姆，也无法经其进入城堡——产生了某种特别怪异的效果，让人难以接受。借用 K 告诫奥尔加不用过于在意巴纳巴斯报告的话来表述，小说的读者也被引向"把他说的每一个字都当作上帝的启示加以仔细探讨，并让自己一生的幸福都取决于对它的阐释"（183e；224g）。费丽达的双手是小而精致，还是应被称作瘦弱？既然不可能触及某种可供合理决断的、坚实的、文本外的权威证据，不停地拷问证据似乎也注定不会拥有确切的结论。

我原以为自己可能最先注意到《城堡》这部小说展现了阐释在没有最终验证的情况下具有无尽的不可决定性，我还以为自己首先指出了小说的这个特点可以和《米德拉什》类比。然而，正如我本该想到的，上述浅见，已有其他多位研究者的研究印证。[29] 布朗肖的《木桥（重复，中立）》["The Wooden Bridge (Repetition, the Neutral)"；"Le pont de bois (la répétition, le neutre)"]对《城堡》的论述无疑极为精彩，他在这篇文章中也精要地描述了小说的这个本质特点。[30]不过，布朗肖并未强调自相矛盾是《城堡》的基本文体特征，也没有像我这样注意到，小说将永远无法确证的释经过程用于阐释 K 所遇到的人的某些方面，而且这些方面至少在表面上显得无关紧要。（费丽达的手是精致呢，还是仅仅瘦弱且不足为道？）布朗肖也没有注意到，这些不确定性源于该小说基本的叙事假设，即人们从来不能触及和理解他者（如果他者真是"人"的话）的主体性。然而，这种直接理解，在验证 K 和其他人物对他者所做出的推测时却必不可少。K 是如此孤绝，他猜测他人心中的任何想法，既"从来无法获得证实，也从来无法被反驳"（115e；144g）。

《城堡》十分关注书面文件以及阐释这些文件的困难。有一个突出的例子说明了这一点，K、村长和他的夫人在读克拉姆写给 K 的信时，从未就如何正确理解该信达成共识，他们的理解各不相同。这是公函还是私信？哪种情形对 K 更有利？它友好还是不友好？它有没有认可 K 在村里的地位？

卖力工作的城堡当局及其在村里的代表，在制造、整理和解释堆积的众多文件上花费了大量时间。例如，有一个带有喜剧色彩的片段描述了村长夫人米奇和 K 的两个助手，在村长房间从装满文件的柜子中找一份丢失的文件（城堡最初发布的需要招聘土地测量员的命令）（60—62e；76—79g），村长随后亦庄亦谐地讲起了他们针对城堡命令，答复要不要招聘土地测量员的文件被送错了地方（62—64e；78—82g）。还有一个例子是想象索提尼办公室的样子，据说成捆成捆的文件不断掉到地上，持续发出一阵阵响亮的碰撞声（66e；83—84g）。此处描述必定属于想象，因为读者没有读到任何一个城堡的人去过索提尼的办公室或者见到过索提尼。

索提尼的办公室让我想起博尔赫斯的短篇小说《巴别塔图书馆》（"The library of Babel"），那篇小说又让我想到互联网上数据库、文件、电邮和网站令人震惊的扩散范围和增殖速度，还让我想到谷歌和雅虎试图让这些信息变得可供搜寻,只不过从未完全成功。万维网上的网页数量在 2005 年已经超过 6000 亿![31]到目前 2010 年,网页数量一定远远超过那个数了。信息多得让人瞠目结舌、绞尽脑汁。《城堡》也有类似问题,不但城堡官员的工作进度无法跟上新文件的堆积速度,而且一旦文件送错了地方,几无找回可能,这一点和现实世界中大型官僚机构的运作如出一辙。文件通过万维网发送时,比如电邮附件,先被分成较小的"数据包",然后沿有时相当不同的轨迹和节点输送,在抵达目的地时按序重组。我们可以想象一个数据包在这个过程中丢失了,在网络空间中无限流动,无法抵达目的地。类似的事情也发生在小说中。村长回复了城堡任命土地测量员的命令,但他的回复却不知所踪。村长与村民商量后,回复说村里并不需要土地测量员,但他的回复却错送到 B 部门,而不是应送至的 A 部门。B 部门不知如何处理这封信,而且信封也不知怎么空了。等一切处理妥当,得到多年以后。即使有监督部门,这个官僚机构也不存在有效的认错机制,延滞因而更为严重,许多官僚机构都是这样。文件无法送达正确的收件人,这一过程无限滞后,再次展现了我前面所提到过的《城堡》的基本叙事特征,即它的叙事宛如时间在噩梦中停滞不动。

《城堡》的读者看到小说中文件的处理及其阐释后,可能会在某个时刻突然意识到,自己也参与了小说中的阐释行为所反映的阐释活动。《城堡》的文本及其各种译本的意义绝非一目了然、毫不含糊。卡夫卡去世时,小说并未写完,篇末一句话只有一半。我们很容易认为这部小说大体上就不可能完成。K 完全无法缩短自己与城堡之间的距离。如果有什么不同的话,那也是 K 在小说结束时离城堡更远了。小说章节的发展并不随阅读进程的发展而在时间上往前推进。相反,这些章节横向发展,K 遇到一个个死胡同,到头来又折返,然后重新开始。情况也有可能是这样的,正如布朗肖在

《卡夫卡与文学》中断言，卡夫卡弃写这部小说，是因为他曾坚定地将写作视为经由文学走向他个人救赎的方法，但后来他却失望地发现写作不能这样用。也许，文学通常只会导向无尽的徘徊，或者如瓦尔特·本雅明和维尔纳·哈马赫所断言的那样，卡夫卡特意以这种方式写作，期望他的作品能成功地抵制阐释，以免造成有害的施为效果。[32]

无通道；无联系

本书第一章引用的德里达的自述与卡夫卡很贴近，"在我的世界——这个'我的世界'，即我所谓的'我的世界'，对我而言没有其他的世界，每一个其他的世界都组成了我的世界的一部分——在我的世界与每一个其他世界之间，最初存在着大为不同的空间和时间，存在着中断，而且这个中断无法由任何试图建立通道的努力所弥合，桥梁、地峡、交流、翻译、转义或迁移都行不通。"[33] 没有读者会怀疑，《城堡》主题的表现几乎变幻无穷，但都围绕着"尝试寻找通道"却以失败告终这一中心。K 想要或者他自称想要与城堡的最高当局见面，他想面见西西伯爵，要求官方认可他在村里担任土地测量员"一职"（calling）。为了不经中介直接见面，他拒绝所有的中间途径。他想要直入城堡核心中的核心，罪在急躁。他一遍遍地寻找，只能间接地接触一些人，这些人与城堡有着某种遥远而模糊的"联系"（Verbindung），但也有可能他们只是表现得如此而已。

联系是这部小说的关键词。它在不同的语境下不断出现，比如，比尔格说自己是"联络秘书"（Verbindungssekretär）（259e；313g）、调解者、联络人。小说前面还有一个例子，老板娘试图说服K 做份笔录（Protokoll），回答克拉姆的村秘书莫穆斯提出的问题。老板娘反复提及，这份记录是接触克拉姆的唯一方法（Weg）。她说："我认为你的希望在于这一点，你通过做笔录而产生一种联系，产生一种可能和克拉姆有关的联系"（114e；142g）。然而，K一次又一次顽固地拒绝和所有这类中间者产生联系，即使老板娘以一种类似神学的语言安慰他，说莫穆斯"充满了［克拉姆的］精神"，"是克拉姆手中的工具（ein Werkzeug）"（115e；144g）。K认为所有这类中介都是他前进路上的"绊脚石"。K无法抵达城堡，正如本书已多次提到的卡夫卡那则重要箴言所揭示的那样，K失败的过程展现了"目的虽有，却无路可循；我们称为路的无非是踌躇"[34]（Es gibt ein Ziel，aber keinen Weg；was wir Weg nennen，ist Zögern）[35]。

这个模式在尚未写完的小说中不断重复，而且还可能在更多尚未写出的篇章中不断重复，使小说永远无法推进到那个卡夫卡告诉马克斯·布洛德K躺在临终病床上的结局。

K拒绝所有中介调解，与其说是故意为之，不如说是出于本能的反对。正如叙述者在K某次拒绝之后以自由间接引语描述道，"他［对莫穆斯］远远没有感到钦佩甚或羡慕，因为接近克拉姆这件事本身并不值得追求，而他，K，且只有他，而不是任何其他人，带着他的愿望或者他们自己的愿望，应该接近克拉姆，并且接近克拉姆也并非要与其并肩共处，而是要越过他，进入城堡"（111e；138g）。

《城堡》中的（非）共同体

K的不幸境遇以及与之相伴的他那无可救药的封闭意识，这一切如何反映在《城堡》对共同体的设想中呢？毕竟，本书的主题应是"共同体的焚毁"。为了给出具有建设性的答案，我首先需要问的是，关于共同体的设想与本章开初提出的叙事学问题之间的联系会如何指引我进行讨论。我的回答是，某部小说关于共同体的设想，会与该小说对叙述者（或"叙述声音"）、叙事连贯性以及其他与叙事学相关的学术问题的设定相一致。

例如，安东尼·特罗洛普宏大而丰富的小说《巴塞特的最后纪事》(*The Last Chronicle of Barset*，1867)会假定：(1)一个稳定可行的共同体，受普遍的伦理准则和价值支持，在历史上保持不变，这样的共同体同时存在于小说中和小说含蓄地声称要忠实呈现的现实世界中；(2)在小说中，这样的共同体成员有一种类似心灵感应的能力，知道其他成员的感受和想法；部分原因是因为你能假定你的邻居在特定情形中会像你一样感受和思考；(3)在这样的共同体中，叙述者体现了共同体的集体意识，能够讲述男男女女复杂交织的生活故事。这样的叙述者有心灵感应般的洞察力，能洞悉所有角色的感受和想法，能像戏剧建构连续意义一样，从头到尾详述他们的生活故事。特罗洛普的许多小说主角都是迷人的英国小姐，对她们而言，故事的结尾是获得受整个共同体祝福的幸福婚姻，婚姻又带来新的生命，新的生命又延续了共同体。

尽管尼古拉斯·罗伊尔令人信服地论证了维多利亚小说中叙述者有"心灵感应般的"能力，我们似乎可以用"全知叙述者"这个老式术语来形容特罗洛普小说中讲故事的人。他(这个叙述者明显是男性的"他")在某种程度上代替了基督教的上帝。特罗洛普小说的叙述者潜在地模仿了基督教观念中的神。上帝无所不能、无处不在，在纵观一切的全景检视中，知道任何人在任何时刻内心和灵魂最隐秘处的想法，就像全知叙述者一样。我在主日学校①被教导说对于我们"现实生活中"的每个人，上帝都有这种无所不知的能力。"小心，上帝知道你的想法和最隐秘的动机。"正如耶稣所言，"凡看见妇女就动淫念的，这人心里已经与她犯奸淫了"(《马太福音》5章28节)。上帝知道一切，知道你隐藏起来的欲望。对于神检视一切

---

① Sunday school，也译作星期日学校，早期指英美等国为了让贫困民众的孩子接受教育而设立的在周末开课的学校，孩子们识文断字，接受宗教教育，后来主日学校致力于纯宗教教育。

的普遍权力，圣·奥古斯丁将其定义为"你幽邃沉潜，比我心坎深处更深；你高不可及，比我心灵之巅更高"（interio intimo meo et superior summo meo）。①[36]

那么，卡夫卡《城堡》中汇集的这群人如何能称得上是那种理想的共同体呢？雷蒙·威廉斯（Raymond Williams）在《乡村与城市》（*The Country and the City*）中提出，阶级的等级结构破坏了共同体。[37]一旦地主的乡宅在威廉斯心中理想的平等主义乡村社群（其原型预示着无阶级社会在马克思主义千年王国中到来）中落成，共同体就被破坏了。乍看之下，卡夫卡《城堡》中的村庄属于这种平等主义的共同体，"来自村里"的每个人都各得其所。所有村民似乎从童年起就相互了解，想法一致。城堡也似乎是真正的共同体，由"来自城堡"的人组成。K 是独特的，正如老板娘告诉他："您不是城堡的人，也不是本村的人，您什么都不是（Sie sind nichts）。然而，可惜您却有点本事，一个外乡人（ein Fremder），显得多余却又处处碍手碍脚[einer der überzählig und überall im Weg ist；这里 Weg（路径）一词又出现了！]，总是给人制造麻烦（Scherereien）"（48e；63g）。与所有人物相比，K 是特别的，他是"外乡人"，用我那在缅因州迪尔岛市土生土长的邻居的话来说，即"来自远方"，甚至是"非法移民"。K 的这个身份一再被提及，例如上文提到的老板娘，还有与 K 讨论的村长也如此看他（65e；82g）。K 从远处来，既不来自村里，也不来自城堡，这就意味着他"什么也不是"，因为他若是什么，就得在共同体中占据一席之地。

然而，很容易看出，事情没这么简单。就如威廉斯的范式所解释的那样，《城堡》中村民之间的关系，也为他们各自与城堡的某种联系所破坏。城堡的信使和官员不断来到村里。原来，村民的生活

---

① 此处中译文参照中译本：奥古斯丁，《忏悔录》，周士良译，北京：商务印书馆，1996 年。

几乎全部由来自城堡的人所决定。巴纳巴斯一家的生活被毁了，只因他妹妹拒绝了来自城堡的索提尼提出的性要求。费丽达和老板娘的生活都取决于她们与克拉姆的性关系。K 以为与费丽达亲热就能接近克拉姆，从而通过克拉姆见到西西伯爵。村民充满了嫉妒、怀疑和敌意，这源自他们与城堡的人的联系，而那些与他们有联系的城堡的人，至少从表面看来，大多往往处于城堡中寂寂无闻的较低等级。

除此之外，城堡的人属于一个庞大而复杂的官僚等级结构，而这个结构几乎不符合任何常见的共同体定义。《审判》有一段话提到小说中的法庭是一个有无数层次的等级结构。与《审判》相比，《城堡》中等级结构有不同之处，它同时在横向和纵向上增殖衍生。部门 A 和部门 B 明显处于同一级别，尽管在它们之上可能还存在着无数其他部门，就如它们之下的中介者数量无法确知一样。借用雅克·德里达那不同于拉康的对爱伦·坡的《失窃的信》（"The Purloined Letter"）的解读来说，这意味着几乎可以肯定，《城堡》中从下往上或从上往下传递的信件或消息，从来不会到达其目的地。[38] 信件或消息最终很可能送错了部门，成为积压文件的一部分，没人看也没人回复。老板娘说 K "什么也不是"，因为他既不是城堡的人也不是村里的人。如果她所说属实，那么实际上，那些总是来自村里的人，甚至也被剥夺了成为威廉斯所想象的那种共同体成员的资格。他们与城堡的 "联系"（每个人都和城堡有某种联系）让他们丧失了那种资格。卡夫卡笔下城堡官员的等级制，已经展现了官僚主义的复杂性以及文件和官员权力缠绕不清的混乱局面，这让大屠杀变得可能，也预见了今天全球金融体系、互联网和政府官僚机构的典型特点。

在一个自我满足的幻想瞬间，K 想象自己是村庄社群的一员，

那是一个真的共同体。K 说的话精辟地定义了他(可能还有卡夫卡)所认为的从属于当地共同体的普通或恰当的方式:

> 我的活动余地在某种程度上变大了,这已经有所进步了;尽管还是微不足道,但我毕竟有了一个家、一个职位、一份真正的工作,有了未婚妻,她在我有事的时候随时顶替我的本职工作,我会和她结婚,加入村子的社群(ich werde sie heiraten und Gemeindemitglied werden);我和克拉姆之间,除了公事联系外,还有一层私人关系,我承认自己还未能从中获得什么好处。不过,这可是不少了吧?(198—199e,翻译有改动;242—243g)

然而,不幸的是,K 夸赞自己所拥有的东西都是他没有的。他校役的工作朝不保夕,极不稳定。"家"所具有的任何一种有效意义,他都不曾拥有。费丽达即将为了他的助手杰里米亚离开他,他和费丽达永远不会结婚。村里并不存在他所想象的自己可能加入的正当的共同体,因为村民们与城堡各式各样的"联系"让他们永远相互争执。再者,他们相互间缺乏基于直觉的理解,就如同 K 对村民缺乏直觉理解。村里的每个男人和女人都是孤岛、单子(monad),没有任何确定的地峡或通道可以通向他或她的村民同胞。

共同体缺失产生的后果是,卡夫卡的作品中不可能出现像特罗洛普作品中那种讲述主角故事的叙述者,没有"全知叙述者",甚至连拥有普遍的心灵感应能力的叙述者都没有,更没有能够表现共同体集体意识的叙述者。卡夫卡作品中可能出现的是一个几乎完全受限的无实体的叙述声音,只能进入 K 的思维。叙述者处于受限状态,只能以自由间接引语反讽性地模仿 K 的思维活动,或者客观地指出 K 的见闻和感受。卡夫卡本人有一段经常被引用的日记，将这种不可或缺的叙事学意义上的重影（narratological doubling）表达如下："我将来作为作家的命运非常明朗。我描写自己梦幻般的内心生活的才能高于一切，这把所有其他事情都赶到次要的位置。"[39] 这梦幻般的内在生活，在《城堡》中表现为卡夫卡对 K 在那个雪夜进村后的奇遇的想象。卡夫卡"描写梦幻般的内心生活的才能"在他的写作天赋中显露无遗，他在对故事的讲述中，创造了让人不安的对话、动作和场景，还将第一人称（Ich）改成了第三人称（er），通过超然而略带反讽的叙述声音生成一种主角的重影。

卡夫卡的《城堡》暗示了作家对作品中他人思维是否能触及的设定与该作家对作品中是否存在共同体的设定相一致（但我并未说前者"导致"后者），也与该作家在叙事学范围内可能运用的叙述声音以及选用的其他叙事结构和特征相一致。除此之外，《城堡》还戏剧性地呈现了不断逃避孤立、融入社群却总是失败的过程，这表明如果你像卡夫卡或德里达那样，从一开始就假定了每个自我的孤立本质，那么从这个假设出发，你将不可能通过自己的思考或感受体会到某些观念，比如海德格尔意义上的共在或者威廉斯意义上的团结、透彻和彼此的仁慈（togetherness, transparency and mutual loving-kindness）。要对这些观念有所体会，你必须从这些观念出发。胡塞尔未曾确证自我不只拥有可类比他人内在的统觉。① 胡塞尔的这种失败也反映在了 K 的失败中，K 无法洞察他人的想法，因而他在城堡山下的（非）共同体中，总是无法获得受人们认可的稳固地位。

---

① 胡塞尔提出自我拥有可类比他人的统觉，因而人能理解他人，但他的提法暗含先验主体的存在。有先验主体作为普遍的主体间的结构，才能确保人与人之间相通。胡塞尔悬置了先验主体，没有证明其存在，因而人与人之间理解和相通的基础无法确证。

K 和我

虽然心有余悸、胆战心惊，但我的结论是卡夫卡描述了 K 在神秘莫测、不可抵达的城堡山下的村里生活，他的描述不仅与纳粹统治之下的犹太人的情形类似，也与今天的我作为美国公民在《爱国者法案》之下的生活、在全球"远程技术军事工业经济通信"①的新世界中的生活类似，这种相似性产生让人不安的怪怖感。《城堡》的妙处在于它展示了主人公凄惨的处境源于——至少部分地源于——缺乏对他人想法和感受的直接了解。对卡夫卡而言，这意味着每个人面对他人都是面对一种不断增殖衍生的符号网络。对这些符号的阐释，或更确切地说对它们的解读注释，虽迫切必要，却不大可能。甚或说得更准确些，阐释总是可能的（这是个自由的国度），但从来得不到确认。我们可以解读他人给出的符号，但从来不能确定我们的解读是正确的。在亨利·詹姆斯的小说《一位女士的画像》中，伊莎贝尔·阿尔奇通过叙述者的间接引语，自言自语地说起吉尔伯特·奥斯蒙德时，也说到了这一点："——她没有正确地理解他。"[40] 然而，詹姆斯还是暗示了伊莎贝尔最终正确地理解了奥斯蒙德，这让人心安，而卡夫卡则绝没给读者这种安慰。

我们不可能确认解读是否正确，这种解读不可确证的情形生成了特别的叙事手法，比如隐匿而反讽的叙事者、叙事的断裂，以及故事的不可完成性，这些都是《城堡》的显著特点。依照本章开头的叙事学问题所揭示的线索，我这一路思考蜿蜒曲折，有些迂回绕道。

---

① "teletechnomilitaryindustrialeconomicocommunications"，这个词是米勒创造的，中文根据组成该词的各部分译出，这个生造的词体现了当今全球范围内影响人与人、国与国之间关系的重要因素。

这些问题与叙述者、叙述者对人物的了解以及人物相互之间的了解有关，思考这些问题特别有意义。《城堡》是典范，且不仅仅是典范，它精湛地展现了人类生活在某种状态下的后果，人们在这种状态下无法确知他人的想法和感受，无法确认他人的言语、眼神、脸色和体态姿势所传达的信息。这种人类生活的后果表现为共同体崩溃，叙事随之难以甚至无法保持完整和连续，结局也让人不满，在此意义上，人类生活的这些结果预示了奥斯维辛。卡夫卡似乎已经知道，在奥斯维辛之后，就创作有机完整的文学作品而言，写诗是野蛮的。也许正是这种隐隐约约的想法，阻止他写完任何一部小说，尽管正如前文提到的，他没写完小说，也可能是因为担心小说一旦写完，会以可怕的方式践行我曾多次提及的小说的施行力量，把他的噩梦变成现实。

第三部分　大屠杀小说

后奥斯维辛小说中的共同体

无人

为这见证

作证。

保罗·策兰①[1]

对于要写这个部分，我曾十分抵触，篇首题词也许可以表明原因。引用题词是一种诉诸更高的外在权威、把责任转嫁给他人的方式。上面的题词宣告了我计划为大屠杀见证者作证的想法注定会失败，因为我想要做的恰恰是策兰所说的不可能的事情。如果我没有参加雅各布·卢特几年前在奥斯陆和柏林领导的研究团队，如果我不是职责所在，并对卢特及其团队心存感激，我绝对不会想到写这个主题。我的这种抵触并不少见，只不过每个人回避写大屠杀或大屠杀文学的具体方式可能不同。我本人尤其焦灼不安的原因有以下五点。

---

① 此处选用王家新的译文，《灰烬的光辉：策兰诗选》，王家新译，收于《新诗》，聂广友主编（上海：上海文艺出版社，2011年），第334页。这句诗另有孟明的译文："没有人/出来为这证人/作证。"参见《灰烬的风采》，收于《当代国际诗坛(4)》，唐晓渡、西川主编（北京：作家出版社，2010年），第95页。

第一，大屠杀文学以及相关的二次文献著作已经汗牛充栋,[2]我如何有信心能够在这个领域做出新贡献？

第二，本书前言讨论了阿多诺告诫人们在奥斯维辛之后写诗是野蛮的，他的提醒仍然言之在理、切中肯綮。一部关于大屠杀的小说，明确声明其出于虚构再造，那么这样的小说与那种以审美性文过饰非、凭臆想做出见证而聊以充数、逃避真正作证的小说，有何不同？真正的见证源自奥斯维辛、布痕瓦尔德或其他集中营亲历者的证词，就像组成克劳德·朗兹曼的《浩劫》的证词。有人可能会说，没有这种事，间接的见证不可行。"无人为这见证作证"，作证不可能从一个人传递给另一个人。我只能见证自己的见闻和经历。例如，我在2009年秋季一个风和日丽的日子里参观布痕瓦尔德的经历实际上无足轻重。再者，如果奥斯维辛之后写诗是"野蛮的"，那么从"叙事学批评"角度对"大屠杀文学"——这也许是一种矛盾的提法——展开冷静分析的"文学评论"则一定更加野蛮。后面第六章会再次讨论这些问题。然而，我的责任也许是从己出发、竭尽全力，以包括虚构作品在内的证据为基础，说我的确相信这些骇人的事情曾经发生过。我有义务表明："我在此为我的信念作证，我坚信我们一定不会忘记。"

第三，我感到抵触还因为在严格意义上我并不是个毫不介入的旁观者，毫不介入的旁观者可以说："这完全与我无关，它可怕，但不是我做的。我无法想象做这种事。"我惴惴不安，有一种同谋感，甚至负罪感，即使我告诉自己用不着这样。许多幸存者也有同一种负罪感："为什么我活下来了，其他人却死了？"幸存者的自杀率让人忧心忡忡。还有一种同谋感和负罪感可能更为普遍，即，他们是人，跟我一样，但他们许多人却犯下了种族灭绝的滔天罪行，我也是人，但我怎么能保证自己不会做类似的事？当大屠杀开始时，当六百万犹太人(还有吉卜赛人、同性恋者、政治犯及其他人)在集中营中开始被屠杀时，我已长大，没有性命之忧。值得记住的是，纳粹及其占领国帮凶在集中营之外杀害——往往是枪决——的犹太人，几乎与在毒气室中遇难的犹太人数量相当，当然，记住这一点并不是要减轻毒气室和焚尸炉所产生的罕见恐怖，也不是要缓解纳粹的灭犹意图所引起的恐惧。除此之外，大屠杀发生的背景是德国和俄国在1933年至1945年间，大规模地屠杀了——尤其通过枪决和饥饿——多达一千四百万的犹太人和非犹太人。纳粹和苏联共同作恶的大屠杀主要发生在波兰东部、波罗的海诸国①，以及像乌克兰和白俄罗斯这些苏联地区。戴维·登比（David Denby）在《再度回眸：“大屠杀”和历史新见》（"Look Again: 'Shoah' and a New View of History"）[3]一文中提到，"纳粹党卫军于1942年1月在柏林召开万湖会议，"最终解决"方案正式出炉，截至此时，实际上可能有一百万犹太人已经遭到杀害，他们大多在住所被枪决，尸体被扔进坑里埋起来。"登比对比了现在美国重新发行的克劳德·朗兹曼那著名的长达九个小时的《浩劫》和蒂莫西·斯奈德（Timothy Snyder）的《血色之地：希特勒和斯大林之间的欧洲》（*Bloodlands: Europe between Hitler and Stalin*）。[4]后者提供的大屠杀期间屠杀犹太人和非犹太人的事实骇人听闻。尽管我在这些可怕的事件发生时已记事，但我当时却一无所知。甚至直到现在，包括我在内的多数美国人仍不知道斯奈德的书所包含的信息。我对集中营的有限了解始于少年晚期，当时集中营解放了。我仍然记得那些可怕的照片，尸体层层堆叠，幸存者骨瘦如柴——如果没记错的话，我是在《生活》（*Life*）杂志上看到的。我当时相信，当然现在仍然相信，这些照片是真实的证据。我能够作证，我见过这些照片。不仅如此，我还知道，身处美国的我们曾经拒绝接收在纳粹时期成功出逃的整整一

---

① 波罗的海诸国常指拉脱维亚、立陶宛和爱沙尼亚，有时也包括波兰和芬兰。

船犹太难民（就像我们如今除了接收已经成功出逃的两百万伊拉克难民中的极少数之外，我们拒绝接收更多伊拉克难民，而这些人还只有我们入侵伊拉克所导致的无家可归的四百万伊拉克人的一半）。美国在大屠杀期间以其他方式充当了屠杀的同谋。

　　然而，我的个人介入还不止于此。我在生活中结识了几位集中营幸存者，还认识至少一个通过"儿童撤离行动"（Kindertransport）①逃离德国的人和至少一个前纳粹党卫军成员。后者叫汉斯·罗伯特·姚斯（Hans Robert Jauss），上次他和我在康斯坦茨湖②畔漫步时的长谈痛彻心扉。他不遗余力地为自己辩护，说自己只做翻译工作。我怎么能否认他说的是事实呢？或者我怎么能确定，换作是我，我难道就不会和他一样，无论那些事意味着什么都会去做？我的先辈是德国人，来自黑森地区，他们在美国独立战争期间被英国军队强征入伍。他们在萨拉托加战役中投降，成为美军俘虏，后来作为"德裔宾州人"在美国定居，随后移居南方在弗吉尼亚务农。我如何能确定我在德国的某个尚不知悉的同辈远亲就没有加入某个集中营的灭绝团伙呢？

　　第四，尽管最终没有什么真正地"像"大屠杀，尽管大屠杀很难被再现或者作证，但我们仍然能通过比喻和对比略知一二。詹姆斯·扬（James Young）肯定了这种说法，黛博拉·盖斯（Deborah R. Geis）在捍卫阿特·斯皮格曼的《鼠族》中的动物形象时引用了扬的这段话："将奥斯维辛置于比喻之外，也就是将其整体置于语言之外：当时的受害者在比喻中知晓、理解和应对奥斯维辛；作家在比喻中组织、表达和阐释奥斯维辛；现在后辈学者和诗人在比喻中铭记、评论奥斯维辛并赋予其历史意义。"[5] 与"比喻"一词相比，我更愿意

---

① 1938年12月至1939年9月，即在第二次世界大战爆发前，在英国犹太组织的安排与营救下，英国接收了将近一万名来自纳粹德国、奥地利、捷克和波兰的犹太儿童。

② 康斯坦茨湖，也称博登湖，位于瑞士阿尔卑斯山北麓，在瑞士、奥地利和德国交界处。

用"词语误用"的说法。① 大屠杀抵制再现,但也许最好的再现方式
是"词语误用",即用其他领域的词形容那种本身抵制再现的事情。
我将在第六章借助让-吕克·南希的文章《被禁止的再现》,进一步
讨论大屠杀的再现问题。大屠杀有可能被再现吗? 它也许禁止被
再现吗? 或者即使这种见证不可能,我们却可能有义务要尽力再现
大屠杀以见证大屠杀? 我们不能再现大屠杀吗? 我们应不应该再
现大屠杀? 没人能够怀疑大屠杀浩劫之大(六百万人被杀),这是它
恐怖的部分,也是它难以被想象和再现的部分。然而,死亡,即使只
是一个人的死亡,其本质也可能难以想象和形容。借用德里达为去
世的朋友和同事所写悼文汇编而成的书的书名来表述,每一例死
亡,都是"每一次唯一的,世界的终结"(chaque fois unique, la fin du
monde)。[6]

　　美国历史上唯一能和大屠杀相提并论的就是奴隶制。黑奴在
南北战争前的南方种植园中,遭受虐待、私刑、焚烧、性侵,被野蛮地
赶尽杀绝,他们的生存状况与德国集中营的囚犯相比,并无很大不
同。托妮·莫里森的《宠儿》基于历史事件,生动逼真地见证了这一
切。莫里森将《宠儿》献给"六千万及更多"的人。在谈到这个数字
时,莫里森有些摇摆不定。她在 1987 年 9 月 28 日《新闻周刊》
(Newsweek)的采访中说,这个数字是指那些被贩为奴后在非洲或
"中间航道"上死去的非洲人,也就是那些从来没有成功抵达美国的
非洲人。一个星期后,她告诉《华盛顿邮报》(Washington Post),这
个数字还包括那些在美国死去的奴隶。正如许多其他评论家所注
意到的,它刚好是六百万大屠杀遇难者的十倍,这可能不是偶然。
《宠儿》生动而感人地见证了美国奴隶制历史,它做出见证的方式,
与大屠杀小说和其他展现美国奴隶制的小说[7]类似,它们都论及那

────────────

① 即 catachresis,米勒在前文第二章中也用到该词。

所谓无法言说的，莫里森在《宠儿》中称之为"不可言说的想法，不曾说出的"[8]内容，其谈论的方式和过程也相似，这让人心神难安。本书第七章将会讨论莫里森的这部小说。我同意娜奥米·曼德尔（Naomi Mandel）的看法，无论是在我们不能言说还是不应言说的意义上，言说奴隶制或大屠杀的困难都并不意味着它们"不可说"。我会在后面与南希的《被禁止的再现》一文有关的第六章里讨论这些问题。

写文章讨论大屠杀或莫里森的《宠儿》让我感到焦虑的另一个原因是，我感到自己也承担着 C. 范恩·伍德沃德（C. Vann Woodward）所称的"南方历史的重负"。[9]我的两个曾祖父参加了南方联盟的军队。我一个舅老爷在第二次布尔伦河战役（the Second Battle of Bull Run）①中，即残忍血腥的第二次马纳萨斯之战（Second Manassas）中遇难。大屠杀与美国奴隶制绝不相同，但这两者让人不安的相似性稍微能帮助我理解大屠杀，虽然这并不能让我好受一些。父辈之罪降临到了孩子甚至孙子身上。

第五，我不愿在写作中讨论大屠杀的最后一个原因是，德国步入纳粹时期的过程与美国过去十年发生的、现如今仍在某种程度上继续发生的事情相似，这让人极为不安。其他可与之类比的例子还包括卢旺达的种族屠杀或南非的种族隔离。然而，最让我感到担忧的是，关塔那摩基地中的因犯在丧失人身保护权的情况下，酷刑和无限关押都变得合法；任何美国公民在奥威尔式的《爱国者法案》之下，都可能遭到逮捕，经过"非常规引渡"（extraordinary rendition），在东欧或埃及某个地方的某个秘密监狱里经受酷刑折磨。尽管在奥巴马总统治下，旨在减轻这类让人无法忍受的虐待的行动已经展

---

① Bull Run 也称布尔溪，是美国南北战争的主要战场之一。在战争初期，南军在罗伯特·爱德华·李将军的率领下取得节节胜利，北军在布尔伦河战役中溃败。

开,但在 2011 年 3 月我再次关注时,关塔那摩基地还没有关闭。关塔那摩和阿布格莱布在某些方面与布痕瓦尔德这样的纳粹劳动集中营非常相似,它们绝少使用或不使用毒气室,但也以某种方式杀害了很多囚犯。虽然关塔那摩只关了两百人,与人数众多的纳粹劳役营明显不同,但里面每一个起虐囚行为都是不可饶恕的罪行。在大屠杀期间,除了极少数人做出高尚的选择外,大多数德国、波兰和匈牙利的普通公民在犹太人遭到围捕并被赶往集中营时,都极少伸出援手,甚至完全袖手旁观。如今,我们应该侧立一旁,眼睁睁看着公民自由在美国消失吗?这样的类比为我们提供了重要理由,我们因而要尽力面对大屠杀,面对大屠杀是由诸如你我这样的普通人所共同实施的这个事实。阅读和思考奥斯维辛小说可能对此有所帮助。当各种质疑和争论不相上下时,我相信读一读这些小说大有裨益,特别是如果我们认为大屠杀在某种意义上预示了今天或未来的可能情形,那么读这些小说就尤为必要。

第五章

三部大屠杀小说

　　本章将通过分析托马斯·基尼利的《辛德勒名单》、伊恩·麦克尤恩的《黑犬》和阿特·斯皮格曼的《鼠族：一个幸存者的故事》这三部小说——如果《鼠族》可以被称为小说的话，来论证我在上述第三部分的序言中所谈到的内容。下一章会详细讨论伊姆雷·凯尔泰斯的《无命运的人生》。我认为这些小说都试图以高贵而诚实的方式见证大屠杀，或者至少向读者展现大屠杀的相关事实。这些小说的作者不顾策兰曾提出无人能为这见证作证的论断，想将这种见证传递给读者。然而，要实现这一点，这四部作品有可能遭受双重甚至四重困境，陷入两头死路的绝境。本书第一章已指明了这个复杂的"难解之题"（aporia）：

　　第一，我们有可能本就无法通过任何一种再现方式对大屠杀的事实进行思考和言说。毕竟正如德里达曾不厌其烦地论证过的那样，见证是一种施行性地而非记述性地运用语言的方式。见证的言辞含有"我保证这是我亲眼所见"的潜在意义，但这种亲眼所见却可能无法传递。

　　第二，将大屠杀写成任何一种小说都是将其"审美化"，这种做法在本质上非常可疑。也许，小说越成功，离大屠杀就越远。小说的"修辞性阅读"（rhetorical reading）虽细察文本、细究其见证大屠杀的奇妙的施行方式,但这种做法可能只会加深远离大屠杀的遗憾。也许吧。

为了应对上述困境,我将采用相当不同的方法,从大相径庭的初始的"主体位置"讨论这四部作品。《鼠族》的表现媒介和其他方面与另外三部作品都不同。通过指明这四部作品的作者离大屠杀的真实经历越近,其叙事方法反而越复杂有趣,我想探究这些作品中的共同体问题。至于作者经历和叙事方法稍显矛盾,这一点可被称作"米勒定律"还是纯属巧合,都因样本过少而无法确定。这四部作品都让人钦佩,值得我们细致解读,所以我在它们之间所做的比较区分并不能被全然当作价值评判。

《辛德勒名单》

《辛德勒名单》的作者基尼利的主体位置和我的主体位置并没有多大不同。基尼利依靠他人的证词,我也一样;也就是说,他依靠他所研读过的所有文件以及他对五十位辛德勒犹太人的采访。这提供了他小说的叙述视角。他的第三人称叙述者不动声色地将各种文件、证据整合为叙事序列。《辛德勒名单》既是小说,也是纪实作品。作者托马斯·基尼利在我所讨论的四部小说的作者中,与真实直接地见证大屠杀的经历最为疏远。他是澳大利亚人,住在加利福尼亚(后来在加州大学欧文分校教创意写作)。1980年,他在贝弗利山一家箱包店里偶遇一位"辛德勒犹太人",他被奥斯卡·辛德勒(Oskar Schindler)竭尽全力从毒气室和焚尸炉中拯救犹太人的壮举所吸引和震撼。辛德勒本是发战争财的投机分子,先后在波兰和苏台德区经营两家工厂,其工人全部来自劳役集中营。他冒着极大的生命危险,十分巧妙地避免了将许多工人送往奥斯维辛或其他灭绝营。小说的封底上声称"奥斯卡·辛德勒在"二战"期间从毒气室中救出的犹太人比其他任何一个人救出的都多。"

《辛德勒名单》或多或少明确挑战了策兰所做出的无人可为这见证作证的断言。或者，更好的说法可能是这部小说在自我描述和辩白中宣称——此处借用南希的表述，尽管他并不同意这一点——"通过历史来思考"，也就是说，在文件、照片和采访的基础上进行历史重构，提供关于大屠杀的准确记述和确切信息。利奥波德·普菲弗伯格（Leopold Pfefferberg）最早告诉了基尼利辛德勒名单的事，他提供的照片和耶路撒冷的亚德瓦谢姆纪念馆①收藏的原始照片在小说中不时出现。这些照片记录了囚犯做苦力、纳粹人员欢乐宴饮的场景。奥斯卡·辛德勒本人的照片也在里面。小说开头的《作者前言》明确提到基尼利采访了五十位"辛德勒幸存者"，他们"来自七个国家——澳大利亚、以色列、西德、奥地利、美国、阿根廷和巴西"。[1]基尼利实地探访了书中几个重要地方：克拉科夫、"恶贯满盈的阿蒙·歌德（Amon Goeth）的劳役营所在地"普拉绍夫（9—10）、"仍然矗立着［辛德勒］工厂"的扎布洛西（10），还有多数大屠杀小说终归会指向的奥斯维辛-比克瑙（Auschwitz-Birkenau）集中营。他还在耶路撒冷的亚德瓦谢姆纪念馆中研究了大量关于辛德勒的档案文件。《作者前言》的结尾处列出了许多曾提供帮助的人。

虽然基尼利在平装本封面和《作者前言》中都将《辛德勒名单》定义为"小说"，但他辩解说采用小说创作的写作方式是因为"奥斯卡这样一位如此含混、如此崇高的人物适合用小说手法表现"（10）。细想之下，这种说法有点奇怪。它似乎宣称某些事实，比如辛德勒的"品性"，只能通过虚构展现。这与阿多诺宣称奥斯维辛之后写诗

---

① Yad Vashem，也译作以色列犹太大屠杀纪念馆，由以色列官方建立，以纪念第二次世界大战中死于德国纳粹集中营的犹太人。

是野蛮的恰恰相反。这段引文提及辛德勒时直呼其名,似乎基尼利像了解亲密的朋友那样了解他,这让人有些好奇,也许基尼利在研究了所有证据并写了关于辛德勒的小说之后,对奥斯卡·辛德勒的确产生了这种感觉。基尼利宣称自己有间接而确凿的历史证据,从而回避了他创作的对话和事件并没有直接的历史记录这样一个明显的事实:

> 然而,我试图避免一切虚构,因为虚构会贬损事实记录,我还试图区分事实和神话,像奥斯卡这样一个人物很可能笼罩在神话之中。他和别人的谈话有的只保留了简单得不能再简单的记录,对于这些记录,合理的虚构有时是必要的。不过,大部分的交谈、对话和所有事件都有根据,它们源于辛德勒犹太人、辛德勒本人以及见证奥斯卡非凡营救的其他人所提供的详尽回忆。(10)

上文中"有根据"说得有点含糊,这意味着小说与真实的事件或对话之间存在各种各样的距离,接近和遥远都有可能。"合理的虚构"的提法也是一样。上文主要区分了施行性(如"见证")和记述性(如"记录"和"详尽的回忆")的不同形式。这种区别是重要的,因为"见证"可以被视为合理的言语行为,它实际上意味着起誓说这的的确确发生过,因为这是"我"亲眼所见,而记述的语言则是"有理由的",并且在历史记录中"有根据",不依据个人见证。翔实而间接地记述那些可怕事件有走向煽情的危险,例如小说中有一处描写犹太女人们在临近解放时被枪杀——一位代号为"M"的人证实了这一切,下文还会有所提及——这样的转述有可能只有耸人听闻的效果。这些片段可能会纵容读者在暴力和恐怖之中沉溺,就如电影电视常有的那类内容所产生的效果,甚至一些"科学的""自然"电视节目也难免播放一些狮子吃羚羊或鳄鱼吃猴子的镜头。

除此之外，基尼利这段话，将他不得不从"现实"偏向"虚构"的程度降至最低。他在《作者前言》中就"避免一切虚构"所做出的说明，奇怪地与该书扉页背面上例行的免责声明冲突，后者可能是出版商为了避免诉讼加上去的："本书为虚构作品。姓名、人物、地点和事件均出于作者想象或虚构性的运用。若和真实的事件、场所或人物——无论这些人物是否在世——有所雷同，纯属巧合。"(6)这则免责声明完全和《作者前言》中所宣称的历史真实性相抵触。那么，到底是纯属虚构还是真实记录？我不知道如何才能两者兼得。

《辛德勒名单》似乎是非虚构作品中的虚构作品，它采用了一种奇怪的混合形式，这种形式有时被称作"历史小说"（historical novel），或者说得更准确些，"纪实"（documentary）小说。这部小说不厌其烦地想要使读者相信，它虽为小说，却经过仔细研究、再三确认，表现了历史事实。姓名皆源于真实人物。书中有一处脚注也使读者注意到了该小说的纪实基础，该注释说"消息提供者"如何如何，仅以字母"M"代替，因为这个人不愿为人所知："他现居维也纳，不想使用真实姓名"(191)。

《辛德勒名单》大部分内容直接按时间顺序展开，事情一件接一件。小说的叙述者描述那些最让人毛骨悚然的事实时，克制而写实，例如普拉绍夫劳役营的纳粹长官阿蒙·歌德每天早晨都会从他的阳台用步枪随意射杀一两个正在下面干活的因犯。这一难忘的恐怖场景不断重现，几乎构成了这部小说的主题，就像我曾在卡夫卡小说中指出的各章节不断出现的那类主题。歌德毫无人性的嬉闹般的肆意屠杀，代表了一切针对犹太人的嗜虐成性的暴力，而辛德勒则竭尽所能地多救些人。纳粹军官"歌德"（Goeth）的德文拼写只比文豪"歌德"（Goethe）少了最后一个字母 e，这使得反讽剧增。一个顶着这般名字的人怎会如此邪恶？这里的主题仍表现出空间意义。具体而言,阿蒙·歌德在阳台上俯瞰劳役工场,阳台的这个位置彰显他对囚犯的绝对主宰。这些囚犯的从属地位则表现在无论他们是否愿意,都得屈从于阳台上的歌德的全景监视。

另一个基于事实表现致命暴力的例子源于"M"的讲述,小说在寥寥数语间勾勒出一群年轻的犹太女性因冒用雅利安人证件被抓后遭集体屠杀的场景。她们"吟诵犹太经文","然后,她们在料峭的春寒中挤在一起,羞怯地缩成一团,被集体射杀。乌克兰士兵在夜里用手推车运走她们的尸体,把她们埋在焦瓦·戈尔卡远坡的树林里"(191)。小说上文不远处交代了"焦瓦·戈尔卡"是一座小山坡,"山顶有个奥地利的要塞"(191)。这个例子很好地说明了《辛德勒名单》在地名、人名和纳粹官阶的运用上非常谨慎。书后附录列出了所有从上将(Oberst-gruppenführer)、少尉(Untersturmführer)、中士(Oberscharführer)到上等兵(Rottenführer)的"党卫军等级和对应军衔"(398)①。你会注意到,所有这些军衔都以 Führer 结尾,这个德语词意为"领导"。最高领导者"元首"(Der Führer)②的权力无孔不入,纵贯包括最底层兵士在内的党卫军各等级。形成这种局面,依靠了权威领导下的神奇共契,它以神秘的雅利安血统中的兄弟情谊(Blutbruderschaft)为基础。

小说中时常出现所谓的"无关紧要的细枝末节",尽管这些细节有时显得突兀,但这一风格特点无疑有助于小说贴近历史。叙述者似乎在说,"这座小山坡的确切名字没什么大不了,但我还是要告诉你,这样你就不会认为这是我编出来的"。尽管叙述者的确有"恶贯满盈的阿蒙·歌德的劳役营"这样的提法,但他的语气仍像一位客

① 德国纳粹党卫军在成立之初是一个准军事化组织,有别于德国军队,它也被称为纳粹党的亲卫队、近卫队,无条件效忠希特勒,后发展为武装集团"武装党卫队",开始使用部队军衔,以恐怖手段镇压反纳粹活动。
② 指希特勒。

观的历史学家，在大多数时候让读者自己做出判断。

从"叙事学"角度来看，《辛德勒名单》的形式相对简单。这种形式特征无疑使小说表现出一种冷静、客观、纪实的历史准确性。小说采用"全知"客观的第三人称叙述者视角，用过去时尽可能详尽地讲述"真实发生过的事"。小说中几乎没有时间转换，没有反复出现的措辞和修辞手法，极少有风格特征可供着意"修辞分析"的评论家把握。叙述者不动声色地占据了权威地位，诱导读者相信他们无需在意小说文本如何逾越了基尼利从他消息提供者那里直接获知的内容，例如，基尼利不可能知道辛德勒在特定时刻的想法，也不知道重要对话的真实内容。他宣称要"避免虚构"，然而，在考虑到文本的构成实质时，基尼利这一轻描淡写的说法，无疑具有误导性。

《辛德勒名单》还有一个特点更成问题。基尼利选择的故事讲述了少数"好的德国人"中的一位，我们有很多关于他的历史信息。奥斯卡·辛德勒极为英勇，从死亡边缘救回了许多犹太人。然而，他很难代表普通德国人在大屠杀期间的态度。小说在人们欢欣鼓舞地庆祝辛德勒犹太人和辛德勒本人的团聚中结束——这在小说改编而成的电影中尤其明显，这样大团圆式的结局很可能会误导读者和观众。[2] 他们可能会认为这代表了大屠杀期间德国的情形。即使《辛德勒名单》讲了一个感人至深的真实故事，它还是有可能导致读者和观众忘记奥斯维辛。基尼利可能会回应，他的故事是想强调辛德勒非凡的勇气和善良。即使在那些可怕的岁月里，有些意想不到的人也会排除万难，做出善举。奥斯卡·辛德勒是突出的例子，值得我们铭记和称颂。

《黑犬》

与《辛德勒名单》相比,伊恩·麦克尤恩的《黑犬》更接近个人直接经验,叙事和修辞也相对复杂。叙述者见证了他的岳母所经历的不幸。她不幸的遭遇与大屠杀间接相关。《黑犬》的叙述者发现他的岳母虽然并未进过集中营,但驱除和屠杀欧洲犹太人、德国占领法国,都给她造成了决定性的影响。小说以第一人称讲述了叙述者逐渐发现她岳母的创伤经历的故事。与其说《黑犬》是一部关于大屠杀的小说,不如说它揭示了即使只和纳粹主义稍有联系,人们也会受其影响。这部小说并未提供奥斯维辛中生活和死亡的详尽细节,它对奥斯维辛的见证相当宽泛,但仍不失为一种见证。与《辛德勒名单》有悖常理的声明相比,《黑犬》版权页上的免责声明似乎更易使人信服,尽管相信这样的免责声明也可能显得幼稚。《黑犬》明确告诉读者,"书中所有人物纯属虚构",这与我手里这版《辛德勒名单》的免责声明大相径庭,后者宣称"若和真实的事件、场所或人物——无论这些人物是否在世——有所雷同,纯属巧合"。[3]《黑犬》中没有任何一处表明小说有现实基础。然而,任何小说读者都知道,这样的声明往往并不真实。小说对人物和事件的刻画都十分精细讲究,貌似可信,这让读者猜想——尽管这样的猜想不一定正确——这部小说是以真实的人物和事件为"基础"的。小说前言有一句话,似乎证实了读者的这种想法:"在这本回忆录中,我记述了某些个人生活经历——柏林、马伊达内克、列-萨勒赛和圣莫里斯-纳瓦塞勒。"(xxiii)①然而,读者会意识

---

① 马伊达内克(Majdanek)位于波兰,"二战"时设有德国纳粹的死亡集中营;列-萨勒塞(Les Salces),为法国南部的一个小乡村;圣莫里斯-纳瓦塞勒(St Maurice de Navacelles),为法国南部一个市镇。本书中《黑犬》的译文参考了现有中译本,麦克尤恩,《黑犬》,郭国良译(上海:上海译文出版社,2010 年)。

到，这句话出自小说的第一人称叙述者杰里米。作者伊恩·麦克尤恩当然有可能是借他想象的叙述者之口，道出自己的经历，但是这种猜测可能空口无凭、无法证实，缺乏文本支持。[4]小说未编页码部分的末页写有明确的免责声明，署名"I. M."："本小说中提到的地名与真实的法国乡村一致，但所涉及的人物纯属虚构，与现实中任何活着或死去的人物都绝无雷同。村长的故事（即黑犬是盖世太保训练的禽兽，不仅会杀人还会强奸）及村长本人均无历史依据。"这语气听起来肯定坚决，除非麦克尤恩这里没说实话是为了保护现实中的涉事之人。麦克尤恩申辩得有点多了，但《黑犬》和通常意义上的小说一样，保守着小说本身的秘密。

然而，《黑犬》远远不是像《辛德勒名单》那样直截了当的"纪实"作品。这部小说运用了大量复杂的"后现代"小说中常见的叙事手法，主题千回百转。与其说该小说展现了后现代小说有时被称作道德模糊的特征，不如说它展现了我们无法决定如何理解和解释大屠杀的邪恶。叙述者在前言中简洁地概括了这种无法决定性。叙述者在前言中交代，他将自己生活中的事件写进了"回忆录"，这些事件"可以同时在同等程度上接受伯纳德和琼的阐释方式——理性主义者与神秘主义者，政治委员与瑜伽信徒，活动家与隐士，科学家与直觉主义者。伯纳德和琼是两个极端，而没有信仰的我则沿着他们这对极点之间不断变化的中轴线摇摆不定，永无安宁"（xxiii）。伯纳德和琼作为叙述者的岳父岳母，是故事的中心人物。

《黑犬》的叙事步骤比《辛德勒名单》要复杂得多。在《黑犬》中，第一人称叙述者逐渐通过个人见闻和旁人证词开始了解发生的事，叙事始终局限在他视野里。小说由几部分构成，每一部分都精心安排，不同的时间段戏剧性地并置其间。这与现代电影的蒙太奇手法不无相似，不过像狄更斯和哈代这样的维多利亚小说家也使用这种手法。然而，与《辛德勒名单》不同，《黑犬》精巧地运用了大量的时间跳跃和切换，连续发展的事件进程会突然插入回溯的事件。小说提到许多日期，如果严格按照时间顺序重组小说情节会非常容易，但麦克尤恩明显希望通过追溯逐步揭示事件。有一个时间切换的例子出现在叙述者的一系列旅程中，他先飞去他家在法国南部的夏季乡间度假屋，然后在柏林墙倒塌后第二天和岳父去参观柏林。这个时间顺序被他岳父的话打断，叙述者为他岳父的话所触发，想起自己在 1981 年作为文化代表团成员去波兰的华沙旅行。他当时与代表团的一位女性成员詹妮·特里梅因顺道去参观了马伊达内克集中营，之后他们在卢布林一家旅馆享受床笫之欢，十个月后结了婚。尽管表面看来小说叙事的顺序受叙述主体变幻莫测的想法控制，但这样的叙事顺序当然是作者为了达到最大限度的戏剧效果而精心设计的。

马伊达内克集中营位于波兰卢布林外围，原是劳役营，后改为灭绝营，《黑犬》的叙述者和詹妮参观集中营的过程，与直接遭遇大屠杀的经历最为接近。[5] 杰里米和他才认识的詹妮·特里梅因参观集中营的情节描写得细致入微，让人感怀，例如，包括儿童鞋在内的众多鞋子，仍然成堆成堆地陈列在集中营里。这些属于集中营受害者的鞋子在他们的主人被毒死和火化之前给扒拉下来。然而，这一段在麻木和模糊的羞耻感中结束，这种感觉与我在 2009 年秋参观布痕瓦尔德集中营的体会不无相似。当时我和同去的朋友是游客，可以来来回回，自由走动，就像曾经的集中营司令官那样，而成千上万的人来到这里却死去了。这种自由造成了一种潜在恶果，让如今参观这些集中营的人站在了"噩梦制造者"的这一边：

> 我们跟着一队小学生，进了一间棚屋，看到屋内有铁丝笼，里面塞满了鞋子，有成千上万只那么多，像被晒干的果干一样扁扁地卷曲着。在另一间棚屋里，鞋子更多，而到了第三间，鞋

子多得让人难以置信,已经不用装笼子里了,而是数千只在地板上铺开。我看到一只钉有平头钉的靴子,旁边有一只婴儿鞋,布满灰尘的鞋仍依稀露出温顺的小羊羔图样。生命变得破烂不堪。如此夸张的数字规模,那些脱口而出的数字——几万、几十万、几百万——剥除了想象应具有的同情和对苦难的恰当理解。人们被阴险地导向了迫害者的前提,即生命是廉价的,是接受检视的成堆垃圾。当我们继续往前走时,我的情绪逐渐平息。我们什么也帮不上。没有人需要喂食或释放,我们像游客一样在这里闲逛。你要么来到这里,感到绝望,要么把手放口袋里,插得更深,紧紧攥着带着体温的硬币,发觉自己离噩梦制造者又更近了一步。这是我们无法逃避的耻辱,是我们要共同承担的痛苦。我们在这另一边,我们可以像曾经的集中营司令官或他的政治领导人那样,在这里自由走动,看这看那,心里知道出去的路,完全有把握吃到下一顿饭……

我们又遇到了那些小学生,跟着他们进入那栋有烟囱的砖砌建筑中。和其他人一样,我们注意到了焚尸炉门上建造者的名字。一份特别的单子映入眼帘。我们看到一个装有氰化物齐克隆 B 的旧容器,上面写了供应方是达格西公司。在我们出去的路上,詹妮在这一小时中第一次开口说话,她告诉我,德国当局在 1943 年 11 月的一天用机枪扫射,杀死了来自卢布林的三万六千名犹太人。他们让这些人躺在巨大的坟墓中,把舞曲的声音放大,在舞曲的伴奏下屠杀这些犹太人。(88,89)

与其说这个片段反映了对大屠杀的理解,不如说它表达了理解大屠杀的困难和失败。甚至与受害者的鞋面对面,亲自看到毒气室和焚尸炉这样的标志性设施,他们对大屠杀的理解也并不成功。一方面,杰里米和詹妮参观马伊达内克集中营的过程,似乎肯定了无人能为这见证作证。另一方面,杰里米直陈个人感受,构成了(小说的)见证。杰里米和詹妮的确看到了鞋子和马伊达内克集中营遗迹,正如我见到了布痕瓦尔德集中营的焚尸炉和酷刑室。然而,他们的反应是当天晚上在卢布林一家旅馆里有了第一次鱼水之欢。在目睹那些孩子的鞋之后,这样的应对方式有点匪夷所思,不过,这也可以被视为一种肯定,即他们的做法确认了即使对于最可怕的邪恶,爱也能够无往不胜。

小说中三个不同的故事构思巧妙,它们在这错乱的时间线里纵横交错。(1)叙述者极其缓慢地从其父母死亡的创伤中恢复的故事。他八岁那年,父母死于车祸,后来他为各种各样的养母所救助,而他也乐得与她们打交道,比如他朋友的母亲、他老师的妻子,还有最终因与詹妮·特里梅因的幸福结合而结识的岳母琼。(2)叙述者逐渐发现岳父岳母婚姻失败的原因以及决定要帮岳母写"回忆录"的故事。为了写回忆录,他去岳母所在的养老院,在她临终病榻前采访她,快速记下访谈内容。尽管有人可能会说,矛盾的是,这部小说让写回忆录变得没有必要,或者不妨将这部小说看作其结尾处暗示叙述者想写的那本回忆录,但这部小说实际上并非回忆录本身,而是他为写回忆录积累材料的故事。(3)对于以大屠杀为代表的人类邪恶,两种矛盾的解释相互对峙的故事。一种方式是宗教的,以叙述者岳母的观点为代表;另一种是理性主义、无神论或至少是坚定的不可知论,以叙述者岳父的观点为代表。这样的分歧导致两人终生分离,尽管他们其实仍深爱对方。尽管像大屠杀这样的人类恶行被坚决认定为邪恶,但叙述者在这两种解释方式之间仍无从抉择。人类的邪恶的确需要我们做出解释。

小说中邪恶现身的故事高潮发生在四十年前,时值"二战"后不久伯纳德和琼在法国南部度蜜月。小说以《黑犬》为题,全文不断出现谜样文字"那些黑狗"，暗示这个事件，但小说直到结尾才以时间跨度最长的倒叙揭示这个事件。叙述者的岳母琼和岳父伯纳德新婚后在一次长途远足中暂时走散。新娘被两条体型异常巨大、全身泛黑的盖世太保狗攻击。这两条狗是纳粹撤退时留下的，现在成了野狗。附近村子的村长后来说，这些狗接受的训练是攻击并强奸女性。伯纳德有些怀疑这种说法。琼当时用折叠小刀刺伤了其中一条，赶走了它们。在随后的日子里，她快要睡着时就会梦到两条狗正沿着河谷跑去，爬上山的另一侧，其中一条在白色的石头上留下斑斑血迹。她从此退出共产党，皈依宗教，与伯纳德的思考方式截然不同。1987 年夏季，她在去世前一个月对叙述者说了一段话。叙述者在离小说结束还有两页时，引用了这段话。她说，"杰里米，那天上午，我与邪恶照面。我当时还不太清楚，但我从我的恐惧中感觉到了——这些畜生是下作的想象和扭曲的灵魂的产物，没有任何社会理论能够加以解释。我所说的这种邪恶，蛰伏在我们所有人的心里。它植根于每个人身上，在私人生活中，在家庭内部，而孩子则是最大的受害者。然后，等时机成熟，一种可怕的残忍，一种践踏生命的邪恶，就会在不同的国家、不同的时间爆发，每个人都为自己内心深处的仇恨而惊讶。然后它沉潜回去，再伺机而动。它就是我们内心深处的某种东西。"（147）然后，叙述者想象他的岳父伯纳德会回答，"'与邪恶照面'？让我告诉你那天她遇见了什么——一顿美味的午餐和村里一些不怀好意的流言蜚语！至于精神生活，我亲爱的孩子，试着肚子空空、没有干净水可喝的时候，再来想想呢。"（147—48）

尽管小说可能更为戏剧性地呈现了宗教对人类邪恶的理解，但读者得在两种对等的阐释邪恶的方式中自行选择。一方面，叙述者的自我描述大致如实："我没有精神归属，我什么也不信。这倒不是说我是个怀疑论者，也不是说我好奇而理性，可以用这种心态下生成的管用的怀疑主义来充实自己，更不是说我对所有观点兼收并蓄;仅仅是因为我没找到自己能够认同的高尚的事业、持久的原则或基本的理念,没能找到自己愿真诚、热情或平静地坚守的那种超验存在。"(xxii)另一方面,叙述者在前言中肯定地说:"但是如果我不宣告我相信爱可以改变和救赎生命,我就没有忠实地看待自己的亲身经历。"(xxiv)叙述者此处大概是指他与詹妮的爱,他们对四个孩子的爱,以及他对外甥女萨莉的爱。这样的爱并不源于原则、观念或任何一种超验存在。它就这么发生了,但它却让杰里米的生活发生改变,给予他救赎。"爱战胜一切"(Amor vincit omnia),甚至对一个没有任何信仰而无所适从的人,他的冷酷、迷乱和颓废都可以被爱消融。这似乎是《黑犬》揭示的最终内容,这个主题贯穿了小说所有复杂的叙事步骤。

然而,叙述者在这部小说结尾处承认,这两条黑狗如今也时常萦绕在他心里:"但让我想得最多的就是这两条黑狗。它们时时让我心烦意乱,这些时候包括当我想到因为它们我才感到如此幸福时,特别是当我把它们当作某种精神的猎犬,当作某种化身而不是动物时……它们奔向山麓之中,逐渐消失,而它们还会从那群山中回来,困扰我们,在欧洲某个地方,在另一个时间。"(148,149)两条黑狗隐没在山麓间,其中一条还滴着血,这个情景统领着《黑犬》的主题。它象征着晦暗模糊却长存不灭的恶,让人铭记于心。正是这种恶导致了大屠杀,这种恶绝不会消失。就像我分析的其他小说的主题,这部小说的主题象征也具有空间性。人是从"这边"看到黑狗的,而它们则像精神猎犬、恶的化身,渐渐消失在山麓的"那边"。至于杰里米说因黑狗而生的幸福,他指的是继黑狗之后的纷扰混乱,让他得以和琼的女儿詹妮结婚,寻获幸福。在小说结束时,他和家人继承了羊圈①,将其改造为夏日度假屋。琼·特里梅因在受到黑

---

① 在小说中,琼遇到两条黑狗的袭击,之后她就在当地购置了这个羊圈。琼去世后,留给了女儿一家。

狗袭击的第二天买下了这个羊圈，如果没有遇到那两条黑狗，她也不会买。

在解读《黑犬》时，我讨论了本书所关注的四个问题中的三个：小说能否为大屠杀作证；与小说能否作证有关的叙事形式；我们今天与大屠杀的关系。还有一个问题没有讨论，那就是如果《黑犬》对共同体有所设想的话，它想象了何种共同体。这个问题将在下一章讨论。

《鼠族》

《鼠族：一个幸存者的故事》比《辛德勒名单》和《黑犬》更接近大屠杀的经历。这部漫画小说的作者也是叙述者，他的父母是奥斯维辛集中营的幸存者。《鼠族》虽然是虚构作品，但其创作视角源自作者的真实身份：集中营幸存者的儿子。叙述者主要从父亲那里了解相关事件。幸存者的后代是个特殊群体。许多临床研究在这个群体中开展，研究父母的创伤如何传导给下一代，比如加拿大就有这样的研究。如果我们相信《鼠族》是明显的自传（或许这是个危险的假设），那么阿特·斯皮格曼就在精神病中心待过（就如他的母亲在战前因产后忧郁症曾去过那儿一样）。《鼠族》的叙述者有一段时间，定期去看"精神病医生"，这个人也是大屠杀幸存者。阿蒂的精神病医生帮助他应对那种复杂的罪感，据说幸存者后代有那种感受很典型。为了在叙事学上做出区分，我用"阿蒂"指斯皮格曼在《鼠族》中对自己的呈现，因为他的父亲是这么叫他的；用"斯皮格曼"指阿特·斯皮格曼，即《鼠族》的作者。在阿蒂去找"精神病医生"的路上，小说展现他穿行在想象出来的所有死于毒气室的人的裸尸中间。阿蒂作为幸存者后代的那种罪感逐层影响、渐次荡开，它产生的涟漪甚至波及事件外围,我作为本书作者也受到了影响。本章让人难以平静的前言已阐明了我这种感受。

　　很多文章分析过《鼠族》的构图、叙事的复杂性,以及斯皮格曼对连环画这种地下漫画书形式的运用,影响甚大。[6] 例如,《鼠族》的副标题"一个幸存者的故事"中的"故事"(tale)一词,是对其他连环画和漫画小说标题或副标题的戏仿。至于这个词是否与"老鼠尾巴"中的"尾巴"(tail)隐约相关,这一点几乎无法确定。《爱丽丝漫游奇境》中倒是用了这样的双关,老鼠讲的故事的篇幅被展现成老鼠尾巴的样子,顺着整个页面,从粗到细排列下来。爱丽丝说:"它当然是条长尾巴啦。"[7] 有论者表现出担忧,因为他们认为用漫画再现大屠杀,显得轻率。我则认为这种再现形式创造了反讽性的距离感,使读者保持距离,他们反而更有可能直面弗拉德克·斯皮格曼及其妻子安佳曾遭受几乎无法想象的折磨这一无情现实。另一方面,通过绘画再现暴行,这使得那些暴行反而变得更加震撼人心、让人难安,在我看来,其程度超过了电影《辛德勒名单》中重现的暴力。这里的悖论是,电影在我看来有演戏的痕迹,而漫画则具有绘画艺术更直接的力量。

　　《鼠族》虽为漫画,却是天才之作。几乎任何读者都会立刻看得入了迷,忘我地沉浸其中,像我一样不停地看下去,直到最后一页。弗拉德克在结尾处有一个痛苦而反讽的声明,他说自己与妻子安佳在集中营解放后奇迹般地团聚,他们从此神话般地幸福快乐地生活在一起。倒数第三幅画描绘了弗拉德克抱着妻子,呼唤着"安佳,安佳,我的安佳",画底部的方框里写着弗拉德克的评论,"我不需要告诉你更多。我们俩都非常幸福,从此以后幸福快乐地生活在一起"(296)。事实上,安佳在他们搬去美国之后自杀,弗拉德克此时心脏出了问题,病入膏肓,而且变成了病态的守财奴。例如,他在租住的房子里让免费使用的煤气炉成天开着,这样在需要用炉子时就不会费火柴。他还偷厕所里的纸巾，这样就不用自己买。这种"节省"的习惯使他在奥斯维辛得以"保存"自己，因为他总会留一点儿面包自己吃或分享，用一点珠宝做贿赂或交换食物。弗拉德克现在的样子，让他的儿子阿蒂在面对自己妻子感慨他能活下来是个"奇迹"时，做出这样的回应："但是在某些方面他并没有活下来"（250）。

斯皮格曼在刻画弗拉德克节省火柴的细节时，是否影射了奥斯维辛的煤气炉，我们无从得知。也许这只是另一个与他父亲有关的偶然细节。在最后一幅画中，弗拉德克将阿蒂错唤成了里希厄，"我说累了，里希厄，现在说得够多了"（296），父亲此处的错乱让人嗟吁。阿蒂在战后生于瑞典，而里希厄则是弗拉德克和安佳在波兰生的第一个孩子。在大屠杀期间，里希厄由一个女人照顾，原本以为安全，但后来消息传来，他们要被带去奥斯维辛集中营，在那里他们将必死无疑，这个女人于是亲手毒死了里希厄和另外两个由她看顾的孩子。去奥斯维辛必死的结局就发生在卡夫卡的妹妹奥特拉和她照顾的那些孩子身上。里希厄是个漂亮的孩子，他的照片放在了《鼠族》第二部分的开头。临近结尾的地方插入了一张由照相馆提供的弗拉德克在解放后穿着干净囚服的照片，他看起来英俊健壮。阿蒂和他妈妈有一张合照，拍于 1968 年，当时他还是个小男孩，这张照片放在了斯皮格曼发表的第一部漫画书《地狱星球上的囚犯：一段个人历史》（*Prisoner on the Hell Planet: A Case History*）的开头（102），这部书后来被斯皮格曼插到了《鼠族》中间。它讲述了斯皮格曼妈妈自杀以及斯皮格曼如何应对的故事。我们很难认为《鼠族》是那种结局"幸福、快乐，直到永远"的故事。

那么是什么复杂的叙事手法使《鼠族》显得深刻有力？《鼠族》运用的叙事手法几乎都是普通漫画书的常见特征，比如我小时读过的《独行侠》（*The Lone Ranger*）、《闪电侠》（*Flash Gordon*）、《超人》（*Superman*）和《米老鼠》（*Mickey Mouse*）都有这些特征。《鼠族》杰出地呈现了这些特征，达到了不同寻常的目的。斯皮格曼大胆结合动物头像和人类身体，创造了父亲、母亲、自己以及所有其他人物的形象。犹太人的头像是老鼠，波兰人的是猪，法国人的是青蛙，德国人、残暴的纳粹卫兵和党卫军官员的头像是猫，解放集中营的美国士兵的头像是狗，看起来亲切友善。当场景切换回到现在的美国时，这些动物头像有时被展现为戴在人脸上的面具，比如在阿蒂去看精神病医生时，就出现了这样的情景。这提醒了观-读者，所有动物头像都是面具。

这种人们可能称作"动物化"的手法，也许模仿了米老鼠、唐老鸭、疯狂猫以及其他形象的创作方式。然而，《鼠族》运用这种手法，却产生了难以言明的强大力量。它将种族和国籍之间的不同比作动物之间的不同，似乎这种差异是先天的，而非后天习得。另一方面，它同时将这些差异看成人为习俗所致，就好比一开始人被刻意画成了动物头像。无论是里希厄还是弗拉德克，他们在照片上看起来都不是传统的"犹太人"——无论那种指称意味着什么。将纳粹和犹太人分别画成猫和老鼠，再现了残暴，因为即使是最温顺的家猫也会凶狠地对待老鼠，毫不留情，比如它们喜欢慢慢把猎物折磨致死，就像纳粹经常做的那样，让犹太人慢慢经受羞辱、饥饿、殴打和强奸，再将他们送进毒气室。

漫画也称"连环画"（comic strips），指报纸上横向登载漫画的最少格数。《鼠族》一页上的漫画通常有八格，每排两格，这种并排方式模棱两可，因此观-读者从左上角的那格画开始后，不知道应横读还是竖读，或者两者兼有。连环画的每一格都是时间静止凝结的某个瞬间，再现这个瞬间的常见方式有固定的标准可依，例如给出说话的应对回合。然而，斯皮格曼的漫画格大小不一，彼此叠加（22），有时在分隔处也不用传统的直线。有一个例子是他用锯齿形的电线隔开打电话的双方，他们相隔甚远、各据一方，用分开的漫画格表示(23)。斯皮格曼还反讽性地运用漫画书的常用语，比如第二部分第二章题为"奥斯维辛(时光飞逝)"(199)。有时一幅漫画会覆盖好几格，例如有一幅弗拉德克的画占了四格，以配合他叙述自己多位家人经历的四个阶段(他们多数死于大屠杀)(276)。不仅如此，斯皮格曼对传统漫画手法最有力的运用是对图画采用双重标注，叙述者的声音以专门的方角方框呈现[与之形成对比的是，画中人物的话写在传统的圆角方框(即"对白方框")里，用箭头指向说话人]。方角框里的话往往出自主要的叙述者，例如，有一页上的第一格写道："那是个夏天，我记得自己十岁或十一岁。"(5)配图中画了他还是个孩子在滑旱冰。和漫画书中常见的情形一样，表现声音的方式是将文字叠在图画上，比如"砰!"的一声关门，用大号字体表现(23)。有时一幅图没有文字说明，却有力地讲述了那部分故事，例如有名的冒着滚滚黑烟的焚尸炉烟囱在书中不断重现，以沉默肃静的图像注解弗拉德克常常念叨的一些话，诸如"我再也没见过亚伯拉罕……我想他从烟囱里出来了"(187)，"成千上万、数十万的匈牙利人此时到了那里"(215)。弗拉德克的故事在此处与伊姆雷·凯尔泰斯的《无命运的人生》形成交集，因为凯尔泰斯正是这些匈牙利人之一。如果我们认为《无命运的人生》带有或多或少的自传色彩的话(这个假设也不无问题)，弗拉德克和凯尔泰斯可能一度非常靠近彼此。《无命运的人生》是下一章的主题。

最富戏剧性的是，斯皮格曼的方角框既包含了弗拉德克·斯皮格曼作为父亲-幸存者在面对儿子阿蒂的采访时直接说的话，也包含他被录音机录下的话，例如，在最后一节中，弗拉德克已经去世了，只有他儿子的笔记和录音见证其在奥斯维辛中的经历。与这些记录配合，阿蒂想象性地再现了他父亲描述的内容，以漫画风格描绘出来。有这样一个例子，四个犹太男人因为"做买卖时没用券"就被吊死在公共广场上，画底部的方框里记录了弗拉德克的话，"他们被吊在那里整整一个星期"(85)。阿蒂的精神医生有一次提到阿蒂的书,阿蒂随之惊呼:"我的书?啊!什么书?我内心有一部分并不情愿画,也不愿想奥斯维辛。我看不真切,也没法想象它是什么感觉。"(206)尽管有这样的声明和否认,但我认为这些绘画再现的内容可信。它们明显通过其他途径增加了准确性,例如,对毒气室和焚尸炉的细致刻画,明显源于弗拉德克亲眼所见,他作为"铁匠"在俄国人即将到达之前,被叫去拆卸这些机械设备。描绘更衣室的那幅图记录了弗拉德克的如下说法:"他们来到一个大房间,脱掉衣服,看起来就是这样,没错(弗拉德克一定是看着阿蒂的画说的)——这就像他们说的那个地方。如果我早几个月看到这里的陈设,我也就只能看那一次!"(230)弗拉德克的意思是,人到那里就意味着几分钟后会被毒死。斯皮格曼还援引了其他外部证据,比如提供了俯瞰奥斯维辛和附近奥斯维辛-比克瑙集中营的地图,再现奥斯维辛大门上的名句"劳动带来自由",描绘党卫军和他们的狗成群结队地围着运来弗拉德克和其他一百多人的标有纳粹党徽的集中营大卡车(159)。这一幅图没有边框,占据了整整一页,上面叠加了三小格图画,方框中的文字说明出自弗拉德克,"然后我们来到了奥斯维辛集中营,我们知道自己再也无法从这里走出去……我们知道这些事情——他们会毒死我们,然后把我们扔进炉子里。那是1944年……我们知道一切。然后我们到了这里。"

"然后我们到了这里",弗拉德克的话,简洁得让人钦佩。这部分取决于他们不熟悉英语句法,因而说得有些古怪,而这种简洁也部分地造就了阿蒂想象生动图景的神奇能力,他在内心上演的戏剧中,想象性地去看、去听、去感受,然后再神奇地将其转换成画板上让人钦佩的连环画,至少这在我看起来是魔术般的事。我曾说过《鼠族》是天才之作。它的天才之处部分在于观-读者眼前的这种双重转换,即从弗拉德克的文字到阿蒂的想象,再通过艺术化处理将想象落实成书中的文字和图画。它的天才之处还在于斯皮格曼结合文字和文本，用言辞和图画，简洁而出色地处理如此巨大的信息量，用一格一格的图绘快速推进情节。"连环画"这种媒介适于表现不连续性，某一图格和下一图格之间的某些信息可以略过，《鼠族》利用了连环画的这种优势，使得情节得以轻快地向前发展。尼采可能会赞许这种迅捷，就如他称颂司汤达小说急速推进一样。

对于本书分析的每一部小说，我试着指出其中我所称的"主题"（leitmotif）①，即一种不断重现的空间范式，它符合或表现小说在读者心中生成的想象的内在空间。我同时也提到，要确切说明"想象的内在空间"，不仅很成问题而且难度也大。《鼠族》的主题以传统漫画页面中无处不在的手法为基底，因而斯皮格曼如此简化的笔法可以承载如此厚重的内容。要做到这一点，斯皮格曼的方法是在特定页面上并置不同的时间、地点和字符图像所指示的不同话语层次：这包括绘画的此时此刻；弗拉德克跟他儿子详述经历的时候；阿蒂根据父亲的话去想象他过往经历的时候；采访弗拉德克的录音在他去世后放出来的时候；还有地图、照片、地形概要图绘、传统的声音再现方式等。那些对声音的表现，有的写在漫画对话框里，但也有许多没用对话框[比如"噗""啪"（234）；"哗""邦！邦！"（267）]。

《鼠族》的大部分读者从很小的时候就开始"读"连环画了。对于如何理解连环画，他们已经谙熟于心，不会对传统漫画手法所创造的极度复杂的时空感到隔阂。《鼠族》是一部杰作，多样化地运用了漫画基体，这种基体脱离了读者专注的脑海，本身成为不断重现的主题。它独特的重现方式与欣赏瓦格纳歌剧具有相似之处，就像我们在辨别出瓦格纳歌剧中重现的音乐主导动机时会感叹"又出

---

① 即后文提到的"音乐主导动机"，指重复性的音乐短句或小段旋律，往往贯穿整部音乐作品。

现了！"

最后还有一个复杂的叙事学方面是我想讨论的。《鼠族》与《黑狗》类似，由三个故事交错而成，尽管方式有些不同。《鼠族》中的故事尽管也有前后切换，但三个故事基本依照时间发展的顺序安排，均由或隐或显的"可靠"叙述者阿蒂·斯皮格曼支配和控制。正如小说副标题所示，弗拉德克的"幸存者的故事"是叙事的主要内容，他详尽地讲述了自己在大屠杀时期的生活经历。至少我认为《鼠族》最重要的方面之一是仔细讲述了德占区的波兰犹太人在被送往奥斯维辛之前曾蒙受漫长的迫害和苦难。大多数（当然不是所有的）非-犹太裔波兰人都参与了迫害。日复一日、周而复始的恐惧和匮乏肯定让人感到彻骨的害怕。对于诸如索斯诺维茨城（Sosnowiec）的犹太人在被送去奥斯维辛之前的遭遇，《鼠族》的描述据我所知是最为生动和详细的。

《鼠族》的故事痛人心扉，它描绘了主人公一次次在千钧一发之际从夺取六百万犹太人生命的屠杀中逃脱。阿蒂不断劝说他的父亲讲述这段经历，故事在这个过程中断断续续地展开。这是一种见证，但与其说阿蒂做出了见证，不如说尽可能准确的录音和传承做出了见证。弗拉德克能够幸存下来，不只是因为他聪明勇敢，还因为纯粹的好运。阿蒂对他的精神医生说："那么……好吧。我知道这涉及很多运气，但他有让人钦佩的现实眼光，又足智多谋。"精神医生的回答是："但并不是最好的人就会活下来，也不是最好的人就会死去。能否活下来，完全随机！"(205)

尽管这是主要的叙事，但它以一种内嵌故事的形式，从属于阿蒂的生活经历，这些经历包括阿蒂如今是成功的画家；他与父亲关系紧张；他坚持让父亲讲出自己的故事；他为母亲的自杀而难过；他与一个皈依犹太教的法国女人结婚，生活幸福；他父亲的健康状况渐渐恶化；他父亲与再婚的妻子马拉矛盾不断。这一切都以"现在时"进行讲述，它们本身又由相对独立的情节模块构成。阿蒂的故事甚至可以被认为是小说的主要叙事。

讲述《鼠族》创作过程的故事用到了上文列出的第三个叙事线索。书中有一些重要的地方评论了《鼠族》的创作过程，这些精彩的情景就是我们曾经所称的元叙述（metanarrative）或自反性（self-re-flexivity）。小说间或展现阿蒂坐在画板前，听他父亲的口述录音，创作《鼠族》，比如第 201 页和第 207 页就是这样的例子。前一个例子出现在第二部分第二章开头，阿蒂坐在画板前，戴着老鼠面具，想起了他父亲在 1982 年死亡，母亲在 1968 年 5 月自杀，他和妻子弗朗索瓦丝在 1987 年 5 月期待孩子降生，数十万匈牙利犹太人于 1944 年 5 月 16 日至 1944 年 5 月 24 日在奥斯维辛集中营被毒杀，《鼠族》第一部分在国际上获得了巨大成功。在他的想象中，成堆尸体带着老鼠头像，一丝不挂地躺在他的画板下。

接下来是阿蒂坐在画板前，接受媒体采访。他被媒体提出的愚蠢问题弄得越来越低落，而且他感觉自己越来越像小孩，身体越缩越小，坐在画画的扶手椅上，对着聚集在周围的记者和摄影师大哭，"我想……解脱。不……不……我想……我想……我妈妈!"(202)阿蒂跟他的精神医生帕维尔坦承自己无力应对整个计划，他说他父亲在靠近奥斯维辛的锡铁店工作，他不知道"要画什么样的工具和物品，没有文件记录"。帕维尔年轻时曾在捷克斯洛伐克的一家工具和模具店里工作，他提供了一些信息。阿蒂在回家的路上想："也许我可以画锡铁店，不画冲床。我讨厌画机器。"(206)在下一页，我们看到他画了弗拉德克正在用锡切刀工作。《鼠族》开篇不久，阿蒂告诉他父亲："我想讲你的故事，以它真实发生的方式。"(25)在另一处，弗拉德克中断采访后，阿蒂说："好吧，好主意……把这些全都写下来，我的手都写痛了。"(42)

父亲不时打断叙事，开始抱怨他再娶的妻子马拉，阿蒂试着让他停止抱怨,继续讲述奥斯维辛:"够了!告诉我奥斯维辛。"(207)在前面另一幅图中,他劝告父亲:"等等!拜托,爸爸,如果你不按时间顺序讲你的经历,我永远没法理清……告诉我,1941年至1942年还发生了什么。"(84)有一次,他还担心父亲"在某些方面就像种族主义漫画中那些吝啬贪婪的老犹太人的样子"(133)。有一张图里,他给父亲看自己的画("他们在索斯诺维茨绞死了做黑市生意的犹太人")(135)。他父亲说他会像沃尔特·迪斯尼一样出名,阿蒂的反应是,"趁着没忘,我得把我们的谈话记下来"(135)。阿蒂为怎么画他的法国妻子犯愁,她已经皈依犹太教,他不知道该用青蛙头像还是老鼠头像(172)。过了两页,他对妻子解释自己叹气的原因,"想到了我的书……我太自以为是了。我是说,我甚至都没能弄明白自己与父亲之间的关系……我怎么能理解奥斯维辛?……理解大屠杀?……"(174)

《鼠族》中此类元叙事评论不时插入,打断叙事。它们不定期地出现,没有固定的节奏,让叙事陷入中断。就第三个叙事线索而言,可以说《鼠族》不仅是弗拉德克和阿蒂的故事,也是关于我们正在读的这本漫画书是如何创作出来的故事。它接连展现了以连环画形式表现大屠杀幸存者的故事特别困难。这是一种先发制人的做法,它精妙地预先阻止了读者对此可能持有的反对情绪。斯皮格曼已经了解读者的这些反对意见,他通过阿蒂悲伤懊恼的评论将这些反对意见有力地表达出来。

与《辛德勒名单》和《黑犬》相比,《鼠族》更接近对大屠杀之恐怖的直接见证。一方面,《鼠族》将弗拉德克讲给阿蒂听的故事转换为明显的传统漫画小说,为这见证作证;另一方面,斯皮格曼将弗拉德克告诉儿子阿蒂的证词逐字逐句地传递给观-读者。阿蒂用笔记和录音忠实地转录了父亲的证词。这种作证的方法,与克劳德·朗兹曼的电影《浩劫》中的采访不无相似性。朗兹曼当然也知道电影毕竟是不乏惯例和失真的媒介。奥斯维辛解放之后，所有的证词都成为间接的形式，得经过某种中介才能呈现。

我将在下一章进一步讨论四部大屠杀小说与大屠杀的距离问题，还将讨论这四部小说中的共同体问题。目前，本章已经讨论的三部小说有一个悖论，那就是距离大屠杀越近的小说，其叙事手法越复杂。《鼠族》对连环画小说传统的借用和发挥独具匠心。《辛德勒名单》和《黑犬》尽管也是好作品，但相较而言，它们运用的叙事形式没有《鼠族》新颖。这个表面的悖论能否概括所有的大屠杀小说，或者它只是我选择讨论的这几本小说的偶然特征？这个问题目前仍悬而未决。

第六章

伊姆雷·凯尔泰斯的《无命运的人生》:以小说为证

幸存者见证不可能见证之事。

吉奥乔·阿甘本,《奥斯维辛的余存:见证与档案》

与奥斯维辛有关的小说不是小说——或者也并不与奥斯维辛有关。

埃利·威塞尔,《〈白日〉前言》

我们读关于奥斯维辛的著作。集中营中的所有愿望,最后愿望:知道发生的事,不要忘记,同时你将永不会知道。

莫里斯·布朗肖,《灾异的书写》[1]

写在正文之前

伊姆雷·凯尔泰斯于 1929 年 11 月生于布达佩斯,是匈牙利犹太人。他在十四岁时与其他数十万匈牙利犹太人一起被送往死亡集中营,其中大多数犹太人都死在了那里。凯尔泰斯能够幸存,很可能是因为谎报年纪,就像他的《无命运的人生》中的主人公一样,因为所有小于十六岁的人会被立即送进毒气室和焚尸炉。那些年纪尚可、体力尚存的人在初步"遴选"中被挑出来,然后送去劳动营。

凯尔泰斯被关在布痕瓦尔德劳动营。集中营解放后，他回到布达佩斯，成了作家。

《无命运的人生》是凯尔泰斯的第一部小说，尽管这部小说其实早已完成，但直到 1975 年，即他离开集中营三十年之后才发表。[2]凯尔泰斯坚称这部小说不是自传，甚至也不是小说。然而，这部小说讲述了一个十五岁的布达佩斯男孩被送往奥斯维辛并在那里幸存下来的故事，这个故事和凯尔泰斯本人的经历有一些联系。无论凯尔泰斯怎么说，我仍觉得他这部作品像小说。它运用了复杂高超的小说创作手法，明显不止誊写历史。这部小说最早于 1992 年被译成《无命运的》(Fateless)，然后于 2004 年被提姆·威尔金森(Tim Wilkinson)译为《无命运的人生》(Fatelessness)。后者为本文所采用的译本。[3]《无命运的人生》由凯尔泰斯本人改编，于 2005 年在匈牙利被拍成电影。[4]凯尔泰斯后又发表了其他多部以匈牙利语创作的小说，其中最著名的可能是《为一个尚未降生的孩子祈祷》[Kaddis a meg nem született gyermekért (1990); Kaddish for an Unborn Child]。[5]凯尔泰斯的作品最初在匈牙利反响平平。他后来移居德国，在柏林定居，仍坚持用匈牙利语写作，于 2002 年获得诺贝尔文学奖。[6]

《无命运的人生》在我讨论的四部大屠杀小说中是唯一由幸存者本人，更具体地说，由奥斯维辛和布痕瓦尔德幸存者创作的作品。这部小说采用第一人称叙事，与《黑犬》和《鼠族》相同，不过《鼠族》的第一人称叙事比《黑犬》更为复杂，因为在《鼠族》中，弗拉德克和阿蒂均采用第一人称，这似乎表明只有一个"我"才能见证大屠杀。这样的见证不可能以第三人称进行，这在总体上符合作证的特点。

《无命运的人生》是一个匈牙利少年"自己讲述的"遭到监禁并幸存下来的故事。至于他讲述或写作个人故事的准确地点，以及我们想象他是在跟谁讲述自己的经历，这一切都不明确。正如大多数第一人称叙事一样，读者是偶然的听者，甚至能通过想象听到另一个人的心声。读者认为这个故事与作者伊姆雷·凯尔泰斯的经历有关，但如果混同二者，就是犯错。凯尔泰斯的主人公久尔考是虚构的人物。[7]然而，即使小说是虚构的，《无命运的人生》也源于凯尔泰斯的个人经历，它因而成为我所分析的四部小说中唯一一部几乎等同于直接作证的小说，而包括《鼠族》在内的其他三部小说，也都以不同方式和不同程度的权威，公然反对策兰的说法，尽力为证人作证。

　　然而，正如许多评论家所认为的那样，我们可以肯定《无命运的人生》仅仅是直白的自传吗？有点出人意料的是，《无命运的人生》从叙事和"修辞批评"角度来看，在我所分析的四部作品中最为复杂、最具挑战性，甚至与《鼠族》相比，也是有过之而无不及。这再次证明了我之前提过的"定律"，即小说越接近直接作证，越接近大规模的"共同体的毁灭"，它们的文体和叙事就变得越复杂、越精妙。无论如何，《无命运的人生》是触人心弦的经典名作，它表明凯尔泰斯获得诺贝尔文学奖当然实至名归。

初探《无命运的人生》

　　《无命运的人生》在我所分析的小说中离大屠杀最近，因为它不仅由幸存者亲自创作，而且幸存者在叙事时采用第一人称，而不像《鼠族》那样，经由另一个人间接描述。然而，在另一层意义上，《无命运的人生》与直接再现大屠杀的距离也最远。它明显是"虚构的"。它娴熟地运用像阿尔贝·加缪的《局外人》（L'étranger，1942）这类现代主义小说的审美惯例。这部小说的局部文体结构有很多值得文学评论家们"分析"的地方，《辛德勒名单》和《黑犬》在这一点上不能与之相比。然而，我却不安地意识到，我分析得越多，就越发将奥斯维辛审美化和麻痹化，离奥斯维辛越来越远。也许吧。然而，也许诉诸复杂的叙事和修辞手法，读者才能稍微了解人们在集中营中的经历。也许吧。这里两次出现的"也许吧"在小说本身的主题中也有所体现，我稍后将会做出分析。

《无命运的人生》的首句在我看来，就像在默默回应加缪的《局外人》的开头。它同时也回应了卡夫卡作品中主人公那种典型的双重体验，卡夫卡的主人公冷静而反讽地记录自己的不幸，比如，醒来发现自己变成了巨大的蟑螂，或者发现自己在天气不错的一天被捕，而《无命运的人生》的主人公在另一个天气不错的日子里被捕，然后被送去集中营。凯尔泰斯的主人公本来名为哲尔吉（György），这至少和卡夫卡《变形记》中的主人公名字格雷戈尔（Gregor）稍有关联。我不知道凯尔泰斯有没有读过加缪或卡夫卡，但看起来他很有可能读过。然而，这种相似性有可能只是偶然，是一种无命运的偶然事件。

卡夫卡的《审判》开头是"一定是有人中伤约瑟夫·K，因为这天早上，他没做错任何事，就被逮捕了。"[8]加缪的《局外人》开头是"妈妈（法语原文是亲切的呼语 Maman）今天死了。或者，也许是昨天；我搞不清。"[9]《无命运的人生》的开头是："我今天没去上学。或者，确切地说我去了，但只是去请求班级老师准我假。"（3）在《局外人》和《无命运的人生》的开头，预料之中的或"正常的"情感发生偏离，转向一种与细节有关的不确定性，而这个细节明显是次要和琐碎的：她去世是今天还是昨天？我今天有没有去学校？《局外人》的读者对叙述者在开头交代母亲去世时那种显然冷漠的口吻感到惊讶。在《无命运的人生》的开头，对于久尔考今天是否去了学校，小说在细节上有些不确定，这个问题实际上掩护了第一章想要真正言明的事件。这个事件就是叙述者的父亲将在第二天被强制送往纳粹的毛特豪森劳役营，他们要为此做准备。读者在小说结尾处发现，即使是在与灭绝营（如奥斯维辛）不同的劳役营（如布痕瓦尔德）里，他的父亲和许多人仍失去了生命。

两部小说都以现在时开始，这非常奇怪。《局外人》的叙事并不完全集中在默尔索母亲去世的那一天（或第二天），而《无命运的人生》的叙事也并不完全集中在久尔考父亲准备去毛特豪森集中营的那一天，但两部小说的开篇看起来却都像集中在那开始的一天。我们惯有的想法是所有小说的叙事都会从结尾来考虑。我们会设想，在小说开头发声的人一定已经等在结尾了，但这并不符合这两部小说的形式，它们并未在开篇提到的"今天"内结束。两部小说不久回到了更为常见的过去时，中间不时切换，回到我们有时所称的"历史现在时"。狄更斯的《荒凉山庄》的一半篇幅都采用了第三人称叙述者，使用历史现在时。《无命运的人生》的第二章开头也运用了现在时进行叙事："我们送走我爸爸已经有两个月了。"（27）当然，这种想法的前提是我得认为威尔金森准确地翻译出了匈牙利原文所使用的时态。

这些以现在时开始的句子产生了一个效果，即让读者投入某种永恒的"今天"中，无论是在语言中还是隐含的叙述者的记忆意识中，所记之事可以一次又一次地发生："妈妈今天死了""我今天没去上学"。两部小说的整体叙事都受到了这些开篇句子的影响。两部小说中的事件的确在两本书的范围内持续进行，无论读者何时捡起书开始阅读，这些事件都会立刻回到读者的现场。这一点在如下现象中得到暗示，即，评论家在谈论这两部小说时，会本能地使用现在时。本文就使用了现在时，详见下面的句子中我对现在时"是"（is）的使用。

《局外人》的中心事件是默尔索在阿尔及尔沙滩上无端朝一位阿拉伯人开枪，致其死亡。他在审判中宣称这么做的"根源是太阳"

(130)。默尔索被逮捕、审判、判处死刑。小说在他等待行刑的过程中结束。正如波德莱尔在他的诗集《进发》(*Fusées*)的第十七首诗中所写的，"当我激起普遍之恶和普遍之惧时，我就征服了孤独"[10]，默尔索最后的话也是："为了一切圆满，为了自己不会感到那么孤独，有待期望的是在我行刑那天会有一大群围观者，对我叫嚣诅咒。"(154)默尔索这里用的是过去时，那么说这些话或写这些话时，默尔索身处何处呢？他是在生前还是死后说的呢？难以想象他是在死囚室里写下这些话的。和《无命运的人生》中的情形类似，这里产生的效果是我们能够即时了解主人公的意识，他的这种意识被某种无名力量转换为纸上的文字。

就在小说结束句之前，默尔索仰望星空，说他过去幸福，现在也仍然幸福："第一次，我第一次向宇宙的冷漠敞开心扉，不过这种冷漠并非不善。我感到这个世界如此像我，的确，如此亲切，这让我意识到我过去幸福，现在也仍然幸福。"(154)《局外人》的这个瞬间可能与下文将讨论的《无命运的人生》中的这个情景相呼应：久尔考在临死前，也仰望天空，并且他在小说结尾处也说自己在集中营里曾有感到幸福的事情。在《无命运的人生》的开头和结尾之间穿插的事情，当然与《局外人》中的主要事件迥然不同。前者仔细详尽地讲述了哲尔吉·克韦什被捕的经历，他先被送往奥斯维辛(仅关了三天)，后被押送至布痕瓦尔德、蔡茨集中营，然后又被送回到布痕瓦尔德。靠着勇敢的计谋，再加上斯皮格曼的《鼠族》中弗拉德克能活下来的那种运气，他总算得以幸存。像《局外人》一样，《无命运的人生》在结尾处宣称，我们即使身处极端情境也可以有幸福，即有小说末尾提到的那种"集中营里的幸福"(262)。

虚构作品能见证奥斯维辛吗？

本章的中心问题如下：虚构作品是否可为大屠杀作证？[11] 如果可以，那么该如何作证，用什么叙事方法？《无命运的人生》的见证成功吗？在读完《无命运的人生》后，我应该做什么——如果有什么是需要我做的话？分析这部小说的叙事方法恰当吗，或者还有其他更好的做法？批判性分析或叙事学分析，如何经过转化，有助于《无命运的人生》产生我们所说的小说的施行力量？这里的"施行力量"，我指的是小说以言行事的能力，比如，如何有可能对奥斯维辛做出见证？最后一个问题：在《无命运的人生》以及其他三部我所分析的关于大屠杀的小说中，共同体的命运如何？

创作《无命运的人生》，像创作任何有关奥斯维辛的小说一样，会遭受双重、四重困境或两头堵死的绝境。这个僵局是复杂的难解之题，横亘在见证奥斯维辛的路上。我曾在前面的章节中指出这种难解之题的另一种略微不同的形式，但这里需要进一步阐述。希腊语中的"难题"（aporia）指穷途末路或此路不通。"难解之题"是论辩中的僵局，指从同样的前提得出两个不分伯仲却相互矛盾的结论。这样的难题可能会阻碍小说或其他文字形式为奥斯维辛作证，即使最接近事实或自传色彩最浓的小说也不例外。凯尔泰斯与其他写大屠杀的人面临一样的困境。本章认为，《无命运的人生》所采用的叙事形式，是他应对这种双重困境、尽力前行的方法。我所指的难解之题如下。

第一个难解之题：无论以何种方式进行再现，奥斯维辛的事实都无法想象、无法言说。然而，我们在使用这类言辞时，必须谨慎，因为这类言辞有可能产生一种趋向，可能会不正当地将奥斯维辛比作一种否定神学。这类言辞暗示，正如上帝无法想象、不可言说，奥斯维辛也无法想象、不可言说。这类言辞还有另一种被利用的可能，说奥斯维辛无法想象、不可言说，这会给纳粹和否认大屠杀的修正主义者以可乘之机。纳粹奚落受害者，说党卫军的所作所为可怕到没人会相信这些幸存下来、提供见证的极少数人。这些极少数幸存者的证词容易被当作盟军的夸大宣传而被漠视。[12]毒气室遴选、夺命的毒气、焚尸炉、大量被屠杀的人，还有把许多囚犯变成"穆斯林"①的饥饿和强制劳役等，这些都是奥斯维辛集中营中不争的事实，可说的也远不止这些。众多文件证据支撑着这些无可辩驳的事实。然而，正如几乎每个幸存者都同意的那样，要对集中营的实际经历作出见证，这引出了巨大的语言困境，而且困境还不仅仅是语言上的。这些困境关乎生死之问、人与非人之别以及再现集中营的意义等。《无命运的人生》临近结束的片段戏剧化地展现了这些困境，下文将对此展开讨论。

让-吕克·南希的《被禁止的再现》带有其作品特有的复杂性和挑战性，他在该文中从"再现"一词的歧义出发，分析上述再现集中营的问题，而不是像我那样，从共同体的毁灭以及见证大屠杀的可能性的角度进行分析。[13]南希视奥斯维辛为西方再现观念上具有决定性的转折点："那么，大屠杀是再现的终极危机。"（"FR"，34）在他看来，认为大屠杀不可能被再现和大屠杀不应该被再现，这两种论调都同样错误和危险。大屠杀并不像一些上帝观念所要求的那样，是"不应说出的"，而且《圣经》禁止塑造偶像的命令对大屠杀的再现也并不适用。南希说："'再现大屠杀'不仅可能、正当，而且事

---

① "穆斯林"，Muselmänner，是德语，指那些在集中营中因饥饿和沉重的劳役而虚脱、骨瘦如柴、即将去世的人。他们披着毯子，心灰意冷，了无生气。对他们而言，生存毫无目的，生死也无区别。他们对周围一切无动于衷。还有一种说法是因为这些人平常弓着身子，就像穆斯林在做祷告的样子。

实上也紧急、必要——前提是对'再现'的理解严格遵照其本义。"("FR", 29)

什么是再现本身的"严格意义"呢？在南希看来，"再现"(representation)的前缀"re-"并不表示重复，它并不表示已经在场的事物再次展现。前缀"re-"在此表加强性，或者是语言学家所说的"频率性"(frequentative)。"再现"可表示"使可见坚决地外展"("FR", 36)。它有一种类似戏剧的意义。在戏剧形式的再现中，人物及其语言、行动都直接呈现在观众面前。在南希看来，西方传统中的"再现"具有犹太-希腊起源，兼具《圣经》和柏拉图-亚里士多德的意义。不仅如此，这个观念还另辟路径，"再现的整个历史，即一部模仿(mimesis)、图像、感知、客体和科学规律、景观、艺术和政治再现这些强悍的各方争论不休的狂热历史——因而有裂隙缺失穿插其间，而这种缺失实际上分为两种，即物本身之缺席(再现的问题之所在)和物的内在缺乏(absense within)(在场显现或再现的问题之所在)"("FR", 37)。Absense 一词为南希新创，指意义缺失以及被再现之物的核心总体缺失，这里被再现之物具体而言指大屠杀。

那么，为什么大屠杀是"再现的终极危机"呢？南希认为，这是因为纳粹的意识形态试图将雅利安种族作为"人性"最终的自足再现形式，"在场并且完全在场"("FR", 40)。他们将犹太人(以及吉卜赛人、同性恋、双胞胎和侏儒等)定义为没有实质的拙劣模仿的再现形式。《鼠族》篇首题词引用了阿道夫·希特勒的一句话，"犹太人无疑是一个种族，但他们不是人类。"[14] 既然犹太人假装是人类，并因而挑战了只有雅利安人才是人类这一观念，那么他们就必须被铲除。必须做到这一点，纳粹才能明确实现他们的目标。然而，屠杀六百万犹太人的真切过程，让佩戴骷髅徽标的党卫-骷髅部队直面他们颠倒的镜像，也就是直面那些已经死去的或生不如死的因犯，后者即为集中营中典型的"穆斯林"，稍后本章对此会有更多阐述。南希说："在奥斯维辛，再现的空间被打碎，它沦落为一种在场的凝视，独用死亡来呈现自身，用他人的逝者之视来填充自身——这样的凝视除了十足的空洞之外，一无所是，而[纳粹的]全部世界观则在这种空洞中内爆。"（"FR"，46）

纳粹不经意地发现，死亡恰恰是不能被任何一种再现所独占的。正是在这个意义上，保罗·德曼说："死亡是一个错位的名字，它表达了一种语言的困境。"[15]南希则会说，就通过任何一种媒介——语言、电影、绘画、雕塑和音乐——进行再现而言，死亡都是一个困境。南希提到了希姆莱的可怕说法，后者对他得力的手下说："你们大多数人都知道一百具、五百具或一千具尸体躺在那儿意味着什么。"（"FR"，41）对此，南希的回应是，纳粹可以制造并且遭遇成千上万、上百万的尸体，但从来不会面对死亡，从来不会真正地"知道那意味着什么"。因此，他们不得不杀成千上万更多的人，然后更多，共计数百万，他们试图将死亡囊括进纳粹雅利安人向自身显现的在场的人性之中。南希写道："在奥斯维辛，西方触及了那种向自身呈现那不在场之物的意志。因而，西方也就触及了一种关于再现的意志，它追求一种没有剩余、没有挖空或回撤、没有逃逸之线的再现。在这个意义上，这种再现恰恰与一神教对立，也与哲学和艺术对立。"（"FR"，43）我认为南希的意思是一神教像哲学和艺术一样，总是涉及缺席的或不可见的上帝、隐匿的上帝（deus absconditus），或者涉及某种缺席的深层基底，这种基底不敞向直接的遭遇而只敞向间接的再现。

刽子手和受害者可怕的共存关系在大屠杀中增加了六百万倍，在这种关系中，西方关于再现的双重设想中的缺隙，成为"一种打开——间隔或伤口"（"FR"，49），也就是说，成为再现中的决定性危机。这并不意味着，对奥斯维辛的再现既不可能也不迫切必要，而是意味着这样的再现——无论是在小说、电影、回忆录、回忆录音中，还是在学术讨论中——必须对这样的要求做出回应，"这个要求是：这样一个打开——间隔或伤口——不应被展现成一个物件，而应在再现的层面上，作为再现的实质或作为真理之真理被铭写"（"FR"，49）。你会注意到南希说的完全是记述性的再现，涉及讲述大屠杀事实的真理。我把南希在记述语域所说的话运用到"见证"这样的施行表述的语域中。大屠杀撕开了再现中的裂缝、缺隙或伤口，对这一切进行悖论性再现的行为，可被视为作证的言语行为，见证无法见证之事。这将会把南希所说的话又往前推进一步，加深我们理解奥斯维辛再现过程中利害攸关的部分。本章试着跨出那一步。

让-弗朗索瓦·利奥塔简洁地指出奥斯维辛抵制被述说、被传递给他人的一个核心方面："对毒气室'真正地亲眼所见'，基于这个条件，一个人才有权说毒气室存在并说服其他不相信毒气室存在的人。并且，仍有必要证明亲眼见到毒气室是用来杀人的。要证明它是用来杀人的，唯一可接受的证据是有人死于毒气室。可是，如果人死了，他就不能证明自己死于毒气室。"[16]凯尔泰斯的主人公在返回布达佩斯的途中遇到一个否认奥斯维辛的人，他就遭遇了这样的困境，我稍后会分析这一点。这样的僵局至少部分表明了吉奥乔·阿甘本在说见证奥斯维辛必须见证那不可能见证之事时想要表达的意思。然而，正如南希有力论述的那样，那并不意味着不应该尽力做出这样的见证、抵制这种不可能性。这正是《无命运的人生》想要做到的。

德里达的《纸机器》（*Paper Machine*）收录了安托万·斯皮尔（Antoine Spire）对他的采访《他人是秘密因为他们是他者》（"Others Are Secret Because They Are Other"），他在这次采访中夸张地重述了这个僵局。他们当时在宽恕与见证的语境下讨论宽恕的问题。"宽恕"在法语中是 pardon，这个法语词的前半部分 par 有许多意思："通过""伴着""经过""出于"或"凭借"，后半部分 don 意为"礼物"。法语 pardon 与其对应的英语词 forgive 的组合形式接近，但并不完全对应。细想之下，这两个词都表现出奇怪的音节组合形式。对于德里达声称在奥斯维辛语境中，只有无法被宽恕的才需要宽恕，斯皮尔说："你也说宽恕源自我们共处同一社会这一事实。像纳粹刽子手、阿尔及利亚屠杀者这些犯下反人类的罪行的人，我们的确与他们生活在同一片天空下。"[17] 当斯皮尔问德里达幸存者是否可以"替"死者宽恕施害者时，德里达回答只有受害者才可以宽恕。幸存者不能宽恕，"不！只有受害者才可能有权在某个时候宽恕。如果他们死了，或者以某个形式消失了，宽恕就不可能了。"（PMe，161；PMf，396）德里达这里以另一种方式重新表述了策兰的论断，即无人可为这见证作证。除了那些不可饶恕之人的受害者之外，没有人可以实施宽恕。就奥斯维辛而言，那些遇难者已不能活着给予宽恕，正如他们已不能活着去作证一样。斯皮尔又问："但什么方面是不能宽恕的呢？"德里达有些回避这个问题，或者说他回答得有些迂回，他说在任何面对面宽恕的情景中，唯一可能的方式是，即使当场只有两个人，也需要第三方在场，哪怕只在无形之中，第三方也要一直在场：

> 另一个难解之题：宽恕的情景要求在受害者和有罪方之间，有独一的直面对方的相见，这样倒是好，但第三人得从一开始就活跃在那里。即使只有你们两个人，面对面，一旦宽恕经由言语或某种大致可重复的踪迹来开展，宽恕也就暗示了第三人（作为为此背书认可的证人——米勒注）的存在。所以，举例来说，后继者（这第三人处于后继者的位置，他留存了那个踪迹）有某种言说的权利。所以，宽恕的情景能够，甚至必须被延续到死亡之后，尽管在联系到宽恕需要受害者和犯罪者这两个

活着的人面对面时，这看来是矛盾的。(PMe，163；PMf，397）

然而，事情远没有利奥塔甚至德里达说的那么简单。集中营的囚犯中有一群重要的犯人是"特遣队"（Sonderkommandos），或称"特别行动队"。这些犯人通常是犹太人，他们被党卫军征召去执行毒气室的脏活，也就是杀害并焚烧狱友，有时甚至是自己的亲戚和朋友，这叫人毛骨悚然。尽管党卫军特别注意定期将特遣队成员送进毒气室，再组建新队伍接替，以免留下证据，但还是有少数人的确留下了书面记录或者幸存下来，为他们的非人遭遇作证。这些幸存者在执行灭绝任务中亲眼见到了毒气室，因而不会陷入利奥塔所言的僵局。

第二个难解之题：把纳粹种族灭绝的行为写成任何一种小说，将其"审美化"，这种做法在本质上尤为可疑。一方面，小说本身越成功，它离奥斯维辛可能越远。这是埃利·威塞尔在第二条章前引语中所表达的意思。另一方面，伊姆雷·凯尔泰斯在最近的口头谈话中不止一次提到，所有对奥斯维辛的见证都是"小说"，即使最明显的自传也不例外，他这种说法可能没错。[18] 当然，他说大屠杀是小说，并不意味着他同意大屠杀否认者谎称大屠杀从未发生过。情况恰恰相反。明白这一点很重要。我认为凯尔泰斯的意思是，任何有关大屠杀的叙事，都经过了选择和整理。从凯尔泰斯的言辞推断，我确信幸存者对集中营经历的任何叙事，从最忠实的自传到虚构色彩最浓的转换创作，都经过略显独断的主观选择，他们组合细节，形成故事。这样的"组合"并不照搬细节本身。尽管事实仍为事实，但任何叙事行为都是对事实的构建。为了说明这一点，我认为关于奥斯维辛的叙事，无论是自传还是虚构，都不仅是对事实的组合，还是对事实的阐述评判，简言之，是见证。

关于这些难解之题，我有两个观点：(1) 凯尔泰斯通过《无命运的人生》讲述故事，为奥斯维辛作证，这种作证方式比其他作证方式可能更为有效；(2) 小说本身以戏剧化的方式表现了为何这种方式更有效。

对《无命运的人生》这样的小说展开"修辞性阅读"或"叙事学阅读"，关注其文本，分析其如何发挥神奇的施为性力量为奥斯维辛作证，这有可能只是加重了作者在创作奥斯维辛小说时或许会感到的那种羞耻。这种解读可能是一种不可原谅的鲁莽行为。也许吧。这两种阅读我前面也提到过，在这两者间，我做出如下区分。我所指的修辞性阅读，尤其关注修辞方法、复现词(比如《无命运的人生》中不断出现的"自然地")以及反讽之类的文体特征。叙事学阅读主要关注叙述者、视角、情节结构以及其他与叙事形式相关的问题。我的解读方式结合了这两者，可能让人不太容易接受。这两种阅读方式无论如何都不能截然分开，也不能无缝协作。任何一种或结合二者的阅读方式都可能遇到莫里斯·布朗肖在《灾异的书写》中所点明的困境："一切理论，无论彼此可能有多么不同，它们都在不断地彼此易位，它们彼此之间的鲜明区分仅仅在于它们由写作支撑，而这种写作也从那些声称评判这种写作的特定理论中逃逸。"[19]

我们如何能够一边以其中一种阅读理论或结合两者的阅读方式展开分析，一边秉持良心，谨记为奥斯维辛作证这样的庄重之事？一方面，分析性的评论一丝不苟、条理分明，正如我在此所做的这样，它或许只是保护个人免受《无命运的人生》产生的情感冲击，以免有损其作证的力量。小说讲述的故事当然难以接受。读者避免与其产生正面遭遇。另一方面，对一部为奥斯维辛作证的小说展开批评分析，这种分析本身挑战了本书常提到的保罗·策兰认为无人可为这见证作证的论断，这种批评分析本身可否是一种见证，或者至少有效地传递了见证？[20]

为奥斯维辛作证之阻碍

《无命运的人生》本身记叙了为奥斯维辛作证的困难。凯尔泰斯的主人公久尔考在布痕瓦尔德解放后的回家途中以及首次回到布达佩斯时遇到一些人，他很难让这些人理解自己的经历，久尔考的这种困难实际上展现了为奥斯维辛作证的困难。久尔考与这些人的碰面，戏剧化地提出了凯尔泰斯本人可能会想到的问题，此时的凯尔泰斯在多年的集中营生涯后，试图创作一部可成功为奥斯维辛作证的小说。尽管这些碰面的情节出现在小说结尾，但为了确定见证大屠杀的困难——正如凯尔泰斯的主人公在布痕瓦尔德解放后返家途中所经历的那样——我需要现在就进行讨论。希望读者会原谅我前后倒转的做法。我的读法也许尤其不可原谅，因而需要宽恕，因为凯尔泰斯的小说叙事严格按照事件顺序展开。然而，我论述的逻辑、我所要讲述的故事，与小说讲述的故事不同。为了中肯地表达我对这部小说的解读，这里有必要首先转向对久尔考故事结尾的讨论。

我的论述前提是，凯尔泰斯不写回忆录，而写小说，并选择《无命运的人生》现有的叙事策略，均是为了应对他在回归之后完全不被人理解的经历，他将自己的体验转移给久尔考，后者从解放后的布痕瓦尔德返家时也有类似遭遇。我现在必须展现小说如何刻画迁移至主人公身上的那种不被人理解的经历。在那之后，我会进一步思考小说中反讽及其他文体特征的功能，讨论凯尔泰斯在情节突变的小说高潮中所采用的叙事策略：久尔考几乎变成了集中营中所说的"穆斯林"，即那种因饥饿、劳役和虐待而濒死之人。这个片段也包含了另一个例子，表现久尔考的冷静反讽在小说作证的过程中发挥了关键的叙事作用。凯尔泰斯选择严格依照时间顺序的叙事，作为见证大屠杀的恰当方法。我最后将回到对题目的解释上来，解释题目与凯尔泰斯这种选择之间的关系。这些部分的讨论从不同的视角探究《无命运的人生》，证实其对于作为读者的我的影响力。

在小说结尾，久尔考奇迹般地活到了集中营解放，他身无分文，仍身穿囚衣，想尽办法回到布达佩斯。在返程途中以及到达故乡之后，他四次遭遇来自他人的质询，这四次遭遇让他深刻认识到，若要与他人交流自己的经历，他会面临重重困难。如果算上他即将与母亲的见面，类似的质询经历应该是五次。在小说结束时，他正要去见自己的母亲，并且他预见到这次见面似乎注定会以某种方式发生。读者并不知道这次重逢的结果如何，尽管久尔考说，"我的妈妈在等我，见到我，她一定非常高兴"（262）。

久尔考遭遇第一次质询是在回家路上，经过一个城市，他在那里听到许多人"讲匈牙利语，也讲捷克语"（240）。他正在等下一班火车时，一个陌生人靠近他，向他求证是否"然而，并未亲眼确证过这一点（即毒气室的存在）"。当他如实回答"没有"时——正如他所言，如果见过毒气室他就已经死了——这个陌生人说，"我明白了"，然后就走开了，带着"某种满意的神情，除非我完全看错了"（242）。"除非我完全看错了"这样的表述，是表现久尔考"要么/要么"的保留态度的例子之一，带有久尔考叙事的典型特征。下面讨论久尔考遭遇这个陌生人的重要性。这次偶遇暗示了向久尔考提问的这个人否认奥斯维辛，他拒绝相信奥斯维辛，他的这一想法如今获得证实。这一层含义在小说改编的电影中表现得没有这么明显，我刚刚引用的表现提问者满意的描写当然没有出现在电影中，因为这个句子在小说中出自叙述者对久尔考想法的陈述。人物的想法或内心独白没法拍摄，除非通过极为别扭的反电影手法，运用不见其人的画外音。在电影中，我们只看到否认奥斯维辛的那人走过时的面部表情，但那也传递了不少信息。

久尔考遇到第二次问询的时候，他正与邦迪·西特罗姆的姐姐和母亲一起，在她们位于布达佩斯勿忘我街的公寓中。邦迪是久尔考在集中营中唯一真正的朋友，尽管邦迪在久尔考快要变成"穆斯林"时抛弃了他。久尔考甚至在回家之前，先去邦迪·西特罗姆家看邦迪有没有回家。他发现邦迪曾不乏怀旧地说起的多么美好的勿忘我街，实际上十分破旧衰败。与邦迪姐姐和母亲的见面痛彻心扉，邦迪没有回家，久尔考几乎确定他已经死在集中营里了。久尔考不打算告诉邦迪的姐姐和母亲集中营到底是什么样的。

久尔考遇到的第三次质询发生在他与一位记者的谈话过程中，最不尽如人意。久尔考从邦迪·西特罗姆家出来，在回家的有轨电车上遇到这个记者。后者试图让久尔考默认关于集中营的一些陈词滥调，比如"我们就不能把集中营想象成地狱吗？"(248)久尔考回答说自己对地狱一无所知，但他猜测不同之处在于地狱里不可能感到无聊，而他有时感到无聊，即使在奥斯维辛他也有这样的感受，这个回答让记者不快。他告诉记者现在既然回到了布达佩斯，自己最主要的感觉是"憎恨"(247)。恨谁呢？"所有人。"(247)记者最后说，"不，这无法想象"(250)，叙述者久尔考记得自己默认了这一点。他不久后结束了这次谈话，尽管这个记者想要帮他把集中营的经历写成回忆录并出版。

这里暗示了报道中关于集中营的老套说法并不能成功地为集中营作证，而凯尔泰斯在《无命运的人生》中运用的叙事策略，比如读者刚刚读到的那一段，则有可能成功。据此看来，一部关于奥斯维辛的小说，而不是一份受新闻惯例约束的事实报道，才是恰当的见证方式，这与后来埃利·威塞尔对奥斯维辛小说的看法大相径庭，我在章首引语中给出了他的相关看法。

久尔考遇到的第四次质询，同样不尽如人意，出自他与原有社群所剩的两位成员弗莱什曼叔叔和斯泰纳叔叔的谈话。（他们明显不是亲戚，久尔考叫他们"叔叔"是出于亲密的家庭友谊和邻居关系。）久尔考的父亲死于毛特豪森，继母改嫁。久尔考对他们动情地表露心迹，却激怒了他们。弗莱什曼叔叔问他未来有什么计划，久尔考回答还没怎么想过，于是斯泰纳告诉他，"你必须忘了那些恐怖的事⋯⋯为了⋯⋯能够活下去"（256）。"自由地活下去。"弗莱什曼补充说。久尔考否定了这些建议。他说自己首先无法忘记，除非他受伤或得病，脑子无法思考。况且，他也并不想忘记。

久尔考发现尽管他感到有责任要为自己的经历作证，但直接的陈述似乎无法传递什么，久尔考这一发现在与他两位叔叔的痛苦对峙中抵达高潮。然而，他的发现肯定了我在本章开头引用的布朗肖那句矛盾的话的后半部分，"知道发生的事，不要忘记，同时你将永不会知道"。久尔考对两位叔叔的一番解释反而惹怒了他们。他意识到他们什么都不理解，也不想去理解，于是终止了拜访，自行离开："但是，我能看出他们并不想去理解任何事情，于是，我拿起包，戴上帽子，动作、说话都不着边际，对他们每个人致意的动作都未做完，话也没说完，我就离开了。"（261）此处夸张地展现了久尔考感受到了为奥斯维辛作证的最为困难之处。

作为见证的反讽叙事

除了细致的修辞和叙事学分析，《无命运的人生》中的叙事策略还带来了额外收获，那是什么呢？细读纸上文字之后，我们获得了附加回报、正向增值。这种增值包括我们可以更好地理解虚构作品为奥斯维辛作证的成败关键。

正如我上面所提到的，《无命运的人生》被拍成电影《无命运的》，影片 DVD 已经发售，编剧仍是凯尔泰斯，他的改编依然深刻有力，不过本章并不会详尽地讨论这让人钦佩并值得长篇大论的影片。尽管电影版本让人感动，令人恐慌——其部分方法是通过在观众面前直接呈现暴行和痛苦，而小说的读者则必须以纸上文字为基础进行想象——电影却很难找到对应的图像去表现小说中久尔考复杂微妙的文字叙事。这些地方对构建小说的意义至关重要。就如我们经常所做的那样，并置小说和电影有重要的价值，可以通过比较两者如何不同来了解不同媒介的特点。

电影偶尔采用画外音的形式，非常有效地运用了主人公的话。这个不见其人的声音重复了作为第一人称叙述者的"我"或作为小说中经历者的"我"所说的一些重要事情。然而，电影只给出了一部分这样的话语层次。小说中无处不在的反讽在电影中自然也没那么明显了。我说这种现象是自然的，因为反讽基本上是语言效果，而非视觉效果，尽管像反讽这样的效果当然也可以来自图像的并置。小说通过久尔考敏锐的观察呈现相关内容，这样的观察视角让他充当了相机镜头的角色，而在电影中，久尔考眼中的内容则真的变成了摄像机镜头的视野，久尔考那沉默且多少有些不动声色的脸也会出现在镜头里，当然，这是一种作品外部的展现，小说中并没有这样的内容。小说中"穆斯林"的主题明显很重要——它在我的解读中也很重要，本章稍后会分析——但奇怪的是，这个主题在电影中却缺失了，尽管电影也紧跟原作，忠实而有力地表现了久尔考的濒死状态。

我见到过这部小说的匈牙利语原版。正如我在前面一个注释中提到过，在 2007 年，网上还能找到原版，不过那个网址现在打不开了。幸好我即时下载了原版。即使我不懂匈牙利语，原版仍然有助于我的解读。我对匈牙利语一无所知，这表明假装睿智地谈论这部小说实际上是肆意妄为。久尔考在集中营时，身边的语言如此之多，他听不懂周围的人讲话，这种听不懂的痛苦威胁到了《无命运的人生》中共同体的存续。如果可以将久尔考的剧烈痛苦与我读不懂匈牙利语原文的苦闷等量齐观，我在读不懂匈牙利语时可能隐约体会到了凯尔泰斯（或久尔考）置身语言众多且无法理解的混乱局面时的感受。两者之间的不同乃至天壤之别是，在奥斯维辛，听不听得懂很可能决定着生死，而我在语言上的无能，除了影响我解读《无命运的人生》的学术能力之外，并不会有更多的利害关系。

为了解决上文指出的难解之题，凯尔泰斯选用第一人称叙事，并将反讽作为基本的叙事语言形式。《无命运的人生》的叙事设定是以第一人称讲述一个十五岁的匈牙利犹太男孩在"二战"临近结束时的遭遇。他于1944年在布达佩斯被捕后，跟数十万其他犹太人一道被押往奥斯维辛。大多数人都死了，而他在布痕瓦尔德和蔡茨的劳役营则活了下来。位于维勒的集中营，在蔡茨附近，是布痕瓦尔德的分营，营内建有合成机油厂。明显的自传类作品，如普里莫·莱维的《活在奥斯维辛》（*Survival in Auschwitz*）以及埃利·威塞尔的《夜》（*Night*），提供了许多集中营生活细节，凯尔泰斯的男主人公讲述的故事与这些细节贴合得非常紧密。[21]

久尔考的形象塑造是"冷"（cool）少年，他超然、反讽，有些无动于衷，（也许正因为如此）却对自己见到的各类细节，诸如他人的形象，拥有极为敏锐的眼光。他能将个人见闻精妙地转化成文字，独立机智地看清问题，还有一种默默坚守的"固执"（138），这种固执为他赢得九死一生的机会，尽管在很多时候幸存只是偶然。"固执"是这部小说的关键词，我稍后会讨论。

小说严格按时间顺序讲述久尔考的经历。凯尔泰斯没有设置容易混淆的时间转换。他依次生动地描述了"非命运的"系列事件，我将会指明这种叙事学选择的重要性。在小说中，"我"既是叙述者，也是亲历者。作为叙述者的"我"讲述了作为亲历者的"我"，即主人公的故事。叙述者讲述主人公的经历，主人公身处现在，他很少清晰地记得过去，也几乎完全无法预测未来。

在这部以第一人称叙述的小说中，我把那时正在经历的主人公称作"主角"或"经历的我"（the experiencing I），把此时正讲述过去经历的主人公称作"叙述者"或"叙述的我"（the narrating I）。主角和叙述者是同一个人的两个方面，由隐含的现在叙事和明确的过去叙事所形成的鸿沟分隔开来。除此之外，还有以下事实将这两方面分开，叙述者知道自己会活着回到布达佩斯，而主角则时刻意识到死亡逼近。叙述者明显拥有记忆一切的能力，这是第一人称小说常见的惯例。我们需要区分"叙述的我"和"经历的我"，就像对待大多数第一人称小说那样，要分清主角在那时说的话和叙述者在此时进行叙述的语言。然而，这有时可能很难，甚至无法做到。两者模棱两可的程度，就好比要分清自由间接引语中的语言，是属于主角还是属于以第三人称过去时替主角说话的叙述者。《无命运的人生》时而使用的现在时[如上文讨论过的小说开头的句子，"我今天没去上学"(3)]发挥了重要作用，当叙述者回顾事件时，使用现在时则强调了"经历的我"沉浸在当时。

凯尔泰斯赋予久尔考极其敏捷的思维。他将这种主动灵活的思维用于理解周围的事物，解释自己的感想，即使饥饿和感染将他带至死亡边缘，让他几乎成为集中营里的"穆斯林"时，他也仍然保持这种思维状态。久尔考不理解自己的所见所闻，直到他能够亲自弄清所有细节，这是《无命运的人生》叙事的基本假设。他被骗了，以为自己即将离开匈牙利是去工作，而不是去忍饥挨饿，遭受毒打，更不会被毒死和火化。许多其他被驱逐的人也同样被骗。这和卡夫卡的《下落不明的人》中那个天真的主人公在小说最后一节的遭遇相似，本书第二章已讨论过那个片段。那股弥漫在奥斯维辛的奇怪气味来自焚尸炉焚烧毒气室运出的尸体，读者知道这一点，作为叙述者回顾过去的久尔考知道，还有凯尔泰斯也知道，但是当时作为经历者的久尔考并不知道。他最开始以为那些冒着滚滚黑烟的烟囱属于皮革厂，他也并不知道到达奥斯维辛后经过最初遴选，站在右边的那些人——包括与他一起被捕的男孩儿，他们要么太胖，要么近视，要么瘦弱——会被立即送入毒气室和焚尸炉。不过，在抵达奥斯维辛的第一天快要结束时，久尔考就弄清楚了这一切。他依靠自己的感觉和其他囚犯的谈话，理解了周围的事。聪明机警的少年慢慢走出无知、无辜的状态，了解了一切，这种方式呈现了无法言表的暴行，是这部小说的部分力量之所在。读者已经大致知晓这些残忍的做法，但是通过一个时时有生命危险、只是渐有意识的少年的眼光，重新看待这些暴行，这种方式使读者感到深入骨髓的阴森恐怖，尤其无法忘怀。

久尔考的叙事有三个统领性的文体特点，或者至少有三个特别重要的文体特点表明了"无命运的人生"这一表述的确切含义。全面的修辞性解读要求在文体和主题方面对小说展开详尽细致的长篇分析。例如，有必要明确久尔考的想法在整部小说中是否发生变化。尽管这是重要的问题，但要弄清楚他的想法却殊为不易。久尔考最后当然知道得更多，也变得更加善辩，但他的情感立场有没有真的改变？我认为他的改变并不大，不足以将《无命运的人生》轻易归置到那种第一人称成长小说的范式之下，在那些小说中，主人公丧失天真，最终成长为一个忧伤而睿智的男人或女人。在这样的第一人称语篇中，统领原则是"那时我无知；现在我明白"。

这里我仅简要地讨论《无命运的人生》在文体上的三个重要方面，省略其他重要的特征，比如久尔考有使用奇特比喻的天赋，他说他祖母近乎失明的眼睛，在厚厚的老花镜片后，"看起来就像两只罕见的流着汗的昆虫"(24)。他描述一个老囚犯畏畏缩缩地行贿的手，"像某种稀毛大蜘蛛，甚至还像某种小海怪，寻找着裂缝，以便可以躲到他的外套底下去"(52)。他说当两位叔叔准备告诉他父亲的死讯时，斯泰纳叔叔的手"慢慢地抬起，在空中飞了一会，然后像一只谨慎的老蝙蝠停留在我手臂上"(254)。这些比喻，或者严格地说，这些明喻非常精彩地体现了肯尼斯·伯克(Kenneth Burke)所说的"非协调视角"(perspective by incongruity)，它们对于制造反讽十分有效，而反讽正是我要讨论的第一个文体特点。

久尔考的反讽

《无命运的人生》的叙事基调是一种带有反讽的轻描淡写，这符合久尔考那种超然其外的洞察力。反讽是久尔考作为十几岁少年摆酷的表现。不仅如此，从小说第一句话"我今天没去上学"开始，反讽就是《无命运的人生》的整个文体的风格特质。当久尔考说到相当不好的预兆时，这样的反讽往往就明白显现出来，如他发觉去蔡茨集中营的医务室有危险时，只说这些迹象"不大能鼓舞人心"(173)。另外，就如康德告诉我们对艺术作品应持有的那种态度，他还"不带任何功利"地欣赏布痕瓦尔德门口的雕塑。雕塑展现的是一个跑动的犯人正扛着沉重的石头。久尔考后来又仔细一想："然后我想到它无疑也有某种意义，尽管细想之下，那意义着实算不上是好兆头。"(123)

有一个更明显和详细的反讽，就是久尔考说浴室、毒气室和焚尸炉这些仔细规划的步骤"所有这一切都使我产生一种玩笑般的、学生式的恶作剧似的感觉"(111)。他接下来在第二章所引用的段落里，想象一个个德国军官想出毒气室、浴室、香皂、户外花床、足球场和舒缓的音乐等点子，他们还为自己的创造性相互称赞。这与万湖会议上发生的事相似得可怕，万湖会议提出了实施"最后解决"方案的细节："有些主意可能激起了更长时间的讨论和修改，而有的主意却立刻受到他们的欢呼，这些人跳起来（我不知道为什么，但我坚持这一点：他们跳了起来），相互击掌——这一切都很好想象，至少对我来说是如此。通过许多狂热而勤勉的手，这些长官的狂想在来来回回的忙碌中变成了现实。并且，就我所见，这场特异表演毫无疑问获得了成功"（凯尔泰斯，111—112）。

将屠杀六百万犹太人说成是学生式的恶作剧，这的确是巨大的反讽，但这也有力地让读者认识到汉娜·阿伦特所说的"平庸之恶"。那些纳粹军官抽着雪茄，相互击掌，笑话彼此突发奇想的恶魔般的发明。久尔考亲眼"见证"了"最终解决"方案中那些难以置信的邪恶幻想所导致的恶果。然而，正如每个人都知道的，或者说每个人都应该知道的，反讽是一把双刃剑。它会双向出击，正如弗里德里希·施莱格尔（Friedrich Schlegel）所言，它尤其会转而反对那些自以为已经掌握了它的人。[22] 没有掌握的人可能包括凯尔泰斯——他选择赋予他的主人公一种无孔不入的反讽式思维和谈话方式——还有主人公久尔考，以及任何读者，比如我作为这部分文字的作者此刻正假装解释《无命运的人生》的意义。

《无命运的人生》在几个意义层面均有反讽。小说中存在戏剧反讽，读者或作者所知道的情况与主人公所知道的情况不一致，例如久尔考闻到甜而恶心的烟味，一度以为飘出这些烟的烟囱属于皮革厂，但读者和凯尔泰斯都知道，那是臭名昭著的奥斯维辛焚尸炉。久尔考在有意识地说某些话时，也会克制地运用反讽。他表面上说着一件事，但实际上另有所指，例如他将"最后解决"方案的计划比作学生的恶作剧。然而，久尔考的反讽并不真的只是言此及彼，并不像设想（尽管从不真实）中的"克制的反讽"（controlled irony）或"明晰的反讽"（perspicuous irony）。久尔考的反讽同时指两个事物，尽管它们在逻辑上并不相容。"最后解决"方案对道德责任的践

踏骇人听闻,的确与学生恶作剧有着让人胆战心惊的相似性。如此
比照,体现了对平庸之恶的深刻洞察。不难想象,近年来美国华盛
顿政府高层已召开类似会议,因此,关于阿布格莱布监狱、关塔那摩
监狱、巧妙的引渡、无限制的电子监控以及其他背信弃义的行为,才
会有周详的计划得以制订。

凯尔泰斯选择反讽作为久尔考一贯的言语模式,这使小说的意
义基本上"无法确定",反而不利于作者的表达。这部小说体现了弗
里德里希·施莱格尔所称的"永恒插叙"(permanent parabasis),即
永久地推延确定的意义。"插叙"是希腊修辞用语,指舞台幻觉被剧
中某个人物打破的时刻,这个人物走向台前,告诉观众这部剧是一
出戏。① 莎士比亚的《暴风雨》的结尾即为一例。反讽是"永恒插
叙",而非暂时离题,因为反讽言语通篇搁置了对外部事件和人物进
行直接再现的幻象。例如,读者无法知道凯尔泰斯是否会因自己的
经历而秉持相应的道德立场,同意久尔考对那个记者说他回家后的
首要感受是"憎恨""所有人",而不是恨那些抓他的人,记者听后
"[陷入了]沉默,这次时间更长,才又重新发问"(247)。读者想知道
凯尔泰斯是否相信人生的命运或无命运。

说得婉转些(这也是反讽),反讽会让人扫兴,让人感到困惑、心
烦,甚至生气。我们喜欢清晰的知识和明白的判断。我们认为奥斯
维辛题材的小说如果写得好,应该提供这些。评论家们会出色地牵
强附会,以获得他们想要的确定性,抵制反讽那推延确定意义的永
恒插叙。然而,《无命运的人生》的文本证据和纸上文字难以达成这
种确定性,这也许解释了一些评论家为何不大喜欢这部小说,在同

---

① "插叙"的希腊语为 parabase,意为"站在一边",也译为"合唱队领队独白""插叙""齐声旁
白""离题段"(意为"跳出合唱"),它是古希腊喜剧的组成部分,此时表演暂停,合唱队领
队通过独白,对观众演讲,发表对时事或个人的评论,内容与喜剧情节无关。此处根据米
勒上下文,译为"插叙",但与叙事学意义上的概念有所区别。

为大屠杀题材的小说中给了这部小说低分，就如下文将提到的伊弗莱姆·西哈尔（Efraim Sicher）的评论所展现的那样。与西哈尔相反，我认为反讽至关重要，它以两种矛盾的方式影响了《无命运的人生》对奥斯维辛的见证。久尔考的反讽叙事与他所再现的可怕事件保持了足够距离，以便读者有深切的感受。这样的反讽瓦解了读者不愿直接面对大屠杀的心理。同时，久尔考的反讽所产生的不确定性或不可决定性，构成了小说文本中因缺席而生的裂缝或再现中的缺隙，这也是南希所说的再现危机的本质特征，大屠杀导致了再现危机。这种缺隙的另一个名字是死亡，是大屠杀中六百万遇难者的死亡。

或这，或那

反讽与《无命运的人生》中另一个突出的文体特点有关。反讽作为一种非常规意义上的修辞方法（trope）①，其施行性不确定，让人沮丧，小说的另一文体特点在话语层面上与反讽这种不确定的施行性相对应。反讽是以言行事，但其所行之事是把读者置于不确定的推延状态中。如果反讽同时涉及两种互不相容的事物，是把双刃剑，那么久尔考所做出的清晰判断，尽管都始于他想要看清楚和想清楚的决心，实际上也是以认知语汇表述的反讽推延，即，仍为上文所说的插叙。久尔考认知的不确定性也构成他认真作证的一部分。

对于自己所见到的一切，久尔考总体上不愿也不能做出任何直接而毫不含糊的判断，并且他过于诚实，无法假装自己能做到。尽

---

① trope 即"转义"，也称"转义修辞格"，指某种词汇意义改变，语义发生偏离或转换。常见的转义修辞格有隐喻、转喻和反讽等。

管他不止一次说"确凿无疑"(154),似乎要终止他"要么/要么"的表述中的不确定性,但他的判断往往典型地伴有相当特别的限定、附款、修订、矛盾和不确定的声明。久尔考看任何事情都或多或少地存在"不同选择"。他惯有的表达风格是诸如"然而,从另一个角度看"或者"尽管从另一个角度看"(250,135)之类的表述。借用詹姆斯·乔伊斯的《芬尼根的守灵夜》中的精彩描述,久尔考处于"两个双胞念头"(twosome twiminds)之中。[23]

　　小说中有很多地方表现了久尔考有双胞念头,习惯使用限定语,常常犹疑不决且明显自相矛盾。以下即为几例。有个守卫告诉他报自己十六岁(这个谎言救了他的命),久尔考在描述守卫脸上的满意神情前,是这么说的:"我还有个发现,尽管这更像仅仅一瞬间的感觉,也许是错误的……"(86)在初入奥斯维辛的遴选中,站到好的那边的人,脸上都露出"成功[的表情],如果我感觉没错的话"(86)。后来他又说,"至少这就是当时的印象,当然这也可能是错误的"(100)。他问自己这些守卫是否与自己以及其他在押的人一样,"这些走在我们身边的人,在他们内心深处,无论如何,总是和我们基本相似的吧,要说起来,也是由和我们大致相同的造人材料做的吧? 但我又想到,我思考的角度可能有问题,因为我自己当然就和他们不同"(122)。之后不久,他说,"但从另一个角度看来——这也是真的"(135);"至少我的体会是……这大体上是我的理解"(135—36)。关于蔡茨集中营不时出现的自杀,他说这种行为"有些难以解释,或许有点轻率,或许甚至有些值得尊重,但无论如何都是不成熟的"(136)。纳粹在其他犯人面前绞死了三个犯人,观刑队列中传出吟诵犹太教祈祷经文的声音,久尔考将之形容为"一种固执的模式,这种固执是最后的、唯一的——我不禁想到——也许在某种程度上是被迫的,我几乎可以说是规定的,在某种意义上固定的,或可说是强制的,并且同时又是无用的(因为它没有改变前方的任何动静：除了被绞死的人最后抽搐了几下，没什么因这些文字的吟诵而变化或颤抖）"（161—162）。尽管电影中的久尔考参加了吟诵，但小说中久尔考不是信徒，不能参加，这让他有些遗憾。还有两个例子是："除非我错了"（206）；"除非我在那一点上也错了"（207）。

另一个关于双胞念头的例子需要讨论得仔细一点，"我注意到这种情感让他们满足，给他们带来了某种愉悦，我是这样看的。的确——我当然有可能弄错，尽管我并不认为我错了"（213）。这个带有限制条件的论断感人而反讽，它出现的场合是在集中营医院治疗久尔考的医生让久尔考说出了自己被捕后被送往奥斯维辛的经历，医生随后告诉了其他医生和病人。人们同情他："最后，我发现周围的人都看着我摇头，脸上都流露出一种明显异常的情感，让人有点尴尬，因为，我可以说，他们是在怜悯我。我有种强烈的意愿，想要告诉他们终究没有必要那样，至少在那时不要，但我还是什么都没说，我有些顾虑，有些不忍心这样做，因为……"（213）后面紧接着就是刚刚引用的那段："我注意到这种情感让他们满足"云云。

久尔考什么也没说，并非因为他认为人们有理由同情他，而是由于一个奇怪而又反讽的矛盾。在集中营医院里，他鼓不起勇气让医生、护理员和其他病人丧失因怜悯他而产生的愉悦。他甚至并不确定他们对自己的情感是同情，只是"我可以说"，他们是在同情。久尔考这里的说法，遵守了第一人称叙事视角有限的重要准则，我们不可能像全知或感应的第三人称叙述者那样直接触及他人的想法。

这个片段很好地体现了在"经历的我"的语言和"叙述的我"的语言之间，存在反讽性的分裂。这一段也展现了确切区分这两种语言的困难，特别是在一部完全反讽的叙事作品中，这种区分尤其困难。"我注意到这种情感让他们满足，给他们带来了某种愉悦，我是这样看的"，读者细想之下会认为这样的表述一定是"叙述的我"以过去时描述"经历的我"所注意到的内容。"我当然有可能弄错，尽管我并不认为我错了"，对于这句话，读者推测一定是"叙述的我"在此刻判断当时"经历的我"的想法的正确性。但是这种解读就那么确定、那么有理吗？"我注意到这种情感让他们满足"云云，这有可能是"叙述的我"借"经历的我"之口说出的，或者也有可能是过去的久尔考在当时以现在时思考的，"我是这样看的，这种情感让他们满足，给他们带来了某种愉悦。我当然有可能弄错，尽管我并不认为我错了"①，然后转换为过去时。毕竟，"叙述的我"在前句中以过去时表述"我可以说"，来描述"经历的我"察觉出众人听到我的经历后给予了同情，这似乎明显是在陈述作为亲历者的我所给出的判断。"我并不认为我错了"这句表述仍然无疑是现在的叙述者，在评判作为过去亲历者的我的所见和所想。这种语言混合形式与人的意识在心理学或现象学上的混合状态对应，个人对过去某个时刻的意识，混合了过去的特征以及他或她此刻所记得的过去的特征。就特定的第一人称叙事作品而言，我们很难辨别纸上文字是否反映了作为亲历者的我像我们一直所做的那样，在与自己开展的无尽对话中，将最初的也许是思想、感受和观察（如果这些东西存在的话）之类的无形内容，转化成了与之相伴的文字；我们也很难辨别作为叙述者的我，是否用语言描述出了我所经历的事件，而这样的事件原本在那时并未诉诸语言。

　　久尔考反讽性的轻描淡写也强有力地激起了我的同情。他的遭遇的确骇人听闻。用亚里士多德所提出的怜悯和恐惧的悲剧性情感来描述我们的感受，恰如其分。今天在得知有人被不公正地关押在关塔那摩监狱，有人被"非常规引渡"至国外监狱并被刑讯逼供时，我们也会产生类似的情感反应。凯尔泰斯将我们阅读《无命运

---

① 此处英文用了一般现在时，表现正在发生的事。

的人生》所产生的情感称为怜悯，但他同时警告读者，不要过于享受这种怜悯的情感。

詹姆斯·费伦在《活着就是讲述》(*Living to Tell About It*)中指出了叙述者的三种功能：陈述、阐释和评价。[24]久尔考作为叙述者，无疑发挥了这三种功能，但我们却并不总能轻易确定久尔考施行了哪种语言行为，也并不总能分清读者遇到的是哪种语言。凯尔泰斯小说中的叙述者似乎是让人放心的可靠叙述者。不过，这个叙述者仅限于从久尔考的视角陈述、阐释和评价久尔考在集中营中的经历。这体现了费伦的另一个叙事学术语："限制叙事"(restricted narration)。凯尔泰斯的叙述者只能通过他人的话，来展现他人如何看待发生的事件。叙述者无法直接从他人头脑中获取想法。这意味着作为叙述者的久尔考和作为经历者的久尔考均有可能犯错。可以想象，作为叙述者的久尔考有可能忘记重要的事。读者没有办法确切地知晓，因为小说没有提供其他视角。我们无法从外部确证叙述者久尔考所提供的证言。

第一人称叙事不可能走出这种不确定性。证言是施行性而非记述性的言辞。任何证言，都像法庭案件中证人的证词一样，开头暗含施行性誓言："我宣誓这是我亲眼所见、亲耳所闻"。听到证言的人，比如陪审团成员，尽管不能证实证人是否据实以告，但他必须相信证人认为自己说的是实话。即使证人所说的话可被证实是错误的，但这并不意味着证人认为自己不对。小说最后一句提到人们可能会忘记集中营的真实情形，甚至幸存者也有可能忘记，这是一个感人的结尾，我稍后还将继续讨论。

对于久尔考——我是指对于作为亲历者的我和作为叙述者的我而言——在这两者时常相互缠绕、彼此叠加的状态中，久尔考所经历的任何事情往往"并非确凿无疑"。反讽推延了确定的理解，这是久尔考的叙事特点，上述他的惯用语就体现了这一特点。

　　我直接而详尽地阐明了反讽所引发的永久的不确定性，下面我再举最后一个较为详细的例子，来讨论小说中的反讽。通过这个例子，读者将会看到，久尔考在表述中有多么喜欢迂回，他留有余地和限定条件的表达——包括"我怀疑""你甚至可以说""可以这么说""看起来似乎是这样""至少我是这么看的"——又是如何不时出现，产生推延，抵制任何确切而明晰的说法。久尔考试图理解为何集中营其他区域的犯人，不顾所有规定，即使知道违反者可能挨打、挨饿，甚至被枪决或绞死，也要冒险去医院看朋友：

　　　　的确，我怀疑，并且基于较长时间的观察后，我敢大胆直说，这种冒险本身、这种固执，你甚至可以说这种反抗，在某种程度上就是这件事的一部分，或者至少这是我从他们的表情中探查到的，看出这一点不容易，但他们的神情——可以这么说——因为成功地违反了某项规则而被点亮了，仿佛（或者看起来似乎是这样）他们因而终究成功地改变了什么，对一种特定的秩序、对千篇一律的日常生活，或在细微程度上对自然本身，打开一个小缺口或做出一些小破坏，至少我是这么看的。（217）

　　久尔考"敢大胆直说"的核心，是以下这个断言，即诸如固执或反抗之类的内在情感因素，至少"在某种程度上"构成了事件的一部分。犯人们做的事并不重要，重要的是他们的做法把固执和反抗化为行动，使其成为现实，因而轻微地改变了自然。这里提到的自然是指纳粹建立的无情法则，它们仿佛是自然规律而不是人为规定的法则。至少久尔考是这么看的。

　　小说表现无法获得确切认识的概念高潮出现在久尔考跟他的叔叔谈论命运和自由的时候，他的言论表现出断断续续的困惑。下文会展开讨论。这些终极问题没有最终的确定性（还有什么比确切地知道我是自由的还是命定的这一点更重要？）。甚至对于最直截了当、明显简单的事情，对于眼前即刻发生的事，都不可能给出定论。因此，世事变幻，以反讽推延评判是最合适的姿态。除此之外，对于奥斯维辛的书写，反讽是最恰当的叙事语言模式。我们很容易看出为何有些读者像久尔考遇到的那个记者和他的两个叔叔一样，对久尔考的话感到恼火和不满。

"自然地"

在《无命运的人生》中，我要讨论的最后一个文体特征甚至更细微，也可说是更琐碎。然而，它却是该小说语言结构中至关重要的部分，要正确解读也着实不易。久尔考的言辞中有个不断出现的词，用了数十次（准确说是八十三次），几乎成了他的口头禅，就像有的美国人在谈话中不断停顿，反复说"你知道"（you know）那样。久尔考的惯用语是"自然地"（naturally），匈牙利语原文是 természetesen。这个词在电影中只出现了几次，没有久尔考在小说叙事中用得频繁。

我从网上找到了这部小说的匈牙利原文版 *Sorstalanság*，找出与"自然地"一词对应的匈牙利语，统计其在原文中出现的次数，不过现在这部小说的匈牙利原文版在网络上已无迹可寻！我从一部英匈-匈英在线词典中得知，"自然地"在匈牙利语中的对应表达是 természeténél fogva 或 természettől fogva，[25] 另一部在线词典还提供了 természetesen。[26] 我最初推测，凯尔泰斯的原文最有可能用这最后一个词，因为它（经我这未受训练的耳朵）听起来更通顺，更适于交谈，没那么正式和学术。尽管如此，按久尔考惯有的不确定的思维方式来说，我认为我开始的这个想法也可能是错的。这仅仅是个猜测。然而，我查询网上的《无命运的人生》的匈牙利语原版之

后，发现英译本出现"自然地"（naturally）的地方，原版的确用的是
természetesen，无一例外。

　　第二部在线词典给出 természetesen 一词的释义有"不矫揉造作
地""自然地""当然""无疑"以及"不按惯例地"（unconventionally）。这
里"不按惯例地"与其他释义格格不入，因为这个释义乍看之下与
"自然地""当然"或"无疑"相反。我一开始以为匈牙利语中的
természetesen 也包含了与之相反的意义，就像弗洛伊德在《论怪怖》
中对德语词 unheimlich 做出的著名解释那样，这个词在德语中同时
含有熟悉和陌生之意，既指"家庭的""舒适的"，也指"离奇的""幽灵
般的"和"可怕的"。[27] 然而，为我提供匈牙利语资料的匈牙利语使
用者苏珊·苏利曼坚决否认了这种情况。我于是最后总结
természetesen 表"不按惯例地"时，指"自然地""不矫揉造作地"，即
是说，是在自然地行动而非按惯例采取行动的意义上而言。尽管如
此，我还是固执地认为，要做到不按惯例地行动，往往需要极大地带
有自我意识的艺术。我认为 természetesen 看起来是个复杂的词。

　　要理解"自然地"一词所传达的精妙含义，对我而言不是那么容
易，这很自然，因为我不懂匈牙利语，得穿过翻译的厚重迷雾。我稍
后会指出小说使用"自然地"的更多例子，这里先举几例：久尔考说，
从此刻开始，下一步可能发生任何事情，但是已经发生的就是发生
了，不同的事"在现实中……自然并没有［发生］"（258）。他的叔叔
问他们怎么做才能避免把他爸爸送去毛特豪森等死，久尔考回答
说，"自然什么都不能做，……或者随便做什么，……但这与什么都
不做同样没有意义，同样地，这也是自然地"（258）。读者可以发现
"自然地"一词，作为《无命运的人生》中不断重现的惯用语，与小说
中四处弥漫的反讽紧密地结合在一起。集中营中丧失人性的邪恶
是"非自然的"，如果把这么不自然的事件看成"自然地"发生，这是
天大的反讽。"自然地"一词，同时具有"当然"和"不按惯例地"的意

义，这种双向表意形式也与小说"要么/要么"的修辞方式贴合，因为后者也同时表达"和/并且"（both/and）的意义。természetesen 一词也与小说中时常出现的一些表达形式联系在一起，这些表达含有同时为真的正题和反题，却并不相互抵消，尽管这在逻辑上看来相互矛盾，我们却无法从中选出正确的一方。

"自然地"一词也是久尔考超然冷静、反讽克制的核心表现。这个词凝练地表现了命定的无命运性和永恒的不可让渡的人的自由，这也是小说题目意义之所在。什么也不做，或者随便做什么，都起不了作用，这是自然的，因为他的父亲必然会去劳役集中营，尽管可以想出某些办法来阻止这事，例如，父亲本可以躲起来。尽管每一时刻都绝对敞向一个不可预知的未来，但现在发生的事，自然地，就恰恰是的的确确发生的，命定的。即使在英语中，"自然地"也具有这种反讽性的双重含义。

现在我再举一些与"自然地"（即 természetesen）有关的突出例子。数这个词出现的次数，就如我可以用这部小说匈牙利语版的在线搜索引擎所做的那样，可能显得学究气，这是自然的，但这个词在小说中的确出现了很多次。它们像恼人的反讽式的口头禅反复出现，又或者老跟在句尾或词组末尾沉沉地闷响。这个词在小说中存在两个语阈，这一点足够自然。该词有的时候出现在叙述者回顾性的评论中，出现在叙述者于现在说起或写作过去的经历、行为和感受的时候；有的时候出现在身处过去事件中的主人公在当时给出的部分表述中。随着小说的展开，这个词出现得更频繁，这似乎和久尔考的言语变化有关，也许是他对集中营经历的反应。不过，这个词的使用频率上升，可能只是意味着凯尔泰挖掘这个词的微妙含义正渐入佳境。久尔考在一些纷繁异常的迥异语境中，既可以自然地，也可以不按惯例地说 természetesen，通过展现这些语境，凯尔泰斯呈现了这个词的丰富含义。一路跟随这个词，我们可以追溯久尔考在集中营中的生活轨迹,描述他从最初被捕到解放后归家的经历。

小说不时会出现下面第一个例子的用词情况,此处用的是"自然的",而不是"自然地"。在父亲即将出发去毛特豪森集中营之前,家庭举行聚会。聚会前,久尔考看到父亲和继母并肩坐在一起,静静地握着对方的手,"凝视着对方,用的就像男人和女人之间的那种眼神"。这时,久尔考说:"我从不喜欢这种场面,这一次也不例外,它让我感到别扭。尽管这种事原本很自然,我想,但我还是不喜欢"(14)。不久,父亲问他是否会想念自己,久尔考只说了一个词:"自然地"(19)。严格地说,这个反应并不热烈。当他后来获得身份证件,获准在布达佩斯外的炼油厂工作时,他的继母不无满意,因为这张证件"证明了我不是为自己而活,而是在制造业中努力为战争做贡献,而这自然地,就让事情变得完全不同了"(28)。有一次,与生母见面后发生不快,他说,"自然地,我不能让她继续以为我不爱她","我对她当然有感情,并且自然地,我今天不能为她做些什么,这又让我难过了"(31)。

还有更多例子列举如下,有时不带语境:"我也想赢得争论,自然地"(36)。"我可以立刻看出他(那个逮捕久尔考和其他男孩的匈牙利警察,当时他们正乘公共汽车去上班,遭到逮捕是他们通向奥斯维辛旅程的第一步)对我们没任何意见——也确实不可能有意见,自然地"(41)。久尔考决定接受那个骗人的去德国工作的邀请后,他说,"所以多数人,包括我自己在内,都认为很明显第一种情况,足够自然地,对我们比较有利"(63),现在就去,不需再等。久尔考相信他们将会"有一种更明智的生活方式,比在匈牙利的生活更合他心意,就像之前承诺的那样,也正如我们这些男孩,相当自然地,在相互谈论时所想象的那样"(64)。当他们到达奥斯维辛时,他说,"我高兴,非常自然地"(77)。当他进入奥斯维辛时,一群讲意第绪语的犹太犯人来接车，有人问他，"Willst di arbeiten?"（你想工作吗？）他回答说，"Natürlich"(79)①。当他得知犯人是否适合工作由体检决定时，他说，"他们说——尽管自然地，我觉得不难理解——这明显是分级问题，用适宜工作的标准进行筛选"(82)。久尔考还不知道，那些被判定为不适宜工作的人会被立即送进毒气室和焚尸炉。那些守卫都配有武器，"说起来，这只是自然的，当然"(84)，尽管他们拿着的皮鞭仍露出不祥的预兆。"其他男孩也到了（遴选后好的这一队中），一个接一个，现在我也能加入他们受到的那种欢迎中，自然地"(86)。当他看到奥斯维辛中的吉卜赛人时，他想起故乡几乎每个人都"足够自然地"，"在对吉卜赛人的看法上"，"有所保留"(109)。"奶油小生"（Fancyman）和女孩有过性接触，男孩们看他都"带着某种敬意，对此我并不觉得很难理解，自然地"(112)。久尔考说，"可怕地""并不是那个词，它并不能准确地——自然是对我来说——表达我对奥斯维辛特点的描述"(117)。小说中使用这个词的地方还有第 119、143、145、151、153、158、162、166、168、174—175、183—184、185、207、216，以及 235—236 页。

为了防止读者没有注意到"自然地"一词在小说中反复出现，凯尔泰斯还公开请读者注意这个词并理解它的双重反讽意义。在久尔考与记者交谈的片段中——如果那可以被称作交谈的话，因为记者似乎没有从久尔考那里"获得"任何信息——记者被久尔考的反应激怒，有些抗拒。久尔考常常沉默，对记者的话不做任何回应。记者不耐烦，也暗示了读者本人被激怒并产生抗拒感，至少部分读者有这种感受。这部分读者想要清晰的评判，自然地，他们因而可以概括，然后结束。记者提示久尔考"他经历了许多匮乏、饥饿，很有可能他们还打了［他］"，久尔考对此回答说，"自然地"。听到这

① 德语，意为"当然"。

里，记者几乎按捺不住，叫起来："为什么，我亲爱的孩子，……你不断地说'自然地'，总是对完全不自然的事这样说呢？"久尔考的回答是，"在集中营里，这些事就是自然的。"记者回答道，"是的，当然，当然，……那儿是这样，可是……"然后他突然停下来，"稍微犹豫一下"，"但是……我的意思是，集中营本身就是非自然的"(247)，对于记者的这种说法，久尔考并不再费心去说什么了。记者在给出意义清晰而让人安心的最后评判前有短暂的犹豫，他的瞬间犹豫和久尔考的沉默展现了一种空白的不确定性，它可能无法被清晰言说，只能在模棱两可的反讽中表达。在一个语境下看来是自然的事，从另一个角度看，就是不自然的了。自然地是不自然地，反之亦然。

上述可说是对《无命运的人生》的总结陈词，尽管——自然地——我可以几乎无限地延续我的解读。可以说，奥斯维辛导致"共同体的焚毁"，其证据就是它让直接叙事的话语，从现在开始变得不再可能。奥斯维辛对语言造成了可怕的、无可挽回的灾难。这可以看作是为阿多诺那句"奥斯维辛之后，甚至写首诗，也是野蛮的"名言增添了新的意义纬度。它并非说诗歌不再可能，而是说奥斯维辛对其强加了某些影响，比如策兰的诗歌语言有种几乎不可参透的复杂性，而凯尔泰斯的小说则频繁出现起着反讽推延作用的"自然地"一词。

"穆斯林"及其幸存的见证者

现在我试图指出《无命运的人生》以小说形式对奥斯维辛做出见证的最后一个重要特征。此前的内容均为这部分论述做准备、计划和铺垫。在小说故事的结局，也就是问题被解开或解决的部分，久尔考终于回家，遇到四次他人的质询——这些人没在集中营待过也不理解他的经历，他思考"无命运性"的概念，看到两位叔叔不理解，于是不愿逗留，默默离开，去他母亲那里。小说情节的突变或转折，出现在前期叙事的一个时刻，那时他几乎变成"穆斯林"，然后突然恢复过来。我说"几乎"，是因为正如目击者所证实的，一个人一旦真变成"穆斯林"，基本不可能回转。即使在濒临死亡的极端状态中，久尔考也保留了清晰的洞察力，而据说真正的"穆斯林"不可能这样。久尔考这种顽固的、难以遏制的清醒警觉和他从"穆斯林"状态的回归，是小说带有奇迹特点的地方，这两个特点和其他"奇迹"一道，让久尔考渡过重重危情，成为幸存者。

"穆斯林"这个名字是集中营中的犯人用来称呼某些其他犯人的，后者经历了纳粹守卫在身体和语言上的折磨，他们忍饥挨饿、精疲力尽，经受毒打和反复虐待，沦为行尸走肉。他们像僵尸和"木乃伊"，丧失了生存意志，成为没有人性的活死人。这样的囚犯之所以被称作"穆斯林"，是因为他们要么站在原地，有节奏地前后摇晃上身，要么跌跌撞撞地往前，要么屈膝蜷伏在地上，就像穆斯林信徒做祷告时的样子。不过，那些从这种活死人状态中回转过来的人说，他们做这种动作是为了避免得肺炎。几乎所有的"穆斯林"都进了毒气室，或直接死于饥饿或虐待，只有少数幸存。吉奥乔·阿甘本在其《奥斯维辛的余存：见证与档案》(*Remnants of Auschwitz: The Witness and the Archive*)的末尾引用了一些触动人心的证词，作证之人能够说出，"我曾是一个'穆斯林'。"[28]例如，费利克沙·皮卡斯卡(Feliksa Piekarska)写道："我亲身体验了一小段时间做'穆斯林'的感受……我在心理上完全崩溃了。这种崩溃体现在如下方面：我被一种淡漠的整体感觉笼罩；我对什么都没兴趣；我对外部刺激和内部刺激都没有反应；我不再清洗，即使那儿有水；我甚至不再感到饥饿。"(166)集中营的其他幸存者作证说，没有成为"穆斯林"的人完全不管"穆斯林"，就好像他们做什么都无济于事一样。"穆斯林"成了人类共同体之外的人。

阿甘本在《奥斯维辛的余存》的"穆斯林"一章中（41—86）有如下论述，他说也许比起毒气室中的几百万起谋杀，更糟的是许多活生生的人在他们被真正屠杀之前，就沦落到"穆斯林"那种生不如死、似人非人的境地了："'穆斯林'不只是，或者说不那么像是生死之间的界限；更确切地说，他标示了人和非人之间的分野……所以人类存在一个特定时刻，尽管表面看来维持人形，但在那时已经停止做人了。"（55）

阿甘本在"穆斯林"这一章中主要阐述"莱维的悖论"（Levi's paradox），它表现了本章开头所引用的利奥塔的悖论。一方面，普里莫・莱维直截了当地宣称："我们幸存者不仅数量稀少，而且反常：我们靠撒谎、能力或好运才没触底。那些不幸到极点的人，那些看到了戈耳工①的人，没有回来讲述一切，或者即使回来了也沉默，他们是'穆斯林'，是那些被淹没的十足的证人，他们的证词十分重要。他们是尺度，而我们则是例外。"[29]

"无人为这见证作证"。除了"穆斯林"，没有人可以证实"穆斯林"的感受。另一方面，"穆斯林"不会也不能为他们自己发言。只有那些没有完全变成"穆斯林"的幸存者，才能够代那些独具作证之权的证人作证。然而，"穆斯林"不能为自己说什么，与那些被送入毒气室和焚尸炉不能开口说话的人相比，他们能说的多不了多少。他们不可能作证。在此意义上，阿甘本说"幸存者见证不可能见证之事"（13）。下文是普里莫・莱维在《被淹没和被拯救的》（*The Drowned and the Saved*）一书中对这一点的阐述：

我们这些受命运垂青的人，带着或多或少的智慧，试图不

① 戈耳工是希腊神话中的蛇发女妖，相貌丑陋可怕，见到她们眼睛的人随即变成石头。

仅叙述我们自己的命运，也叙述他人的命运，甚至包括那些被淹没的人（莱维此处这个表述指"穆斯林"）的命运；但这是一种"第三方代表"的言语，我们离故事很近，但并没有亲身经历。毁坏既完，工作既成，没有任何人会讲述这一切，就如无人曾回来描述自己的死亡一样。即使这些被淹没的人手持纸笔，他们也不会作证，因为他们的死亡发生在其身体死亡之前。在他们的生命被掐灭之前的数周和数月里，他们就已经丧失了观察、记忆、比较和自我表达的能力。我们是代理，替他们说话。[30]

然而，代人说话是不可能的，这是个荒诞的提议。正如阿甘本所言，"然而，在这里谈论代理没有意义；被淹没的人没有什么想说的，他们也没有什么教诲或记忆要传递。他们没有'故事'……，没有'脸'，更没有'思想'。……任何以他们的名义担负作证责任的人，都知道自己必须以见证之不可能的名义见证"（34）。阿甘本在书的结尾处声称，那些能够说出"我曾是'穆斯林'"的幸存者，并没有驳倒莱维的悖论，他们反而说出了这个悖论最极端的作证形式："我，说话人，曾是一个'穆斯林'，一个无论如何都不能说话的人"（165）。正如阿甘本所断言的，莱维的悖论"隐含了两个矛盾的主张：（1）'穆斯林是非-人的，从来无法作证'；（2）'不能作证的人是真正的证人，绝对的见证者'"（150）。莱维和阿甘本所阐明的悖论，可与让-吕克·南希所指出的再现中"缺失的裂缝"类比，南希在该篇文章中的相关讨论已在前文有所提及。

久尔考结合了叙述者和主角，结合了"叙述的我"和"经历的我"，两者都是"十足的见证者"，既是"穆斯林"也代其见证不可见证之事，通过这种方式，小说主人公搁置了，或者确切地说以独特的方式展现了莱维的悖论。至少对凯尔泰斯而言，要绕开莱维提出的悖论，也许只有运用特定的小说再现方法。我认为，凯尔泰斯的天才在于他懂得这一点并将《无命运的人生》设定为第一人称叙事。与所有采用第一人称叙事的小说一样，《无命运的人生》的叙事语言结合了两个人，即经历了集中营的久尔考和从集中营中幸存、讲述故事的久尔考。这就好像把康拉德的《黑暗的心》中的库尔兹和马洛结合成一个人。更准确地说，作为经历者的久尔考已经分成双重状态，即准"穆斯林"状态和警觉的清醒状态，凭借后者，他仍然能够意识到周围发生的事，因而能够幸存，并在未来展开回忆。这种双重性继而再次被双重化，即作为叙述者的我在此刻回顾过去，陈述作为经历者的久尔考的感受。正如我已经强调过的那样，久尔考与众不同，他的视觉、听觉、嗅觉和触觉，极为敏锐，对看到的景象、听到的声音和摸到的东西都有很强的洞察力，并且他还有一种杰出的能力，可以将这一切转化为简洁生动的语言传递给读者。

有一点对《无命运的人生》的意义至关重要，那就是久尔考挑战了人们对"穆斯林"的常规描述，即使在他几乎变成"穆斯林"的情况下，也仍然保留了让人叹为观止的清醒度，这甚至有悖生理可能。他能够在回顾中告诉读者，快变成"穆斯林"时是什么感受。在小说改编的电影中，至少就对景象和声音的意识而言，久尔考的警觉是通过摄像机镜头和麦克风来反映的，叙述者的反讽评论也没有出现。

久尔考到达蔡茨集中营后不久，"穆斯林"形象在《无命运的人生》中第一次出现。久尔考对他们的描述，就像任何其他证实集中营有"穆斯林"的已有证据一样，具体而生动。这些囚犯来自里加①，在一个描述他们中某些人的句子中间，久尔考从现在时，即从已有证词所支持的那种永恒现在，切换到了过去时，然后再回到现在时，至少小说的英文版是这样的。他又开始典型的悖论式的轻描淡写，例如，"有点令人不安"，还运用了他善用比喻的天赋，创造出震撼人心

---

① 里加（Riga）是拉脱维亚的首都。

却又恰如其分的比喻。

> 在他们中间可以看到那些奇怪的人，乍看之下，有点令人不安。从一定的距离看过去，他们都是老迈昏聩的怪人，老态龙钟地蹒跚而行，他们的头缩在脖子里，鼻子突兀地从脸上支出来。他们身上肮脏的囚服从肩膀部位开始空落落地晃荡。即使在最酷热的夏天，他们也让人想起冬日里永远瑟瑟发抖的寒鸦。似乎伴着他们迈开的每一个僵硬、迟疑的步伐，人们都会发问：这么一番费力挣扎真的值得吗？（138）

久尔考新交的匈牙利朋友邦迪·西特罗姆提醒他远离"穆斯林"。他说，"看着他们，你会失去任何活下去的意志"（138）。在接下来的第七章，许多页之后，久尔考详述了他自己几乎变成"穆斯林"却又奇迹般地从这种状态中恢复的经历。注意，我是说"几乎"，如果他完全变成了"穆斯林"，就不可能再回转过来讲述自己的故事。他当时渐渐退化到懒散、虚弱和半清醒状态，不再清洗，也不在意自己的其他方面。简言之，他几乎陷入他初到劳役营时曾那么好奇地观察过的那些"穆斯林"的状态中：

> 可以说，经过了那么多努力，那么多徒劳的尝试和挣扎之后，我也适时找到了平静、安宁和轻松。例如，我以前认为某些事情非常重要，几乎难以想象地重要，而现在我可以告诉你，它们对我失去了一切重要性。因此，比如，如果我在点名时站累了，连看也不看脚下是污泥还是水坑，就会一屁股坐下，窝在地上，直到附近的人用力把我拉起来为止。寒冷、潮湿、刮风或下雨都不会对我有什么影响；这些奈何不了我，而我甚至也感觉不到这些。我甚至感觉不到饥饿；我继续往嘴里塞一切手边能

找到的吃的东西，但可以说大多时候精神恍惚，只是出于机械般的习惯。至于劳动，我甚至连样子都懒得装了。如果人们不喜欢，最多打我一顿，甚至那样他们也不可能真的伤害我，因为对我来说，这为我争取到一些时间：第一下打下去时，我就立刻四仰八叉、瘫倒在地，在那之后就没感觉了，因为我同时就睡着了。（171—172）

邦迪·西特罗姆告诉久尔考他是在"自暴自弃"，硬要给他清洗。虽然邦迪还问久尔考"难道我［久尔考］可能不想回家了"（172），但他从久尔考的神色可以看出，久尔考快要变成，或者说已经变成"穆斯林"了。与"他曾经表达的对穆斯林的看法"一致，也与其他幸存者说"穆斯林"如何被忽视一致，邦迪·西特罗姆放弃了不抱希望的久尔考。他把久尔考送到医务室后，他们就再没见过面。这一章剩下的内容细致描述了久尔考在蔡茨集中营不同医务室和医院的经历，最终他又回到了布痕瓦尔德。

久尔考这种双重经历的叠加状态在下面这个例子中得到了很好体现。他描述自己从布痕瓦尔德回来后，躺在屋外雨中，等着被带去医院。一方面，他几乎处于"穆斯林"状态："看起来我必须得那样在那儿躺一会儿，在他们把我放下的地方，我感觉不错，宁静、平和、平淡、耐心。"（186）另一方面，即使在那种极端状况下，他也能清晰无误地看到并描绘自己仰面看到的景象："比如那低矮的、灰沉沉的、看不透的天空，或者说得更精确些，冬天这铅灰的云层，懒怠地移动着，遮蔽了天空"（186，楷体为我所标）。在小说改编的电影中，久尔考一动不动地仰躺在寒冷潮湿的地上，镜头中出现了这片天空，作为他所看到的景象。小说中这段话的风格随即从现实主义描写朝寓言发展，继续描述深灰的天空间或"被出乎意料地撕裂开来，瞬间处处闪出更为灿烂的缺隙，就像从深邃中乍现的暗示，它的光亮似乎倾泻而下，洒在我身上"(186)。这束光亮在久尔考看来就像"快速搜寻的目光，模糊不定但无疑是灰色的眼睛——与我进奥斯维辛时遇到的那个医生的眼睛类似，他当时让我通过了遴选"(186)。天空隐喻性的凝视让久尔考想起在奥斯维辛进行遴选时医生那搜寻的眼光。那个医生也许知道久尔考说自己十六岁是撒谎，但仍然让他逃过一劫。这个情景虽难忘，但没有重现，因此没有卡夫卡小说中那种重现主题的作用。然而，这个情节仍然有作用，它也许通过最好的空间布局来象征久尔考在时间上延展的经历。

果然，几页之后，紧接这一时刻，久尔考和其他毫无生气的"穆斯林"躺在推车上，被推回布痕瓦尔德。他闻到一股集中营中熟悉的萝卜汤味，几滴眼泪从干涸的眼里淌下来，他下意识地恢复了求生的意志。这无疑是小说的转折点，也是一个让读者也为之动容的时刻。久尔考带着特有的反讽口吻这样描述："任凭所有的权衡、感觉、洞见和清醒的理智怎么告诉我，我都无法不辨识出自己内心隐秘的声音——似乎我要为此而羞愧，因为它缺乏理性——但这个声音越发迫切地表达出某种被压抑的热望：我想在这个美丽的集中营再多活一会儿。"(189)

对沦落到"穆斯林"状态的人来说，他们的世界是颠倒的，自然的生存意志反而不自然，求死的意志反而是最自然、明智和理智的。在两页之前，他和其他囚犯躺在雨里，有个犯人在濒死之际仍不断重复，"我……抗……抗……抗议"，一个集中营守卫嘲弄他，"Was? Du willst noch leben?"(什么？你还想活啊?)(187)久尔考恢复生存意志是这部小说的反转时刻。它标志着久尔考从近乎"穆斯林"的状态中走出来，这种状态中还有另一个久尔考，这个久尔考即使濒临死亡，也能够清醒地看到自己和周围的情况，眼光清晰而反讽，能够在雨中仰望天际审判目光似的光束，还能以叙述者口吻在后来准确而生动地历数他所记得的事情。

久尔考能够解决莱维的悖论，或者至少能在这个悖论无法解决
的危急情势下继续生活。在整个第七章，久尔考既是十足的见证
者，又是替见证者作证的代理。见到致命的戈耳工之面的人都变成
了石头（此处借用普里莫·莱维在《被淹没和被拯救的》中所用的比
喻），跨过界线变成"穆斯林"的人也不会恢复，因此，为遭受毒气杀
害的人作证和为"被淹没的"人作证都是不可能的。然而，即便如
此，久尔考仍然做到了。

《无命运的人生》中共同体的焚毁

《无命运的人生》的天才之处在于久尔考能够将"穆斯林"及其
见证者合而为一，以小说的形式为无法见证之事作证。这里无法见
证之"事"就包括"共同体的焚毁"。作证取决于共同体的存续以及
与之相伴的法律惯例，后者体现了义务和团结，是形成共同体所必
需的"共在"。没有共同体，就无法作证。纳粹调动一切可能的力
量，先后在犹太聚居区和灭绝营中蓄意摧毁了犹太共同体。然而，
《无命运的人生》和其他证据指出，即使在集中营，传统犹太人的秘
密团体仍然暗中举行宗教仪式。

然而，久尔考却遇到悖论，被集中营的犹太团体当作外来者，比
如他不懂意第绪语，被当作异教徒："Di bisht nisht kai yid, d'bisht a
shaygets"（你不是犹太人，你是个异教徒小孩）（139—140）。集中营
中语言多种多样，在犯人之间甚至连脆弱的共同体纽带也难以建
立，许多人如果想要活得久一点，就不得不为了一小片面包背叛朋
友。久尔考回到布达佩斯以后，发现当初他离开时由家庭和邻居组
成的共同体已不复存在。然而，或许可以说，《无命运的人生》这部
小说本身创造了读者的共同体，这些读者讲着不同的语言，并不居

住在同一个国家或地区，但他们聚到一起，共同阅读这部小说，体会它对奥斯维辛的作证过程，除非我们已忘记这么做。文末我会再次提到这种共同体的局限性。这种共同体并不是那种传统共同体，即人们聚居一地、知道彼此姓名的共同体的替代形式。

为什么叫"无命运的人生"？

久尔考在小说结尾处与"叔叔们"见面很不愉快，他在这次见面中运用有力的象征来形容人生经历的事件序列。他情绪激动地谈起命运，这激怒了他们，因为他们看出久尔考并不承认他们是无辜被动的受害者，他指责他们要在一定程度上为发生的事情负责。久尔考转而以此态度看待自己，肯定自己应对命运负起责任。既然小说在这场谈话及后面的尾声中结束，我们必须紧盯细节，做仔细的微观解读。时间一刻一刻推移，每一时刻都要求新的决定，久尔考这个比喻表明了凯尔泰斯为何严格按照时间顺序安排小说叙事。这再次说明了这部小说的叙事形式对意义构建不可或缺。不仅如此，大至整部小说文本，小至本章，叙事形式在其中都占有相当重要的地位。

久尔考告诉他的两个叔叔，就像那些在集中营排队等候遴选的人步步往前，走向"那个决定他们是被立刻毒死还是暂缓执行的地方"（257），我和余下的其他人也一刻连一刻，一步接一步继续生活。这样的类比让他的"叔叔们"和所谓的姊姊，即弗莱什曼叔叔的妻子，感到震惊。他们视自己在纳粹占领下的布达佩斯的生活为一系列突发事件，它们就这么"发生"了。久尔考争辩说，每一个那样的时刻都依不同情况而定——在此意义上，这样的时刻是"命定的"，但同时也是自由的，所以，对于我们发现自己无论处于哪种境地，我们都负有责任。每一时刻都脱离了此前和此后的其他时刻，每一时刻都是机会，充满了无穷的新的可能性。"只有特定的处境以及其中新的特定的条件"(259)。叙述者久尔考说自己当时是这样说的，"说事情'发生'了，其实并不是那么回事；我们也身处其中。只是在现在，即事后，我们反观过去，以后见之明来看，才觉得整个事情的'发生'似乎完成、结束了，它是不能改变的、有限的，它发生得如此迅速，让人如此难于捉摸。除此之外，当然，如果一个人预先知道自己的命运，也会有如此感受"(257)。只有通过误识的事后之见或通过不可能存在的先见之明，个人生活才会凝结成一种"命运"："我认为，无论一个人往后看还是往前看，这两种视角都是有缺陷的"(258)。

真实生活的经历，每分钟都总是敞向不可预测的未来，这个未来可能会从根本上改变过去："每分钟实际上都可能带来新的东西。不过事实上，它没有，自然地，但是我们必须仍然承认它本来可以带来；归根结底，每分钟原本都可能发生其他事，而不是发生事实上已经发生的那些事，在奥斯维辛是这样，就跟——比方说——在家里，当我们送走我爸爸时一样。"(258)例如，他家本可以把他父亲藏起来，帮他逃到其他国家。久尔考的话惹两个叔叔生气了，他们问久尔考他们本可以为他父亲做些什么。久尔考回答说，"自然什么都不能做，……或者随便做什么，……但这与什么都不做同样没有意义，同样地，这也是自然地"(258)。注意这里两处引用久尔考对他叔叔说的话，其中出现了三次"自然地"（对应的匈牙利语是természetesen）。

以一种相当具体、相当复杂的人类时间和自由理论为基础，读者能够理解这个奇怪的小说题目的意义。凯尔泰斯让久尔考说的话，也许受到了萨特的存在主义的影响，无论这种影响有多么间接。然而，久尔考说输赢无定、因果难分、对错皆有，这些话却转向了"后现代"的不可判定性（undecidability）。那么"无命运的人生"是什么意思呢？在他对叔叔说的话中，久尔考试图回答这个问题：

> 他们为什么不愿意承认，如果有命运这种东西，那么自由就是不可能的？如果，另一方面——我继续说下去，越说越起劲，连我自己都越来越吃惊——如果有自由这种东西，那么就没有命运；也就是说——我顿了一下，但只是为了喘口气——也就是说，我们自己即命运，顿时一种我从未体会过的澄明闪过，我立刻豁然开朗了……这是不可能的，他们必须试着理解，不可能从我这里带走一切，我不可能既不是胜利者也不是失败者。我不可能既不对，也没错，因而我既不是任何事情的原因，也不是任何事情的结果；他们应该试着理解——我几乎是在恳请——我不能咽下那种白痴的痛苦，即认为自己仅仅是无辜者。但是，我能看出他们并不想去理解任何事情。（259—261）

小说结束之前的这一段，最能让读者从概念上理解久尔考在整部小说中为何常用"要么/要么""并且/和""既不/也不""或这/或那"这种反讽修辞的方式。这一段也有助于解释为何凯尔泰斯采用时间顺序详述久尔考的生活。任何可说是肯定的事，也似乎可以合理地加以否定，就像自由和命运之间的悖论那样。

伊弗莱姆·西哈尔的《大屠杀小说》一书在其他方面都不错，但它声称久尔考"每一分钟、每一天、每一步都服从一种既定的命运"。[31]这一说法无疑太过简单，也很容易被理解为久尔考的洛约什叔叔所提供的宗教解释。久尔考的反讽明显否定了这种宗教解释。洛约什叔叔在小说开初告诉久尔考"你现在也……是犹太人共同命运的一部分了"。他说，这个命运是"几千年来不断遭受迫害"的命运。犹太人必须"以坚韧以及自我牺牲的忍耐"接受这样的苦难，因为"这是上帝因为他们过去的罪孽而给予的惩罚"（20）。然而，久尔考在小说中的确雄辩而——用他的话来说——"有些语无伦次"（259）地对他两位叔叔说"我也经历了那个特定的命运。那不是我自己的命运，但我从头到尾经历了一遍。我只是不懂，为什么他们不明白我现在需要就那个命运开始做些什么，需要让那个命运与某处或某事联系起来；毕竟，我不再对那种观念感到满意了，即我不再认为那是个错误，是盲目的命运，是某种铸成的大错，更不用说它甚至没有发生过"（259）。注意久尔考说这不是"他的命运"，即使它是"被给定的"。

久尔考并不愿像他两个叔叔建议的那样，以某种不可能的方式中断他的生活然后重新开始，而是想接着已经发生的事情，继续一步一步走下去："我们永远无法开始一种新的生活，只能继续过去的生活"（259）。这意味着接受你已经采取的行动的责任，并以此为基础，继续前行。久尔考通过类似布朗肖或贝克特的难解之题，表达了他最终的决心："我已经感觉到不断积累、越来越强的意愿，我准备继续过我那无法继续的生活。"（262）久尔考试图跟他的两位叔叔表示，他们不是被动的受害者，他们得在某种程度上为发生的事情负责，这让他们愤怒："'那么有罪的人是我们，对吧？我们，这些受害者！'我想试着跟他们解释，这不是一种罪行；需要做的一切就是谦恭地承认它，简单地承认它仅仅事关理性和尊严，如果我可以这么说的话。"（260）

久尔考的表述相互矛盾，比如，"我不可能既不对也没错"，这种搁置明确主张的特点是这部小说的"后-奥斯维辛"标志。这些日子以来，很多人都不再接受确定的评判。一切都有可能，既非此亦非彼，或可能既此亦既彼。久尔考激动地要求他的叔叔们认识到没有人仅是无辜的受害者，即使我们的命运是被送去奥斯维辛，我们也都为自己的命运负责。这让他的叔叔们无法理解。表达他们困惑的这个句子上文已经引用过两次："但是，我能看出他们并不想去理解任何事情"（261）。亲爱的读者，久尔考这两位叔叔明显代表了你我的态度。也许我们也不愿去理解任何事情？或者，我们能接受凯尔泰斯的看法，也就是说，即使不能从理性上理解我们的生活混合了自由和命运，但我们仍为自己的命运负责？

可以看出，"命运"一词在凯尔泰斯的意义上和传统意义上存在分歧。"命运"既可以指荷马史诗中或洛约什叔叔的语境下，一种预定人们会按某种方式生活的超验的、神的力量，也可以仅仅指一个人在回顾中看到事情按照它们发生的方式发生，事情的发生结合了偶然性和他自己在每一刻所自由选择的每一步行动。这与久尔考滔滔不绝地表述的人类时间的概念一致。他根据自己遭遇的偶发状况，在可选择的范围内采取行动，比如他被捕，发现自己被赶去奥斯维辛，仅仅是因为他恰好在某个时间乘坐某一辆公交车。久尔考说："有所行动的是我，不是其他人，我可以说我自始至终忠实于自己既定的命运。"（259）久尔考的这些话表明，他似乎更多地使用了命运的第二层意义，而非洛约什叔叔提到的第一层意义。正如他在小说下一页所说的那样，这意味着"我们自己即命运"。

在我的理解中，凯特泰斯小说的题目"无命运的人生"，指久尔考的如下经历：事情按照它们该发生的方式发生，混合了随机性和自由选择的相应行为，后者针对发生的事，在允许的限制范围内，做出应对。我们没有注定的命运。久尔考在三个集中营中使自己活下去的行动即为此例。他能够幸存下来，是一系列惊人的事件的结果，这些事件看起来十分不可思议，甚至是"奇迹"。当他在奥斯维辛面对最初遴选，撒谎说自己十六岁而非十五岁时，那个医生为什么相信？当他在蔡茨集中营，因膝盖和臀部的脓肿快死的时候，既然他对工作已经没有用处了，为什么在一些医院却多少受到些悉心照顾，而不是就让他等死？当他在布痕瓦尔德靠近医院的那栋楼里等死的时候，为什么那个男护士①勃胡斯会愿意冒着巨大风险，无偿给他带面包和罐头香肠，让他活下去？这些事件，以及其他许多对久尔考的幸存同样重要的事件，无论如何就是讲不通。久尔考对这一切的解释带有高度揣测性。小说有一处，他躺在布痕瓦尔德一个外科病房的病床上，相对安全，他在那里受到了相当不错的医疗照顾，他说，"毕竟，如果理性地来看，我看不出任何理由，找不到任何已知的，并且从理智上可以接受的原因来解释，为什么在所有的地方中，我恰好是在这里而不是其他地方"（207）。"我得说，"他在临近这段叙述的末尾评论说，"假以时日，即使是奇迹，人也能习惯接受了。"（225）数百万人跟他身处同样境遇，许多人死去了，久尔考却活了下来，这表明了"奇迹"的存在。

　　久尔考的经历确认了人类处于一种无命运性的境况之中。你不能把任何事都归咎于命运，至少不能认为有一种善意或邪恶的力量在幕后操纵。也许，久尔考最终的智慧在于，他认为每个肯定的判断都伴随着同样可信的相反判断，并且正如他谈起蔡茨集中营每天的生存时所说的，"重要的事情是不要轻视自己；总会有某种办法，因为还没有事情发生来表明没有某种办法……例如，你首要的方法就是固执"（136，138）。久尔考用"固执"（对应的匈牙利语是makacsság）来形容采取你可以采取的那些行动，甚至当你跟随队伍迈步走向遴选时也是你采取的行动。"固执"一词也是久尔考对诸如勃胡斯的好心能做出的最好解释，因为那样的好心违抗了集中营的规定，顽强而极其危险。

　　即使极端条件下没人不信神，可在久尔考看来，集中营也似乎很少有真正信仰上帝的人。集中营似乎在很大程度上会消除共同的宗教信仰以及其他有利于共同体团结的形式。电影中的久尔考

---

① 原文为德语词 Pfleger，指"护理员"。

与其他犯人一起为死去的人祈祷，他们站在那里，注视着那些逃跑后被抓回绞死的犯人挂在绞刑架上晃荡，但小说的情形不同。小说中的叙述者说，"我现在生平第一次感到有些后悔，后悔我不能用犹太人的语言祈祷，哪怕几个句子也好"(162)。阿特·斯皮格曼的《鼠族》中的弗拉德克当年在奥斯维辛，听到一位濒死的朋友呼唤上帝。他回顾这段往事时，对阿蒂说，"但是上帝并没有来，我们全靠自己。"[32]《无命运的人生》似乎以自身的方式，表达了类似意义。"除了被绞死的人最后抽搐了几下，没什么因这些文字的吟诵(犹太祈祷文)而变化或颤抖"(162)。正如西哈尔所评论的那样，这也许正是凯尔泰斯"没有轻易被匈牙利文学正统承认"的原因，"那里的评论家并不总是欢迎他那种悲观的自我反讽。"[33]

然而，我认为"悲观的自我反讽"并不足以总结久尔考的态度。就如阿尔贝·加缪的《局外人》的结尾吁求幸福，在我看来动情而可信，《无命运的人生》的结尾也并不悲观或自我反讽。我想"自我反讽"意味着"自我-贬抑的"反讽，是一种指向自我的反讽。久尔考一贯的反讽态度或口吻，在小说结尾处的确公然显露，但这种反讽却反对类似新闻报道的陈词滥调，后者推测集中营是全然的"地狱"，在那里不会有人感到无聊或幸福。久尔考预见他未来会实现他妈妈对他的期望，成为"诸如工程师、医生之类的人"(262)，然而，久尔考在一种强烈的反直觉的构想中说，看顾他未来的不是"命运"而是"幸福"，就如它曾在集中营中看顾他的那样：

> 正如她所期望的，事情无疑会照此下去；没有什么事情是我们不能自然地经历的，回顾自己所走过的路，我已经知道幸福将会出现，就像某种逃不开的陷阱。因为即使在那儿，在靠近烟囱的地方，在经受折磨的间隙，也有类似幸福的东西存在。每个人都只问苦难和"暴行"，但对我而言也许那才是我最难忘

的经历。是的，下次我再被问到的时候，我应该讲讲那样的经历，讲讲集中营里的幸福。(262)

然而，那并不是真正的结尾。紧随其后的是两个典型的表示限定条件的句子，组成了独立的最后一段："如果我真被问起。并且如果我本人没有忘记的话。"(262)这就是作证的脆弱性，它实际上基于变幻莫测的记忆，基于个人被召唤作证时的境遇。

扼要重述

本章展现了凯尔泰斯在《无命运的人生》中出色地运用了特定的叙事方法，用小说为大屠杀作证：叙述者语言反讽；叙述者与主人公结合，即作为叙述者的我和作为经历者的我，在同一个虚构人物中合而为一；在"穆斯林"一节以及整部小说中，"我"的双重性之再双重化贯穿其中。久尔考对其集中营经历采用反讽的作证方式，不仅与事件的叙述保持距离，比起感伤或滥情的讲述，也能让读者更为真实地看待这些事件。"我"作为叙述者和经历者，这两重声音结合在一起，意味着"穆斯林"以及经历"穆斯林"状态后可为之作证的幸存者，能够在一种反讽的双重之双重的视角中结合起来。这提供了一种以小说解决莱维悖论的方式。最后，严格按照时间顺序的叙事，与无命运的人生的概念对应，后者指在既定的环境中逐步做出一系列决定。

与其说我的评论转而为证者作证，不如说我的评论通过把"注意力转向"小说具有施行的作证功能来帮助解读。然而，本章也有施行作证的维度，它宣布了我在阅读、重读这部小说时内心发生的变化。论者的评论分析如果起作用，可以帮助文学作品向其他读者敞开，因而也许会创造一种读者的共同体，这些读者即使不了解奥斯维辛，但可能至少也不会遗忘。不过，我并不想过多强调"读者的共同体"这一概念。这样的共同体，如果存在，也相当抽象，因为它在很大程度上由互不认识的人组成。正如我之前所说的，"读者的共同体"与传统共同体非常不同，传统共同体中的人们世世代代共聚一处，分享同一种文化，纳粹如此有系统地摧毁的犹太社群即为此种共同体。

奥斯维辛里的共同体

严格说来，我所讨论的这四部作品都与在大屠杀中死去的六百万犹太人及其他人没有直接关系。每一部作品都以各自不同的形式，讲述某些人在纳粹带来的迫近的死亡危险中生活的故事，他们得以幸存并讲述故事。亨利·詹姆斯说得没错，尽管他的语境非常不同[他在《鸽之翼》(The Wings of the Dove)的前言中评论米莉·西尔之死]，他说，"关键是，作家不能关心死亡的行为，让作家处理最严重的患疾者，他们仍然活着的行为才吸引作家，并且当环境针对他们产生对抗的时候，这种吸引力更大。"[34] 对于那些在毒气室中死去的人，当然没有幸存者作证，也无人能提供有效证词。《鼠族》中的弗拉德克和凯尔泰斯的久尔考证实了这一点，当后者回到布达佩斯时，遇到大屠杀的否认者问他是否亲眼看见了毒气室，他回答说，"我如果看到了，此刻就不可能站在这里谈话"(241)。没有办法让一个人或六百万人的死亡"在场"或"再现"。去那死亡之地的人都有去无回。正是在此意义上，保罗·德曼说，"死亡是一个错位的名字，它表达了一种语言的困境"[35]——德曼一语惊人，上文已引用过他这一说法。也正是在此意义上，德里达说，"在书写

(graphein)的根源处，有亏欠、礼物，而非再现的忠实……完全精确的'还原'（restoring）或'保留'（rendering）是不可能的——或无限的。还原或保留是逝者之事，是死亡之事，是一次被给予或被要求的死亡之事。"[36] 读者会记得，"保留"一词还有一层意思，指将脂肪从肉中煎熬出来，就如所有那些尸体在焚尸炉中被焚烧时所起的变化。在这一恐怖的意义上，"保留"当然是指引起死亡的原因（cause）。德里达所用的 cause 一词，当然也指利害攸关或争论中的事，比如呈交法庭的法律案件也称为 cause。同时，rendering 一词还指"回报"，涉及礼物的互惠性要求。然而，德里达所称的"死亡的礼物"（le don de la mort）却从来不能被报答，不能被回报，这就像任何一种礼物都不能被回报一样——如果有礼物存在的话，用德里达的语言来说，即"s'il y en a"①。

本书的题目表明我会从棘手的共同体问题着手讨论书中提到的所有作品。为什么这是个切入这些作品的好方法呢？第一章开头处南希的引语给出了提示。现在我倒回去再说说南希的这句话。这是他《无用的共同体》的第一句，正如我说过的，其中"焚毁"一词看起来古怪。"现代世界最严峻、最痛苦的见证，"南希说，"……就是对共同体的崩解、错位和焚毁的见证。"（楷体为我所加）历史是记述性的，它是对事实的陈述，例如，基尼利的《辛德勒名单》仰仗各种文献史料。作证是施行性的。正如德里达在他讨论见证的研讨会上详细论证的那样，作证是一种特殊的言语行为，证言总是带有或隐或现的前言："我向你发誓这是我亲眼所见，我讲出自己看到的全部事实。"

此处"焚毁"一词无疑间接指涉大屠杀。Holocaust 一词指"牺

---

① 德里达解构了莫斯在人类学领域中提出的礼物的概念，指出礼物在赠送和回报的循环意义上，实际并不成其为礼物。德里达的这句法语表述"le don peut être, s'il y en a"（礼物可能有，如果有的话），引发了众多关于礼物之可能与不可能的讨论。

牲的火"，用火烧掉祭祀之物，源自一个意为"被烧掉的一切祭牲"的希腊词①，我们最严峻、最痛苦的见证，或者总的来说"现代世界"最严峻、最痛苦的见证（无论那具体意味着什么；它可能指我们作为幸存者集体，或者也许"现代世界"指奥斯维辛之后西方社会的境况），是对共同体毁灭的见证。我的理解是，这种说法与阿多诺的话类似。正如奥斯维辛之后的诗歌是"野蛮的"，大屠杀也在焚尸炉的爆燃大火中烧毁了共同体。奥斯维辛之后再无共同体。

　　纳粹处心积虑地逐步摧毁的犹太共同体，曾经遍布欧洲，甚至在集中营也曾持续存在，久尔考在集中营医院中曾经目睹正统犹太人冒险举行秘密的宗教仪式。还有一个情节，一个病因在医院病床上时，他的一群朋友来到床前安慰他。柠檬和小刀都神奇地出现了，这表明集中营也存在暗中分享珍贵食物的情形。然而，使他们聚集一处的病友在他们眼前死去。这片刻的共同体团聚"开始散开，他们三三两两地离去，就像他们来时那样"（219）。尽管犹太共同体的摧毁主要由屠杀所致，但集中营的生活状态也会毁灭幸存者的共同体感受。《鼠族》前面部分有一页写道，阿蒂跟他的父亲弗拉德克抱怨朋友对自己不好，他的父亲回应说，"朋友？你的朋友？……如果你们被关到屋子里，一个星期没吃的……那时你就明白是怎么回事了，朋友！"[37]久尔考从集中营回家后，发现他之前所属的共同体，已经不复存在，他最后回家和那些人见面交谈的过程随即证实了这一点。

　　然而，我们并不确定生活在共同体之中是否总是好事。尽管我们（至少包括我）会认为，正常的好的人类处境是沉浸在一种共同体的生活中，有家人、朋友和邻居围绕身旁，他们与我思维方式一致，和我分享共同的"价值观"，按同样的准则行事，但情况很有可能不

－－－－－－－－－－

① 即 holokausto。

是这样，或者至少事情远没这么简单。纳粹诉诸德意志民族歃血为盟的"兄弟情谊"。呼吁一种雅利安人的共同体（Gemeinschaft），是纳粹意识形态的基础。它为"清除"欧洲所有犹太"害虫"这种做法提供了合理而精要的解释。今天，我们可以称其为"种族清洗"。它也合理地解释了第三帝国①自取灭亡的战争。当德国城市上空弹如雨下时，戈培尔和希特勒是高兴的，因为集体死亡缔结了德意志血盟兄弟的关系。[38]众所周知，甚至海德格尔也谈论德意志民族，就如美国今天的右翼政客以"美国人民"的名义，发表如下言论，"美国人不想要普遍的医疗保健"，"美国人民为了免受'恐怖威胁'，愿意放弃公民自由"，或者"美国人民想遣返那些非法移民"。德里达还是阿尔及尔的学童时，遭受过法国反犹主义的伤害，他拒绝称南希的"非功效的共同体"或布朗肖的"否定的"共同体为"共同体"。他问道，"为什么称它们为共同体？"他继续说，"如果说我总是不愿用这个词，那是因为'共同体'这个词往往回响着'共同'（common；commun）的声音，含有那种作为一个（as-one；comme-un）的意涵。"[39]在《对秘密的喜好》中，德里达雄辩而夸张地说他抵制成为"家里的一员"。德里达的这种抵制可能不单是一种细心打磨的哲学态度（它当然是的），而是在某种程度上反映了他作为犹太人于纳粹时期在阿尔及利亚的经历以及后来在巴黎的经历给他造成了影响？对于德里达说"我不是家里的一员"时的强硬态度——本书第一章详细地引用了这一段——此部分讨论的四部小说的主人公中，《无命运的人生》中的叙述者与之最为接近。

那么，我讨论的三部小说以及《鼠族》中的共同体又当如何呢？在这里，作为结论，我提出一个重要推论，或可称之为"米勒定律"，即大屠杀小说如果越复杂、其叙事修辞越带有增殖效果，其作者就

---

① 即希特勒统治下的德国。

越接近集中营的直接经历，该小说对共同体毁灭的描述同时也更明显。那些离集中营的直接经历更远的作家，则很可能想肯定焚尸炉大火没有烧掉共同体。当然，谁又不愿自己能够相信这一点呢？

在我所讨论的四位作家中，托马斯·基尼利距离真实的大屠杀经历最远。《辛德勒名单》有大团圆结尾，"辛德勒犹太人"——那些辛德勒勇敢地从毒气室中救下的人，在战争结束时集体庆祝他们的幸存。他们用一位犯人保留下来的补牙用的黄金（纳粹守卫粗暴地拔下了犯人口中大多数补了黄金的牙齿，或在毒气室的尸体中搜寻这种牙齿），为辛德勒做了一枚戒指。当辛德勒穿着借来的囚服，逃过了因与纳粹合作而遭受的报复时，他们拥抱他，围着他欢呼。小说被好莱坞拍成电影后，这一共同体恢复的场面尤其突出。小说结尾提到了辛德勒后来的生活，还提到他在刚成立的以色列国家中如何受人尊重和纪念。我并不是说历史上没有这些事，它们当然都记录在案。然而，这些事情绝对不是典型。更典型的事情是如此多的非犹太人与恶共谋，幸存者见证了这一切。基尼利选择了一个极为罕见的例子，讲述了一个"好德国人"面对不可言说的邪恶，进行勇敢而机智的对抗的精彩故事。《辛德勒名单》证明了有这样的好德国人，这当然是这部小说的魅力所在。

《黑犬》距离大屠杀要近一些。维基百科的词条表明麦克尤恩的生活跌宕起伏。他跟随作为军官的父亲在其驻军的东亚、德国和北非长大；在法庭判给他监护权后，他第一任妻子就带着十三岁的儿子不辞而别；他在 2002 年发现自己还有一个兄弟在"二战"期间被人领养走了。然而，《黑犬》中的事件并没有表现得像直接的自传或以某人的真实经历为基础，尽管按久尔考可能的说法，我这么说可能不对。《黑犬》中的事件当然直接可信。然而，小说正文开始前的最后一页上有一则注释，签上了麦克尤恩姓名的首字母，它有力地呼应了扉页背面例行的出版声明。这则注释声称《黑犬》中的人物"纯属虚构,与现实中任何活着或死去的人物都绝无雷同"(151)。我在上一章引用过这则注释。当然,麦克尤恩这里有可能是在撒谎,况且他也没有确切地说主要人物不具有历史基础。这则免责声明明显针对当地法国人以及那个村长等出现在小说中的人物,不过表达得更为宽泛。

跟麦克尤恩其他小说一样,《黑犬》中共同体毁灭表现为共同体本质要素几乎普遍崩溃,即稳定的核心家庭解体。小说指出,造成这种解体的原因是第二次世界大战和大屠杀,无论小说中的人物与之距离多么遥远或贴近。小说有一页细致地刻画了至今仍保存在马伊达内克集中营内大屠杀受害者的鞋子,描述了叙述者看到这些鞋子后越来越强烈的麻木和羞耻,上一章也引用了这一片段。该段戏剧性地刻画了叙述者对大屠杀的感受,即他参观马伊达内克集中营时对大屠杀的感受。参观回来的那天下午,他和未来的妻子詹妮·特里梅因有了第一次鱼水之欢(88—89)。

这一段不仅重申了大屠杀遇难人数让这场浩劫难以想象,而且暗示了几百万受难者中,每一位都独自死去,就像那个鞋面上露出温顺的小羊羔图样的婴儿一样。在琼·特里梅因遭遇黑狗之后很久,她在临终之际惋惜自己无法融入任何一个团体:"为什么我应该期望数百万利益相互冲突的陌生人能共处,却不能和我孩子的父亲,那个我爱并与之结婚的男人形成简单的联合?"(30)奥斯维辛之后,没有核心家庭。

然而,《黑犬》远没有那么简单。尽管第一人称叙述者很小就在一次交通事故中失去双亲;尽管这给他造成了日后种种混乱,他不能完成大学学业,不能长久工作,也不能维持和朋友或爱人的稳定关系;尽管他的岳母琼因被两条黑色的盖世太保狗袭击而始终疏远丈夫,她与任何正常意义上的共同体也保持距离,但小说的确在细微层面上重建了共同体,那就是叙述者与琼的女儿詹妮的幸福婚

姻，他们有四个孩子，拥有幸福的家庭生活。小说的确有共同体重
现，即使他在最后一段坦言，那些黑狗的阴影他仍然挥之不去，正如
它们给读者的影响一样，至少对我这个读者而言是这样的。

《鼠族》离真实的见证则更近，因为它的作者/创作者是幸存者
之子，并且《鼠族》的许多内容由弗拉德克·斯皮格曼自己的话和那
些他自述集中营经历的连环画组成。他的描述在斯皮格曼有力的
画笔下神奇地跃然纸上，他说的话在每一幅画中则放在白色背景的
长方框中。然而，这部小说中的共同体只是相当模糊地存在着，因
为许多弗拉德克的家人和他战前生活的犹太社群的许多成员都被
杀害了。甚至在安全的纽约雷格公园，共同体也没有重建，至少对
于弗拉德克及其儿子阿蒂没有。弗拉德克的妻子自杀了。他和后
来的妻子关系并不融洽，即使她也是幸存者。他病态的吝啬让他不
适合再投入共同生活。父亲和儿子的关系也很糟糕。儿子搬走了，
和一位法国女士结婚后生活幸福，后者不是幸存者，只在名义上皈
依了犹太教。弗拉德克的家庭算不上是一个共同体。集中营的经
历似乎导致他心理残缺，他无法体会共同体归属感。

凯尔泰斯和凯尔泰斯的主人公离大屠杀最近，因为他俩都是幸
存者，一个是真实的，一个是小说中的。久尔考在我所讨论的主人
公中，最接近德里达那句"我不是家里的一员"的强硬态度，他认为
这种超然未尝不是一件好事，其原因甚至也最接近德里达提出的理
由。久尔考直接见证了自己的经历，以第一人称讲述他（小说中）的
故事，他并未像斯皮格曼那样——比如在他画奥斯维辛地图的时
候——诉诸二手"历史"。久尔考的语言典型地超然，具有"两个双
胞念头"的特点，他反讽性地描述"难以计数的不便、麻烦和恼怒，而
这些似乎都无可避免地与那种共同生活密切相关"(59)，此处的生
活指作为纳粹的囚犯、生命受到威胁的生活。通过这些描绘，久尔
考见证了共同体的毁灭。不仅如此，久尔考对共同体毁灭的见证，

还体现在他指出毒气室铲除了家庭和共同体，甚至在囚犯仍活着的时候就终结了他们最低限度的"共同生活"。毒气室通过某个过程摧毁了一切，在最为直白的意义上，这个过程即为焚毁。

甚至在布达佩斯的家里，在他被驱逐之前，久尔考也没有感到自己和家庭所在的社群团结一致。小说有个感人的情节，描述了久尔考年少时的第一任女朋友的姐姐痛苦地发现自己是"犹太的"（Jewish）。她不明白这意味着什么。"我试图，"久尔考说，"跟这个女孩解释他们并不是真恨她，也就是说不是恨她本人，因为毕竟他们对她根本无从了解——他们更多仅仅是出于'犹太的'这个概念。她于是说她刚才也在想同样的问题，因为细想之下，她甚至并不清楚什么是'犹太的'。"(35)这个情节表达的观点是，犹太性并不是一种"本质"，尽管纳粹和其他反犹者并不这么认为。

《无命运的人生》中的这一情节可与德里达在《亚伯拉罕，他者》（"Abraham, the Other"）中记录自己第一次感受到作为犹太人意味着什么的经历类比，阿尔及利亚的法国反犹主义导致他在天气晴好的一天，在没有前兆的情况下，被赶出了学校。[40]这对德里达而言，绝对是一种创伤。这次经历造成的创伤可能让德里达感到他不属于任何共同体，并且让他选择说出"我不是家里的一员"，就如卡夫卡在任何家庭或社群中都有局外人的感觉。卡夫卡在他的故事、小说和其他作品中，不断地探究这种感觉。正如托妮·莫里森的《宠儿》中的塞丝，临近内战爆发时，在辛辛那提遭到由自由非裔美国人组成的黑人社群驱逐，凯尔泰斯的久尔考也感到自己被放逐于任何家庭和社群之外。唯一的例外是他和邦迪·西特罗姆两个人形成的脆弱、暂时的共同体，但后者最终被大屠杀所吞噬。集中营中说意第绪语的犹太共同体并不承认久尔考是其中一员。结果是，久尔考悖论性地感到了一种奇怪而苦恼的反向歧视。在布达佩斯，他感到隔绝于普通共同体之外，因为他是犹太人，而在集中营中，他感到隔绝于普通共同体之外，是因为他悖论性地感到，与那些说意第绪语的真正犹太人相比，似乎他们是正统，自己是局外人，即感到"似乎自己是犹太人"（140）。他继续说道，"我承认，在集中营内，身处一群犹太人中间，这种感觉毕竟相当古怪"（140）。看起来"犹太人"是一个普遍的名字，人们用它来为被宣布为外来者的人命名，为局外人命名。正如久尔考所言，被排除在共同体之外的体验并不抽象，它会让你毛骨悚然。

我在"定律"中提出的假说是，作者越接近大屠杀，其作品在两方面就越矛盾，即叙事趋于复杂，共同体也愈发不可能。在选取更广范围内的大屠杀小说进行研究之后，我这一观点能否被证实，仍有待确认。我选取的小说样本太少，不能构成证据。对错皆有可能。然而，我仍然认为这个假设有用，它提出了重要的问题，但同任何重要的科学假说一样，它还有可能被证实，或面临可能的反证。

第四部分　奥斯维辛之后的小说

第七章

莫里森的《宠儿》

后现代小说杰作《宠儿》

我已在前几章指出，美国历史上的奴隶制及其延续的种族主义余波与大屠杀留给德国历史的影响最为接近（尽管美国土著的种族灭绝也可与其形成另一个明显的类比）。[1] "余波"我指的是诸如美国在 1880 年至 1930 年间，即在黑奴获得解放之后，大约有 3500 个黑人被处以私刑之类的事件。本书第二章在提到卡夫卡有一张黑人遭受私刑的照片时，提供了关于私刑照片信息的网址。这些残存的照片证明《宠儿》的主人公塞丝说得对，她说事情一旦发生就不会消失。它还通过某种媒介，在某地继续发生，或者我们可以通过某种媒介或其他类似途径与其接触。

上文的"余波"还指美国从内战至今（2011 年）仍在延续的种族主义和种族不平等。本书试图不断让读者的思维在以下四个话题中穿梭类比：奴隶制及其余波；卡夫卡的小说；大屠杀小说；我们今天的处境，具体来说，也就是时至今日，关塔那摩基地拘留营仍然存在。

托妮·莫里森的《宠儿》是伟大的小说，用莫里森的话来说，它的目标是让我们"重现记忆"（rememory）奴隶制，尽管忘却似乎更有利于健康。在 2004 年古典出版社（Vintage）出的国际版《宠儿》中，莫里森在序言中写道，"为了让奴隶的经历表现得更真切，我希望那种事情被掌控和失控的感觉从始至终都能表现得可信；日常生活的秩序和平静被贫乏的死者（the needy dead）所造成的混乱粗暴地打破；费尽心思地想要遗忘，记忆却不顾一切地保持鲜活，防止遗忘。将奴役呈现为一种个人经历，语言必须让位。"[2]"贫乏的死者"这一表述听起来古怪，我稍后将会指出其意义。我明白她说语言必须让位的意思，但在一部关于奴隶制的小说中，语言肯定是尽可能直接清晰地"呈现作为个人经历的奴隶制"的关键手段。莫里森的《宠儿》属于两个不同的历史时刻，即该小说首次出版的 1987 年和美国历史上的内战时期。

尽管《宠儿》谨守其牢记美国内战前奴隶制的使命，但它毕竟有其自身具体的历史语境。该小说发表于 1987 年，仅比柏林墙倒塌早两年，后者常被视为冷战结束的标志。在本书第五章分析的麦克尤恩的《黑犬》中，柏林墙占据了显要地位。1987 年，罗纳德·里根当选美国总统。南非种族隔离在美国的暗中支持下正如火如荼，而对于后来发生在达尔富尔①的种族灭绝，美国政府则几乎没有采取任何行动进行制止。莫里森在小说前言中指明，二十世纪八十年代的妇女运动是该小说的重要语境："八十年代，各种辩论仍风起云涌：同工同酬、同等待遇、进入职场或学校的权利……去污名化的选择。结婚与否、生育与否，这些想法让我不可避免地想起这个国家

---

① 非洲国家苏丹的一处地名。2008 年，国际刑事法庭检察官指控苏丹总统巴希尔在幕后指挥政府军和阿拉伯民兵屠杀达尔富尔地区的非阿拉伯族群。

黑人女性的不同历史——在这段历史中,婚姻不受鼓励、绝无可能甚至违反法律;生孩子是义务,但'拥有'孩子、对孩子负责,也就是说,做父母,则像获得自由一样,绝无可能。在奴役体制的逻辑所决定的特有情形下,肯定和坚持父母身份,是犯罪。"(xvi—xvii)

1987 年即所谓的"后现代主义"鼎盛时期。这个时期确认了一种新的生活方式在第二次世界大战后发展起来。这一新的社会体验表现在更新的建筑、电影、视觉艺术和叙事形式上以及变化的日常生活形式上。弗雷德里克·詹明信那篇影响深远的文章《后现代主义,或晚期资本主义的文化逻辑》("Postmodernism;or,The Cultural Logic of Late Capitalism")描述并略带反讽地颂扬了这种新风格和新的社会模式。该文于 1984 年首次在《新左派评论》(*New Left Review*)[3]上发表,仅比《宠儿》的出版早三年。我在其他地方也提到过,"后现代主义"在某种程度上是一种臆造的历史类型。[4]它在"二战"后晚期资本主义条件下,将我们新的文化和经济情况与诸如多克托罗和品钦之类的作家的小说形式特点相混合。这些形式特点已经出现在塞万提斯的作品中,所以这种混合呈现出异质性。

那么所谓的后现代叙事又有什么特点呢? 我将詹明信提出的类型特点稍做修改,列出后现代叙事最突出的特点:拼盘杂烩(pastiche),即不同时期的风格混用,缺乏连贯性[与戏仿(parody)相对];用典(allusion);文类混合;深度感消失(depthlessness);问题化地思考固定、统一的自我观念;缺乏情感(或者,我更愿意认为存在一种特有的转向,朝向所谓"酷"的反讽情感);"全知叙述者"弱化,或者更准确地说,有心灵感应能力的叙述者并不发表评判或提供阐释;缺乏连续性,即叙事通过间断的片段组合,打破连续性;运用错层叙事(metalepsis)、预叙(prolepsis)或倒叙(analepsis)、闪回(flashbacks)、闪前(flashforwards)等"反常的"(词源学意义上)时间切换方法；插入故事，通常由故事中某一人物来重述；突兀的语体变化或语调切换；采用高度间接的叙事，以至于真实的故事似乎通过暗示、映射，以故事隐含另一个故事的形式，在后台被讲述出来；具有一定程度的反现实主义，或"超现实主义"，或最近所称的"魔幻现实主义"的幻觉色彩，即用明确的现实主义风格讲述不可能发生的"魔幻"事件；或者，换个稍微不同的说法，作品对宗教、迷信、魔幻和超自然内容的坚持，带有一种奇怪的半反讽态度，但仅仅是半反讽；热烈而夸张地运用喜剧、闹剧或失范的社会动荡；运用某种框架故事形式，既控制、阐释故事，又同时反讽性地削弱故事本身；聚焦局外人和失败者，即"大地上的不幸者"的经历；表现一种自我牺牲式的——或自杀式的，即通过德里达所说的自免疫的自我摧毁过程——共同体转而反对共同体自身的感觉；以一种问题性的眼光看待做出伦理选择或承担伦理责任的意义；直接或间接地请读者注意虚构性或虚拟性的问题，即叙事转向自身，对自身的存在模式及其社会功能提问；因某种根本的含混性或道德上的不可判定性而抵制明晰直白的阐释。[5]

"后现代时期"的经济状况无疑是新的，但正如我所说，詹明信所列出的后现代小说的形式特征已经出现过，比如，塞万提斯的作品有这些特征。在詹明信列出的特征之中，我增加了一些其他特征，其中之一是不无问题的对超自然力量的着迷。后现代小说中出现的超自然因素可能会让众评论家尴尬地保持沉默。他们可能会想，"我们肯定不打算严肃对待这些鬼魂和亡魂什么的"。超自然因素是塞万提斯的《训诫故事集》(*Exemplary Stories*)中《两狗对话录》(*The Dogs' Colloquy*)的特点，《宠儿》和品钦的《秘密融合》("The Secret Integration")，更不用说他的《万有引力之虹》(*Gravity's Rainbow*)，都有这种超自然特点。我们应该怀疑那种总是以不同形式和主题特征划分文学时期的做法。这种做法看似指出了崭新的特征,但我们几乎也能在其他时期的文学作品中找到对应的例子。塞万提斯的作品为西方小说分期带来巨大的困难,斯特恩的《项狄传》(*Tristram Shandy*)也是如此。

尽管文学分期有这些流行的弊病,但没人可以否认《宠儿》展现了后现代先兆。它拼贴杂糅了许多不同文类:奴隶叙事、"中间航道"、真实历史事件重构、鬼魂故事、《圣经》故事的化用、对"边缘"少数民族文化信念和行为的类-人类学展现。这种类-人类学的刻画体现在主人公塞丝的信念中,她相信:事情一旦发生,就无法停止,它会一遍遍在它最初的发生地发生,直到最后洗净澄清。这类似叶芝在其诗歌《克伦威尔的诅咒》("The Curse of Cromwell")、戏剧《窗玻璃上的字》(*The Words upon the Windowpane*,1934)和《炼狱》(*Purgatory*,1939)中表现出的爱尔兰民间信念。[6]在这些作品的开头和结尾,一座破败的房子中定期重现那些发生在此、罪孽尚未清除的悲剧事件。在《窗玻璃上的字》中,斯威夫特、斯特拉和瓦妮莎在降神会中回来,重演他们纠缠复杂的关系。《宠儿》中的塞丝也是这样将她的信念告诉给女儿丹芙的:

> 哪天你走在路上,听到、看到一些事。如此清晰。你觉得那是自己想出来的,一幅想象的画。可是不然。那是你撞进了一段重现的记忆,它属于别人。我来这里之前待的地方,是真的。它永远不会消失,即使整个庄园——包括那里的一草一木——都死了。那幅画仍然存在,不止如此,如果你去那儿——你以前从没在那儿待过——如果你去那儿,站在它曾经存在的地方,它还会再次发生;它会为你出现,在那儿等着你。所以,丹芙,你不能去那儿,永远别去。因为尽管它已经结束了——结束了,做完了——它还会永远在那里等着你。那也是为什么无论如何,我得把我所有的孩子都弄出来。(43—44)

丹芙说，"那一定意味着没有什么会死去"，塞丝对此回答说，"没有什么会死去"(44)。不仅没有什么会死去，而且这样的"重现记忆"可以从一个人转移给另一个人。它们在任何一个人的记忆之外。这个主题在小说中发展很久之后再次出现，丹芙害怕走出塞丝在辛辛那提蓝石路 124 号的房子："那外面的地方曾发生了如此可怕的事情，当你靠近那些地方时，事情会再次发生。就像在'甜蜜之家'中，时间不会过去，并且正如她妈妈所说的，里面的可怕事情也正等着她。"(287)塞丝的信念在宠儿作为鬼魂回来的过程中得到证实。宠儿似乎是塞丝杀死的女婴，毕竟，她自称"宠儿"，这刚好是被杀死的女婴墓碑上的名字。亡魂归来体现了超自然主题，正如我所说，这个主题会有点出乎意料地出现在后现代小说中。宠儿的归来也强调了"重现记忆"的主题，我将指出，这一主题至关重要。她的回归也有些出乎意料地与以下后现代主题呼应，即过去成为"拟像"(simulacrum)或意象。无论人们多么想要忘记一切，遗忘从不会彻底或完全，记忆是不知不觉、自然而然的。记忆总是"重现记忆"，即不断地回忆和重组过去发生的事。无论过去曾发生过什么，尤其是暴力、不公或背叛，比如"甜蜜之家"(塞丝在肯塔基待过的种植园)中"学校老师"对奴隶的虐待或奥斯维辛的屠杀，发生过的事情将永不会停止。面对亡灵归来或复活，这些事件永无完结，就像奥斯维辛那些骇人的照片仍久存于世，或者像莫里森偶然看到写有玛格丽特·加纳(Margaret Garner)历史旧闻的剪报后，通过创作复苏亡灵。历史带着无法抹杀的印记回来了。

像许多其他后现代小说一样，《宠儿》包含了大量的性和暴力，尽管当然诸如威廉·福克纳这样的现代主义小说家的作品中已经出现了很多此类描写。然而，不同之处可能在于，后现代小说中不忍触目的暴力和露骨的性描写更为稀松平常、持续不断，就像我们的电影和电视剧中经常会有这类镜头出现。我们已经习惯了，也许部分原因是我们曾看过解放集中营时拍摄的那些尸体堆叠的照片。1945年,看到《生活》杂志上那些集中营照片时,我十七岁,那无疑是我生命中一个决定性时刻。对比下,想想安东尼·特罗洛普写的那些典型的维多利亚时期的小说!没有性和暴力,除了我能想起来的几个例子:《如今世道》(*The Way We Live Now*,1875)中的梅尔莫特用一把袖珍折刀自杀,《首相》(*The Prime Minister*,1876)中的洛佩斯卧轨自杀。总的来说,特罗洛普作品中的暴力都体现在精神层面:比如,《巴塞特的最后纪事》中的牧师乔塞亚·克劳利被冤枉偷了一张二十英镑的支票,他内心受到折磨;或者特罗洛普笔下那些女孩儿心中有爱却只能恪守淑女文雅礼仪,无法表达爱意,只得暗自神伤;又或者他笔下那些女孩儿的心上人不受父母待见,因而受到父母责难。后现代小说则详尽地描写了性和暴力。将维多利亚时期的小说或创作于现代主义时期之前的其他小说改编成电影或电视剧时,都会加入原来文本中不曾有过的性和暴力。例如,最近由詹姆斯的《金碗》(*The Golden Bowl*)(该小说首次出版于1904年;电影上映于2000年)改编而成的电影中加入了夏洛特和亚美利哥发生关系的场景。然而,小说本身的关键之处是,麦琪并没有看到,没有证据可以证明此事,读者也没有,但在电影中我们亲眼看到了这一事件。

尽管《宠儿》是"后现代"小说,但它混合运用了福克纳、康拉德和卡夫卡这样的高度现代主义作家的叙事模式:迷雾顿生的开头、致幻的现实主义与超自然事件混合、梦呓般的内心独白、令人困惑的视角转换、模糊隐晦的典故、惊人的不连续性和时间切换,以及一种时间往前推进却是为了恢复过去或"重现记忆"的叙事结构,这种叙事结构就像侦探小说,事情的过去只有一些让人迷惑的暗示,读者在一开始并不知晓。上述互不相容的故事叙述手法杂陈并用,似乎每种方法都是必需的,就像后现代建筑混合拼贴互不搭调的建筑风格,从而创造出一种奇怪的、缺乏深度的舞台布景效果。然而,《宠儿》运用这些重要的叙事手法有明确的目的,它声称要修复后现代主义特点中让詹明信感到遗憾的"历史性危机"(crisis in historicity)。《宠儿》试图让读者明白内战前的奴隶制在多大程度上决定了美国目前的状况,就如大屠杀塑造了当今德国,以及"文化大革命"对 2011 年的中国文化来说,仍然影响深远。

如今世道

自 1987 年《宠儿》发表以来,往轻处说,许多事情木已成舟。冷战结束了。回顾起来,冷战似乎只是小冲突,其背景正如乔治·奥威尔所预见的那样,是国家大规模集聚并且在全球范围内形成越来越明显的对抗局面。在如今的 2011 年,占领伊拉克和阿富汗的战争似乎永无止境,所谓的反恐战争也没完没了,美国仍然深陷其中,尽管奥巴马总统允诺所有作战部队不久将从伊拉克撤出,一两年内从阿富汗撤出。我们拭目以待。远程技术革命使全世界各个角落的人都可通过电邮、互联网和 iPhone 等手段实现即时交流,将他们潜在地联系在一起,这改变了大多数人的生活,使"全球化"成为现实。我们的政府以及与其勾结的银行和大公司,在贪婪的驱使下,用欺骗的手段将美国和整个世界带向经济衰退,房产泡沫破灭,随之而来的是全球金融体系几乎崩溃,失业率奇高。我们累积了巨额的财政赤字,贫富悬殊加剧,达到前所未有的水平。我们有一位有史以来最糟糕、最不受欢迎的乔治·W. 布什总统,任期长达八年。在其治下,美国的国际声誉跌至低谷,以至于德国作家克里斯托弗·彼得斯(Christoph Peters)在 2008 年的一篇文章中——该文翻译后刊登在《纽约时报》的专栏中——平静而肯定地认为美国之外有数百万人会同意他的如下说法:"乔治·W. 布什蔑视国际政治规则和机构;他重新运用预防性战争,造成不可预见的后果;他在自己的国家废除法制,无视任何与保护环境相关的议题。对我和绝大多数的德国人,他的这些做法是丑恶专横的美国的同义词。这些情形不仅激起了愤怒和恐怖,还有极大的悲哀,因为美国总是自由、民主和法治的象征。"[7]

自从巴拉克·奥巴马当选总统以来,美国的状况有了些许改观,但自他接任以来要面对众多方面的纠正工作,仍需努力数年:花费极其高昂的医疗保健(还有超过四千万未被保险覆盖的人群)、环境破坏和未加抑制的全球变暖、不公正的税法、巨大的财政赤字、几乎没有止境的战争状态、一团乱的银行体系和房产市场、飙升的石油和食品价格、对公民权的违宪破坏,还有一个保守派占多数的最高法院,这些保守派似乎倾向于一个接一个地破坏美国自富兰克林·罗斯福时期以来在社会平等方面所取得的所有进步。2010年1月,最高法院推翻了一个有一百年历史的先例,该先例禁止公司投入政治宣传。这一判案将使美国更加偏向后民主的财阀政治状态,其结果是金融机构和大公司(特别是石油、天然气、制药和医疗保险公司)统治国家。

很遗憾,即使在巴拉克·奥巴马的领导下,这些情形也尚未得到明显改善。然而,奥巴马在2010年1月27日发表的国情咨文演讲,的确让我感到一些希望,只要他能让国会按照他的提案行事,就有可能最终履行其竞选诺言。然而,这仍是一个很大的假设,因为很多国会议员似乎下定决心什么都不做。尽管从伊拉克撤出所有作战部队的计划正如期进行,但关塔那摩基地仍然因禁了许多犯人,最新数据显示是200人,其中50人被裁定为过于危险而不能释放,但同时他们也不能得到审判。这大概是因为他们已经在酷刑折磨下"招供"。秘密羁押中心明显仍然存在,就如未经授权的窃听、电邮审查和严酷的审讯手段仍然存在一样,尽管奥巴马声称他已经宣布刑讯逼供为非法手段。目前政府还尚未采取严肃措施规范对银行和其他金融机构的管理,它们因而已经开始酝酿另一场金融崩溃。在本书的修改阶段(2010 年 6 月),美国参议院和众议院仍然忙于调和他们所通过的两部金融改革法案。代表银行和其他金融机构的说客花费数百万美元,想说服议员阻挠通过这些机构不喜欢的管理规则,比如对那些"金融衍生产品"提出的监管。往好了说,这些金融衍生品是赌博,往坏了说,它们与庞氏骗局①无异。尽管国会通过了一项不错的医疗改革法案并获得奥巴马总统签字,但这项法案仍做出了很大让步,对医疗保险"行业"和制药公司有利,并且除去了"公共选择"条款,医保费用几乎肯定会继续呈螺旋形上升至失控。不过,将会有更多的人享有医疗保险。美国政府目前尚未认真应对全球变暖或杜绝如英国石油公司墨西哥湾原油泄漏之类的环境灾难——截至目前我写下这句话时(2010 年 7 月 2 日),漏油仍在继续。奥巴马采取了一项极成问题的举措,升级了也许无望获胜的阿富汗战事。他的顾问包括本·伯南克(Ben Bernanke)、蒂莫西·盖特纳(Timothy Geithner)和劳伦斯·萨默斯(Lawrence Summers),而这些人却属于最先造成了金融灾难的那批人。对于几乎占人口 10%的失业人群(这还是人为降低的数据,因为它没有算上数百万的兼职工作者,也没有算上那些不找工作的人),政府几乎并未采取措施增加他们的就业机会,也未防止更多的数百万美国人因房子被终止抵押而流离失所。

2010 年 12 月,共和党通过最近的选举在众议院中占据上风。他们的目标是废止最近的医疗法案,减少社会保险并将其私有化,

---

① 庞氏骗局源自美国一名意大利移民查尔斯·庞兹(Charles Ponzi),这种骗局采用非法的层压式推销或称"金字塔式骗局"的商业推销模式,通常以高资金回报率,骗取投资人投资,用后来投资者的资金回报给前期投资者以骗得更多投资人跟进。

削弱医疗照顾方案,在下一次总统选举中击败奥巴马。乍看之下,阅读《宠儿》无助于我们面对目前 2010 年的糟糕境况并做出反应。当前最迫切的智识挑战和伦理挑战,是承认、理解并负责任地应对如下这一点:我们当今的世界状况由三大主要力量之间复杂的互动、对抗、交搭,以及相互依存所决定。这三大力量是由远程技术-科学-军事-医学-媒体支撑的全球化跨国资本主义;福音的、启示的、宗教激进主义的、支持被提教义(rapturous)①的基督教,以及激进的、"恐怖主义的"跨国伊斯兰宗教激进主义。当然,许多人在某种程度上处于这三种力量之外,例如,在中国和印度,很多人信奉佛教;在美国,有人不信任何宗教,或有的人信基督教却比他们中一些所谓的基督近邻更倾向宽容和仁慈;还有温和的伊斯兰教徒,但即使是对于这些人,他们也受到越来越多的科学的-远程技术的-资本主义的影响。新的媒体发挥着越来越重要的政治影响力,所以格林·贝克和拉什·林博(Rush Linbaugh)②常常被称作美国共和党的真正领导者。中国和印度不久将会成为两个主导全球的资本主义国家。我并非没有注意到为数众多的温和的犹太教徒、基督教徒和伊斯兰教徒,他们以各种不同的方式把宗教信仰和科学理性主义结合在一起。然而,这样一些运动——比如近来美国有运动大力鼓吹将进化论仅仅作为一种无法证实的假说在学校讲授——明显把人放置在不得不进行选择的境况中。基督教《圣经》看来当然不会支持进化论。因而,似乎至少在这个问题上,错的要么是《圣经》,要

① rapturous 意为"狂喜的""入迷的""如痴如醉的",与其对应的名词 rapture,在基督教的语境下指"被提",它是基督教末世论用语,其意义不易确定,某些基督教派相信基督的信徒会在某个时候被提升至空中或天堂,也可能指基督徒在主再来时接受身体复活的时刻。《新约》有记录"以后我们这活着还存留的人必和他们一同被提到云里,在空中与主相遇。这样,我就要和主永远同在"(《帖撒罗尼迦前书》4 章 17 节)。但是,有的基督教派,如主流新教和罗马天主教,并不教导这一教义。众多《圣经》学者也认为"被提到云里"这样的事件,是象征意义上的,而非实际发生的事情。
② 拉什·林博是美国保守派广播界的脱口秀主持人。

么是科学家。

我所提到的这三种知识/信仰中的每一种都是集结了知识和信念的综合体系。每一种都仰赖其他两种，尽管在某种程度上它们也相互对抗。如果无法理解与另外两者之间的关系，每一种都不可思议。从某种科学的、理性的、启蒙的视角来看，某些极端的基督教福音派信仰（即，世界末日即将到来，被拯救的人将会从耶路撒冷被提升至天堂，而地上的道路则血流成河），与极端的伊斯兰教信仰（即，自杀式炸弹袭击者将会成为伊斯兰殉教者，他会直接升入天堂，与一千个处女享受欢愉，而殉教者的牺牲也确保了伊斯兰教打败基督徒和犹太教徒这些异教分子，在世界范围内取得最终胜利）相比，并不会更为明智。

基督教、犹太教和伊斯兰教，这三大西方的"圣书的宗教"彼此交战，尽管它们的起源都可追溯到亚伯拉罕和以撒的故事。从基督教宗教激进主义或从伊斯兰教宗教激进主义的视角来看，某些科学观念，比如相信进化论、相信妇女有选择权或相信全球变暖的证据，都是魔鬼蛊惑的结果。这三大信仰体系有着难解难分的联系，它们决定着近段时期的世界历史，比如伊拉克和阿富汗战争、全球恐怖主义、反恐战争以及伊朗和朝鲜准备发展核武器的防卫计划。现在朝鲜取得了成功。如果你被宣布为邪恶轴心的一部分，并被威胁会受到单边"预防性的""政权更替"，你会怎么做？我想你会做好准备，尽一切力量保卫自己。

然而，如果没有科学、全球资本主义和新的远程通信技术，就不可能有恐怖主义、反恐战争和核武器。让"9·11"变成所谓全球重大事件的，并不是突然发生的超过两千人的有形死亡，而是媒体、电影将这一事件传递到世界各地，那些电影展现了世界贸易中心双子楼倒塌的过程，它们具有让人不安的双重阳物（double phallic）的象征。（我说"让人不安的双重阳物"，是因为弗洛伊德宣称阳物的双重化等同于阉割,这正象征了西方资本主义在双子楼倒塌时所遭受的冲击。)布什政府随即宣布反恐战争开始。恐怖分子和布什政府都希望双子楼倒塌的画面能经常出现在所有地方,还有媒体本身也希望如此。媒体有这样的希望,部分原因是为了从广告中赚取更多利润,因为广告与那些重复播放双子楼坍塌的影片交织在一起。只要一有机会,那些影片现在仍不时会播放。恐怖分子运用他们所谴责的那些技术手段,正如他们用飞机、炸弹,用媒体播放奥萨马·本·拉登那些挑衅的警告,还用手机联络或引爆"简易爆炸装置"①。美国的宗教右派使用媒体(如脱口秀、"远程-福音"布道、网站和博客),还通过他们对政府的影响,使用高科技武器,比如,用无人攻击机打击塔利班基地组织,而伊拉克、阿富汗和巴基斯坦平民则成了"附带伤害"②。福音派与全球资本主义以及军方的共谋众所周知,这也可从臭名昭著的黑水集团③的领导层中可见一斑,黑水集团作为平民承包商,其雇佣兵曾在伊拉克展开行动。那种共谋在布什政府的构成上体现得淋漓尽致。在那届政府执政的灾难性的八年时间里,其成员先后出现过像约翰·阿什克罗夫特这样的宗教狂热分子,像迪克·切尼和唐纳德·拉姆斯菲尔德这样的石油公司前 CEO,还有像道格拉斯·菲斯(Douglas Feith)这样的新保守主义者。乔治·W. 布什则将福音派宗教信仰与政治上的新保守主义以及公司基底结合在一起,尽管他本人作为一个石油公司管理者

---

① improvised explosive devices,简称 IEDs,也译为"可临时组装的爆炸装置",是恐怖分子最常用的武器。它通常比较便宜,设计简单,可以临时组装,除了引起平民伤亡,它还会引起恐怖的心理效应。

② collateral damage,也译为"意外伤害""间接损害",是军事上的委婉语,指平民或其财产因邻近被摧毁的军事目标而遭受损害。

③ 黑水集团 2009 年改名为 Xe 服务公司,2011 年更名为 Academi(黑水国际)。

也同样失败。① 再者，我们想象不了他晚上读卡尔·施米特②论主权的情景，无论关于他重生的基督教信仰可能被说得多么真实可靠。③ 他说进化论目前尚无定论。④ 只有在被逼无奈的情况下，他才会极不情愿地承认气候变化的确存在，他和他的政府及工业盟友，除了"自愿遵从"之外，抵制一切想要缓解气候变化的尝试和努力。这种态度即使在巴拉克·奥巴马在任的情况下，在很大程度上仍未改变。代表石油和煤炭的游说团体相当强大，它们对政府决策产生很大影响，就如代表医疗保险和制药公司的说客成功使国会通过了一项对其做出巨大让步的医保改革法案。两党参议员们从这些公司捞取了数百万披着合法外衣的"竞选献金"，但在我看来，这些献金是买选票的贿赂。

我们如今的世道还有一个更为关键的特征，与我讨论的共同体的焚毁的话题密切相关。互联网自 1987 年开始崛起并普及，诸如手机、iPod 和 iPhone 之类的设备现已无所不在，这使得七八十年代的后现代小说——比如莫里森的《宠儿》或多克托罗在那个时期的小说——以及反思那个时期文学的著作，如詹明信的《后现代主义，或晚期资本主义的文化逻辑》，看起来有些古怪过时，它们似乎是从一个现已消失的过去的世界传来的声音，在那个世界里，纸质书籍仍占有举足轻重的地位。我们现在所拥有的共同体，很可能是由电

---

① 小布什在从政前，曾从事石油产业，成为企业合伙人或自行创立能源公司，但这些石油企业在八十年代遭受亏损。
② 卡尔·施米特（Carl Schmitt, 1888—1985），德国法学家和政治思想家，他的理论竭力批判自由主义，表现出右派保守主义色彩。他从政治法学-政治神学的角度，思考国家主权和民主制度。他认为"现代国家学说的概念从神学转换而来"，指出国家的实质是在例外状态下的超越民主制度的主权决断。
③ 小布什在总统竞选的辩论中，将自己从酗酒到皈依基督教信仰的历程称作重生（born a-gain）。然而，有人认为小布什有利用宗教信仰吸引选票之嫌。
④ 布什从基督教保守派立场出发，即使没有公开反对进化论，至少也对进化论的态度相当暧昧。他还主张，学校应该讲述神创论，而不应只讲进化论。

脑游戏玩家或博客参与者所组成的奇怪的网络社群。一个既有的博客网站，在一天之内可能会有成千上万的人参与阅读和写作。这是一种奇怪的共在形式，因为网络共同体的成员可能不会选择用自己的真名。然而，这些共同体也可能产生强大的政治文化影响。查尔斯·约翰逊（Charles Johnson）的博客"绿色小足球"（Little Green Footballs）就是一个引人注目的例子。《纽约时报杂志》（*New York Times Magazine*）在2010年1月24日刊登了乔纳森·迪伊（Jonathan Dee）的题为《右翼骂战！》（"Right-Wing Flame War!"）的精彩文章。该文细致地呈现了乔纳森如何将其博客发展成右翼主要阵营，成千上万的支持者每天阅读并参与，[8]但乔纳森之后突然倒戈，投入左翼，反对福克斯新闻、拉什·林博、莎拉·佩林以及他之前的同事们。一场激烈的"骂战"随之兴起，乔纳森和他以前那些极端的共事者在网络上你来我往地发表攻击性言论。现在如帕梅拉·盖勒（Pamela Geller）这样的右翼人士痛斥乔纳森是"叛徒、变节者、卧底"。这些良善的人属于网络空间中极为奇特的共同体。正如迪伊所评论的，这种远程技术的虚拟共同体有一个特点，那就是除非被刻意抹去，否则所有这些博客无论多久都会同时在网络上继续存在，它们以电子格式的形式实现了塞丝所说的"没有什么会死去"。乔纳森早期那些极端保守的激昂演讲仍然能在他的网站上找到，与他近来变得相信气候变化之后所发表的言论公开发布在一起。除此之外，比肩而立还有他近来转而反对比利时极右翼政党"弗拉芒利益党"①的言论，而他之前支持该党。这些"虚拟现实"可能看起来太过无形，不会对"真实世界"产生影响，但是它们的确影响了人们投票以及其他行为方式。美国当下右翼民粹主义的茶党成员通

---

①　"弗拉芒利益党"，荷兰语 Vlaams Belang，英译 Flemish Interest，右翼政党，持有反对移民的态度，曾发表种族主义言论。

过互联网团结在一起。不久之前，他们说服马萨诸塞州的人们把斯科特·布朗(Scott Brown)选进了美国参议院，布朗在此秉持了共和党人坚定地"只要说不"的决心，他誓言阻止医保改革，赞成水刑，反对碳排放限额和交易，阻挠对银行和其他金融机构实施管理。

本书出版之际，众议院转而为保守党所控制。伴随其他国家和全球发生的变化，这种局面将会产生新的后果。时间将表明局势会如何变化。

我且允许自己不揣冒昧、心怀希望。

阅读《宠儿》，益处何在？

对于理解，甚或改善我们如今的世道，文学有什么作用？下面以莫里森的《宠儿》为例，加以说明。我们应该阅读、讲授或者分析这部小说吗？如果应该，理由又是什么？如我所言，《宠儿》首次发表于1987年，比弗雷德里克·詹明信的《后现代主义，或晚期资本主义的文化逻辑》的单行本(1991年)出版早四年。读者因而也许可以合理地假设，就像我所认为的那样，《宠儿》是一部后现代作品——无论这么说除了在简单的时间划定之外还意味着什么。所谓的后现代文学能帮助读者面对当今世界吗？如今决定多数美国公民精神气质的，并非"文学"——无论它经典与否，而是电影、电视新闻、福克斯新闻上类似格林·贝克脱口秀的节目，诸如《美国偶像》(American Idol)和《减肥达人》(The Biggest Loser)之类的电视节目、流行音乐，还有比如《魔兽世界》(World of Warcraft)这样的电脑游戏，以及互联网上的博客、微博、推特和网络相簿。因此，"文化研究"在我们大学的人文院系如此大规模地取代"文学研究"就不足为奇了。即使像《宠儿》这样的文学杰作，创作于近期，又备受瞩目和推崇，对其展开细读的做法也似乎脱离现实，越来越不合时宜。然而，本书试图展现文学作品仍值得关注和细读，不过要展现这一点却是个不小的挑战。

《宠儿》开篇的时间是 1873 年，读者会逐渐发现小说的中心事件是十八年前，塞丝杀害了自己幼小的女儿，以免她被带回，沦为奴隶。她还试图杀害自己其他三个孩子并自杀。整部小说围绕这个事件，对其暗示、抵制、复指，直到最后才以耸人听闻的细节直接描述。更确切地说，小说从"学校老师"的视角，描述了塞丝抱着她濒死的孩子的场景："里面，两个男孩在一个女黑鬼脚边的锯末和尘土中流血，女黑鬼一只手搂一个血淋淋的孩子在胸前，另一只手抓着一个婴儿的脚后跟。"(175)用手锯割断婴儿喉咙的事件，在小说中只有间接的指涉。这一"难以形容的"或至少"从未描述的"事件，是《宠儿》的主导主题。它不断地再现，是小说中"重现记忆的"后台事件，组织起小说的整个叙事过程，它所起的作用，就如卡夫卡的小说和凯尔泰斯的《无命运的人生》中两个主题情景的作用，前者的主人公沿走廊独自走到一扇开着的门后，偶遇他人，这起到了组织叙事的作用，后者的主人公久尔考躺在雨里，仰望阴沉天空中一道阳光撕开的裂缝，这一情景发挥了象征性的总结作用。

所有这些主题情景都有一个复杂的空间结构，让人物隔空产生联系。正如我将在《宠儿》中分析的那样，这些想象的空间表现了主人公的生命状态。他们都处于类似雅克·拉康所提出的著名的"镜像阶段"（stade du miroir），一个在镜像阶段的小男孩会与镜中形象产生认同，从而能够说出"我"。[9]虽然严格说来，这些小说中的主题情景并不是人物直面自己的镜像，但它们仍确立了自我发现，其过程是隔着某个空间，与另一个人直接遭遇。对这些事件而言，与其说是"我与自己的镜像认同，故而我是"，不如说"我在一扇开着的门后，或隔着一段中间的距离，与另一个人对峙，故而我是"。

《宠儿》的创作基于莫里森偶然从报纸上读到的一个真实事件。作家对该事件的历史事实做了修改。塞丝的原型是一个名叫玛格丽特·加纳的黑人女性，她后来重新沦为奴隶，而塞丝没有。学者们还指出了两者之间其他一些不同的地方。莫里森对此做了如下解释："历史中的玛格丽特·加纳让人着迷，但对小说家而言，却是一种限制。历史留给我的想象空间太少。所以，我不会严格依照史实，而是会创造她的想法，深入揣测她的心理，织就基本符合历史的亚文本语境，这样才能将她的个人历史与诸如自由、责任和妇女'地位'之类的现代议题联系起来。"(xvii)

莫里森的塞丝做得对吗？小说提出了重要的伦理问题。如果我处在她的地位，我会做同样的事吗，或者我是否应该做同样的事？康德说我应该总是按照这样的方式行事，即我所做的可以成为全人类的普遍法则，那才是唯一真正道德的行为。塞丝弑婴属于此类行为吗？在比尔·莫耶斯（Bill Moyers）的访谈中，莫里森被问道，她本人如在类似的处境下，会不会对自己的孩子做同样的事。莫里森的回答，正如我所提议的那样，将美国奴隶制和大屠杀做了明显的类比。[10] 然后，如同大屠杀幸存者常常宣称的那样，莫里森主张只有受害者，即只有那些在毒气室中死去的人，才处在做出判决、给予宽恕的位置上。我在第六章讨论过"莱维的悖论"。莫里森想象塞丝死去的女儿变成鬼魂回来了，她心怀怨恨，不愿原谅，这种同时刻画一个深受奴隶制之害的生者和死者的方式，解决了莱维所提出的悖论。最后，莫里森在回答莫耶斯的时候，提出了她自己的悖论，或者更确切地说，她借用悖论来阐述我们应该怎么评判塞丝的弑婴行为。莫耶斯问莫里森："你是否曾经把自己放在她的处境，问自己：'我会那样对待我的两个儿子吗？'"莫里森回答说：

> 我问了很多。实际上，宠儿这个角色在小说中出现，是因

为我没法回答。我不知道我是否会那样做。你听到的这类故事是在奴隶制和大屠杀的情形下,女性得想办法——很快,真的非常快地想办法。但是我认为唯一有权利问她的人是宠儿——那个被她杀死的孩子。宠儿可以问塞丝:"你这么做是为了什么?这样(指她坟墓中的生命或作为归来的鬼魂)更好吗?你知道什么?"对我而言,无法选择。有人曾送我一句话,我认为有用,"她做了正确的事,但她没有权利这么做。"[11]

我们如何理解这一矛盾的判断?做得正确,却没有这么做的权利,这是什么意思?这仅仅又是一个常常被称作"后现代道德不可判定"的例子?塞丝当然尤为惊人地违背了"你不可杀人"的戒律。杀害自己尚在襁褓之中的宝贝女儿,用一把手锯割断她的喉咙!无论是对我们还是宠儿自己而言,怎样才能宽恕这样的做法?

塞丝自辩时强调:(1) 她这么做是为了让孩子和自己不再沦为奴隶;(2) 她相信杀了他们会把他们所有人带到"另一边",在那里他会"安全",他们会和塞丝死去的婆婆贝比·萨格斯待在一起;(3) 这个决定是她的自主行为,类似于她决定通过"地下铁路"送孩子去自由的俄亥俄州,然后自己再跟去;(4) 对于那些不能自然而然地理解此事的人,她没法解释或辩解,"如果她想到了什么,"叙述者以自由间接引语描述塞丝的想法,"那就是不、不、不不、不不不。很简单,她只有赶紧逃。带着她所创造的每一点生命,带着她所有最珍贵、最杰出和最美好的部分,把他们拎着、推着、拽着,穿过帷帐,出去、走开,到那边没人能伤害他们的地方去。到那边,离开这儿,到安全的地方去"(192)。在两页之前,她对保罗·D 说:"我做到了,我把我们全弄出来了,也没靠哈利(塞丝的丈夫)。这是至今我唯一只靠自己干成的事。铁了心的,然后事情进展得不错,跟设想的一样。我们到了这儿。我的每一个孩子和我自己。我生了他们,把他们弄出来,这可不是靠运气。是我办到的。"(190)杀死孩子,尽管是自发行为,但也是她的决定。她告诉保罗·D,"我把孩子送去了安全的地方,让他们在那儿","我了解那是什么,让他们远离我所了解的那种可怕是我的事。我做了我的事"(193,194)。

跟所有真正的伦理决定一样,谋杀并不以任何已有的法令和惯例为基础,那样的法令和惯例预设了我们的决定并使其看似自发。因此,真正的决定,无法对任何不能理解这个决定的人解释。像所有真正的决定一样,塞丝弑婴是个"不可能的决定"。"塞丝知道,"叙述的声音说,"她此刻在房间、他和这个话题之间兜的圈子会一直这样,对于任何一个不得不发问的人,她永远无法接近这个话题,无法把话说明白。如果他们没有马上明白,她永远也无法解释。"(192)

塞丝打破不可杀人的戒律,这可与圣书的三大宗教,即犹太教、伊斯兰教和基督教的创立时刻相比。在这个时刻,亚伯拉罕愿意杀以撒献祭。也许莫里森写《宠儿》时,想起了这个故事。塞丝和亚伯拉罕之间的相似和不同都同等重要。两者的献祭行为都是"不可能的",因为它们都超越任何法律或处于任何法律之外。因此,两者都是原初性的首创行为。它们标志着与过去脱离,奠定了共同体的未来。

然而,两者之间的区别同样重要。一个是父-子献祭,另一个是母-女牺牲,后者反映了莫里森在《宠儿》中对女性的关注。雅克·德里达的《死亡的礼物》在相当大程度上是关于亚伯拉罕和以撒的故事,德里达在书中问道:"在律法那不可更改的普遍性中,献祭责任的逻辑会因一个女人以某种重要的姿态(de façon déterminante)介入其中而被更改、扭曲、减弱或撤换吗? 此种献祭责任以及双重死亡之礼物的体系是否从根本上暗示了排除女人、牺牲女人? 是一个女人的牺牲,还是所有女人的牺牲,根据前一种属格还是后一种属格?"[12]莫里森的《宠儿》含蓄地回答了这些问题。她的回答与约翰·D. 卡普托(John D. Caputo)的回答不同，后者相信如果由女人来献祭，其方式会更温和、阴柔。然而，莫里森则认为女人在祭献她们最珍贵、最深爱之物时，甚至可能更决绝和暴力。[13]

亚伯拉罕得到了上帝要他牺牲以撒的明确指令，尽管这个指令只他一人听到。他未对其他任何人提起，他的妻子萨拉、家人和以撒本人都不知道。以撒问他父亲的问题并非毫无道理："火与柴都有了，但幡祭的羊羔在哪里呢？"亚伯拉罕含糊地答道："我儿，神必自己预备作幡祭的羊羔。"(《创世记》22 章 7—8 节)在《宠儿》中，尽管塞丝开始也保持沉默，但她并未像亚伯拉罕那样得到神如此明确的命令。她自主决定，创立自己的法。在《圣经》故事里，在亚伯拉罕举刀准备祭献以撒的最后一刻，神的天使制止了他。一只公羊奇迹般地出现了，它两角被扣在灌木丛中，替代以撒成为幡祭。相反，塞丝则真的杀了孩子。至少可以说，这些区别意义重大。并置这两个故事非常有用，我们不仅找到了清晰而反讽的先例，也可以看清塞丝行为的独特之处。她所做的事也许可以更多地从莫里森的女性主义而非《圣经》先例的角度来解释。

当亚伯拉罕听到耶和华叫他的名字，他回答道，"我在这里"(《创世记》22 章 1 节)。亚伯拉罕愿意服从耶和华可怕的命令，却反而使他和以撒的子孙繁盛，其后代甚至一直延续至大卫王家系以及耶稣基督："耶和华说，你既行了这事，不留下你的儿子，就是你独生的儿子，我便指自己起誓说：论福，我必赐大福给你；论子孙，我必叫你的子孙多起来，如同天上的星，海边的沙。你子孙必得仇敌的城门，并且地上万国都必因你的后裔得福，因为你听从了我的话。"(《创世记》22 章 16—18 节)这真是很大的允诺！因为你愿意杀害唯一的儿子，自断血脉，那我就允诺你，你的后代会盛如点点繁星，多如粒粒海沙。

塞丝的故事

相反,塞丝的决定却导致她被社群驱逐,死去孩子的鬼魂回到辛辛那提蓝石路 124 号等其他构成《宠儿》故事情节的事件相继发生。那些发生在谋杀之前的事件是当前情节的背景。那些事件不时以不受欢迎却又不自觉的"重现记忆"的方式,被召唤回现在的时刻。与亚伯拉罕相比,塞丝也没有可以让世上万国蒙福的孩子,她的两个孩子都因为房子闹鬼而出走。她杀害了自己深爱的女儿。四个孩子中,只有丹芙留在了社群内,也许是为了延续她的血脉。小说并没有明确指出这一点,只是在临近结尾的片刻展现她"脸像某个人,打开了煤气灯",这时一个年轻人出现了,"走向她,说'嘿,丹芙小姐,等一下'"(315)。

除此之外,亚伯拉罕对上帝的服从,尽管从通常的道德角度来看不合常理,却为所有犹太教徒、基督教徒和穆斯林教徒树立了典范,然而,辛辛那提的黑人社群却一致谴责塞丝独自做出的决定和行为。贝比·萨格斯只能为塞丝的所作所为请求上帝的宽恕。她最终卧床不起,郁郁而终。塞丝出狱后,社群的人断定她是个危险的女人,都躲着她。人们认为她太傲气,不肯认错。最糟糕的是,她的爱人保罗·D 从斯坦普·佩德处得知了她的所作所为,在谴责她之后也离开了。当她骄傲而不服气地说"我是做了那事",保罗·D回应道,"你做错了,塞丝"。当他决定离开时,他指责她做的事像畜生:"你长着两只脚,塞丝,不是四只。"(194)塞丝感到一种不可原谅的侮辱,两人之间立刻产生了巨大的隔阂。塞丝弑婴之后,完全没有获得亚伯拉罕曾获得的那种救赎和创设的力量。

然而,事情远没有这么简单。《宠儿》的结局出人意料地有着或多或少的幸福色彩。这取决于你对宠儿，即对那个现身的幽灵的感受。小说讲述了共同体被打破，而后重建的故事，也讲述了那个共同体中的一个家庭被打破，而后重建的故事。读者跟随我理顺故事中塞丝和宠儿的关系之后，将会看出这一点。小说原本通过打破时间顺序的不连续的片段呈现塞丝和宠儿的关系，仿佛以前的事和现在的事同时存在，在某个地方，在那"没有什么会死去"的"另一边"。叙述的声音能够触及那个地方，也能够以心灵感应的全知状态，按它喜欢的任何顺序，不断说出那个地方发生的所有事情，包括人物曾拥有的所有想法和感受在内。读者也会注意到，莫里森的作品是对奴隶制的集体叙事，而我在顺着一根线索对其进行重构的时候，实际上省略了许多其他人的故事，它们本与塞丝的故事交织在一起，比如，贝比·萨格斯的故事、斯坦普·佩德的故事，[14] 西克索爱"三十英里女人"而后被"学校老师"所杀的故事（"学校老师"是"甜蜜之家"种植园的奴隶监工），那个白人女孩埃米·丹芙帮助塞丝在只有一只浆的破船上生下丹芙的故事——那条船当时仍靠着肯塔基州，停在俄亥俄河错误的这边，① 还有保罗·D在获得解放、内战结束后向北行进的故事。所有这些故事都穿插在塞丝的主要故事中，它们都共同存在于那没有什么会死去的地方。小说不按时间顺序，经由多个叙述者，采用多种叙事手法，断断续续地讲述这些故事。故事中的人物沉迷个人记忆而又抵制这些回忆，他们偶尔会谈起过去，读者如果愿意，可以将人物谈起的事件重新按时间先后排序。有一个很好的例子就是丹芙应宠儿之求，重构了自己出生的过程。宠儿为这个故事着迷，想听清每个细节，甚至也包括编出来的细节："丹芙说着，宠儿听着，她俩尽可能地去想象真实发生的事情，

---

① 1787 年，美国国会通过法令，规定密西西比河以东、俄亥俄河以北禁止蓄奴。俄亥俄河流是美国南方和北方重要的天然分界线，是肯塔基州的北部州界。肯塔基州实行奴隶制。

想象事情是怎样发生的，想象那些其实只有塞丝知道的事，因为只有她才有心思和时间在事后回顾，使之成形。"（92）讲述的过程从丹芙叙事的角度，突然切换到全知叙事者心灵感应般、无所不在的叙事角度。莫里森把故事讲得精彩而感人。她所讲的这些故事聚在一起，使得《宠儿》成为一种见证，就如凯尔泰斯的《无命运的人生》对大屠杀的见证那样，该小说强有力地见证了美国黑奴的生活。它防止我们遗忘那些痛苦异常的记忆。

塞丝带着刚出生的丹芙逃到蓝石路124号，与她的婆婆以及其他三个孩子重逢——她将他们先行送出，让他们摆脱了奴隶制。莫里森生动逼真地描述了塞丝与他们团聚之后的二十八天里所属的共同体："在这二十八天里，有女性朋友、婆婆以及她所有的孩子相伴，成为邻里社区的一部分。"（204）这是一种真正的团结，一种共在，一种相互理解和爱的共同体，基于共同的信念、价值观和相互义务。贝比·萨格斯拥有博大的胸怀和祈祷的力量，她在很大程度上是这个共同体的中心。蓝石路124号的房子是每个人见面、互通消息和交谈的地方，它是"地下铁路"的一个站点，逃奴经常在此逗留。

然而，正如前文讨论过的共同体话题所表明的那样，这个共同体不稳定。它是一个位于辛辛那提的黑人社群，与肯塔基这个蓄奴州仅隔俄亥俄河。这个社群中的许多成员跟塞丝和她的孩子一样，是逃出来的奴隶，所以在《逃奴法案》下，他们随时可能被抓回去，重新沦为奴隶。[①] 他们生活在"为新的背叛而叹息"与"为小的胜利而鼓掌"之间（204）。莫里森列出了他们的谈话内容，"他们的讨论时而激烈，时而平静"："《逃奴法案》、'和解费'以及'上帝道路和黑人席位'的真正意义；反奴隶制、奴隶获释、肤色选举、共和党人、德雷

---

① 在美国废奴运动愈演愈烈的情况下，1850 年美国国会通过《逃奴法案》，规定任何人不得收留和协助逃奴，而奴隶主只需提供对奴隶所有权的证据，就可要求联邦专员帮助缉拿逃奴，逃奴必须归还给原奴隶主。

德·斯科特①、学校教育、旅居者的大轮马车,还有俄亥俄州特拉华县的有色妇女联合会。"(204)

当奴隶监工"学校教师"、当地治安官和其他两个人带着相关文件和步枪,来抓塞丝和她的孩子回肯塔基那个被反讽性地称为"甜蜜之家"的种植园时,塞丝所属的共同体瓦解了,塞丝最害怕的事情终于发生。然而,塞丝弑婴终究避免了塞丝最害怕的事。她进了监狱。特拉华有色妇女联合会(又是女性,这次作为一种政治影响出现)以及其他人,包括白人鲍德温兄妹,都尽力活动,塞丝才没有被绞死。当塞丝在丹芙的陪伴下出狱回家后,那个婴儿的鬼魂开始在房子里出没。曾经的共同体中心贝比·萨格斯,卧床不起,不久去世。没人再来蓝石路124号。塞丝和她的家庭被黑人社群放逐,与其说是因为她所犯之事,不如说是因为她傲气地拒绝认错。保罗·D赶走了婴儿的鬼魂,搬来与塞丝同住,但她后来附在一个十多岁的女孩身上,又回来了,自称宠儿。保罗·D发现过去的弑婴事件后离开,他之所以离开,也因为宠儿作为鬼魂,能产生某种微妙的心理压力和力量,从而给他带来影响。情况于是变得更糟。塞丝和宠儿之间形成一种相互伤害的共生关系。塞丝为了满足宠儿,宁愿自己挨饿。她丢了工作,但为了讨好宠儿,把家里所有钱都花在买吃的和买花里胡哨的衣服上:

> 丹芙觉得自己理解妈妈和宠儿之间的关系:塞丝想要弥补她用手锯犯下的事情;宠儿让她因此付出代价。但这却永远没个尽头,看着妈妈日渐暗淡下去,她汗颜,也勃然大怒……

---

① 德雷德·斯科特是一名美国军官的黑奴,主人曾将他从蓄奴州带至自由州生活,主人死后,德雷德·斯科特要求成为自由人,因为他曾在自由州生活过,但美国最高法院最终判决斯科特仍是奴隶,该裁决加剧了南北方分裂。

并且这世上没人,没人会(丹芙想象塞丝的想法)把她女儿的特点开列到那张纸上("甜蜜之家"的学校老师就是这么对待奴隶的)属于动物的那一边。没有。哦,没有……

丹芙听见坐在圆椅上的她说了这一切甚至更多,她试图让宠儿相信——她觉得这是唯一需要被说服的人——她的做法出自真正的爱,因而是对的。

宠儿坐在椅子上,她胖胖的嫩脚支在前面的椅座上,两只不见掌纹的手搭在肚子上,看着塞丝。她什么都不理解,除了知道塞丝是那个让她消失的女人,让她蜷缩在一个黑而又黑的地方,忘记微笑……

……似乎塞丝并不真的想要获得宽恕;她想自己得不到宽恕,宠儿帮了她。(295,296,297)

我曾提到"不可判定性"是所谓的现代小说和后现代小说的基本形式特征,卡夫卡和凯尔泰斯的小说分别以不同的方式体现了这一点。在《宠儿》中,这一特征明显表现为,我们无法确定莫里森或她隐形的匿名叙述者是相信小说中宗教和鬼魂的故事,还是仅仅将其当作一种历史特性,认为它体现了内战前辛辛那提的奴隶曾经形成的基督教文化表象。我说"表象",是因为塞丝及其所属共同体的基督教信仰掺杂着非洲宗教和母权制遗迹,例如,贝比·萨格斯可以通过祷告让栗树的荚果掉落,社群中的黑人女性有驱邪的力量,可以赶走宠儿。

除此之外,正如其他读者确凿指出的那样,宠儿可能完全不是遭塞丝杀害的婴儿的鬼魂。据小说文本的恰当证据所示,她可能是黑人,在"中间航道"中幸存,却沦为一个白种男人的性奴,她最终杀了这个男人,然后逃跑。她到了辛辛那提的黑人社区,从一条小河里爬出来,走向蓝石路124号的院子:"一个穿戴齐整的女人从水里走了出来。她差点没法抵达干干的河岸,她一上岸就坐下,斜靠着一棵桑树。整整一天一夜,她坐在那儿,任头奄拉在树干上,整个儿垮下来,压坏了头上草帽檐儿。"(60)宠儿可能误把塞丝当成了当时把她抛弃在奴隶船上的妈妈,而塞丝和其他人也许也误认为宠儿是鬼魂现身,他们以为她是那个造成屋里一片混乱的鬼魂,是塞丝曾经杀害的那个婴儿的鬼魂,如今已成长到她若活着时的相应年纪。宠儿叙述她在"另一边"坟墓中的经历触目惊心(248—56),她的叙述同时也可被解读为再现了贩奴船从非洲到美国的"中间航道"上的可怕情景,展现了这个从囚禁和性虐待中逃脱的年轻女人的记忆和经历。她后来从河里走出来,进入塞丝及其共同体中其他人的生活。宠儿似乎记得奴隶船上的死人被扔到海里的情景(253)。J. M. W. 特纳(J. M. W. Turner)的杰出画作[《奴隶主扔掉船上的死者和濒死之人——台风逼近("奴隶船")》,1840 年展]证实了那种可怕情景。[15]在这幅画作的中心,奴隶船上的已死之人和将死之人被扔下甲板,在水中漂浮翻滚。离画面中心较远的地方有一处小晕影,看起来像一位母亲正试图把她的孩子从波涛中救上来。

　　我认为,理解宠儿的方式不可能固定下来。小说中的文本证据特意显得模棱两可。宠儿的身体形态,对于一个鬼魂来说,有点过于明显。她出现时所穿的新的工作靴,恰像逃奴可能会偷来穿的那种鞋子;而另一方面,她的手掌没有纹路,这在她们的文化里是明确的信号,表明她是超自然的亡魂。还有很多细节从两个角度都说得通,就像格式塔心理学上的"鸭/兔图"①。而评论家们则认为有必要做出选择。我的结论是莫里森有意让这个问题没有答案。宠儿可能兼有两者:她是一个被鬼魂附体的真实的人。这部小说也许可

————————

① "鸭/兔图"是格式塔心理学的实验,它绘制了一张各种线条构成的图,有的人看它是鸭头,有的人看它是兔头,人们在不同时刻或情境下得出不同结论,但都是正确的。

以通过以下信念进行解释，即，没有什么会死去，某种人类经验的事情一旦发生，就可以通过"重现记忆"迁移到另一个人身上。《宠儿》所记述的奴隶制的可怕事件，自然也印刻到了我的记忆里，不可磨灭、难以忘怀。也许正因如此，莫里森选择让宠儿用长篇的内心独白，表现其死亡、被埋，以及与其他死者挤在黑暗中的感受，这些感受明显源自奴隶挤在奴隶船上，从"中间航道"驶向新世界时的航程。宠儿在那时显然还是个孩子。她记得看到妈妈和那些被扔下甲板的死人和濒死之人一起跃身入海，她坚称妈妈不是被推下去的。宠儿将妈妈的死视为背叛，认为她没有尽到做母亲的责任。随后在塞丝脸上，宠儿看到了她妈妈的影子。在心理需要的驱动下，生活形象发生迁移，她将塞丝当成了妈妈；而另一方面，塞丝看到宠儿，也同样将她当作死去的女儿归来，长到了相应年纪，这同样是一种受心理需要驱动而产生的生活形象迁移。

这种修辞阅读显得合理可信，但是怎么解释宠儿那没有纹路的手掌以及下巴上那个像微笑嘴形的伤疤呢？如何解释小说开头蓝石路 124 号闹鬼的证据，比如餐盘被扔在地板上、家具移动等？哪种解读是正确的？想想看，或者再读一读，仔细琢磨。塞丝所属社群的三十个女人认定宠儿是危险的显形鬼魂，一定要驱除。她们认为"塞丝死去的女儿，那个被她割喉的孩子回来收拾她了"（300）。社群中的女人们用"声音"成功赶走了宠儿。这里的声音含有一种悖论，它没有言语却是有效的言语行为，只有黑人女性才可能做到："女人们的嗓音寻找着恰当的组合方式，寻找着那种调性、编排，寻找着那种打破文字束缚的声音。她们的嗓音一重又一重，直到找到合适的层叠方式，她们形成的声浪宽广得足以透入深水之底，敲落栗树之荚。"（308）"声音"在此处既指具体声响，也指声音透入水底衡量水深。

为什么这三十个女人的驱邪仪式起效了？小说最后一页暗示，

宠儿消失在了附近的那条小河里,回到了她的来处,她当初正是从那里出来,在蓝石路124号阴魂不散。这意味着她一直是一个挥之不去的幽灵,一种奇怪的水精:

> 在124号后面的小溪边,她的脚印来来回回,来来回回。它们如此熟悉。无论是孩子还是成人把脚放进去,大小都合适。拔脚出来,它们又消失了,好像没人曾在那儿走过。
>
> 不久,所有的痕迹都消失了,被遗忘的不只是脚印,还有那儿的水,以及水下的东西。(324)

《宠儿》无疑体现了后现代小说具有所谓的"不可判定性"。

塞丝跟社群里的女人一样,认定宠儿是被自己杀掉的女儿的化身,她试图让宠儿宽恕自己所犯下的无法被宽恕之事。丹芙打破了塞丝的僵局。同时,具有悖论性的是,正如丹芙所理解的那样,塞丝想承受无尽的申斥和谴责,拒绝被宽恕。她同时需要这两种感受,这些想法迅速地消磨她的生命。这种情形就好像亚伯拉罕在摩利亚山上真的杀了以撒,然后以撒回来纠缠亚伯拉罕,为他犯下的无法弥补、不可救赎的大罪,日日夜夜地问罪于他。

丹芙离开屋子,去向社群求助,作为报答,她愿意做任何工作。社群的人们开始给蓝石路124号送食物。当丹芙去还这些空盘子并道谢时,她渐渐认识了这个辛辛那提黑人社群的成员。她获得了夜间照顾鲍德温兄妹的工作,这对白人兄妹曾在多年前帮过贝比·萨格斯,让她住在蓝石路124号的房子里。

爱德华·鲍德温驾着马车来接丹芙去他家上第一次夜班,当时三十个女人也一起来用"声音"驱鬼,这个情景是高潮,极富电影画面感。塞丝看到鲍德温的帽子,以为"学校老师"又来了,要抓她回去做奴隶,而鲍德温兄妹其实都是废奴主义者。他们数年前为了塞丝不被处以绞刑，四处奔走，多方活动。当时，塞丝冲过去，想用碎冰锥袭击鲍德温，后被艾拉打晕，这个情节重复了塞丝在数年前看到"学校老师"及其团伙到来时的情景，稍有不同："当她垂眼再次看到面前这些亲切的面孔时（三十个女人的脸，她们聚到一起，念咒驱赶宠儿），她看到了他。他牵着匹母马，放慢了脚步，黑色帽子的檐宽大得足以挡住他的脸，但盖不住他的心。他正走进院子，朝她最美好的那部分走来……如果她在想什么的话，那就是不，不不，不不不。她飞奔起来，碎冰锤没在她手里；而是成了她的手。"(308,309)

这两个片段之间的不同至关重要。在第一个片段中，塞丝害了自己的孩子，试图自杀；在第二个片段中，塞丝袭击的是她眼中的"学校老师"。塞丝在第一个片段中的举动导致她被逐出共同体，而她在第二个片段中的做法则被容忍，她最终活了下来，重新融入共同体。女人们成功地驱逐了宠儿，她消失了，尽管她也许仍在桥底下的小河里，阴魂不散。保罗·D回来了，带着温情和爱意照顾塞丝。

整个共同体，包括塞丝、丹芙和保罗·D在内，恢复了正常和安全，因为人们不仅驱除了鬼魂，而且在一种也许可称为成功的哀悼中渐渐忘记了这件事。小说的中心主题是被压抑之物无可避免的回归，你尽一切可能想要忘记的事情却不可能忘记。而最后，忘记却是可能的，集体智慧取得胜利，并以重要的时态排列进行宣告，小说先以过去时陈述这个社群决定忘记宠儿，然后再以现在时，从叙述者的角度对我们所读的整部小说进行评论："这个故事不曾流传……这个故事不曾流传……这不是一个流传的故事。"(323,324)当然，《宠儿》这部小说所做到的，恰恰是让这个故事流传下去，尽管它最后宣称遗忘更好。正如卡特里纳·哈拉克(Katrina Harack)在其尚未发表的博士论文中所做出的精彩论证，"流传"可从两个方面进行解读。[16]它既可以指将这个故事讲给他人听，传递这个故事，也可以指放开这个故事,淡忘它。莫里森的措辞相反相成,同时表达了两个相反的意义。

然而,小说的最后一节有部分内容采用了宠儿的视角。从她的视角来看,被遗忘是可怕的,是一种"四处流浪的孤独",即使"轻摇慢晃"也不会得到安抚(323)。小说结尾处有一段话既扰人也感人,宠儿想到自己没有名字,被人遗忘,永远被深深地掩埋,她的身体被"咀嚼着的笑声"所肢解和吞噬。这一段采用了自由间接引语,出自叙述者无所不知的视角,我曾指出这种视角甚至可抵至坟墓或越至"另一边",如果宠儿此刻真是在那一边的话。这段话解释了莫里森在小说前言中所提到的"贫乏的死者":

> 每个人都知道怎么叫她,但无论何处都没人知道她的名字。她被人遗忘,来历不明,不可能失踪,因为没有人会寻找她,而即使有人去找,他们也不知道她的名字,该怎么称呼她呢?尽管她有要求,她却无法被召唤。在这杂草丛生的地方,这个等着被爱、等着哭诉斥责的女孩,从散落的躯体中萌出,却使得咀嚼着的笑声更易将自己整个儿吞噬。(323)

正如《鲁滨逊漂流记》所体现的那样,害怕被生吞是恐惧被活埋的表现。这两种情形都在《宠儿》中得到可怕的刻画。"要求"是施行语,是言语行为。宠儿的要求不适切,没有得到回应,除非莫里森的小说本身可以被看作以虚构作品的形式对宠儿的故事做出见证,从而回应了宠儿的要求。这部"作品"记住了宠儿,它重整了宠儿散落的躯体。这里的"宠儿"可能是塞丝那死去的婴儿,也可能是那个从"中间航道"中幸存下来、第一次出现在蓝石路124号的女孩,又或者同时指涉两者,她们相互指涉、无法分清。

《宠儿》的结尾或者临近结尾处写的是这个社群,这个共同体遗忘宠儿之后,恢复了稳定和封闭,安然无恙。对于活着的人来说,稳定和安全似乎在于把他们自己隔离开、围起来,免受任何阴魂骚扰,完全和"另一边"割裂。叙述者说,"他们忘记她,就好像忘记一个噩梦","那天看到她在门廊里出现的人,在编造、打磨和修饰他们的故事之后,又有意迅速忘了她。对那些曾经跟她说过话,与她一起生活过、爱过她的人来说,遗忘的过程要缓慢些,直到他们意识到自己想不起、说不出她所说的任何事情,然后他们开始相信,除了他们自己无中生有之外,她什么都没说过。所以,他们最终忘了她。记忆似乎是不明智的……所以他们忘了她。就像睡不安稳时做的一个让人不快的梦……不久,所有的痕迹都消失了"(323—324)。

那些乍看之下暗示着宠儿仍然存在的细节,比如"裙子的窸窣声"或"摩挲着睡梦中的脸颊的指节",都被当作了自然现象,"不是那被遗忘的来历不明者的气息,而是屋檐下的风,或春天里过快消融的冰。只是天气。当然更没有人为一个吻而喧闹"(324)。小说的结尾似乎明确地宣称,共同体现在恢复了和睦、安宁与活力,因为它完全忘记了宠儿。遗忘、放下过去的鬼魂,是存活的代价。这甚而似乎是在呼告,人们最好不要记住美国奴隶制的可怕细节,不要记住莫里森将小说题献给的那"超过六千万"的人,不要记住他们的血泪和苦痛,不要记住他们死于奴隶制,死于从非洲来美国的路上,尽管这么说有可能意味着,无论白人或黑人,如果我们要过下去,可能不读《宠儿》会更好,"这不是一个流传的故事"。

然而,《宠儿》的结尾只有一个词,空一行后独立成段:

宠儿。(324)

我们该如何理解这谜一般的重复?它是记述性的还是施行性的?它只是如实记录了小说及其主要人物的名字?"宠儿"的确是

这个双重鬼魂的"称呼"，但无论是小说中的角色、叙述者还是读者，都不知道她完整的名字，尽管塞丝一定知道，名字是她取的。或者，这最后一个词"宠儿"，是叙事声音在人们的遗忘之外，对离场鬼魂的言后呼告（perlocutionary cry）①、记忆重现、乞灵或召唤？叙事声音似乎不忍忘记宠儿，即使共同体可能有理由，甚至已经忘记她。这个叙事声音也许不会从小说一开始就来自"另一边"，但部分叙事声音有可能来自"另一边"，也就是，来自那没有什么会死去的地方？毕竟，小说通过纸上文字生成现实。这些文字通过施行的力量创造出现实的质感。这些文字在下述特定的意义上表明没有什么会死去：无论何人在何地，只要读到这部小说，这部小说就在不断拓展的读者共同体中复活更新。我们无法确定这最后一词的解读，它再次体现了本书所"解读"的奥斯维辛前后的小说都具有的特点，即具有反讽意义的不可判定性。这个词孤悬在页面中，四周空白：

宠儿。

然而，有一件事可以肯定：最后一个词"宠儿"，诱使甚至胁迫读者记住小说刚刚讲诉的内容，即，遗忘是确保正常、稳定和安全的条件。

---

① 此处 perlocutionary 也译为"以言取效""成事"。语言哲学家奥斯汀将一个言语行为分成以言表意行为（locutionary act）、以言行事行为（illocutionary act）和以言取效行为（perlocutionary act）三个方面。以言取效行为就是语言对接收者产生的效果，指言者或听者的行为或想法能产生一定的后果。

《宠儿》刻画了何种共同体？

《宠儿》的解读临近尾声，但我尚未如我所承诺的那样，揭示我们如何通过阅读这部小说来理解和应对当今形势，来回应全球化时代、包罗蔓延的网络空间和毫无止境的反恐战争带给我们的变化。现在，我兑现诺言，正如康德所说，许下并不打算实现的诺言，这种做法根本不道德，是尤其恶劣的撒谎行为。我宣称（再次注意这个词！）《宠儿》这部小说的内容极为精彩、感人，让人久久难以平复，它以密实的文字肌理，使读者理解包括卡夫卡和凯尔泰斯所刻画的共同体在内的所有共同体可能都含有的普遍结构。[17]

《宠儿》也使读者看到，这种或可称作悖论或难解的共同体逻辑的普遍结构呈现出分形①的形式。这种逻辑或结构在大大小小的共同体聚合中以崭新、不同的形式重组，其格局重复却又有所不同，就像数学家所说的"自相似"，尽管后者指带有差异的相似。正如我之前所指出的，当今世界三大信念即宗教激进主义基督教、宗教激进主义伊斯兰教和远程-技术-全球-医疗-军事的资本主义，它们尽管相互渗透，其争斗却不可平息，它们全球范围内的争斗中也表现出上述格局。这三者中的任何一个都不可能在没有其他两者、不占用其他两者或不受其他两者侵染的情况下独立存在。每个国际实体与其自身的关系也存在这种结构。在更小层级上，只要民族-国家仍有分界，每个单独的民族-国家也存在这种结构。再次之，在每个国家内，无论何种局部共同体都用这种结构维系自身。最后，家

---

① 分形（fractal）是数学术语，指可以分成数个部分的几何形状，其局部是整体缩小后的形状，它具有嵌套、重复的自相似（self-similarity）结构，例如树木的根、枝叶的分叉和层次就是自然界中的一种自相似结构。

庭之中,甚至更细微的个人与他或她自己的关系中都有这种结构。我们知道,每个人在今天或其他任何时候都不是统一体,而是充斥着不同斗争力量的共同体,其中每一股力量都想占据统治地位。

那么这种结构是什么?《宠儿》在几个不同的层级上均展现了这种结构的逻辑。仔细阅读这部小说有助于读者理解这种结构及其运作方式,它活动变化,而非静止不变。"结构"(structure)暗含静态固定的空间模式,用它来指称如此复杂能动之物,并不恰当,也不尽如人意。同样,"网""空间""网络"这些词都不适于表现相互连接的电脑、服务器以及分布式数据库魔法般地创造出来的数字领域。只有在超越"结构"常见语义的基础上使用该词,即按照尼古拉斯·亚伯拉罕和玛丽亚·托罗克所说的似是而非(anasemically)的用法,①[18]这个词才可以表达我所谈论的内容。

在《宠儿》中,这种"非结构的结构"在最大范围内表现为南北战争时期的整个美国。亚伯拉罕·林肯引用《马可福音》3 章 25 节说:"若一家自相纷争,那家就站立不住。"南北战争时期的美国自相纷争,就如现在一般,如今乔治·W. 布什在 2004 年仅以 51% 的选票当选美国总统,剩下的人都没选他,而且其中很多人,包括我在内,都激烈反对他及其在八年任期内颁布的政策。这种结构在不同层级的共同特征是一种严格说来不可思议的悖论,一种不合逻辑的逻辑。这种非逻辑的特点是打破内/外的清晰划分。

一方面,南北战争在蓄奴州和自由州,即在南部联盟和北部联邦之间进行。另一方面,正如民间对南北战争的看法所表明的那样,这是一场内部战争,一场"内战",一场手足相残、父子悖逆的战争,每一方都杀害了自身最珍贵的部分。

在与美国相比的更小范围内,美国当时南方社会本身也自相纷

___
① 对此处的理解以及对 anasemically 的释义和译法,详见第一章第 21 页脚注。

争。南方共同体由白人奴隶主和黑奴的共生关系构成，每一方都在经济和文化上依靠另一方，每一方都与另一方在家里共同存在，都昼夜不停地惧怕彻底陌生的另一方。尽管白人将黑奴带到了美国，但许多人仍视他们（现在也如此）为陌生的存在。一个例子就是目前"出生地质疑者"广为扩散的阴谋论，他们怀疑巴拉克·奥巴马并非真正出生在美国，没有资格成为美国总统，因为宪法规定竞选美国总统必须是在美国出生的公民。想象一下南方种植园里白人奴隶主住在宽大房子里的情景，近旁有多达百数的奴隶，包括下地干活和干家务的奴隶在内，都住在奴隶小屋中。这些奴隶主定会终日恐惧，至少会隐约地一直害怕得要命，总是害怕自己被杀死，害怕妻子和女儿被奸污。奴隶同时存在于白人共同体的内部和外部。我们能够理解——当然这绝不意味着宽恕——奴隶为何会遭受性虐待、鞭笞、折磨、断肢和私刑。这些做法企图驱赶外来者或彻底制服他们，却并不成功，而与此同时，奴隶主每对一个奴隶执行私刑，都毁坏了一部分他们自己的珍贵财产。

在与南方社会相比的更小范围内，黑人"共同体"本身——如果可以这么说的话——也是这样的结构，它为支离破碎的黑人家庭所撕裂，而且对于既定的奴隶群体可能发展出的任何团结一致的情感，都会因其对白人构成威胁而遭到系统性破坏，这也是黑人共同体遭到撕裂的原因。这种对共同体的刻意破坏，是奴役者、殖民者和帝国主义征服者的常见行为，就如美国占领伊拉克后，尽可能地铲除了当地可能存在的任何对部落或宗族的忠诚，为西式民主的"自由"开道。辛辛那提黑人共同体与其自身的关系是《宠儿》的主要议题。

在更低层级上是每个人物与家庭的关系，以及每个人物最终与自己的关系。这最后两种自相似的分形形式都包含了以下这对内外关系，即，整个黑人"共同体"之于那"另一边"看不见的逝者的另一个世界,后者被认为会以实体显现甚至会以暴力的形式侵犯现有世界。另一边的存在对这些人而言是已知事实,承认这一点对于理解《宠儿》中的黑人共同体的行为至关重要,因此他们要安抚他们所认为的被塞丝杀害的婴儿的鬼魂。这对理解那个共同体中的个人行为也十分关键,比如塞丝做出的"不可能的"决定,割破她女儿的喉咙,以便把她送到另一边的安全之地,同时也扼杀了她本人最美好的那部分。在类似的意义上,伊斯兰"恐怖分子"的自杀式炸弹袭击者相信自己会成为神圣的殉道者,死后会过上天堂的美好生活。我们只有在考虑到他们这种信念时,才能理解他们的行为。这也像布什及其幕僚的行为,只有在他们相信世界末日即将来临,只有虔诚的基督徒才能获救的语境下才能得到理解。正如德里达所注意到的,这一点还像技术资本主义体系依赖我们对越来越复杂的机器和软件程序的信念,而非我们对其运作过程的了解。[19]我的邮件无法"发送"时,系统会反馈说,"连接中断因为另一边没有回应"。跟莫里森的黑人共同体类似,网络空间也有这一边和影子、幽灵、幻象般的另一边。

在上述所有层次范围内,这种结构就像身体免疫系统驱赶外来入侵者,然后在我们称为"自免疫"的过程中转而反对自身,我对这个比喻的运用受益于德里达在《信仰与知识》("Faith and knowledge")及其他地方的相关精彩论述。[20]然而,我要感谢 W. J. T. 米切尔(W. J. T. Mitchell)让我认识到这个比喻的奇特之处,即,无论从哪个角度看,这个词都是一个比喻的比喻。[21]这个词完全源自社会政治领域,含有共同体的陌生人或外来入侵者必须被驱逐之意,生物学家借用该词来替身体免疫系统的运作过程和自免疫的灾难后果命名。然后,德里达又借用这些医学术语来描述人类共同体的特征。

此处德里达的深刻洞见带有"晚期德里达"所特有的充沛乃至

奔放的情感,他声称免疫和自免疫是每个共同体或多或少都有的特征。德里达说:"我们感到自己有权做出扩展,可以讨论自免疫化的普遍逻辑。今天似乎绝对有必要思考信仰与知识、宗教与科学的关系,思考普遍根源的双重性。"[22]由此推定,只有通过这种思路,共同体才能被理解。德里达强调免疫和自免疫的过程在任何共同体中的运作都按部就班,自然而然,无可避免,不容分辩,它并不由共同体中的个人或集体的选择而定。每个共同体都尽力保持自身纯粹、安全、"神圣不可侵犯",不受外来者玷污。

德国反犹主义就是极为突出的例子,它导致了大屠杀,企图杀光犹太男人、女人和儿童。然而,每个共同体在试图摧毁入侵者的同时,也产生自掘坟墓的自毁倾向。德国的大屠杀最终促成第三帝国自毁。他们屠杀的六百万人包含了无数潜在的学者、科学家、艺术家、诗人,以及无数良善的普通人,甚至这也是第三帝国自毁的表现。他们冷酷无情地执行灭绝计划,企图实现帝国主义扩张,而这却导致他们政权的终结。大屠杀是极度猛烈的自免疫行为。

与此相似,弗兰茨·卡夫卡试图避免让自己的作品发挥潜在的负面施行力量,防止这些作品为他已隐隐预见的大屠杀推波助澜,然而马克斯·布洛德阻挠他的安排,拒绝在他去世后烧毁他的手稿。这些手稿得到保存、发表,即使只是打开读一读,将其看作奥斯维辛的征兆,就像我和我之前的其他人所做的那样,这些手稿的内容,也随即产生了他所害怕的、并不希望看到的后果。例如,卡夫卡的《在流放地》描写了那位操作机器、处决死刑犯的军官随之也被行刑机器杀死,展现了这种自毁性的自免疫。[23]

不难看出,上述两重倾向也是美国"反恐战争"的运作逻辑。我们在"国土安全"上耗费数十亿,在伊拉克和阿富汗战争中牺牲了成千上万的美国公民,更不用说数以万计带着创伤后压力心理障碍归来的美国士兵。我们折磨囚犯,一百万伊拉克人在伊拉克战争中丧生,数百万人背井离乡、流离失所。我们也成了战争罪犯。我们还经常指挥"免疫军队",即美国联邦调查局、中央情报局和更多隐匿的其他安保力量,去反对美国公民和来美的难民或移民,而对于他们,我们本应友好相待。《爱国者法案》的威权为这些做法提供庇护。然而,这个法案的名字,本就是奥威尔式的命名——如果这种说法存在的话,因为《爱国者法案》意在夺走所有爱国的美国公民的公民自由,也旨在剥夺那些外来的"恐怖分子"的自由。我们被灌输的思想是,"恐怖分子"就像入侵家园的鬼魂,一定潜伏在我们中间。在布什执政的短短八年间,我们政府及其公司、金融界的支持者们,成功地做到了以下这些事情:美国面临巨大的财政赤字,几近破产;我们的银行业和制造体系濒临崩溃,为了帮助它们摆脱困境,纳税人不得不花上近万亿美元;经济衰退至自大萧条以来最严重程度,失业率居高不下,数百万人的房屋被法院拍卖等;我们的国际声誉落至低谷;全球变暖不加遏制;超过四千万美国公民没有医疗保险,却无人过问。如果成功做到上述这些事情的人是在蓄意击垮我们的国家,那他们无疑做得相当完美。他们如果重掌政治权力,只会继续让美国自我摧毁,这是他们当初在布什当政时期就开始的工作〔正如他们现在(2011 年 3 月)已经在做的那样〕。

通过上述对《宠儿》的讨论,我们不难看到这部小说以其特有的方式,在自相似的不同分形层次中,体现了德里达所称的"自-共同-免疫性"(auto-co-immunity)、"作为共-同的自-免疫的共同体"(community as com-mon auto-immunity)的奇特逻辑。[24] 各州之间的战争,让美国将自我保护机制反转、针对自身。在南方奴隶制下,奴隶主为了安全,不得用死刑、大火、强奸和酷刑去毁灭他们自己的奴隶财产。那些作为财产的奴隶维系着他们的经济和生计。"学校老师"在射杀西克索时,满心遗憾,这倒不是因为与杀死一条狗、一匹马、一头牛或一只猪相比,他更同情人,于是不忍杀死这个奴隶,而是因为西克索为农场干活,有价值,而他现在认识到西克索不再有用,"这一个不再适合干活了","学校老师"火烧西克索之后,说完这句话就开枪打死了他。这是个可怕的场景,西克索在经受折磨、被射杀之时,一直在笑。"学校老师"面对塞丝和她怀里的死婴时,也产生了同样的遗憾,他意识到将塞丝及其剩下的孩子抓回去做奴隶毫无意义:"事情马上清楚了,对'学校老师'来说尤其如此,这儿没什么可以追回的了……现在她发狂了,都是因为侄子的虐待,他打她太狠,逼得她逃跑。'学校老师'训斥了那个侄子,让他想想——好好想想——如果你打自己的马,打得超过了教育它的程度,马会有什么反应……看看你把上帝交给你看管的造物打得太狠的后果——是麻烦,是损失。这一整批奴隶现在都没了。五个啊……都怪这个女人——她出了毛病。她现在盯着他,如果他那侄子能看到这眼神,肯定就能得到教训了:你别指望虐待造物,还能获得成功。"(175,176)

塞丝弑婴以及她企图杀害剩余的孩子再自杀,我已指出这一情节是《宠儿》的主旋律,小说的整个叙事都围绕着这个事件展开,与之相关的记忆不断重现。杀害宠儿的过程并未得到详尽直接地呈现。它是小说缺失的中心。小说采用多个视角呈现这一事件。当塞丝试图弄清她可以如何跟保罗·D解释自己的所作所为时,这是塞丝的视角。除此之外,还有保罗·D的视角、宠儿本人的视角,以及上文刚刚引用的"学校老师"的视角。在"学校老师"面对塞丝怀抱着奄奄一息的婴儿时,他们两人之间的空间距离,展现了空间布局的重要性,这在我所分析的所有主题中都有所体现。塞丝和"学校老师"相互对峙,相互界定对方的"主体地位",中间隔着奴隶和奴隶主那不可逾越的鸿沟。

在我之前所写的解读这部小说的文章《〈宠儿〉中的边界》("Boundaries in *Beloved*")中,我指出了这部小说架构的界线:南北战争时期区分自由州和蓄奴州的梅森-迪克森线；分隔蓄奴的肯塔基州和自由的俄亥俄州的俄亥俄河；对小说前提至关重要的区分这个世界和超自然的"另一边"的界线；在像"甜蜜之家"这样的种植园中，围栏和门所标识的奴隶和奴隶主之间的区隔。[25]在"学校老师"与怀抱濒死婴儿的塞丝的对峙中，界线不仅体现在发生弑婴事件的棚屋门口，即"学校老师"直面塞丝时所跨过的那个门槛，还表现为那个院子边缘的栅栏，正是越过那道栅栏，塞丝首先认出了"学校老师"的帽子，知道他来了，要把他和孩子们抓回去做奴隶。当塞丝服刑归来，回到蓝石路 124 号时，她注意到那道栅栏不见了，松了口气（192）。蓝石路 124 号屋子的安排和布置在小说中早已设定：屋内的那些房间（比如那个紧挨厨房的"起居室"，贝比·萨格斯在此生病卧床并去世，丹芙在此照料宠儿，让她康复）、门窗、走廊和塞丝那"都会爬了？"（110）的孩子如此喜欢攀爬的白色楼梯，还有房子周围（院子、田野、远处的树林、树林外的小河；前面那条一头通向辛辛那提的路）。对人物居住地的丰富描述让读者了解事情发生的环境。对读者而言，一种想象的思维空间是小说中很多行动"发生"的地方，这不仅明显是指事情发生在人为设定的空间环境中，而且显然指小说中的行动将空间变得人性化。例如，丹芙在树林中有间秘密屋，它由五丛交错生长的黄杨灌木围成一圈，支在空中，小说有一段描写了丹芙从秘密屋回家的最后一段路程："房子只有一扇门，如果想从后面进去，你得一直绕到 124 号的正面，经过储藏室、冷藏室（单独的小房子，在炎热的天气里用来冷藏肉类、牛奶和其他易腐坏的东西，那时还未用冰箱）、厕所和棚屋（宠儿被杀的地方），绕到门廊前。"（36）《宠儿》准确地再现了南北战争期间及之后数十年内，一栋位于辛辛那提州边的房子在房屋、陈设、衣服和食物等方面的样子。我可以间接证明这些描写可靠正确，因为直到二十世纪三十年代我爷爷奶奶和外公外婆位于弗吉尼亚乡下的房子仍与小说描述的这些细节十分相像。

　　读者可以看到，奴隶主和奴隶之间的关系骇人地表现出自免疫逻辑，正如大屠杀期间纳粹和犹太人之间的关系一样。像小说中辛辛那提黑人社群这样的黑人共同体，不同于白人社群——尽管这多少带有人为想象，其实也在另一个层面上重复着这种自免疫逻辑。为了保持自身安全、纯洁，免遭危险和损伤，这个黑人共同体必须排斥塞丝，当然也就失去了共同体的母性中心贝比·萨格斯。他们最终驱除了宠儿，慢慢将其遗忘，以便将幸存的塞丝和丹芙重新吸收进这个共同体。可以说，这个留存的共同体，驱逐异质因素，也只是暂时确保了自身安全。小说最后两页明显为成功的遗忘庆祝，完成了对逝者的哀悼，然而小说的最后一个词"宠儿"是一种反讽，削弱了那种乐观。至少对读者而言，这个词又勾起了回忆，打开了共同体这边安全的封闭状态，通向在那儿的"另一边"。

　　小说中塞丝与宠儿的关系，最能体现免疫过程转而针对自身（immuno-auto-immunitary）的逻辑。相互渗透、部分重叠的内/外两个疆界决定了塞丝的生活。她带着刚出生的丹芙，从肯塔基州渡到俄亥俄河的另一边，找到岳母的家，融入辛辛那提的黑人社群，与她三个自由的孩子团聚，成功地抵达了她认为的安全和自由之地。当她杀死自己的第三个孩子时，她自认为是把她送到了"另一边"死亡之域的安全和庇护之下。她还打算把四个孩子和她自己都送到那里去。

　　然而，她的两个打算都落空了。《逃奴法案》的颁布让"学校老师"能够去"自由州"抓她，让她重新沦为奴隶，而宠儿也远远没有停留在死亡隔绝出来的安全之中，她回来了，成了满心怨恨、不愿宽恕的鬼魂。她一开始是看不见的捣蛋鬼，在这座房子里阴魂不散，后来在塞丝眼里，她以宠儿的形态出现，想要报复。对于杀害自己的母亲，宠儿既爱她，也无法原谅她。如果你被母亲割喉，幸存下来，或者在死亡中留存下来,可以从另一边回到这一边——这两边如此接近,因为依照律法,惨死的人不会在坟墓里安息,如果有这些遭遇,你会原谅吗? 顺便提一下,人惨死而不得安息,这种宗教和民间信仰流传极广,例如本章前面提到的叶芝的作品也表现了这一点。此外,莎士比亚的《哈姆雷特》和狄更斯的《圣诞颂歌》(*The Christmas Carol*)的设定也基于此,这两者都是鬼故事。

在塞丝与宠儿及其他孩子的关系中,免疫和自免疫的双重逻辑支配着塞丝的行为。一方面,塞丝认为安全和自由的生活值得她不顾一切地去为她自己和孩子们争取,她希望自己和孩子们能够生活在安全、包围、纯洁和保障中,免受伤害。他们的生命是无价的,极为宝贵。另一方面,正因为他们极其珍贵,她为了拯救他们而愿意牺牲他们,将他们送去真正安全的地方。进一步说,那种牺牲显然被描述为自免疫式的自杀行为。塞丝在跟自己、保罗·D和宠儿辩解自己的行为时,不断重复说,她的孩子是她生命中唯一纯净的最美好的部分,是她"最好的东西",是她生命之上的生命。因此,当他们的纯净面临玷污的危险时,她必须把他们杀掉。在小说的后面部分,丹芙想象塞丝害怕宠儿离开的原因:

> 塞丝想让她意识到比那(割破她的喉咙)更糟的——糟得多的——是贝比·萨格斯为何而死(她作为奴隶失去了所有孩子,受尽虐待),是艾拉所知道的事(拥有她的父子对她实施性虐待),是斯坦普所看到的事(白人奴隶主的儿子对他的妻子实施性虐待),是让保罗·D颤抖的事(在"甜蜜之家",在"学校老师"的强迫下,像一匹马一样被上了嚼口)。塞丝害怕她还没有了解到这些就离开。任何一个白人,都可能因心血来潮,夺走你整个自我。不止劳役、杀戮或伤残,还有玷污。玷污得如此严重,让你都不再喜欢自己。玷污得如此严重,让你都忘记了

自己是谁，想也想不起来。尽管她和其他人熬过来了，但她绝
不能让这一切发生在孩子身上。孩子是她生命中最美好的部
分。白人可以尽管玷污她，但不能玷污她最好的，既美丽又神
奇的最好的东西——她纯洁的那部分。（295—296）

莫里森对奴隶遭受的性虐待和身体伤害的描写，其详细程度几
近残酷，让人不忍卒读，就像凯尔泰斯、普里莫·莱维以及其他人描
写的集中营犯人所经受的虐待。莫里森不想让我们忘记美国南方
的奴隶生活。塞丝的奶水被"学校老师"的两个侄子喝，"学校老师"
在一旁观察并做笔记。在她逃离"甜蜜之家"，一路向北逃到辛辛那
提，逃到她认为安全的地方之前，她遭受了狂暴野蛮的毒打。为了
能在墓碑上刻上"宠儿"这个词，她不得不站在墓地里，两腿张开，斜
靠一块墓碑，任由雕刻工摆布十分钟。塞丝将自己的孩子称作"东
西"（thing），这是一个有力的讽刺。孩子是她最好的部分，是她唯
一纯净的部分，而正因如此，她真的将孩子变成了东西，变成了一具
死尸。如塞丝自己所说，她杀了自己的女儿，也杀了她自己。塞丝
的动机和行为，与德里达所说的自免疫的双重逻辑紧紧贴合。据德
里达称，这种逻辑普遍存在，它是道德和宗教的双重来源：[26]既含
有拯救纯净生命的冲动，又含有牺牲纯净生命的冲动。

我们能认可塞丝的做法吗？

首先，我想问，我们是否能同意塞丝谋杀她的女儿，我们是否能
认为这种做法是道德的，能为所有人提供一种普遍的行为准则？一
方面，我的问题似乎不对。如果自免疫逻辑机械地支配着塞丝的行
为，就像乔治·W. 布什在任期间，自免疫逻辑同时支配着恐怖分

子和反恐人士,支配着那些自杀式炸弹袭击者,使他们有时像梦游者或机器人,麻木地受控于他们所不知道的那些力量,那么我们对塞丝的赞扬或责难就似乎毫无意义。她做这种事是必然的。另一方面,塞丝说她"决定了"。她为自己的行为负责,她无畏地说,"是我干的"(190)。她宣称自己送孩子去安全的另一边既是突发自然的事,也是她有意决定的事:"我带走孩子,把他们放在安全的地方。"(193)尽管社群责备塞丝,但塞丝却从未自责。她认为自己的做法自由自主。我认为必须从两个角度看待,即从非逻辑的角度和自免疫的非逻辑的逻辑角度看待,后者作为隐喻,实现了两次跨领域使用。尽管在生物体内,免疫系统的运作不是生物自觉自愿,但在这个词来源的社会领域内,在我们需要做出选择时,自免疫行为负责任地或不负责任地做出回应。

有人甚至可能会认为,塞丝的行为如同亚伯拉罕祭献他深爱的独子,是堪称模范的道德行为,因为他们的行为恰恰不受任何道德规范或共同体律法的设定。它们超越了规则,在规则之外。它们体现了伦理学之上的伦理学,或者与伦理层面相对,它们属于宗教,正如克尔凯郭尔在《恐惧与战栗》(*Fear and Trembling*)及其他地方对伦理与宗教所做的区分,尽管德里达在这一点上没有采用他的观点。塞丝做出决定时的孤独、自主以及这一决定的独一性,都使其成为所有真正的道德-宗教行为的典范。判断这类决定是否合理,不能诉诸任何已有的标准。以既有标准来看,塞丝犯下了可怕的弑婴之罪,就像要杀独子的亚伯拉罕也有罪。塞丝所在的共同体不愿意宽恕她的行为,宠儿不愿原谅母亲的背叛,这些都是对的。塞丝的做法不可能提供适用于所有人的普遍行为准则的基础。即使只是在极端情况下,共同体若将弑婴合理化,使其成为普遍的道德法则,这个共同体会变成什么样?另一方面,塞丝的行为提供了范式,如同所有真正的伦理决定和行为,它孤独、特别、独一、无法与道德法则通约，骇然地触犯众怒。塞丝做了正确的事，尽管她没有权利这么做。在此视角下，男女之间的道德责任及其各自与祭献的关系就没有区别。每个男人和女人在做出真正的伦理决定时，都同样孤独。然而，男性和女性所处的社会条件还是有历史差异的。在圣经时代早期，女性不大可能面对亚伯拉罕的选择，而在美国奴隶制条件下，男性不大可能处在塞丝的境况中，不需要在瞬间决定是否要杀掉尚在襁褓之中的爱女。读者会记得，斯皮格曼的《鼠族》中那个照顾弗拉德克的爱子里希厄的女人，毒杀了里希厄、她自己的孩子和她自己，以免他们被送去毒气室。像塞丝一样，这个女人不得不在瞬间做出抉择。这里展现了奴隶制和大屠杀的相似之处，莫里森在与比尔·莫耶斯的访谈中也将两者进行了对比，前文已有所提及。

雅克·德里达在《死亡的礼物》中夸张而精湛地表达了这种超越所有道德和宗教伦理的道德的两难：

> 一旦我进入与他者的关系，面对他者的注视、观看、要求、爱、命令或召唤，我就知道我只能通过牺牲伦理来回应，也就是说，对于任何强制我以同样的方式、在同样的时刻回应所有他者的规则，我通过牺牲它们来对他者做出回应。我奉上死亡的礼物，我背叛，我不需要为此在摩利亚山上把刀举向我儿子。日日夜夜，每时每刻，在世界上所有的摩利亚山上，我正在那么做，把刀举向我爱的和我必须爱的，举向他者——这个或那个他者，我对他们绝对忠实，他们之间亦不可通约。亚伯拉罕对上帝的忠诚只有在他绝对的背叛中才能体现，在他自己的背叛及其每一次独一性中才能体现，此处即他唯一的深爱的（beloved）儿子。[27] 他无法选择对自己或对儿子的忠贞，除非他要背叛那个绝对的他者：上帝——如果你愿意这么认为的话。[28]

就结合了背叛和忠诚而言,塞丝弑婴的事件可以这样来看:通过把孩子平安地送到另一边,她保持了对那个孩子以及对孩子无边的爱的忠诚,但她的忠诚只是对那个死去的、被牺牲了的、接受了"死亡的礼物"的孩子而言。而对那个活着的孩子,她犯下了最严重的欺骗和背叛之罪。这个归来的亡灵访客——塞丝和其他人认为她是宠儿长到十几岁的鬼魂——因此不愿原谅塞丝,正如她自己所想的那样,不愿原谅她"带走了我的脸"。另一种解读则可能认为,这个自称是"宠儿"的年轻女孩,可能不愿意原谅当初把她扔在奴隶船上的母亲。这个奴隶船上的孩子,在一种奇怪的类似拉康的"镜像阶段"的意义上,从母亲的脸上看到了自己的脸,多年以后又在塞丝的脸上看到了那张脸。

为了正确地行事、让孩子摆脱奴隶制,塞丝必须采取错误的行动。她毫不迟疑地决定把孩子送到安全的另一边,但这个不安的、怨恨的、不愿宽恕的鬼魂回来谴责她对神圣不可侵犯的生命犯下无可挽回之罪,欠下永无止境之债,斥责她违抗了"你不可杀生"这条古老的《圣经》诫命。一个活在奴隶制之中的婴儿与一个安于死亡之域、安于另一边的婴儿,塞丝不可能在这两者之间做出选择却不得不选择,她选择了后者,选择给予孩子死亡的礼物,但她无可避免地为此付出了代价。

我认为我已经表明,阅读《宠儿》可以间接了解那些主导机制,它们在当今这个世界、"恐怖分子"的世界、反恐战争、伊拉克和阿富汗战争、网络空间和全球的远程-技术-军事的资本主义中起作用,在此意义上,阅读《宠儿》是有用的,甚或是不可或缺的,尽管这么说多少有些让人惊讶。有人可能会问,为什么细读《宠儿》也许甚至比在自毁的-自-免疫理论视野下直接讨论当前政治更好,就像德里达在《恐怖时代的哲学》[*Philosophy in a Time of Terror*,法文版名为《"9·11"观念》(*Le "concept" du 11 septembre*)]和其他地方所做的那样？[29]我的回答是，两种方式都可行，但人们可从细节更具体的小说中看出该理论的小型分形样式。《宠儿》所表达的自免疫逻辑，具有文学在情感和语义上所特有的丰富性和具体性。这种语言的丰富性将意味着，或者说应该意味着，我们所称的文学，在虚拟空间威胁其存在的情况下，将会或应该继续存在。如济慈所言，以文学的方式表达某种模式是动之以情、晓之以理，胜过任何抽象的分析——无论那种抽象分析多么有说服力。在这个感人的故事中，塞丝的生和宠儿的死让读者理解了这种逻辑，但不是将其作为一种抽象的论证，而是带着一种生动的情感特质，正是这种特质让我们更可能做到不仅理解，而且肩负起我们该负的责任，在我们自己的摩利亚山上尽量做到最好。上帝不会让我们任何人只有塞丝的选择，尽管我们有可能一直在以某种方式做这样的选择，选择对某人忠诚，就因而必定选择了背叛另一个不同的人对我们提出的忠诚要求。正如德里达所说，我们所有人每时每刻都站在某种形式的摩利亚山上，手中的刀或手锯举向我们最爱的、"最好的东西"。

结束语

　　本书的论述基于如下几个前提:(1)小说或评论可以有效地见证奥斯维辛、美国奴隶制、美国对伊拉克和阿富汗开战以及美国最近发生的其他灾难性事件等;(2)小说在事后看来,可以被视为具有预见性,预告了后来发生的事情,就像我所说的卡夫卡的作品预见了大屠杀一样;(3)小说作为有效的见证,其作者越接近小说要间接作证的历史事件,其叙事就会越复杂。本书部分章节与所谓的叙事学展开了让人颇为不安的对话。然而,最重要的是,我试图解读八部小说,它们充分见证了阅读这些作品对我产生的影响。我也希望这八部小说能发挥言语行为的作用,激发其他人自主地阅读这些小说。

　　卡夫卡、基尼利、麦克尤恩、斯皮格曼、凯尔泰斯和莫里森——我试着分析了他们几位在奥斯维辛前后创作的小说,指出他们之间的共鸣。我所分析的这些文本都展现了如下这一点,也许我们最迫切需要的奥斯维辛的遗产是它向我们表明我们永远有责任做出"不可能的选择",就像莫里森的塞丝的选择,或者像凯尔泰斯笔下的久尔考在生活中所做出的选择——久尔考将生活明确比作在奥斯维辛排队走向遴选的前进过程。卡夫卡的主人公尽可能避免做出这样的选择,推延最终命运的到来。卡夫卡本来决定烧毁这些作品,不让人阅读,他想让这些作品消失在焚毁的灾难中,以驱散其中奥斯维辛的先兆，但马克斯·布洛德阻止了这一切，他保留了这些手稿并将其出版。这是好是坏呢？可能只有每一位读者自行判断，做出自己的不可能的选择。就我而言，我认为这是好事，但这在很大程度上取决于你如何读卡夫卡。

注 释

前言

1. 详见 Martin Heidegger, "Der Ursprung des Kunstwerkes," in *Holzwege* (Frankfurt am Main: Vittorio Klostermann, 1972), 7—68; Heidegger, "The Origin of the Work of Art," in *Poetry*, *Language*, *Thought*, trans. Albert Hofstadter (New York: Harper & Row, 1971), 17—87。

2. Stéphane Mallarmé, "Crise de vers," in *Oeuvres complètes*, ed. Henri Mondor and G. Jean-Aubry, Éd. De la Pléiade (Paris: Gallimard, 1945), 368.

3. Theodor W. Adorno, "Cultural Criticism and Society," in *Prisms*, trans. Samuel and Shierry Weber (Cambridge, Mass.: MIT Press, 1983), 33 (以下引文标注页码)。

4. Niemand

   zeugt für den

   Zeugen.

   （无人

   为这见证

   作证。）

Paul Celan, "Aschenglorie," in *Breathturn*, bilingual ed., trans. Pierre Joris (Los Angeles: Sun & Moon Press, 1995), 179, 178.

5. Christopher R. Browning, *Nazi Policy*, *Jewish Workers*, *German Killers*

(Cambridge: Cambridge University Press，2000)，32. 引自 Robert Eaglestone，
The Holocaust and the Postmodern (Oxford: Oxford University Press，2004)，1.

6. 详见注释 5。

第一章

1. Jean-Luc Nancy，*La communauté désoeuvrée* (Paris: Christian Bourgois，
2004)，11（下述引用中简称 *CD*）。Jean-Luc Nancy，*The Inoperative
Community*，trans. Peter Connor，Lisa Garbus，Michael Holland，and Simo-
na Sawney (Minneapolis: University of Minnesota Press，1991)，1（下述引用中简
称 *IC*）；翻译有改动。

2. Wallace Stevens，*The Collected Poems* (New York: Vintage，1990)，418—419
（以下引用中简称 *CP*）。

3. 译者注出自 Jean-Luc Nancy，*Being Singular Plural*，trans. Robert D.
Richardson and Anne E. O'Byrne (Standford，Calif.: Stanford University Press，
2000)，201（以下引用中简称 *BSP*）。《牛津英语词典》(OED)对该词的定义是(1)
"出现、露面、露脸，特别是在正式集会上"，(2)"作为诉讼案中的当事人，亲自出庭
或辩护人代表出庭"。

4. 部分相关著作如下：Benedict Anderson，*Imagined Communities: Reflections on
the Origin and Spread of Nationalism* (New York: Random House，1983)；
Jean-Luc Nancy，*Être singulier pluriel* (Paris: Galilée，1996)（以下引用中简称
ESP）；*BSP*；Georges Bataille，*L'Apprenti Sorcier du cercle communiste
démocratique à Acéphale: Textes，letters et documents* (1932—1939)，ed. Marina
Galletti，注释由娜塔莉亚·维塔尔(Natália Vital)译自意大利语(Paris: Éditions
de la Différrence，1999)；Maurice Blanchot，*La communauté inavouable* (Paris:
Minuit，1983)；Blanchot，*The Unavowable Community*，trans. Pierre Joris (Ba-
rrytown，N.Y.: Station Hill Press，1988)；Georgio Agamben，*La comunità che
viene* (Turin: Einaudi，1990)；Agamben，*The Coming Community*，trans. Mi-
chael Hardt (Minneapolis: University of Minnesota Press，1993)；Alphonso
Lingis，*The Community of Those Who Have Nothing in Common* (Bloomington:

Indiana University Press，1994）。

5. 这些文章的英译本详见 Martin Heidegger，"Building Dwelling Thinking," in *Poetry*，*Language*，*Thought*，trans. Albert Hofstadter（New York：Harper & Row，1971），143—161；以及 Heidegger，*Elucidations of Hölderlin's Poetry*，trans. Keith Hoeller（New York：Humanity Books，2000）。这些文章的德语原文见 Martin Heidegger，"Bauen Wohenen Denken," in *Vorträge und Aufsätze*（Pfullingen：Neske，1967），2：19—36；以及 Heidegger，*Erläuterungen zu Hölderlins Dichtung*，2nd ed.（Frankfurt am Main：Vittorio Klostermann，1951）。

6. Jennifer Bajorek，"The Offices of Homeland Security；or，Hölderlin's Terrorism," *Critical Inquiry* 31，no. 4（2005）：874—902.

7. 详见 W. B. Yeats，"A Prayer for My Daughter," in *The Variorum Edition of the Poems of W. B. Yeats*，7th printing，ed. Peter Allt and Russell K. Alspach（New York：Macmillan，1977），405。

8. Jennifer Bajorek，"The Offices of Homeland Security；or，Hölderlin's Terrorism," *Critical Inquiry*，网络版，2010 年 1 月登录，http://www.journals.uchicago.edu/doi/full/10.1086/44518。

9. 我曾简要地讨论过南希的共同体概念，将其与德里达的（非）共同体的想法做了对比，见我所著的《致德里达》的第六章［"Derrida Enisled," *For Derrida*（New York：Fordham University Press，2009），119—120］。

10. Jacques Derrida and Maurizio Ferraris，*A Taste for the Secret*，trans. Giacomo Donis，ed. Giacomo Donis and David Webb（Cambridge：Polity，2001），25.

11. Jean-Luc Nancy，*Le partage des voix*（Paris：Galilée，1982）.

12. 南希讨论共同体的第三本书《遭遇共同体》［*La communauté affrontée*（Paris：Galilée，2001）］，其篇幅比前两本书短得多，该书进一步拓展而非反驳了他前两本书的观点。

13. Matthew Arnold，*The Poems*，ed. Kenneth Allott（London：Longmans，1965），242.

14. Charles Baudelaire，"Au lecteur," in *Fleurs du mal*，in *Oeuvres complétes*，ed.

Y.-G. le Dantec, Éd. de la Pléiade (Paris: Gallimard, 1954), 82.

15. Blanchot, *The Unavowable Community*, 42—43. 上一页有一段较长的话，为此处评论特里斯坦和伊索尔德的故事做了铺垫和注解。布朗肖在那一段论及玛格丽特·杜拉斯的《死亡的疾病》中两个爱人之间的关系：

> 在这种肯定同一（the Same）的同质性中，理解要求异质的东西突现，即绝对他者（the absolute Other），依据绝对他者，任何一种关系都意味着无关系、一种不可能性，即在突如其来的、处于时间之外的密会中，意愿甚至欲望不可能像曾经那样逾越无法逾越之处，这样的密会以毁灭性的情感使自身无效。这样毁灭性的情感从不确定能被人体验到，因为他会在这密会的行动中被剥除"自我"、被交付给另一方。事实上，一种毁灭性的情感，在一切情感之外，它无视同情，从意识中漫溢，与自我投入决裂，不带权利地要求那从所有要求中自我抹除的东西，因为我的请求，不仅在能满足我请求的所有东西之外，而且也在我请求的东西之外。生命的这一抬价（an overbidding），对常理的冒犯（an outrage of life），无法在生命中平复，它因而打断了理念（being）假装的连贯性，敞向临近垂死（dying）的陌异性，或敞向一个无边"错误"（error）的陌异性。（41）①

16. Jacques Derrida, *Rogues: Two Essays on Reason*, trans. Pascale-Anne Brault and Michael Naas (Stanford, Calif.: Stanford University Press, 2005), 60; Derrida, *Voyous: Deux essays sur la raison* (Paris: Galiée, 2003), 90.

17. Jacques Derrida, *Séminaire: La bête et le souverain*, vol. 2, 2002—2003, ed. Michel Lisse, Marie-Louise Mallet, and Ginette Michaud (Paris: Galilée, 2010),

---

① 布朗肖在这一段中揭示了，即使恋人之间寻求结合的意愿、激情，也不可能跨越不可理解的他性。不同于哲学将死亡视为人类主动塑造生命意义的机会，布朗肖认为死亡将个人暴露在无名的力量之下，所有的可能性都消失，死亡将我暴露在垂死的无名性之中，我从而体验到某种具有他性、陌异性的东西。死亡并不赋予我在生命中的主动地位、可能性和力量，而是开启一种垂死状态中的他性体验，让我们处于被动地位，去接受和聆听。参见乌尔里希·哈泽·威廉·拉奇《导读布朗肖》，潘梦阳译（重庆：重庆大学出版社，2014年），"死亡：从哲学到文学"，第65—85页；此段末尾处所言的"错误"是承接上文提到的玛格丽特·杜拉斯《死亡的疾病》中的内容："你问爱的感情怎么样才能来呢。她回答你说：可能是普世的逻辑中突然破裂了。她说：比如出于一个错误。她说：从来都不是出于一个意愿。"

31. 选自第一次讲座，此处为本人翻译。

18. 详见 Wang Fengzhen and Shaobo Xie，"Introductory Notes：Dialogues on Globalization and Indigenous Cultures，" in "Globalization and Indigenous Cultures，" special issue，*Ariel* 34，no. 1 (January 2003)，1—13。

19. Wang Fengzhen and Shaobo Xie，*Globalization and Indigenous Cultures*：Proposal for *Ariel* Special Issue 2003"（发给参会者的电子文档），1。

20. J. Hillis Miller，*The Medium Is the Maker：Browning，Freud，Derrida and the New Telepathic Technologies* (Brighton：Sussex Academic Press，2009)。

21. Mark Warschauer，"Demystifying the Digital Divide，"*Scientific American*，August 2003，29—32，42—47（最近一次于 2009 年 9 月在网上查看）。

22. 凯瑟琳·海尔斯著述颇丰，影响广泛，包括 *How We Became Posthuman：Virtual Bodies in Cybernetics，Literature，and Informatics* (Chicago：University of Chicago Press，1999)，*My Mother Was a Computer* (Chicago：University of Chicago Press，2005)，*Electronic Literature：New Horizons for the Literary* (Notre Dame，Ind.：Unvieristy of Notre Dame Press，2008)。关于唐娜·哈拉维的观点，详见 *Simians，Cyborgs，and Women：The Reinvention of Nature* (New York：Routlege，1991)。关于德里达的观点，详见 *Papier Machine* (Paris：Galilée，2001)；以及 Derrida，*Paper Machine*，trans. Rachel Bowlby (Stanford，Calif.：Stanford University Press，2005)。关于印刷、电影和电子技术之间交互影响的文集，详见 Kiene Brillenburg Wurth，ed.，*Remediated Literature*（暂用名）(New York：Fordham University Press，将于 2011 年 9 月出版)。该书涉及大量关于这些话题的文献。尽管英语对于该书文章的许多作者似乎只是第二语言，但所有文章都以英语写成，这一全球化迹象多少有点让人不安。

23. 详见维基百科词条"Buchenwald Concentration Camp"，2010 年 11 月 14 日登录，http://en.wikipedia.org/wiki/Buchenwald_concentration_camp。

24. 这句话来自福柯的《权力/知识》(*Power/Knowledge*)，吉奥乔·阿甘本在论述福柯的文章《机器是什么》("What Is an Apparatus")中引用了这句话，该文收于 *What Is an Apparatus? And Other Essays*，trans. David Kishik and Stefan Pedatella (Stanford，Calif.：Stanford University Press，2009)，2。本段和下一段借用、

改写和扩展了我另一篇文章《年代错置的阅读》（"Anachronistic Reading"）中的部分表述，该文尚未发表。

25. Franz Kafka, *The Office Writings*, ed. Stanley Corngold, Jack Greenberg, and Benno Wagner, trans. Eric Patton with Ruth Hein (Princeton, N.J.: Princeton University Press, 2009). 很巧合的是，华莱士·史蒂文斯和弗兰茨·卡夫卡都曾在事故保险公司做过高级律师。史蒂文斯曾是哈特福特意外赔偿公司的副总裁。一方面，卡夫卡写的公文、编者给出的评论和事实数据都很吸引人，这些文件是伟大作家卡夫卡作为律师，在庞大的行政官僚体系中承担繁重工作时所写。编者搜寻与卡夫卡的虚构作品、日记和信件相对应的资料，他的确可以这么做。另一方面，这些文件有关无休无止、事无巨细的法律条文，让人困惑，当然还不得不说，确实无聊，跟大多数的官僚文件一样，就如《审判》中律师胡尔德和艺术家蒂托雷利对约瑟夫·K宣读的冗长陈述一样，尽管约瑟夫·K命系于此，需要他仔细聆听。《城堡》中的比格尔对K的表述同样十分冗繁。他几乎不停歇地细数城堡官员的责任以及他们如何逃避责任，其过于仔细的叙述方式让K听得睡着了，尽管如果他能够听下去，可能就会找到走进城堡的方法。所有这些场景都显得既幽默又沉重。

26. Louis Althusser, "Ideology and Ideological State Apparatuses (Notes towards an Investigation)," in *Lenin and Philosophy and Other Essays*, trans. Ben Brewster (New York: Monthly Review Press, 1972).

27. Stanley Fish, *Is There a Text in This Class? The Authority of Interpretive Communities* (Cambridge, Mass.: Harvard University Press, 1980).

28. Jacques Derrida, *L'université sans condition* (Paris: Galiée, 2001); Derrida, "The University without Condition," trans. Peggy Kamuf, in *Without Alibi*, ed. and trans. Peggy Kamuf (Stanford, Calif.: Stanford University Press, 2002), 202—237.

29. Miller, *For Derrida*; 详见 130—131.

30. Derrida and Ferraris, *A Taste for the Secret*, 27. 我在《致德里达》（New York: Fordham University Press, 2009, 187—190）中，相当详细地讨论了这段话。德里达在此处表明他离群索居（not gregarious）。Gregge 当然与英语

gregarious 有关，表示"乐意与他人一起"，与众人成群结队（herd with them）。阿诺德·戴维森（Arnold Davidson）还告诉我，Gregge 不仅在"一群羊"的意义上指"群"，还有一种特别的现代意义，即用来命名一组自行车手，他们会帮助明星骑手赢得某一赛程。

31. Gilles Deleuze and Félix Guattari，*A Thousand Plateaus: Capitalism and Schizophrenia*，trans. Brian Massumi（Minneapolis：University of Minnesota Press，1987）（以下引用简称 *TP*）。

32. U. Weinreich，W. Labov，and M. Herzog，"Empirical Foundations for a Theory of Language，" in *Directions for Historical Linguistics*，ed. W. Lehmann and Y. Malkeiel（Austin：University of Texas Press，1968），125。

33. Gilles Deleuze and Félix Guattari，*Kafka: Toward a Minor Li terature*，trans. Dana Polan（Minneapolis：University of Minnesota Press，1986）（以下引用简称 *K*）。

第二章

1. 瓦尔特·本雅明曾在其作品中引用过这句话：*The Arcades Project*，trans. Howard Eiland and Kevin McLaughlin（Cambridge，Mass.：Belknap Press of Harvard University Press，1999），4，出自 Jules Michelet，"Avenir! Avenir!" *Europe* 19，no. 73（January 15，1929）：6。

2. Russell Samolsky，*Apocalyptic Futures: Marked Bodies and the Violence of the Text in Kafka，Conrad，and Coetzee*（New York：Fordham University Press，2011 年秋即将出版）。该书第一章第一部分即为"卡夫卡和大屠杀"（Kafka and Shoah）。

3. Gustave Janouch，*Conversations with Kafka*，trans. Goronwy Rees（New York：New Directions，1971），150。

4. Franz Kafka，*The Diaries，1910—1923*，ed. Max Brod，trans. Joseph Kresh and Martin Greenberg，汉娜·阿伦特协助（New York：Schocken Books，1976），399。

5. Walter Benjamin，*Illuminations: Essays and Reflections*，ed. Hannah Arendt

(New York: Schocken Books, 1969), 143.

6. Janouch, *Conversations with Kafka*, 139.

7. Werner Hamacher, "The Gesture in the Name: On Benjamin and Kafka," in *Premises: Essays on Philosophy and Literature from Kant to Celan*, trans. Peter Fenves (Cambridge, Mass.: Harvard University Press, 1996), 299（以下引文中简称"哈马赫"）。关于德勒兹和加塔利，参见他们的 *Kafka: Toward a Minor Literature*, trans. Dana Polan (Minneapolis: University of Minnesota Press, 1986)。

8. 此处引用的不是哈马赫文章的英译版中本雅明的话，而是直接引自本雅明文章的通行英译版：Walter Benjamin, "Franz Kafka: On the Tenth Anniversary of His Death," in *Selected Writings*, vol. 2, 1927—1934, trans. Rodney Livingstone and others (Cambridge, Mass.: Belknap Press of Harvard University Press, 1999), 808（以下引文中简称"本雅明"）。其中本雅明论卡夫卡的文章由哈利·佐恩（Harry Zohn）翻译。

9. 关于卡夫卡和他妹妹奥特拉的两张感人照片，以及卡夫卡本人、家庭和朋友的照片，参见 http://www.kafka-franz.com/kafka-Biography.html（2010 年 5 月 14 日登录）。

10. Imre Kertész, *Fatelessness*, trans. Tim Wilkinson (New York: Vintage International, 2004), 111（以下引文中简称"凯尔泰斯"）。

11. 关于乔治·W. 布什作为美国总统的当政期间，对政府行政部门中卡夫卡或奥威尔式的情形的描述，参见 Frank Rich, "The Real-Life '24' of Summer 2008," *New York Times*, July 13, 2008, http://www.nytimes.com/2008/07/13/opinion/13rich.html?th&emc=th（最近一次于 2010 年 5 月 14 日登录）。里奇的描述是针对珍妮特·迈耶（Janet Mayer）的《黑暗面》（*The Dark Side*）一书所做的评论。他写道："安东尼奥·塔古巴（Antonio Taguba）这位调查军中虐囚事件的少将现已退役，他的结论是'毫无疑问地犯下了战争罪'。迈耶女士揭露了另一份罪证：红十字会的调查人员去年直截了当地告诉中情局，美方存在虐待行为，易受战争罪起诉。"有一种明显的担忧，那就是曾在布什政府中身兼要职的官员，包括司法部部长在内，有可能被逮捕，因犯战争罪要接受国际法庭审判，他们获得的建议是，除了两个"安全"国家之外，不要出国："有这样一种推测，战争罪审判最终会在国外法庭或国际法庭进行,这种推测如此之强烈,以至于劳伦斯·威尔克森(Lawrence Wilkerson),这位科林·鲍威尔(Colin Powell)的前任幕僚长,公开建议菲斯(Feith)、阿丁顿(Addington)和阿尔贝托·冈萨雷斯(Alberto Gonzales)等诸位先生‘可能除了沙特阿拉伯和以色列’之外,‘不要出国’。"当然,真正有罪的是布什总统,尤其是副总统切尼。里奇的故事提供的链接包含了如下一位伊拉克人详细自述其遭遇的记录:

> 促进人权协会(the Physicians for Human Rights)报告所鉴定的11人中,有4人从2001年末至2003年初被关押在阿富汗,后被移送至关塔那摩。其余7人在2003年被关在伊拉克。
>
> 其中一位伊拉克人,暂称其为"莱斯",与他的家人一起在巴格达家中于2003年10月19日清晨被捕。报告称,他被带至某处后遭到殴打,衣服被扒光,并被威胁会受到处决。
>
> "莱斯"告诉调查人员,他接着被带到另一个地方,被迫摆出屈辱的方式并被拍照,生殖器受到电击。
>
> 最后,他被带到阿布格莱布,在最初的三十五天至四十天的日子里,被单独监禁在一个小笼子里,缓期宣判期间在笼子里度过,还经受了其他"压力体式"(stress positions)。
>
> 他在2004年6月24日被释放,没有受任何指控。[Warren P. Strobel, "General Who Probed Abu Ghraib Says Bush Officials Committed War Crimes," *McClatchy*, June 18, 2008, http://www.mcclatchydc.com/251/story/41514.html(最近一次于2010年11月29日登录。)]

12.《美国》在不同的英译本中有不同的名字,它也叫《下落不明的人》(*The Man Who Disappeared*)或者《失踪》(*Missing*)。卡夫卡有时称其为 *Der Verschollene*,意为"下落不明的那个"(the disappeared one)。要知道,"下落不明"一词用来指那些在极权制下,在警察或士兵某天上门后就消失的人,就像那位遭美国士兵和情报人员逮捕的伊拉克人"莱斯"那样,尽管他足够幸运,劫后余生又"重新出现"(reappear)。在阿根廷和乌拉圭的时势艰难的日子里,Desaparecido 一词用来指那些被逮捕后人间蒸发的人。在智利,这个词现在仍用来指20世纪70年代政变后消失的人。在所谓的反恐期间，美国"失踪"了一大批人。

13. Franz Kafka, *Amerika* (*The Man Who Disappeared*), trans. Michael Hofmann (New York：New Directions, 2002), 177 (以下引文中出自该译本处注明页码,后加 e)；Kafka, *Der Verschollene*, ed. Jost Schillemeit (Frankfurt am Main：Fischer Taschenbuch Verlag, 1994), 264 (以下引文中出自该德文版处注明页码,后加 g)。

14. 关于门的照片,参见维基百科词条"Buchenwald Concentration Camp",2010 年 11 月 29 日登录,http://en.wikipedia.org/wiki/Buchenwald_concentration_camp。我曾亲眼见过这扇门,尽管千千万万的人穿过它,走向死亡或残酷的囚禁,它看起来小小的,让人放松,略带装饰。在这一章和其他地方,我斗胆援引一些维基百科的材料。对这部网络百科全书进行引用,必须小心谨慎且保持怀疑,其程度比引用任何一部其他百科全书更甚,因为词条创建者是匿名的,且任何人都可以进行修改。然而,我用到的词条均提供外部链接,有正式发表的材料做支撑,可信度高。例如,布痕瓦尔德的门的照片是真实的,我亲眼看过,可以作证。此外,我所用到的词条数年来也维持原样,这表明这些材料基本已被核实,并且没有遭到恶意篡改。

15. Franz Kafka, *The Trial*, trans. Breon Mitchell (New York：Schocken, 1998), 216 (以下引文中简称 *T*)；Kafka, *Der Proceß*, ed. Malcolm Pasley (Frankfurt am Main：S. Fischer Verlag, 1990), 293, 294 (以下引文中简称 *P*)。

16. Franz Kafka, *The Great Wall of China: Stories and Reflections*, trans. Willa and Edwin Muir (New York：Schocken, 1946), 287,译文有改动。关于德文版,参见 Franz Kafka, "Betrachtungen über Sünde, Leid, Hoffnung und der wahren Weg," 2010 年 11 月 29 日登录,http://gutenberg.spiegel.de/?id＝5&xid＝1348&kapitel＝3&cHash＝663344485asuende#gb_found。

17. 同上,283,译文有改动。

18. 让-吕克·南希在《被禁止的再现》中解释了大屠杀如何得以发生,以及它为何很难被"再现",这是我迄今所见的最令人信服的解释。[详见 Jean-Luc Nancy, *The Ground of the Image*, trans. Jeff Fort (New York：Fordham University Press, 2005), 27—50(以下引文中简称"FR")；法文原版参见 Jean-Luc Nancy,

Au fond des images (Paris：Galilée，2003)。]本书第六章研究凯尔泰斯时，会讨论南希的这篇文章。

19. 参见维基百科词条"Zyklon B"，2010 年 5 月 15 日登录，http：//en. wikipedia. org/wiki/Zyklon_B。

20. 记录这些进程的照片，配有文字说明，让人心神极度难安，关于这些照片，参见大屠杀幸存者记忆项目："君勿忘"：奥利弗•勒斯蒂格（"Forget You Not"；Oliver Lustig），文本登载的大屠杀历史照片，源自《奥斯维辛相册：放逐记事》（*The Auschwitz Album：The Story of a Transport*），2010 年 11 月 29 日登录，http：//isurvived.org/Survivors_Folder/Lustig_Oliver/Commentary‐PhotoAlbum‐2. html ♯Up。

21. Jean-Luc Nancy，*The Inoperative Community*，trans. Peter Connor，Lisa Garbus，Michael Holland，and Simona Sawney（Minneapolis：University of Minnesota Press，1991），1；Nancy，*La communauté désoeuvrée*（Paris：Christian Bourgois，2004），11.

22. 关于卡夫卡作品无法指明意义的这种"失败"，详见 Hamacher，294—298。

23. 莫里斯•布朗肖在《卡夫卡与文学》（"Kafka and Literature"）中引用了这句话，该文收于 *The Work of Fire*，trans. Charlotte Mandell（Standford，Calif.：Stanford University Press，1995），12. 布朗肖论述卡夫卡的文章，绝对属于最好的卡夫卡研究，这些文章以法语写成，专门搜集为一卷，《从卡夫卡到卡夫卡》[*De Kafka à Kafka*（Paris：Gallimard，1981）]。这些文章的英译版散落在最近由斯坦福大学出版社出版的布朗肖文集的各个分册中。研究卡夫卡的论著汗牛充栋，成果卓著。此外，前述提到的瓦尔特•本雅明、维尔纳•哈马赫的文章，以及雅克•德里达的《法的门前》["Before the Law," trans. Avital Ronell and Christine Roulston，in *Acts of Literature*，ed. Derek Attridge（New York：Routledge，1992），181—220]，都是研究卡夫卡的杰作。

24. *T*，3，此处英译有细微改动；etwas Böses 意为"任何坏事或错事"，而不是布伦•米切尔（Breon Mitchell）译本中的译法"任何真正的错事"；*P*，7。

25. 上述小说除了《变形记》之外，都可在新版的权威译本中找到，*Kafka's Selected Stories*，trans. and ed. Stanley Corngold，Norton Critical Edition（New York：

W. W. Norton，2007）（以下引文中简称《故事选》）。

26. 哈马赫出色地研究了卡夫卡作品的这一特色，详见 Hamacher，309—318。

27. 注释 7 中的哈马赫的文章《名义上的姿态：论本雅明和卡夫卡》，出色而明确地讨论了卡夫卡作品中相互关联的两方面，即，既似人又似动物的类物机器（human-animal-thing-machines）与多语言双关。哈马赫尤为敏觉地讨论了"奥德拉代克"对词与物的结合，哈马赫该文的英译者彼得·芬维斯（Peter Fenves）将其译为《家长的担忧》（"The Cares of a Family Man," Hamacher，318—329）。我论述此文本的文章《生态科技：生态技术 Odradek》（"Ecotechnics：Ecotechnological Odradek"）即将发表。

28. 详见第一章前的第一条引语。

29. 许多黑人获得人身自由后仍被私刑处死，此类照片之一详见 James Allen，*Without Sanctuary：Photographs and Postcards of Lynching in America*，第五号照片，http://www.withoutsanctuary.org/main.html（2018 年 8 月 26 日登录）。这张照片记录了 1900 年的两起私刑，发生地是堪萨斯，不是俄克拉荷马。和许多此类照片一样，这张照片尽管很大，也被印在明信片上传播，上面还配有说明："乔治和爱德·西尔斯比的尸体，1900 年 1 月 20 日，斯科特堡，堪萨斯。显眼处是一大群观众手持煤油灯，踩倒了篱笆。银胶型印片。箱片：7 英寸×10 英寸，沉刻字样：'乔治和**爱德·西尔斯比**在监狱前被一群公民绞死，1900 年 1 月 20 日，斯科特堡，堪萨斯，戴博斯拍摄。'"此类照片收于 James Allen，et al.，*Without Sanctuary: Lynching Photography in America*（Santa Fe，N.M.：Twin Palms，2000）。

30. Franz Kafka，*The Diaries: 1910—1923*，ed. Max Brod，trans. Joseph Kresh and Marin Greenberg，汉娜·阿伦特协助（New York：Schocken，2000），252（以下引文中简称《日记》）。

31. Mauro Nervi，*The Kafka Project*，2010 年 11 月 29 日登录，http://www.kafka.org/index.php? id=111,101,0,0,1,0。

32. Franz Kafka，"Reflections on Sin，Pain，Hope，and the True Way," in Kafka，*The Great Wall of China*，290.

33. 《家长的担忧》（康戈尔德译，德语原文是"Die Sorge des Hausvaters"），收于《故

事选》,第 73 页。德语原文出自 Nervi, *The Kafka Project: Ein Landarzt: Kleine Erzählungen*, 2010 年 11 月 29 日登录, http://www.kafka.org/index.php? landarzt。德文版没有页码,我在《生态科技:生态技术 Odradek》中详细讨论了卡夫卡这篇小说,该文收于 *Telemorphosis: Theory in the Era of Climate Change*, vol. 1, ed. Tom Cohen (Ann Arbor: Open Humanities Press in Conjunction with the University of Michigan Library's Scholarly Publishing Office, 2011)。

有一点需要指出来——尽管可能意义不大——卡夫卡本人没有长久的住所。根据我的经验,导游会指着一处又一处的公寓告诉布拉格的游客,卡夫卡曾在那儿生活过,大多数时间和家人在一起,当然,如果那可以被称作生活的话,但卡夫卡本人可能不会这么认为。这些公寓都靠着著名的老城广场,或在邻近的小巷子里,但有一处位置非常不同,靠着河,挨着布拉格城堡。卡夫卡不断换地方,就像乔伊斯在苏黎世,但乔伊斯不断地搬来搬去,是因为他付不起房租,被赶了出来,而卡夫卡则是因为他父亲逐渐发迹后自命不凡,想住更光鲜的房子。

34. George Poulet, *Études sur le temps humain* (Paris: Plon, 1950); Poulet, *Studies in Human Time*, trans, Elliott Coleman (Baltimore: Johns Hopkins Press, 1956).

35. Hartmut Binder, *Kafka-Commentar* (Munich: Winkler, 1976).

36. Franz Kafka, *Amerika*, trans. Edwin Muir, 后记为马克斯·布洛德所作 (New York: New Directions, 1946), 封底(以下引文中简称"《美国》,缪尔译")。

37. Franz Kafka, *The Castle*, trans. Edwin and Willa Muir, 导言由托马斯·曼所作(New York: Knopf, 1951), 329—330 (以下引文中简称"《城堡》,缪尔译")。

38. Franz Kafka, *The Castle: A New Translation Based on the Restored Text*, trans, Mark Harman (New York: Schocken, 1998), 316.

39. 新的德文版和英译版按照这个顺序安排该小说的最后章节。这么安排,是根据故事暗含的时间顺序,此外,卡夫卡的手稿和信件中也有所暗示,但这些片段在叙述上独立存在,卡夫卡从来没考虑把它们写完再插入完整的手稿中。关于卡夫卡手稿的安排和状态,详见约斯特·席勒密特(Jost Schillemeit)在新的德语权威版本中所作的附言("Nachbemerkung")(323—327g)。

40. 南希此处指沃尔夫冈·索夫斯基著作中频繁地使用"剧作法"一词,Wolf-

gang Sofsky，*The Order of Terror: The Concentration Camp*，trans. William Templer（Princeton，N.J.：Princeton University Press，1997）。

41.《下落不明的人》的德语原文可在互联网上找到：Nervi，*The Kafka Project*："Sie fuhren zwei Tage …，" 2010 年 11 月 29 日登录，http://www.kafka.org/index.php?siefuhren。卡夫卡许多作品的德文版、英译版，以及其他语言的译本都可以在互联网上找到，要仔细地探讨它们对读者理解卡夫卡作品的影响，这在短期内无法做到，但一个简洁的答案可能是，卡夫卡作品的电子化鼓励读者将卡夫卡的作品，在已有的手稿和印本形式之外，视为一个囊括了共时碎片的极为丰富的超文本数据库，它会引发近乎无数的相互参照和回应。与此有些类似，本书的写作过程也值得一提。这本书的写作不仅借助了电子资源和搜索引擎，本身也是用电脑写出来的，历时数年，经过几乎难以计数的修改、删减、增补，比如这条脚注，就是在 2009 年 11 月 26 日添上的。脚注以一组文字或图片的形式构成一类横向关系的超文本，它以标在主文本上方的数字作为链接。电脑写作的任何文本都不可能真正完成，只可能出于意愿而终止。在过去，我写书撰稿都是手写，有许多插入和变动，就用一个微型的手持录音机把我说的要修改的地方录下来，再由助手完成打字稿。那个时候要改动哪怕一个小小的手写的地方，都极为困难。那就是过去的日子!

42. 关于弗洛伊德和德里达对心灵感应的论述，详见我的 *The Medium Is the Maker: Browning，Freud，Derrida and the New Telepathic Technologies* （Brighton：Sussex Academic Press，2009）。

43. 还有不同的译法，详见杰夫·诺瓦克（Jeff Nowak）的翻译，收于 Nervi，*The Kafka Project*："The Stoker，" 2010 年 11 月 29 日登录，http://www.kafka.org/index.php?missing1："在一束倏然到来的强烈阳光之中，他看到了自由女神像。她现在手臂持剑伸入空中，自由的风吹拂过她的周围。"文中这两种译法的不同之处让人心有疑虑。下文是德语原文："Erblickte er die schon längst beobachtete Statue der Freiheitsgöttin wie in einem plötzlich stärker gewordenen Sonnenlicht. Ihr Arm mit dem Schwert ragte wie neuerdings empor und um ihre Gestalt wehten die freien Lüfte"（9g；互联网上也可找到，Nervi，*The Kafka Project*："Der Heizer"，2010 年 11 月 29 日登录，http://www.kafka.org/index.php?

heizer)。

44. 布洛德在给这条日记添加的脚注里写道:"罗斯曼和 K 分别是《美国》和《审判》的主人公。"[《日记》(1976),498]在《审判》的结尾处,两个行刑人用屠刀处死 K 的方式看起来一点也不像"推向一边",而且我也不清楚为何卡夫卡会称约瑟夫·K"有罪"。何罪之有呢? 他的"罪行"似乎是忽视了自己无端被捕这个案子的紧要性,就如同《城堡》里的 K 罪在过于心急,想要不经任何中间途径就达到目标。也许卡夫卡指的有罪的那一个是卡尔·罗斯曼,他毕竟甘于被女仆引诱,之后还有了私生子。无论如何,"K"甚至还有可能预指《城堡》里的主人公,尽管该小说当时还未开写,后来也没有写完。

第三章

1. Franz Kafka, *Der Proceß*, ed. Malcolm Pasley (Frankfurt am Main: S. Fischer Verlag, 1990), 143 (以下引文中页码后面标 g)。此处章首引用的句子,我给出了尾注,这不符合传统做法。我这么做是因为这些引语实际上是本章中评论和阐释的文本。

2. Franz Kafka, *The Trial*, trans Breon Mitchell (New York: Schocken, 1998), 106 (以下引文中页码后标 e)。为了表达某些特别重要的德语原文的微妙之处,我在引用该小说的这些部分时插入对应的德语词。

3. Franz Kafka, *The Great Wall of China: Stories and Reflections*, trans. Willa and Edwin Muir (New York: Schocken, 1946), 283 (以下引文中简称 *GW*)。

4. 本章内容的后三分之一论述《审判》中的言语行为,这部分的早期版本曾以德文发表: "Geglückte und mißlungene Sprechakte in Kafkas *Der Proceß*," in *Franz Kafka: Zur ethischen und ästhetischen Rechtfertigung*, ed. Beatrice Sandberg and Jakob Lothe (Freiburg im Breisgau: Bombach, 2002), 233—246。感谢桑德伯格教授和卢特教授邀请我参加卑尔根的会议,此次会议促成了那本书的出版,还要感谢他们把我的文章翻译成德文,收入该书,我备感荣幸。

5. Shoshana Felman, "From 'The Return of the Voice: Claude Lanzmann's *Shoah*,'" in *The Claims of Literature: A Shoshana Felman Reader*, ed. Emily Sun, Eyal Peretz, and Ulrich Baer (New York: Fordham University Press,

2007），313.

6. Alissa J. Rubin，"Afghans Detail Detention in 'Black Jail' at U.S. Base，" 2010
年 11 月 30 日登录，http://www.nytimes.com/2009/11/29/world/asia/29bagram.
html?_r=2&.pagewanted=1&.th&.emc=th。

7. Bob Herbert，"How Long Is Long Enough?" *New York Times*，June 30，2009，
http://www.nytimes.com/2009/06/30/opinion/30herbert.html?_r=I&.th&.emc
=th（2010 年 11 月 30 日登录）。参见美国自由公民联盟（ACLU）网站，
"Mohammed Jawad"，2010 年 11 月 30 日登录，http://www.aclu.org/search/Mo-
hammed%20Jawad?show_aff=I。

8. Imre Kertész，*Fatelessness*，trans. Tim Wilkinson（New York：Vintage Inter-
national，2004），40.

9. 详见"The Holocaust and Hungarian Jewry"，2010 年 11 月 30 日登录，http://
www.calremontmckenna.edu/hist/jpetropoulos/arrow/holocaust/holocaust.htm。

10. Joseph Conrad，*Lord Jim: A Tale*（London：Dent，1926），30. 网上可获得该
书的古腾堡计划电子书版（Project Gutterberg eBook），http://publicliterature.
org/pdf/5658.pdf（2010 年 5 月 17 日登录）。

11. 详见 Sigmund Freud，"The Uncanny"（1919），in *An Infantile Neurosis and
Other Works*，vol.17 of *The Standard Edition of the Complete Psychological
Works of Sigmund Freud*，trans. James Strachery et al.（London：Vintage，Ho-
garth Press，and Institute of Psycho-Analysis，2001），217—256。

12. Franz Kafka，"The Metamorphosis，" trans Willa and Edwin Muir，in *The Sons*
（New York：Schocken Books，1989），53；Kafka，"Die Verwandlung，" in
Erzählungen（Köln：Könemann，1995），87. 德语原文中，ungeheures 还有"怪异
的、可恶的、骇人的"之意，而不仅指"巨大"（gigantic），缪尔译本中只译出了后者。
Ungeziefer 也是一个古怪的词，在我的卡斯尔德英双语词典中，它指"害虫"，而
Geziefer 也指"害虫、昆虫"。"Un-"这个前缀当然表否定，所以 Ungeziefer 含有相
对立的两个意义，就像弗洛伊德对德语"怪怖"一词的词源追溯一样，后者既表"熟
悉"又表"陌生"。那么 Geziefer 与 Ungeziefer 之间有什么区别呢？它们之间的区
别就像 Kraut 和 Unkraut 或者 heimlich 和 unheimlich 之间的区别吗？Kraut 指一

种有用的植物，比如卷心菜，而 unkraut 是一个很好的德语词，指"野草"，既是野草，就绝非卷心菜。与之类似，Ungeziefer 就必然是非昆虫（noninsect），是一种怪异又让人讨厌的害虫。Ungeheuerlich 也带有"un-"前缀。在我的字典里，geheuer 只和 nicht 一起出现，Nicht geheuer 意为"怪怖的""可怕的""古怪的""诡异的"。如果 geheuer 一词单独出现，它可能是指 nicht geheuer 的反面，即表示平常、日常、习惯和普通。Ungeheuerlich Ungeziefer 这个表述因而分别给两个词加上否定前缀"un-"，又并置一处，表示"非凡的非虫子"（extraordinary noninsect）。精妙的德语！

13. Jane Austen, *Pride and Prejudice*, ed. Mark Schorer, Riverside Edition (Boston：Houghton Mifflin, 1956), 1.

14. 维基百科词条"Kafka"，2010 年 5 月 17 日登录，http://en.wikipedia.org/wiki/Franz_Kafka。关于我对维基百科的引用，详见第二章注释 14 中的评论。

15. "Karl Hoecker's Album," 幻灯片，*New Yorker*，仅限在线观看，2010 年 11 月 30 日登录，http://www.newyorker.com/online/2008/03/17/slideshow_080317_wilkinson/? slide＝1♯。

16. 例如，详见维基百科词条"Abu Ghraib Torture and Prisoner Abuse"，2010 年 5 月 17 日登录，http://en.wikipedia.org/wiki/Abu_Ghraib_torture_and_prisoner_abuse。

17. Franz Kafka, *Parables and Paradoxes*, bilingual ed. (New York：Schocken, 1961), 25, 24 (以下引文中简称 *PP*，页码按先英译文后德文的顺序标注在后)。

18. 德里达阐述自身免疫性的主要文本详见他的"Foi et savoir：Les deux sources de la 'religion' aux limites de la simple raison," in *La religion*, by Jacques Derrida and Gianni Vattimo, ed. Thierry Marchaisse (Paris：Seuil, 1996), 9—86; Derrida, "Fatith and Knowledge：The Two Sources of 'Religion' at the Limits of Reason Alone," trans. Samuel Weber, in *Acts of Religion*, ed. Gil Anidjar (New York：Routledge, 2002), 42—101; Derrida, "Auto-immunités, suicides réel et symbolique," 与吉奥万娜·博拉朵莉对话，出自 *Le "concept" du 11 Septembre: Dialogues à New York (octobre-décembre 2001)*, coauthors Jürgen Habermas and Giovanna Borradori (Paris：Galilée, 2004) 133—196; 以及 Derrida, "Autoimmu-

nity: Real and Symbolic Suicides,"与吉奥万娜・博拉朵莉对话, trans. Pascale-Anne Brault and Michael Naas, in *Philosophy in a Time of Terror: Dialogues with Jürgen Habermas and Jacques Derrida* (Chicago: University of Chicago Press, 2003), 85—172。关于这些文章的讨论,详见我的 *For Derrida* (New York: Fordham University Press, 2009), 123—130, 222—244。

19. 罗伯特・瓦尔泽(1878—1956),瑞典作家,其作品深受卡夫卡推崇。

20. 就如《圣经・新约》最后一卷《启示录》的最后几句威慑地告诫读经的人:"我向一切听见这书上预言的作见证,若有人在这预言上加添什么,神必将写在这书上的灾祸加在他身上;这书上的预言,若有人删去什么,神必从这书上所写的生命树和圣城,删去他的份。"(《启示录》22章18—19节)对于增减文本的惩罚,也就是对于没有完全按字面意思解读的惩罚,简直难以复加地严重,然而对于任何评论而言,如何能够避免不按字面解读的情况呢?

21. Sigmund Freud, *Jokes and Their Relation to the Unconscious* (1905), trans. James Stracey, vol. 8 of *Standard Edition*, 62 (以下引文中只标注出处页码)。

22. 弗洛伊德后来在《诙谐及其与潜意识的关系》的第209页再次提到铜壶故事与"思维的潜意识模式"有关,在这种思维模式下,"非此即彼"(either-or)被"同时并列"(and)所取代:"在梦里,潜意识思维模式显现出来,因而不存在相应的'非此即彼'的情况,只有同时并列。"铜壶故事也出现在 *Interpretation of Dreams*, trans. James Strachey, vol. 4 of *Standard Edition*, 119—120,与弗洛伊德解析自己所做的关于伊尔玛的梦相关。我们可以很容易地论证《审判》遵循弗洛伊德提出的梦的逻辑和潜意识模式,但如果把这种类比引申得过远,用以全面解释《审判》的奇异之处,这就不对了。正如从卡夫卡那时至今的许多人都有所体会的那样,"现实生活"看起来也常常依循梦所体现的铜壶逻辑。

23. 卡夫卡的另一则反思是"人类全部过错是急躁,过早地抛弃方法,幻想一种虚妄的确定"(GW,278)。"方法"(method)在词源学的意义上意味着"依凭的路径"(according to the way)。在道路没有尽头或者只有目标而没有方法的情况下,什么方法是恰当的,不是过早地放弃?只可能是具有无限耐心的方法,这种方法能坚持不懈地尝试着解释《审判》的每一个细节和要点,逐字阅读它的法律,尽管阐释者最后离目标可能还是没有分毫接近。阐释者注意每一个细节，也只是阐释者运用自己那幼稚的尺度进行阐释。约瑟夫·K 想写下他一直以来生活的每一个细节，以便自己在审判中为无法确定的罪行辩护，这是个无法完成的任务，但如果他这样做，他也许会偶然想到证明无罪的方法。

24. Franz Kafka，"The Judgment，"in *The Sons*，15；Kafka，"Das Urteil，"in *Erzählungen*，47.

25. 下面比较完整地列出了这些场景出现在书中的页码：J. L. Austin，*How to Do Things with Words*，2nd ed.，ed. J. O. Urmson and Marina Sbisà（Oxford：Oxford University Press，1980），4，7，13，19，22，24，31，33，35，36，40，41，42，57，59，65，85，88—89，98—99，122，128，130，141，153，154，155，157（以下引文中简称 *HT*）。

26. 收于 J. L. Austin，*Philosophical Papers*，3rd ed.，ed. J. O. Urmson and G. J. Warnock（Oxford：Oxford University Press，1979），175—204（以下引文中简称 *PP*，第三版）。

27. Dennis Kurzon，*It Is Hereby Performed…：Explorations in Legal Speech Acts*（Amsterdam：John Benjamins Publishing Company，1986）.

28. Judith Butler，*Excitable Speech：A Politics of the Performative*（New York：Routledge，1997）.

29. 详见 Mark Spilka，*Dickens and Kafka*（Bloomington：Indiana University Press，1963），esp. 199—210；以及 Murray Krieger，"*Bleak House and The Trial*，"in *The Tragic Vision*（New York：Holt，Rinehart & Winston，1966），138—140。

30. Charles Dickens，*Bleak House*，ed. Nicola Bradbury（London：Penguin Books，1996），118.

31. Franz Kafka，*The Office Writings*，ed. Stanley Corngold，Jack Greenberg，and Benno Wagner，trans. Eric Patton with Ruth Hein（Princeton，N.J.：Princeton University Press，2009）.

32. Lida Kirchberger，*Franz Kafka's Use of Law in Fiction*（New York：Peter Lang，1986）.

33. Derrida，"Faith and Knowledge，" 80.

34. Jacques Derrida, "Signature Event Context," in *Limited Inc*, trans. Jeffrey Mehlman and Samuel Weber（Evanston，Ill.：Northwestern University Press，1988），12.

35. Jacques Derrida，"'Le Parjure，' Perhaps：Storytelling and Lying（'Abrupt Breaches of Syntax'），" in *Without Alibi*, ed. And trans. Peggy Kamuf（Stanford，Calif.：Stanford University Press，2002），181—184.

36. 详见 Franz Kafka，*Letter to His Father/Brief an den Vater*，bilingual ed.，trans. Ernst Kaiser and Eithne Wilkins（New York：Schocken，1966），72，73："Er fürchtet, die Scham werde ihn noch überleben."（他唯恐他人死了，这种耻辱和存在于人间。）

第四章

1. 在对本雅明、海德格尔、雷蒙·威廉斯、南希、布朗肖、胡塞尔、巴塔耶、阿甘本、阿方索·林吉斯、雅克·拉康、列维纳斯和德里达的讨论中，我仔细地论证了这些前提条件，详见本人的 *For Derrida*（New York：Fordham University Press，2009），101—132。这部分论证的早期版本也出现在我以下文章中："Derrida Enisled，" in "The Late Derrida，" ed. W. J. T. Mitchell and Arnold I. Davidson, special issue，*Critical Inquiry* 33，no. 2（winter 2007）：248—276。

2. 我注意到小说有一个例外，叙述者有一段似乎知道老板娘的想法："老板娘似乎认为 K 不该把自己的事情插进来打断她的话，于是愠怒地斜过眼去看了他一下。"〔*The Castle*，trans. Mark Harman（New York：Schocken Books，1996），79（以下引文在页码后标 e）；Kafka，*Das Schloß*，ed. Malcolm Paisley（Frankfurt am Main：Fischer Taschenbuch Verlag，1997），100（以下引文在页码后标 g）。〕小说中可能还有上述这种情况是我没注意到的，但上述这种情况极为罕见。

3. 本章转向叙事学讨论在某种程度上是因为我撰写的最初版本比现在短很多，内容也相当不同，写作当初是为了提交会议论文，参加一个用叙事学方法研究卡夫卡的会议（会议论文最终集结成书，由俄亥俄州立大学出版社出版，详见本书的致谢部分）。该会议在奥斯陆举办，属于挪威科学院的雅各布·卢特领导的叙事学研究团队展开的部分研究活动,他们这项研究持续两年。参见本书给卢特的献词以及前言中最后一段的评论。

4. 详见 Wayne C. Booth, *The Rhetoric of Fiction* (Chicago: University of Chicago Press, 1961)。

5. 详见 Nichoals Royle, "The 'Telepathy Effect': Notes toward a Reconsideration of Narrative Fiction," in *The Uncanny* (Manchester: Manchester University Press, 2003), 256—276。

6. Franz Kafka, *The Castle*, trans. Edwin and Willa Muir (New York: Alfred A. Knopf, 1951), 329—330.

7. 详见卡夫卡的《反思罪、痛苦、希望和真正道路》中第二条和第三条箴言,它们分别表达了卡夫卡意义上的急躁和懒惰。我已在本书第三章中有所引用,这里再次引用,以便我们记忆,它们与我在分析《城堡》时所持的论点有关。第二条箴言说,"人类全部过错是急躁(ungeduld),过早地抛弃方法,幻想一种虚妄的确定"(*GW*, 278),而第三条箴言,在区分了急躁和懒惰之后["因为急躁,我们被逐出天堂,因为懒惰(lässigkeit),我们无法重返"],结尾处说只有一种罪恶,即急躁:"因为急躁,我们被逐出,因为急躁,我们无法重返。"[*The Great Wall of China: Stories and Reflections*, trans. Willa and Edwin Muir (New York: Schocken, 1946), 278;德语版详见 *Aphorismen* (Ⅱ, 4), aphorisms 2 and 3, in Mauro Nervi, *The Kafka Project*, 2010 年 12 月 3 日登录, http://www.kafka.org/index.php?aphorismen] 正如我在第三章第 23 条注释中所说的,"方法"一词源于希腊语,有"依凭路径"或"道路"之意。放弃方法,就是在急躁中抛弃缓慢而系统地追求的真正道路,尽管对卡夫卡而言,道路是无止境的。没有通向目标的方法。《城堡》里的 K 是急躁的,他想直接抵达城堡。

8. Franz Kafka, *The Diaries, 1910—1923*, ed. Max Brod, trans. Joseph Kresh and Martin Greenberg, 汉娜·阿伦特协助 (New York: Schocken Books, 1976), 280—287。

9. *The Castle*, Muir trans., 45.

10. Joseph Conrad, *Heart of Darkness*, ed. Ross C. Murfin, 2nd ed. (Boston: Bedford Books of St. Martin's Press, 1996), 36—37.

11. J. Hillis Miller, "Franz Kafka and the Metaphysics of Alienation," in *The Tragic Vision and the Christian Faith*, ed. N. A. Scott, Jr. (New York: Association Press, 1957), 281—305.

12. 详见 Jacques Derrida, "Foi et savoir: Les deux sources de la 'religion' aux limites de la simple raison," in *La religion*, by Jacques Derrida and Gianni Vattimo, ed. Thierry Marchaisse (Paris: Seuil, 1996), 68—69; Derrida, "Faith and Knowledge: The Two Sources of 'Religion' at the Limits of Reason Alone," trans. Samuel Weber, in *Acts of Religion*, ed. Gil Anidjar (New York: Routledge, 2002), 87。我在本书第三章讨论过德里达这个概念，我的另一本书《致德里达》中也谈到这一点，详见该书第 123—130 页、第 222—244 页。

13. Franz Kafka, *The Trial*, trans. Breon Mitchell (New York: Schocken, 1998), 3; 翻译有改动。

14. 马克·哈曼将 Rauschen 译作"低喃声"（murmuring），我将其改译为"潺潺声"（rustling），这是我的卡斯尔德英双语词典列出的首要释义。Rauschen 也指电台（我认为还有电话）的"背景噪音"。卡夫卡用词时非常注意词的发音。Rauschen 的发音在我听起来更接近"潺潺声"，而不是"低喃声"。哈曼在《城堡》的前面部分也用"低喃声"翻译 Summen，那处听起来确实接近。还有一个德语词与 Rauschen 接近，就是表示"沙沙声"的 Rascheln，至少这两个德语词在发音上相像。卡夫卡在短篇小说《家长的担忧》中用 Rascheln 一词形容落叶沙沙作响（"das Rascheln in gefallenen Blättern"）。这种落叶般的沙沙声是奥德拉代克声音的显著特点。奥德拉代克是让家长十分担忧的那个东西的名字，它是一种小小的动物-人-机器的奇怪的结合体。详见 "The Worry of the Father of the Family," trans. Stanley Corngold in *Kafka's Selected Stories*, trans. and ed. Standley Corngold, Norton Critical Edition (New York: W. W. Norton, 2007), 72—73; "Die Sorge des Hausvaters" in Nervi, *The Kafka Project: Ein Landarzt: Kleine Erzählungen*, 2010 年 12 月 3 日登录, http://www.kafka.org/index.php?landarzt。

15. Laurence Rickels, "Kafka and Freud on the Telephone," *Modern Austrian Literature: Journal of the International Arthur Schnitzler Association* 22, nos. 3/4（1989）: 211—225; 以及 Rickels, *Aberrations of Mourning* (Detroit:

Wayne State University Press，1988)，尤其是第七章和第八章。

16. Marcel Proust, *À la recherche du temps perdu*, ed. Jean-Yves Tadié, Éd. de la Pléiade（Paris：Gallimard，1989），2：431—433；Proust, *Rememberance of Things Past*, trans. C. K. Scott Moncrieff（New York：Vintage，1982），2：133—136. 我所著的书中有部分内容详细讨论了这一段，详见 section "Granny! Granny!" of chap. 5，"Proust," in *Speech Acts in Literature*（Stanford，Calif.：Stanford Unviersity Press，2001），185—198。佩兴斯·摩尔（Patience Moll)提交给我的毕业生研讨论文也就普鲁斯特作品中的这一段做出了出色分析。详见她的"Community，Communication and Multiplicity in Proust," in *Philosophia: Philosophical Quarterly of Israel* 36，no.1（2007）：55—65。

17. 我有一系列文章从多种视角出发，通过各种例子讨论了这个主题，详见我所著的《地形学》(*Topographies*，Stanford，Calif.：Stanford University Press，1995)。

18. Lewis Carroll, *Alice in Wonderland*, ed. Donald J. Gray, Norton Critical Edition（New York：W. W. Norton & Company，1971），120—123.

19. Maurice Blanchot，"Kafka and Literature," in *The Work of Fire*, trans. Charlotte Mandell（Stanford，Calif.：Stanford Unviersity Press，1995），21；Blanchot，"Kafka et la Littérature," in *De Kafka à Kafka*（Paris：Gallimar，1981），86. 该文的法语版最早见于法语版《火之作品》[*La part du feu*（Paris：Gallimard，1949），20—34]；文中所引部分位于法语版《火之作品》的第 28—29 页。

20. 关于反讽的不同意见，参见 Wayne Booth, *A Rhetoric of Irony*（Chicago：University of Chicago Press，1974）；Søren Kierkegaard, *The Concept of Irony，with Constant Reference to Socrates*, trans. Lee M. Capel（London：Collins，1966）；Paul de Man，"The Concept of Irony," in *Aesthetic Ideology*, ed. Andrzej Warminski（Minneapolis：University of Minnesota Press，1996），163—184；J. Hillis Miller，"Friedrich Schlegel：Catachreses for Chaos," in *Others*（Princeton，N.J.：Princeton University Press，2001），5—42. 评论反讽的文献汗牛充栋，很多写于近期，但很多学者试图掌握反讽，他们无视施莱格尔的提醒，后者曾经提出反讽无法被掌握。

21. Kafka, *Diaries，1910—1923*，224.

22. 埃德蒙德·胡塞尔在其《笛卡尔式的沉思》中的第五沉思中，将这种间接触及他人想法的途径称为"类比的统觉"。详见 Edmund Husserl, "Fifth Meditation: Uncovering the Sphere of Transcendental Being as Monadological Intersubjectivity," in *Cartesian Meditations: An Introduction to Phenomenology*, trans. Dorion Cairns (The Hague: Martinus Nijhoff, 1960), 89—151, 特别是第 50 段, "作为'共现'（类比的统觉）的经验他人的间接意向性" (108—111)。

23. 关于对德里达和胡塞尔在这个话题上的分析, 详见我的《致德里达》(参见本章注释 1), 第六章"孤独的德里达"（"Derrida Enisled"）, 第 101—132 页。

24. Henry Sussman, *Idylls of the Wanderer: Outside in Literature and Theory* (New York: Fordham University Press, 2007).

25. Franz Kafka, "The Coming of the Messiah," in *Parables and Paradoxes*, in German and English (New York: Schocken, 1969), 81e; 80g.

26. Kafka, *The Trial*, 217, 220; Kafka, *Der Proceß*, ed. Malcolm Pasley (Frankfurt am Main: S. Fischer Verlag, 1990), 295, 298. 神父和约瑟夫·K 对故事《法的门前》的解读相互矛盾, 这预示了《城堡》中 K 和其他人物的讨论方式, 他们同样在相互冲突的解读中交换意见。《审判》中的神父在预言中简洁地表达出《城堡》中这类表述准则: "评论家告诉我们: 对某事或某物的正确理解（richtiges Auffassen）与错误理解（Mißverstehn）并不相互排斥。"(*The Trial*, 219; *Der Proceß*, 297)

27. Kafka, *Diaries*, *1910—1923*, 495.

28. 同上, 122; 翻译有改动; Mauro Nervi, *The Kafka Project: Tagebücher*, Heft 3, 2010 年 12 月 3 日登录, http://www.kafka.org/index.php?h3, 无页码。

29. 对于卡夫卡对卡巴拉的了解, 以及将自己的作品比作"新卡巴拉", 拉塞尔·塞默尔斯基在他书中关于卡夫卡的章节里讨论了这一点: *Apocalyptic Futures: Marked Bodies and the Violence of the Text in Kafka, Conrad, and Coetzee* (New York: Fordham University Press, 2011)。

30. Maurice Blanchot, "The Wooden Bridge (Repetition, the Neutral)" in *The Infinite Conversation*, trans. Susan Hanson (Minneapolis: University of Minnesota Press, 1993), 388—396, esp. 392—394; Blanchot, "Le pont de bois（la

répétition，le neutre），" in Blanchot，*De Kafka à kafka*，185—201，esp. 192—195. 该文最早以书的形式发表于 *L'entretien infini*（Paris：Gallimard，1989），568—582，esp. 574—577。

31. Kevin Kelly，"We Are the Web，" *Wired*，August 2005.

32. 详见本书第二章中我对这一点的讨论。

33. Jacques Derrida，*Séminaire: La bête et le souverain*，vol. 2，2002—2003，ed. Michel Lisse，Marie-Louise Mallet，and Ginette Michaud（Paris：Galilée，2010），31. 选自第一次讲座，此处为本人翻译。

34. Kafka，*The Great Wall of China*，283.

35. *Aphorismen*（*Ⅱ*，4），aphorism 26，in Mauro Nervi，*The Kafka Project*，2010 年 12 月 3 日登录，http：//www.kafka.org/index.php?aphorismen.

36. Augustine，*Confessions*，3.6.11，2010 年 12 月 3 日登录，http：//www.ccel.org/ccel/augustine/confessions.vi.html。

37. Raymond Williams，*The Country and the City*（London：Chatto & Windus，1973）.

38. 雅克·德里达在《真理的供应者》（"Le Facteur de la vérité"）中写道："一封信并不总是抵达目的地，并且从这种可能性属于其结构的时刻开始，我们可以说信绝不会真正地抵达。"［英文版出自 *The Post Card: From Socrates to Freud and Beyond*，trans. Alan Bass（Chicago：University of Chicago Press，1987），489；法语版出自 *La carte postale: De Socrate à Freud et au-delà*（Paris：Flammarion，1980），517。］

39. Kafka，*Diaries*，*1910—1923*（参见本章注释8），302。

40. Henry James，*The Portrait of a Lady*，in *The Novels and Tales of Henry James*，vols. 3—4（Fairfiedl，N.J.：Augustus M. Kelley，1976—1977；此版为 1907—1909 年纽约版的重印版），4：192。

第三部分　序言

1. Paul Celan，"Aschenglorie，" in *Breathturn*，bilingual ed.，trans. Pierre Joris（Los Angeles：Sun & Moon Press，1995），179，178.

2. 例如，收录了三十六篇权威论文的论文集《大屠杀再现的教学》[*Teaching the Representation of the Holocaust*, ed. Marianne Hirsch and Irene Kacandes（New York：Modern Language Association of America，2004）]。同见 Arne Johan Vetlesen，*Evil and Human Agency：Understanding Collective Evildoing*（Cambridge：Cambridge University Press，2005）；Michael Rothberg，*Traumatic Realism：The Demands of Holocaust Representation*（Minneapolis：Unviersity of Minnesota Press，2000）。另参见娜奥米·曼德尔对罗斯伯格一书的书评出自 *Cultural Critique* 51（Spring 2002）：241—245。本书第六章注释 11 列出了近来有关大屠杀文学的更多著作。

3. David Denby，"Look Again：'Shoah' and a New View of History," *New Yorker*，January 10，2011，80—81.

4. Timothy Snyder，*Bloodlands：Europe between Hitler and Stalin*（New York：Basic Books，2010）.

5. 黛博拉·盖斯的这段引用出现在该书导论中：*Considering "Maus"：Approaches to Art Spiegelman's "Survivor's Tale" of the Holocaust*，ed. Deborah R. Geis（Tuscaloosa：University of Alabama Press，2003），5；该段出自 James Young，*Writing and Rewriting the Holocaust：Narrative and the Consequences of Interpretation*（Bloomington：Indiana University Press，1990），91。

6. 详见 Jacques Derrida，*Chaque fois unique*，*la fin du monde*，ed. Pascale-Anne Brault and Michael Naas（Paris：Galiée，2003）。

7. 这种类比构成了娜奥米·曼德尔这本杰出论著的基础：*Against the Unspeakable：Complicity，the Holocaust，and Slavery in America*（Charlottesville：University of Virginia Press，2006）。曼德尔讨论了莫里森的《宠儿》和斯蒂芬·斯皮尔伯格的电影《辛德勒名单》——本书第七章也讨论莫里森的《宠儿》，第五章会简要提及斯皮尔伯格这部电影。曼德尔的论点让人信服，她提出，人们如果认为大屠杀和美国奴隶制这样的暴行是"不可言说的"，那么这种想法有可能成为逃避的借口，人们因此回避与这种恐怖的直接遭遇，不愿试着面对，也不愿见证。关于对莫里森书中的"六千万及更多"的讨论，详见曼德尔该书，第 168—171 页。

8. Toni Morrison，*Beloved*（New York：Vintage International，2004），235.

9. 详见 C. Vann Woodward, *The Burden of Southern History* (New York: Vintage, 1960)。

第五章

1. Thomas Keneally, *Schindler's List* (New York: Scribner Paperback Fiction, 2000), 9 (以下引文只标注页码)。

2. 关于对斯蒂芬·斯皮尔伯格的同名电影的精辟讨论以及与该电影相关的大量评论,详见 Naomi Mandel, *Against the Unspeakable:Complicity , the Holocaust , and Slavery in America* (Charlottesville:University of Virginia Press,2006),71—98。有影评认为该片在再现不可再现的事情(即大屠杀)上走得太远了,曼德尔批判性地集中讨论了这些观点。

3. Ian McEwan, *Black Dogs* (New York: Anchor Books, 1999), vi (以下引文只标注页码)。

4. 我所读到的评论也并未将小说与麦克尤恩的生活联系起来——例如, *The Fiction of Ian McEwan:A Reader's Guide to Essential Criticism* , ed. Peter Childs (Houndmills: Palgrave Macmillan,2006), 90—103,该书有一章总结了关于《黑犬》的评论。

5. 马伊达内克集中营保存得最为完好,红军解放集中营之时,纳粹来不及摧毁大量存在的焚尸炉。详见维基百科词条"Majdanek Concentration Camp",2010 年 5 月 30 日登录, http://en. wikipedia. org/wiki/Majdanek_concentration_camp。谷歌搜索页面还导向许多其他关于马伊达内克的网址和照片。人们只需电脑和互联网,就可轻易在网络空间中找到许多记录大屠杀的证据(也能很容易找到否认大屠杀的说法)。当然,得你愿意打开这些网站才能看到。我发现许多证据让人难以承受,特别是照片,正如网络上传播的阿布格莱布虐囚照片一样让我难以承受。

6. 例如,详见论文集 *Considering "Maus":Approaches to Art Spiegelman's "Survivior's Tale" of the Holocaust* , ed. Deborah R. Geis (Tuscaloosa: University of Alabama Press, 2003)。

7. Lewis Carroll, *Alice in Wonderland* , ed. Donald J. Gray, Norton Critical Edi-

tion（New York：W. W. Norton & Company，1971），25.

第六章

1. 莫里斯·布朗肖（1907—2003）是法国二十世纪重要的作家和文学评论家。正如许多评论家注意到的那样，布朗肖特有的语言风格形式是"X-无 X"（X without X）。在我引用的这句话中，布朗肖肯定我们了解-不了解奥斯维辛的知识。这句话引自布朗肖警句式的与大屠杀相关的作品《灾异的书写》［Maurice Blanchot，*L'écriture du désastre*（Paris：Gallimard，1980），131；Blanchot，*The Writing of the Disaster*，new ed.，trans. Ann Smock（Lincoln：Unviersity of Nebraska Press，1995），82］。此处法语原文："Nous lisons les livres sur Auschwitz. Le voeu de tous，là-bas，le dernier voeu：sachez ce qui s'est passé，n'oubliez pas，et en même temps jamais vous ne saurez."

2. 我找到了《无命运的人生》的 2007 年匈牙利语版本（*Sorstalanság*）。关于原始版本，参见 Imre Kertész，*Sorstalanság*（Budapest：Szépirodalmi Kǒnyvkiadó，1975），同时播种者（Magvetǒ）出版社在布达佩斯也出版了 1975 年的版本以及较近的几个版本。关于凯尔泰斯的参考书目，详见 Steven Tötösy de Zepetnek，*Bibliography of Works by and about Imre Kertész*，*Nobel Laureate in Literature 2002*，CLCWeb：Comparative Literature and Culture（Library）（2008），2011 年 1 月 11 日登录，http://docs.lib.purdue.edu/clcweblibrary/imrekerteszbibliography。研究凯尔泰斯作品的论文集，详见 Louise O. Vasvári and Steven Tötösy de Zepetnek，eds.，*Imre Kertész and Holocaust Literature*（West Lafayette，Ind.：Purdue University Press，2005）。更多关于凯尔泰斯的文章和他本人所写的一篇文章收录在 *Comparative Central European Holocaust Studies*，ed. Louise O. Vasvári and Steven Tötösy de Zepetnek（West Lafayette，Ind.：Purdue University Press，2009）。

3. Imre Kertész，*Fatelessness*，trans. Tim Wilkinson（New York：Vintage，2004）（以下出自该著作中的引文只标注页码）。

4. *Fateless*，directed by Lajos Koltai（2005；ThinkFilm，2006），DVD.

5. Imre Kertész，*Kaddish for an Unborn Child*，trans. Tim Wilkinson（New

York: Vintage International，2004）。

6. 我极为感激苏珊·苏利曼、雅各布·卢特和詹姆斯·费伦，他们仔细阅读了本文简要的初稿，提供了有用的意见和订正。我也感谢阅读本文初稿的两位匿名读者提供的意见，他们阅读了收录本文初稿的著作 *After Testimony: The Ethics and Aesthetics of Holocaust Narrative*，ed. Jakob Lothe，Susan R. Suleiman，and James Phelan（Columbus: Ohio State University Press，2012）。本章汲取了两位匿名读者的建议，目前篇幅更长，结构和重点与初稿相比都有所不同。

7.《无命运的人生》的主人公的正式名字是哲尔吉·克韦什（György Köves），但家里人叫他久尔考，我也称他久尔考（Gyuri 这个词在匈牙利语中听起来像英语 Jury 的发音），因为这个名字可能最符合我们想象中他最常用的名字，甚至有可能他也这么称呼自己。电影字幕中出现的他的常用名是久尔卡（Gyurka），但本书仍采用提姆·威尔金森译本中给出的名字。

8. Franz Kafka，*Der Proceß*，ed. Malcolm Pasley（Frankfurt am Main: S. Fischer Verlag，1990），7；Kafka，*The Trial*，trans. Breon Mitchell（New York: Schocken，1998），3；此处翻译有改动。

9. Albert Camus，*The Stranger*（New York: Vintage，1961），1（以下引文中只标注页码）。关于法语原文，详见 Albert Camus（1913—1960），*L'étranger*，2010年 12 月 15 日登录，http://www.bibliopas.com/pagelitt30.html。

10. 这里是我的翻译，法语原文是"Quand j'aurai inspiré le dégoût et l'horreur universels，j'aurai conquis la solitude"，出自 Charles Baudelaire，"Fusées，" in *Oeuvres complètes*，ed. Y.-G. Le Dantec，Éd. De la Pléiade（Paris Gallimard，1954），1199。

11. 研究大屠杀的文献非常丰富，且还在增长，其中一些重要的著作都集中讨论了这个问题。例如，Sidra DeKoven Ezrahi，*By Words Alone: The Holocaust in Literature*（Chicago: University of Chicago Press，1980），Ezrahi，"Representing Auschwitz，" *History and Memory* 7，no. 2（Winter 1996）: 121—154；Thomas Trezise，"Unspeakable，" *Yale Journal of Criticism* 14，no. 1，（Spring 2001）: 39—66；Erin McGlothlin，"Narrative Transgression in Edgar Hilsenrath's *Der Nazi und der Friseur* and the Rhetoric of the Sacred in Holocaust Discourse，"

German Quarterly 80，no. 2（Spring 2007）：220—239。我在此感谢那位向我提供了后三条文献的匿名审稿人，这名审稿人阅读了我论述凯尔泰斯的《无命运的人生》的文章。这篇文章收录在《证言之后》一书中，该书将由俄亥俄州立大学出版社出版。这些文章和娜奥米·曼德尔的著作《反对不可言说：共谋性、大屠杀与美国奴隶制》[*Against the Unspeakable: Complicity, the Holocaust, and Slavery in America*（Charlottesville：University of Virginia Press，2006）]，有助于我理解现有的一些思考，这些思考围绕"不可言说的"问题以及随之而来的关于再现大屠杀的挑战。例如，曼德尔令人信服地论证了，宣称大屠杀是"不可言说的"有可能是一种在谈话、写作和思考中回避大屠杀的方式。曼德尔带着批判性的眼光，从大屠杀的"不可言说性"的视角出发，仔细讨论了许多例子，这些例子均源自大量研究大屠杀再现和理解的相关文献。（特别详见该书第 1—70 页。）如果我们对再现的定义再宽泛一些，它也包括大量研究小说再现的著作，比如亚历山大·韦尔什（Alexander Welsh)的《强劲的再现：关于英格兰的叙事和详尽的证据》[*Strong Representations: Narrative and Circumstantial Evidence in England*（Baltimore：Johns Hopkins University Press，1992）]，韦尔什的这本书涵盖甚广，学术性强，研究了源自英国法律、科学和"自然宗教"的详尽证据，为理解从菲尔丁至亨利·詹姆斯的英国小说织就起阅读语境。

12. 普里莫·莱维在其《被淹没和被拯救的》中引用西蒙·维森塔尔（Simon Wiesenthal)在《刽子手就在我们中间》（*The Murderers Are among Us*）一书中提到的一个论据，说明了这一点。Levi，*The Drowned and the Saved*，trans. Raymond Rosenthal（New York：Vintage，1989），11—12。

13. Jean-Luc Nancy，"Forbidden Representation，" in *The Ground of the Image*，trans. Jeff Fort（New York：Fordham University Press，2005），27—50（以下引文中简称"FR"）。法文原版参见 Jean-Luc Nancy，*Au fond des images*（Paris：Galilée，2003）。南希这篇文章，特别是在注释部分，指出了许多讨论奥斯维辛再现问题的重要文献。

14. Art Spiegelmann，*Maus: A Survivor's Tale*（New York：Pantheon，1997），10。

15. Paul de Man，"Autobiography as De-Facement，" in *The Rhetoric of Romanti-*

cism（New York：Columbia University Press，1984），81.

16. Jean-François Lyotard，*The Differend：Phrases in Dispute*，trans. Georges Van Den Abbeele（Minneapolis：University of Minnesota Press，1988），3；qtd. Giorgio Agamben，*Remants of Auschwitz：The Witness and the Archive*，trans. Daniel Heller-Roazen（New York：Zone Books，2002），35.

17. Jacques Derrida，*Paper Machine*，trans. Rachel Bowlby（Stanford，Calif.：Stanford University Press，2005），161（以下引文中简称 *PMe*）；Derrida，*Papier Machine*（Paris：Galiée，2001），396（以下引文中简称 *PMf*）。

18. 凯尔泰斯于 2007 年 6 月 29 日在柏林与奥斯陆叙事研究团队——本章的早期简要版本在这个研究团队的支持下完成——举行过一次开诚布公的谈话，他当时相当强调这一点。

19. Blanchot，*The Writing of the Disaster*，80；Blanchot，*L'écriture du désastre*，128.

20. Paul Celan，*Breathturn*，trans. Pierre Joris（Los Angeles：Sun & Moon Press，1995），178，179.

21. Primo Levi，*Survival in Auschwitz：The Nazi Assault on Humanity*（New York：Simon & Schuster/Touchstone，1996）；Elie Wiesel，*Night*，in *The Night Trilogy：Night；Dawn；Day*，trans. Marion Wiesel et al.（New York：Hill & Wang，2008）。

22. 详见 Friedrich Schlegel，fragment 108 of the "Critical Fragments," in *Philosophical Fragments*，trans. Peter Firchow（Minneapolis：University of Minnesota Press，1991），13；Schlegel，*Kritische Schriften*（Munich：Carl Hanser，1963），20—21。关于对施莱格尔反讽理论的讨论，详见我的"Friedrich Schlegel：Catachreses for Chaos," in *Others*（Princeton，N.J.：Princeton University Press，2001），5—42。

23. James Joyce，*Finnegans Wake*，2nd ed.（London：Faber，1950），pt.1，episode 6，p. 188，line 14；也可用 *Finnegan's Wake Concordex*，2010 年 12 月 15 日登录，http：//www. lycaeum. org/mv/Finnegan/finnegan.cgi?mode ＝ new&simple ＝ boolean&kwor＝twosome＋twiminded&kwnot＝。

24. James Phelan，*Living to Tell about It: A Rhetoric and Ethics of Character Narration* (Ithaca，N.Y.：Cornell University Press，2005)。

25. *English to Hungarian Dictionary; Hungarian to English Dictionary*，s. v. "Naturally," 2010 年 12 月 15 日登录，http://www.freedict.com/onldict/hun.html。

26. [*Origo*] *sztaki szótár*；*English-Hungarian*，词条 "naturally," 2010 年 12 月 15 日登录，http://dict.sztaki.hu/english-hungarian。

27. 关于英译文，详见 Sigmund Freud，"The Uncanny" (1919)，in *An Infantile Neurosis and Other Works*，vol. 17 of *The Standard Edition of the Complete Psychological Works of Sigmund Freud*，trans. James Strachey et al. (London：Vintage，Hogarth Press，and Institute of Psycho-Analysis，2001)，217—256。

28. Agamben，*Remnants of Auschwitz*，166—171 (以下引文中只标明页码)。

29. Levi，*The Drowned and the Saved*，83—84.

30. 同上，84。

31. Efraim Sicher，*The Holocaust Novel* (New York：Routledge，2005)，48.

32. Art Spiegelman，*The Complete Maus* (New York：Pantheon，1997)，189.

33. Sicher，*The Holocaust Novel*，51.

34. Henry James，*The Wings of the Dove*，vol. 1，in *The Novels and Tales of Henry James*，vol. 19 (Fairfield，N.J.：Augustus M. Kelley，1976)，vi.

35. De Man，"Autobiography as De-Facement" (见本章注释 15)，81。

36. Jacques Derrida，*Memoirs of the Blind*，trans. Pascale-Anne Brault and Michael Naas (Chicago：University of Chicago Press，1993)，30；Derrida，*Mémoires d'aveugle: L'autoportrait et autre ruines* (Paris：Éditions de la Réunion des musées nationaux，1990)，36.

37. Spiegelman，*The Complete Maus*，6.

38. 2010 年 1 月 18 日,我收到一封来自奥赖恩·安德森(Orion Anderson)的电子邮件,题目是"集体自杀的战争"(Warfare as Collective Suicide),他发来了最新的《战争、种族灭绝和恐怖的意识形态的通讯》(*Ideologies of War，Genocide and Terror Newsletter*)。Richard Koenigsberg，"Warfare as Collective Suicide," in

Ideologies of War, *Genocide and Terror Newsletter*, ed. Orion Anderson for January 18。这是一篇电邮形式的通讯,可通过订阅获得:*Ideologies of War*, *Genocide and Terror: A Website Sponsored by Library of Social Science*, ed. Orion Anderson, 2010 年 12 月 15 日登录, http://www.ideologiesofwar.com/。这篇短文引用了约瑟夫·戈培尔在 1943 年 12 月 26 日发布的短论,戈培尔说盟军的轰炸让德国人"快要形成一个真正的血盟兄弟的关系"——一个德国人的共同体在逼近的死亡威胁中形成。这篇短文还引用希特勒的言论,声称德国人民已被扔进了"民族的大熔炉"中,"被净化后再重新铸就成整体"。正如哥尼斯伯格所注意到的,德国民众在被轰炸的德国城市中,的确被恐怖地熔铸在一起了,例如德累斯顿被轰炸后的样子,构成了大屠杀的反射镜像。关于德累斯顿在 1945 年 2 月 13 日被轰炸前后的历史及其复杂而具有争议的直至今天的战后重建,详见 George Packer, "Letter from Dresden:Embers," *New Yorker*, February 1, 2010, 32—39。正如帕克所评论的,燃烧弹轰炸造成了两万五至四万人的死亡,这可能是"不道德的——丘吉尔自己后来表达了内疚——但这并不是非理性的,甚至并不反常"(33),因为这场轰炸是盟军多次彻底轰炸德国城市中的一次,而这些轰炸帮助盟军打败了德国。德累斯顿的确有八个小型集中营以及军工厂,一些劳役犯在里面做工。现代战争中,一夜之间杀害成千上万的人并不是"非理性的"! 然而,德累斯顿同情纳粹,是反犹主义的中心,直至今天该地还有一部分人是直言不讳的新纳粹。该地的犹太会堂在 1938 年的水晶之夜(Kristallnacht)被烧毁。在彻底轰炸之时,德累斯顿战前的 6000 犹太人只剩下 198 人,而这些剩下的人也被一个个送进了奥斯维辛和特莱西恩施塔特(Theresienstadt)集中营(33)。

39. Jacques Derrida and Maurizio Ferraris, *A Taste for the Secret*, trans. Giacomo Donis, ed. Giacomo Donis and David Webb (Cambridge:Polity, 2001), 25;首次发表为 *Il Gusto del Segreto* (Rome: Gius. Laterza and Figli Spa, 1997)。

40. Jacques Derrida, "Abraham, the Other," trans. Gil Anidjar, in *Judeities: Questions for Jacques Derrida*, trans. Bettina Bergo and Michael B. Smith, ed. Bettina Bergo, Joseph Cohen, and Raphael Zagury-Orly (New York: Fordham University Press, 2007), 15; Derrida, "Abraham, l'autre," in *Judéités: Questions pour Jacques Derrida*, ed. Joseph Cohen and Raphael Zagury-Orly

（Paris：Galilée，2003），23—24.

第七章

1. 详见本书第三部分序言中的注释 7 其中提到了娜奥米·曼德尔在其令人钦佩的著作中发展了这一类比：*Against the Unspeakable：Complicity，the Holocaust，and Slavery in America*（Charlottesville：University of Virginia Press，2006）。我读过该书讨论《宠儿》的那章，写得很好，当时我已写完了本章初稿，但她的解读影响了我对自己解读的最后修改。曼德尔对"称呼"（calling）和"命名"（naming）之间的区分尤其有独到之处。塞丝那被杀的女婴被叫作"宠儿"，但这不是她的名字。小说从来没有说出或揭示她的名字。曼德尔的研究对大量研究该作品的文献做出了深思熟虑的回应。她尤其关注那些持有以下看法的研究，即认为美国奴隶的痛苦是无法言说的，因而暗示我们不需要对此进行讲述，她认为这种看法有问题。曼德尔令人信服地反驳道，这种看法可能造成一种失声（silencing），而失声本身实际上是《宠儿》精心发展的主题。

2. Toni Morrison，*Beloved*（New York：Vintage International，2004），xviii—xix（以下引文中只标明页码）。

3. Fredric Jameson，"Postmodernism；or，The Cultural Logic of Late Capitalism，"*New Left Review*，no. 146（July—August，1984），59—62. 这篇文章现在作为詹明信同名著作的第一章，题目为"晚期资本主义的文化逻辑"（"The Cultural Logic of Late Capitalism"），出自 *Postmodernism，or，The Cultural Logic of Late Capitalism*（Durham，N.C.：Duke University Press，1991），1—54. 詹明信在该书的导论中指出，这篇写于 1984 年的文章此次重印"并未做出重大修改，因为该文在那时（1984 年）受到关注，使其有可能成为历史文献"（xv）。

4. 详见我的"*El Coloquio de los Perros* como Narrativa Posmoderna，"trans. María Jesús López Sánchez-Vizcaíno，in *La tropelía：Hacia el coloquio de los perros*，ed.，with a prologue，by Julián Jiménez Heffernan（Tenerife：Artemisa Ediciones，2008），33—98. 这篇文章以我在科尔多瓦所做的一次讲座为基础，那次讲座是为了庆祝《堂吉诃德》出版四百周年。感谢赫弗南教授给我那次思考这些问题的机会。我的文章并置了塞万提斯精彩的"训诫故事"《两狗对话录》（这是此次会议的

主题）和托马斯·品钦的早期短篇小说《秘密融合》。后者出自品钦的短篇小说集《笨鸟集：早期故事》（*The Slow Learner：Early Stories*，Boston：Little，Brown，1984）（与詹明信发表论后现代的文章同年）。我这篇文章多次提到莫里森的《宠儿》，指出它展现了所谓的后现代叙事风格。我在这篇文章中提出的论点是，如果品钦的故事是后现代叙事的范例——如果存在后现代叙事这种说法的话，品钦这篇小说无疑属于此列——那么塞万提斯的《两狗对话录》就必定也是后现代作品，因为它所有的形式特点和主题都具有詹明信所指出的"后现代"特征，并且也在品钦的故事中有所体现。塞万提斯之所以伟大，部分原因是他像詹明信那样，预先质疑了文学分期的做法。塞万提斯的作品在十七世纪早期就为其后出现的小说预先汇集了所有的风格方法和主题。

5. 这里列出的内容出自上文注释 4 所提到的我论塞万提斯的文章。

6. W. B. Yeats, *The Variorum Edition of the Poems of W. B. Yeats*, ed. Peter Allt and Russell K. Alspach (New York：Macmillan，1977)，581；Yeats, *Collected Plays* (London：Macmillan，1953)，595—617；679—689.

7. Christoph Peters, "Obama at the Gates," *The New York Times*, July 17, 2008, http://www.nytimes.com/2008/07/17/opinion/17peters.html? th&emc＝th (2010 年 12 月 16 日登录)。

8. Jonathan Dee, "Right-Wing Flame War!," *New York Times Magazine*, January 24, 2010, http://www.nytimes.com/2010/01/24/magazine/24Footballs-t.html? th&emc＝th (最近登录于 2010 年 6 月 10 日)。

9. Jacques Lacan, "Le stade du miroir comme formateur de la fonction du Je telle qu'elle nous est révélée dans l'expérience psychanalytique," in *Écrits* (Paris：Seuil，1966)，93—100 ；Lacan, "The Mirror Stage as Formative of the Function of the *I* as Revealed in Psychoanalytic Experience," trans. Alan Sheridan, in *Écrits: A Selection*, ed. Alan Sheridan (New York ：Norton，1982)，1—7.

10. 其他学者做了相同的对比。例如，详见 Walter Benn Michaels, "Plots against America：Neoliberalism and Antiracism," *American Literary History* 18，no. 2 (2006)，288—302. 迈克尔斯从臭名昭著的黑人种族主义者哈立德·穆罕默德

(Khalid Muhammad)的立场上推论发问:"为什么德国人对犹太人做的事应该被看作美国历史上的重要事件,而美国人对黑人做的事却不能呢? 尤其是想到在华盛顿国家广场上至今没有纪念美国种族主义历史的活动或建筑,就更引人发问。"(290)迈克尔斯的文章有些观点不乏问题,比如,"反犹主义对美国人的生活从不是一个非常重要的因素——犹太人是白人这一事实几乎总是比他们是犹太人更为重要。与其说犹太人在今天美国的成功是战胜歧视他们的种族主义的结果,不如说是战胜另一种族主义歧视的结果。"(291)迈克尔斯也如我一样试图区分施行性(作证的)和记述性(再现的)的语言,尽管我们的目的有些不同。详见他的 "'You Who Never Was There': Slavery and the New Historicism—Deconstruction and the Holocaust," in *The Americanization of the Holocaust*, ed. Hilene Flanzbaum (Baltimore:Johns Hopkins University Press, 1999), 161—197。我认为,隐含的施行性表述含有再现的特征,而不是完全与再现相对,即使对大屠杀和美国奴隶制的再现而言,也是如此。后者总是暗示了这样的言语行为:"我向你发誓,我所说的是我亲眼所见",或者"我向你发誓,我相信我所说的真的发生过。我基于在我看来是不可反驳的证据而肯定这一点"。我再一次感到不安,因为在给出这些表述时,我又想到了保罗·策兰那无人可为这见证作证的论断。娜奥米·曼德尔也在其《反对不可言说:共谋性、大屠杀与美国奴隶制》中对比了美国奴隶制和大屠杀。

11. *Conversations with Toni Morrison*, ed. Danille Taylor-Guthrie (Jackson: University Press of Mississippi, 1994), 272.

12. Jacques Derrida, "*The Gift of Death*," *Second Edition*, *and* "*Literature in Secret*," trans. David Wills (Chicago: University of Chicago Press, 2008), 76; Derrida, *Donner la Mort* (Paris: Galiée, 1999), 107.

13. 详见 John D. Caputo, "The Story of Sarah," in *Against Ethics: Contributions to a Poetics of Obligation with Constant Reference to Deconstruction* (Bloomington: Indiana University Press, 1993), 139—146;德里克·阿特里奇(Derek Attridge)在其《阅读与责任:解构的痕迹》(*Reading and Responsibility: Deconstruction's Traces*,Edinburgh: Edinburgh University Press, 2010)中引用并评论了这段话。

14. 斯坦普·佩德做奴隶时名为约书亚。《圣经》中的约书亚带领犹太人跨过约旦河进入应许之地。佩德放弃了他为奴的名字,他的妻子瓦实提在沦为他主人儿子的情妇数月之后得以回到他身边,莫里森通过这一过程让佩德将《圣经》叙事改成了一个还债的故事:"他生而为约书亚,但当他把妻子交给主人之子时,他改了自己的名字。他把她交出去,而不用去杀任何人,因此也不用自杀,因为妻子要求他活着。她理智地想到,不然,如果他死了,她又可以回到哪里,回到何人身边? 他在送出那样一份礼物之后,决定从此不欠任何人任何东西。"(218)斯坦普·佩德所行之事继续与其先前名字相呼应,他帮助奴隶跨过俄亥俄河,从肯塔基州逃到俄亥俄州,奔向自由:"所以他将这种毫不亏欠的状态推己及人,帮助他们还清痛苦中的亏欠。奴隶主毒打逃奴? 他就渡奴隶过河(就像他渡塞丝和新生的丹芙过河一样),让他们无所欠偿;这可以说给了他们自己的卖身契,'你偿还了;现在生活亏欠你'。"(218)在《圣经》中,瓦实提是亚哈随鲁王的王后,她拒绝亚哈随鲁王让她觐见客人的命令。亚哈随鲁王因此离弃她,并颁布妻子服从丈夫的普遍之法(《以斯帖记》第一章)。这又是《宠儿》中对《圣经》复杂而反讽的回应。我建议读者阅读娜奥米·曼德尔《反对不可言说》的第 200 页,这是我所知道的对《宠儿》篇首引语的最好解释,该引语复杂隐晦,出自《罗马书》9 章 25 节:"那本来不是我子民的,/我要称为我的子民;/本来不是蒙爱的,/我要称为蒙爱的。"

15. Joseph Mallord Wiliam Turner, *Slavers Throwing Overboard the Dead and Dying—Typhoon Coming On* ("*The Slave Ship*"),档案,2010 年 12 月 15 日登录,http://www.artchive.com/artchive/T/turner/slave_ship.jpg.html。

16. Katrina Harack, "The Heterological Writer and the Gift of Art: Writers on Writing, Performativity, and Ethics in Twentieth-Century America"(博士论文,University of California, Irvine, 2008)。

17. 在 1976 年创作《宠儿》之前,莫里森接受罗伯特·斯特普托(Robert Stepto)的采访,她谈到了自己在位于俄亥俄洛雷恩的隔离的黑人社群中的经历,她还谈及两部早期小说《最蓝的眼睛》(*The Bluest Eye*,1970)和《苏拉》(*Sula*,1973)对社群的再现。详见 Robert Stepto, "Intimate Things in Place: A Conversation with Toni Morrison, 1976," in Taylor Guthrie, *Conversations with Toni Morrison*, 10—29, esp. 10—12。这次访谈最初发表于《麻州评论》[*Massachusetts Review* 18

(1977)：473—489)]。

18. 详见 Nicolas Abraham and Maria Torok, *The Wolf Man's Magic Word: A Cryptonymy*, trans. Nicholas Rand (Minneapolis：University of Minnesota Press, 1986)；Abraham and Torok, *Crytonymie: Le verbier de l'Homme aux Loups* (Paris：Aubier Flammarion, 1976)。

19. 详见 Jacques Derrida and Bernard Stiegler, *Echographies of Television: Filmed Interviews*, trans. Jennifer Bajorek (Cambridge：Polity Press, 2002), 57；Derrida and Stiegler, *Échographies: De la télévision：Entretiens filmés* (Paris：Galilée, 1996), 68。

20. Jacques Derrida, "Faith and Knowledge：The Two Sources of 'Religion' at the Limits of Reason Alone," trans. Samuel Weber, in *Acts of Religion*, ed. Gil Anidjar (New York：Routledge, 2002), 42—101, esp. 79—89；Derrida, "Foi et savoir：Les deux sources de la 'religion' aux limites de la simple raison," in *La religion*, by Jacques Derrida and Gianni Vattimo, ed. Thierry Marchaisse (Paris：Seuil, 1996), 9—86, esp. 58—71. 我在其他地方已仔细分析过德里达对自免疫这一比喻的发展，详见我的《致德里达》[*For Derrida* (New York：Fordham University Press, 2009), 123—132；238—240]一书第六章和第十章。此处援引《致德里达》第六章的几个句子，第六章的早期版本也出现在我的一篇文章中："Derrida Enisled," in "The Late Derrida," ed. W. J. T. Mitchell and Arnold I. Davidson, special issue, *Critical Inquiry* 33, no. 2 (Winter 2007)：248—276, esp. 268—276。

21. 详见 W. J. T. 米切尔的杰出文章，"Picturing Terror：Derrida's Autoimmunity," in Mitchell and Davidson, "The Late Derrida," 277—290, esp. 282。

22. Derrida, "Faith and Knowledge," 80；翻译有改动；Derrida, "Foi et savoir," 599。

23. 关于好的译本，详见 *Kafka's Selected Stories*, trans. and ed. Stanley Corngold, Norton Critical Edition (New York：W. W. Norton, 2007), 35—59。

24. Derrida, "Faith and Knowledge," 87；Derrida, "Foi et savoir," 69。

25. J. Hillis Miller, "Boundaries in *Beloved*," in "Cinema without Borders," ed. Jeffrey R. Di Leo and Allyson Nadia Field, special issue, *Symplokē: A Journal for the Intermingling of Literary, Cultural and Theoretical Scholarship* 15, nos. 1—2 (2007): 24—39.

26. 此处指亨利·柏格森的《道德与宗教的两个来源》(*The Two Sources of Morality and Religion*; *Les deux sources de la morale et de la religion*, 1932), 德里达的《信仰与知识》也常常对柏格森此作有所指涉。

27. 注意此处"深爱的"一词。它不仅仅是塞丝在女儿葬礼上听到的一个词。它是《宠儿》的关键词, 也是亚伯拉罕和以撒的故事中的关键词, 还是上帝在《新约》中谈论耶稣的关键词。上帝的声音从光明的云中传来:"这是我的爱子, 我所喜悦的。"(《马太福音》17章5节)该词也出现在《宠儿》的篇前引语中(相见本章注释14)。我同意这种看法, 即圣保罗将基督教定义为让犹太人和外邦人皈依的宗教, 让他们从"不蒙爱的"变成"蒙爱的"。

28. Derrida, "*The Gift of Death*," *Second Edition, and "Literature in Secret*," 68—69; 翻译有改动; Derrida, *Donner la mort*, 98。

29. Jacques Derrida, Jürgen Habermas, and Giovanna Borradori, *Philosophy in a Time of Terror: Dialogues with Jürgen Habermas and Jacques Derrida* (Chicago: University of Chicago Press, 2003), esp. 99; Derrida, Habermas, and Borradori, *Le "concept" du 11 septembre: Dialoques à New York (octobre—décembre 2001)*, trans. Christian Bouchindhomme and Sylvette Gleize (Paris: Galilée, 2004), esp. 152.

图书在版编目(CIP)数据

共同体的焚毁:奥斯维辛前后的小说/(美)J.希
利斯·米勒著;陈旭译.—南京:南京大学出版社,
2019.7
书名原文:The Conflagration of Community:
Fiction before and after Auschwitz
ISBN 978-7-305-21839-2

Ⅰ.①共… Ⅱ.①J…②陈… Ⅲ.①文学评论—美国
—文集 Ⅳ.①I712.06-53

中国版本图书馆 CIP 数据核字(2019)第 055811 号

The Conflagration of Community: Fiction before and after Auschwitz
By J. Hillis Miller
ⓒ 2011 by The University of Chicago. All rights reserved.
simplified Chinese translation copyright ⓒ 2019 by Nanjing University Press

江苏省版权局著作权合同登记 图字:10-2016-412 号

出版发行 南京大学出版社
社　　址 南京市汉口路 22 号　　　　邮　编 210093
出 版 人 金鑫荣
书　　名 共同体的焚毁:奥斯维辛前后的小说
著　　者 [美]J.希利斯·米勒
译　　者 陈　旭
责任编辑 付　裕　陈蕴敏

照　　排 南京紫藤制版印务中心
印　　刷 南京鸿图印务有限公司
开　　本 889×1194　1/32　印张 12.375　字数 300 千
版　　次 2019 年 7 月第 1 版　2019 年 7 月第 1 次印刷
ISBN　978-7-305-21839-2
定　　价 68.00 元

网　　址 http://www.njupco.com
官方微博 http://weibo.com/njupco
官方微信 njupress
销售咨询 025-83594756